COLLECTION FOLIO

Angela Huth

Quand rentrent les marins

Traduit de l'anglais
par Anouk Neuhoff

Quai Voltaire

Titre original :

WIVES OF THE FISHERMEN

Née en 1938, Angela Huth est l'auteur de quelques recueils de nouvelles et de nombreux romans. L'un d'eux, *Les filles de Hallows Farm*, a été adapté à l'écran en 1998 sous le titre *Trois Anglaises en campagne*. Il met en scène trois « land girls », ces femmes aidant aux travaux agricoles durant la Seconde Guerre mondiale. Angela Huth est également l'auteur de *L'invitation à la vie conjugale*, *Tendres silences*, *Souviens-toi de Hallows Farm* et *Quand rentrent les marins*. Ses romans abordent les thèmes de l'amitié, les relations de couple et les non-dits avec une rare subtilité. Angela Huth vit à Oxford avec son mari, recteur d'université.

Pour Prue Penn.

Est-ce peu qu'une épouse, un champ
qui vous nourrit,
Hommes ! et qu'un foyer, pour servir
à l'envi
La Vieille aux gris cheveux qui nous
prend nos maris ?

RUDYARD KIPLING
(trad. Jacques Vallette).

PREMIÈRE PARTIE

Les femmes de pêcheurs ont coutume dans la journée de jeter de multiples coups d'œil vers l'horizon, mais il faut être des leurs pour savoir repérer ces regards furtifs, la lueur d'angoisse au fond de ces yeux prématurément vieillis par l'examen répété de la mer lointaine.

L'œil de Myrtle Duns se détache une seconde trop tard de la fenêtre. Annie, levant le nez de ses cartes, l'a vue faire.

« *Ach*, arrête de t'inquiéter », dit-elle.

Elle regarde Myrtle retirer la bouilloire noire du fourneau, verser l'eau bouillante dans une théière marron. Un énorme nuage, quadrillé par les carreaux d'une petite fenêtre, renferme suffisamment de clarté pour parer les flancs de la vieille théière des reflets irisés de l'essence sur l'eau : des filaments d'or et de mauve incandescent. Annie sait que Myrtle va maintenant aller décrocher deux mugs, prendre deux cuillères en fer-blanc dans un tiroir, verser du lait dans un crémier-souvenir à la gloire de Dundee. Elle va soulever la théière des deux mains, en vérifier le poids et conclure qu'elle y a mis la bonne quantité d'eau, avant de la transporter jusqu'à la table d'un mouvement chaloupé qui déforme et évase les plis de ses longues jupes en laine. Après des centaines d'après-midi passés ensemble, les étapes de la préparation du thé n'ont plus de secrets pour elles.

Pendant qu'Annie observe son amie, les cartes dansent dans ses mains. Parfois elles se déploient en éventail, avant que les doigts vifs, réprouvant une habileté aussi futile, ne les rassemblent en un paquet bien régulier. Le froufrou soyeux de leur ballet constitue le seul bruit dans la pièce, car la bouilloire a désormais cessé de crachoter. Myrtle se tient sans bouger près du fourneau, attendant que le thé ait infusé.

C'est une femme corpulente, aux mains rugueuses comme la morue salée, et grande. Le plafond de la cuisine ne se trouve qu'à quelques centimètres de sa tête. Elle se meut avec une dextérité accomplie dans cet espace exigu, balançant ses larges hanches avec dignité. Archie dit qu'elle lui fait parfois penser à une cantatrice, tant elle semble glisser lorsqu'elle déambule. On la croirait montée sur des roulettes, affirme-t-il. Pour l'amour du ciel, Archie, arrête de te moquer de ta femme, réplique-t-elle, enchantée de sa remarque, car elle sait déceler l'admiration sous la taquinerie. Serrant le poing, elle le frappe alors gentiment derrière l'oreille, jusqu'à ce qu'il lui immobilise le poignet, les muscles de ses bras noueux formant comme des vagues osseuses.

« Archie est le meilleur capitaine qu'un bateau puisse avoir, dit Annie en reposant les cartes. Tu le sais.

— *Aye*. » Myrtle s'assoit. Elle agence minutieusement devant elle les accessoires du thé. La passivité apparente de son visage se durcit. Ses yeux se vident. Ni ses lèvres ni ses narines ne tressaillent. Il est impératif que toute réflexion d'Annie sur Archie soit accueillie avec une mine impassible.

« Comment va Janice ? demande Myrtle au bout d'un moment.

— À merveille. Encore de bonnes notes à l'école.

— Voilà qui fait plaisir. »

Annie, c'est plus fort qu'elle, informe Myrtle des bonnes notes de sa fille plusieurs fois par semaine.

« Ils commencent à se rendre compte de ce qu'elle vaut, dit-elle.

— Ça aussi, c'est bien. »

Annie bat les cartes.

« Mrs Singer me disait il y a à peine deux jours : "Mrs Mcleoud, votre Janice est bien partie pour être une grande beauté en plus d'une grande lettrée." » Elle hésite, baisse les yeux. La modestie, ou ce qui s'y apparente le plus chez elle, lui voile le regard. « Je ne pourrais le dire à personne d'autre qu'à toi, Myrtle. Mais je crois qu'il y a du vrai là-dedans.

— Ah ça c'est sûr, aucun doute », acquiesce Myrtle avec chaleur. Elle accepte une pile de cartes toutes poisseuses d'usure. Il n'est pas encore temps de servir le thé. Son regard coulisse des menottes affairées d'Annie vers son visage : le tout petit nez aux narines en forme de pétales horizontaux, les yeux d'opale, la bouche dont la démarcation, au repos, est la plus subtile des courbes en creux… une bouche qui peut passer de la solennité au rire à une vitesse stupéfiante. Dans la masse de ses boucles brunes, Myrtle constate qu'Annie a quelques cheveux gris. Mais son amie a très peu changé au fil des années. Elle était l'enfant la plus jolie de l'école, du village, de la côte. Sa beauté avait séduit des admirateurs de Fife jusqu'à Dundee. Rien d'étonnant à ce que Janice, son unique enfant, lui emboîte le pas. Myrtle se demande parfois si Janice provoquera autant de chaos, autant de tourments, chez ses amies. Elle se demande si elle a hérité du talent de persuasion de sa mère, et si on lui pardonnera toujours tout. Tout le monde a toujours tout pardonné à Annie, et Myrtle plus que quiconque.

Quand elles étaient petites, Myrtle et Annie allaient à l'école ensemble, main dans la main. Les matins froids, Myrtle portait des mitaines en laine rêche, et Annie des gants. Les extrémités nues de ses doigts glacés s'enfouissaient dans la chaleur de mohair de la main d'Annie. Myrtle rêvait d'avoir des gants elle aussi. Mais dans la mentalité prudente de sa mère une telle extravagance était absolument exclue. Très vite, Myrtle avait renoncé à l'espoir de la fléchir. Dot Stewart n'était pas du genre à changer d'avis pour faire plaisir aux autres. Enfermée dans les rigueurs étroites d'un quotidien difficile, ses croyances, dans tous les domaines, étaient inébranlables — depuis les récompenses qui vous attendaient dans l'au-delà jusqu'au nombre de couvertures auxquelles pouvait avoir droit sur son lit une personne en bonne santé. La fermeté de ses convictions était une affaire d'orgueil. Être surprise à les corriger, si probant que soit l'argument, aurait constitué une faiblesse méprisable. Myrtle et son père, conscients de cet entêtement, avaient appris qu'il était plus facile de se ranger à son opinion et de se conformer à ses ordres. La moindre opposition provoquait des scènes tellement pénibles, tellement épuisantes sur le plan émotionnel, qu'ils enduraient le froid des nuits d'hiver redoutées plutôt que d'essayer de convaincre Dot qu'il leur fallait d'autres couvertures.

Dans la salle de classe, Myrtle et Annie partageaient un pupitre. Le côté de Myrtle était peu encombré : stylo, manuel scolaire, cahiers. Celui d'Annie était une vraie pagaille : les livres d'école composaient un territoire méprisé que jonchaient des objets plus intéressants. S'y trouvaient des écheveaux de laine aux teintes électriques, qu'Annie aimait tisser en un long tube qui se transformait en une espèce d'horrible chenille à partir de clous plantés dans une bobine de fil. S'y trouvaient des barrettes en plastique, des bonbons à sucer dont les couleurs atroces étaient à peine adoucies par leurs papillotes transparentes, sans oublier des coupures de magazines — des pubs pour des shampooings, des photos de lionceaux, des couchers de soleil de brochures touristiques. Pendant plusieurs mois, à l'âge de dix ans, Annie avait été une maniaque du découpage. Les images qu'elle choisissait ne donnaient aucune indication sur ses passions. Elle découpait au hasard, attirée par des coloris criards qui heurtaient la vue de Myrtle.

Souvent, le bazar d'Annie empiétait sur sa moitié du bureau. Myrtle repoussait alors délicatement l'invasion. Elle était pleine de patience et de tolérance face au manque d'ordre de son amie, et quand Mrs Williams se mettait à arpenter les allées entre les pupitres, ses yeux de myope guettant le moindre signe d'un objet Contraire au Règlement, Myrtle, par loyauté envers son amie, dissimulait des babioles sous ses propres cahiers. Un jour où Mrs Williams était particulièrement peu encline à croire aux excuses d'Annie concernant le fatras sur son bureau, Myrtle s'était surprise à déclarer avec une conviction extraordinaire que la plupart des objets incriminés lui appartenaient. La punition avait été évitée de justesse, mais il était clair que Mrs Williams était à bout de patience.

Ce jour-là, quand la cloche avait sonné à la fin du cours, Annie s'était tournée vers Myrtle pour la prendre dans ses bras.

« Tu es mon amie, Myrtle, avait-elle chuchoté. Je peux toujours compter sur toi. »

Toute vibrante de gratitude et de fierté, Myrtle n'avait pas réfléchi outre mesure à la véracité de cette assertion. Quand Annie était bien disposée — et donc extrêmement attachante —, il était facile d'oublier les fois où elle l'était moins. Debout à côté du pupitre, Myrtle frictionnait ses mains, qui étaient encore glacées. La cloche proclamait haut et fort la joie de ses sentiments secrets. Pour récompenser sa loyauté envers elle, Annie proposait souvent qu'elles passent la récréation ensemble : Myrtle espérait que ce serait le cas ce jour-là. Agrippant le dossier de la chaise, au bois encore imprégné de la moiteur de son dos, elle avait attendu, pleine d'espoir. Elle avait regardé les yeux d'Annie se promener rapidement sur les autres. Au moment où il passait à côté d'elles, Ross Wyatt avait tendu à Annie un bracelet en caoutchouc vert.

« Pour toi, avait-il dit.

— Merci, avait répondu Annie, lui adressant un de ses demi-sourires que les garçons, malgré son appareil dentaire, trouvaient irrésistibles.

— Tu viens dans la cour ? avait demandé Ross en reniflant et en s'essuyant le nez sur le revers de sa main.

— D'accord. » Annie s'était tournée vers le garçon qui se tenait derrière Ross. « Tu viens aussi, Archie Duns ? »

Le garçon avait hoché la tête, sans la regarder. Elle s'était placée derrière Ross, devant Archie. Ainsi encadrée des deux garçons les plus beaux de l'école, Annie avait rejoint la queue pour sortir dans la cour. En un clin d'œil elle avait disparu de la salle de classe, sans inviter Myrtle.

Une fois tous les enfants partis, Myrtle s'était rassise sur son siège. Elle avait levé la tête vers les poutres du plafond voûté, empyrée où elle allait souvent chercher des idées. Les toiles d'araignée qui ternissaient la lucarne semblaient s'être épaissies depuis l'année d'avant. Mais, comme plaisantait souvent Mrs Williams, quand ses yeux désertaient le tableau pour regarder en l'air, combien un balai mesurait-il ? Aucun manche n'était assez long pour atteindre la lucarne ! Durant cette pause-déjeuner-là, au début de l'hiver, seule dans la classe, les voix dans la cour s'élevant et retombant tels de petits habits accrochés pour sécher sous la brise, Myrtle, du haut de ses dix ans, avait été saisie d'une pensée déroutante : Annie, sa meilleure amie, préférait parfois la compagnie des garçons à la sienne.

Les parties de rami se sont succédé, tout comme les tasses de thé. Myrtle voudrait qu'Annie s'en aille. Elle voudrait accomplir ses travaux du soir : éplucher les carottes, sortir les vêtements pliés du placard chauffant et les ranger à leur place dans les tiroirs d'Archie. Mais Annie ne montre aucun empressement à partir. Sa propre cuisine a beau être plus chic que celle de Myrtle — avec ses carreaux blancs imprimés par-ci par-là d'un hippocampe, et ses plans de travail en formica mouchetés et brillants comme des coquilles d'œuf —, elle semble préférer la cuisine plus misérable des Duns. Certes, elle propose bien quelquefois à Myrtle de venir chez elle, mais alors, au moment précis où cette dernière s'apprête à s'en aller, Annie apparaît comme par hasard. Elle est passée « chercher » Myrtle, à ce qu'elle prétend. Mais Myrtle n'ayant pas encore mis son châle, et Annie étant déjà en train d'enlever son manteau, il ne rime à rien de s'embarquer sur la colline, le vent en pleine figure, pour rejoindre le parc de logements sociaux où habite Annie. Elles restent donc chez les Duns. L'amitié, comme le souligne Myrtle quand la mauvaise conscience d'Annie la pousse à apporter du pain bannock ou des biscuits aux céréales, ne dépend pas de la maison où on se réunit.

« Janice ne risque pas d'être rentrée ? demande Myrtle. On a un peu oublié l'heure, avec toutes ces parties de cartes... »

Annie sourit, rassurante. Peut-être ne voit-elle pas l'impatience de Myrtle. Non, il est fort probable que non.

« Elle va chez Joey Brick pour le goûter. Je passerai la prendre plus tard.

— Le rouquin ? Celui qui livre les journaux ?

— *Aye*, c'est ça. Elle aime les garçons qui ont des taches de rousseur, notre Janice. »

Prudente, Myrtle hésite à commenter. Annie n'a que trop tendance à déceler la critique dans tout ce qu'elle peut dire à propos de Janice.

« Elle commence de bonne heure, lâche-t-elle enfin.

— Ce sont des grands à douze ans de nos jours. Ils savent très bien ce qu'ils veulent, et depuis belle lurette. Pas la peine d'essayer de les retenir. »

Myrtle se dit que si elle avait une fille elle prendrait à coup sûr la peine d'essayer.

« Dommage », se borne-t-elle à dire.

Elles entendent marcher dehors, le pas irrégulier d'Archie qui monte l'escalier. La porte s'ouvre. Portée par le vent, une odeur iodée pénètre dans la pièce. Le chandail foncé d'Archie scintille de gouttes d'eau. Certaines sont de véritables paillettes. D'autres, étalées sur la laine rêche, ressemblent à des traînées laissées par un escargot. Archie a la mine défaite, épuisée. Il sent la morue, la corde, la fumée de pipe. Ses yeux se posent tout droit sur Myrtle. Annie se lève.

« Ken est rentré », lui lance-t-il. Son ton brusque impressionne les deux femmes. Le défi qui s'était automatiquement allumé dans les yeux d'Annie avec l'apparition d'Archie vacille un peu.

« Son dîner sera prêt en une seconde au microondes », répond-elle. Ken et elle ont acheté l'appareil, en promotion, il y a quelques mois. Myrtle et Archie ont l'habitude des exposés sur le changement miraculeux que ce four a opéré dans leur vie. « Mais bon, je file. »

Une fois la porte refermée derrière elle, Archie rejoint le fourneau et appuie ses mains contre l'émail ébréché de l'appareil. Lorsqu'elles sont réchauffées, il les lève pour tenir le visage de sa femme. Réévaluant la fermeté du sol sous ses pieds, il regarde Myrtle en silence, avec les yeux de quelqu'un qui a été secoué sur un manège de fête foraine, ou une mer démontée. Il l'embrassera plus tard. Pour l'instant il se laisse envahir par la sensation du foyer retrouvé. La chaleur de sa cuisine, voilà à quoi il pense en mer, s'il a une minute pour penser. Lorsque le bateau tangue follement au milieu des vagues géantes et qu'une pluie dure comme du verre s'écrase contre ses yeux, un éclair illumine son esprit : le vieux fourneau, sa femme à côté, comprenant son besoin d'éviter les questions, prête à servir le thé.

La cuisine a toujours été la pièce la plus chaude de la maison. Jusqu'en 1953, juste avant la naissance de Myrtle, c'était là que Dot Stewart amorçait les lignes. Elle déployait une bâche sur les dalles et Sandy, avec sa charrette, en livrait une cargaison tellement énorme que parfois leur simple vue lui faisait monter aux yeux des larmes de désespoir. Les lignes, avec leurs hameçons meurtriers, débordaient d'intentions maléfiques : elles accrochaient les doigts, les piquaient, faisaient jaillir le sang. Les mains de Dot avaient saigné si souvent que les cicatrices dessinaient sur sa peau rougie des entrelacs abstraits évoquant des patrons de tricots. Quand les mains de sa mère étaient au repos, gisant, exténuées, sur ses cuisses, Myrtle, de l'autre côté de la table, trouvait qu'elles ressemblaient à des fagots de brindilles argentées. Elle se rappelait les avoir vues comme ça très tôt. Elle éprouvait une grande pitié pour elles, avait envie de les couvrir de baisers. Mais elle n'osait pas s'approcher des genoux de sa mère. Dot Stewart n'était pas du genre à apprécier les gestes de réconfort ou de compassion.

Une fois les lignes entassées sur le sol, Sandy apportait les sacs de moules. En atterrissant sur les dalles, ils émettaient comme un crissement, un grincement. Un bruit, disait Dot, qui lui écorchait les oreilles : un bruit qu'elle n'arrivait pas plus à oublier que ses propres cris quand Myrtle était née. Souvent elle se retrouvait seule face à cette besogne, même si de temps en temps sa mère, la vieille Cecily, passait lui donner un coup de main. Même à quatre-vingts ans révolus, Cecily était plus rapide pour amorcer les lignes que des femmes moitié moins âgées qu'elle : elle raillait d'ailleurs systématiquement la lenteur des femmes modernes. Dot préférait quand Veronica venait l'aider. Veronica la borgne, qui avait eu l'œil crevé par un hameçon quand elle était petite fille. Veronica enfilait les appâts avec une témérité qui décontenançait toutes les femmes du village : elle se lacérait la peau sans se plaindre, ensanglantait les moules en les fixant aux hameçons, et laissait des traces rouges autour de ses lèvres lorsqu'elle léchait le filet de sang s'écoulant d'un de ses doigts. Veronica, lors de ses courtes pauses, amusait beaucoup Dot avec ses conjectures coquines au sujet des pêcheurs. Sans la moindre preuve à l'appui, elle racontait des histoires si obscènes que, pour Dot, l'invention devenait plus puissante que la réalité, et qu'elle avait du mal à regarder dans les yeux ces hommes tellement austères. Les cancans de Veronica égayaient les longues matinées.

Pour amorcer les lignes, les femmes étaient assises sur de petites chaises en bois. Portant des bas épais, elles tenaient leurs jambes bien écartées pour accueillir le plus de lignes possible, et les faire glisser par terre une fois garnies de moules. Elles étaient habiles avec leurs canifs. Des années d'expérience leur avaient appris à trouver le point faible dans la coquille avant que celle-ci ne bâille. Une petite torsion du poignet — sans que rien n'indique la moindre résistance —, et la moule était ouverte. Deux ailes ruisselantes reposaient un instant dans le creux d'une main. Puis, sans aucune pitié, la chair luisante aux reflets argentés était délogée d'un autre coup de canif et enfilée sur l'hameçon suivant. La coquille vide était alors expédiée sur le sol par un mouvement du genou, pour être balayée plus tard. Les doigts des femmes travaillaient de manière automatique, aussi rapides que des machines, leur cadence uniquement interrompue par le sang qui jaillissait, un doigt blessé qu'on s'empressait de sucer. Elles ne parlaient pas beaucoup : Veronica ne se lançait dans ses laïus qu'épisodiquement. Les petits bruits sourds des coquilles sur la bâche et le frottement de la ligne qu'on tirait jusqu'à l'hameçon d'après étaient les seules parenthèses sonores dans le silence au fort parfum de poisson. L'odeur était là en permanence : elle imprégnait les cheveux des femmes, leurs vêtements, leur peau. Même le vendredi, jour de confection du pain, l'odeur noire des profondeurs marines d'où venait le coquillage l'emportait sur la chaude odeur brune du pain en train de cuire. Elles n'avaient pas l'idée de brancher la radio en travaillant. Il ne leur venait pas à l'esprit d'écouter de la musique. D'ailleurs, le poste, avec sa façade en bakélite aussi ouvragée qu'un odéon miniature, trônait à la place d'honneur sur le buffet de la salle de séjour. La radio, c'était fait pour les prévisions météo et les informations : c'était une chose du soir. Quand la fenêtre était ouverte et qu'une bonne brise soufflait, elles entendaient la mer se briser contre le môle. C'était une musique suffisante.

Myrtle avait entendu sa mère lui dépeindre ces scènes un grand nombre de fois : Dot aimait lui décrire le moindre petit détail, rendant ainsi vivantes odeurs et sensations. Dot ne lui lisait jamais d'histoires, elle n'avait jamais été une grande lectrice. Mais c'était une observatrice à l'œil perçant qui avait marqué sa fille à jamais par ses récits extrêmement visuels. Et maintenant que Myrtle était une femme, seule dans sa cuisine, Archie parti en mer, elle avait souvent l'impression que les années s'étaient télescopées et qu'elle s'était bel et bien trouvée en compagnie de Dot et de Veronica, à amorcer les lignes. Elle savait ce que c'était de regarder des doigts crevassés effectuer le même geste cent fois par heure ; elle arrivait à ressentir la même douleur qu'avaient ressentie ces femmes dans leurs épaules, courbées interminablement sur leur ouvrage. Parfois, en balayant, elle tombait sur une paillette de coquille, un minuscule éclat de diamant incrusté dans le ciment entre les dalles, et elle se représentait avec effroi la dureté de cette époque. Comparée à la vie d'alors, la vie d'aujourd'hui était beaucoup moins éreintante physiquement, mais pas pour autant exempte d'inquiétude. La même crainte subsistait au fil des années : pas de poisson, pas d'argent. Le nombre de fois où, quand il faisait trop mauvais pour partir en mer, Myrtle et Archie avaient dû puiser dans leur cagnotte... S'il y avait une ombre, en tout cas, qui ne pouvait jamais être effacée, c'était l'angoisse. Héritée de génération en génération, l'angoisse, pour les femmes dont les hommes gagnaient leur vie en mer, était comme un papillon prisonnier de leurs entrailles : battant des ailes, se cognant, il n'arrivait jamais à s'évader et restait rarement tranquille. Quand, après une période en mer, le pêcheur rentrait chez lui quelques jours, ces ailes terrorisées s'apaisaient si brièvement que les zones lésées n'avaient aucune chance de guérir. Dès que des vêtements propres venaient garnir le sac du marin avant une autre semaine en mer, l'agitation intérieure reprenait de plus belle : l'effort nécessaire pour dissimuler ce trouble contractait tellement la peau de leurs visages blêmes que le cuir chevelu des femmes de pêcheurs semblait comme tiré en arrière, dévoilant l'inquiétude au fond de leurs yeux.

Archie, à la table, est endormi. Il a la tête blottie dans ses bras. Un mug de thé refroidit à côté de lui. Myrtle lui touche les cheveux. Le vent les a hérissés en pointes raides, enrobées d'une croûte de sel. Elle lui caresse la joue. Il n'a pas beaucoup le temps de se raser sur le bateau, même s'il fait de son mieux le jour du retour au port. Les poils de barbe sont drus sur ses mâchoires. Sa lèvre supérieure, bien rasée, révèle une bouche gercée : Myrtle sentira les petits copeaux blancs d'épiderme desséché quand il l'embrassera. Archie est parti depuis cinq jours et quatre nuits.

Quand il se réveillera, que lui racontera-t-elle ? Il ne s'est rien passé, ici, à part le jour où la machine à laver est devenue folle. Bouchée par la tonne d'écailles de poisson que contenaient les vêtements de marin dont elle l'avait chargée. L'eau avait débordé sur le sol de la petite pièce froide. Mais ce n'était pas que de l'eau savonneuse. Myrtle, dans sa panique, y avait vu une cascade surréaliste, pleine d'yeux vivants qui pétillaient de façon horrible en la regardant parmi les bulles. Tandis que l'eau lui recouvrait les pieds, les chevilles, des milliers d'écailles minuscules s'accrochaient au bas de sa jupe. L'odeur de poisson mort lui soulevait le cœur alors que l'eau se répandait partout, implacable, fière de son scintillement. Myrtle avait fui la maison, sa jupe de laine détrempée l'entravant dans sa course, pour aller chercher Alan, le fils de Veronica la borgne. Il était ce qui ressemblait le plus à un plombier dans le village : il avait géré la crise avec rapidité et gentillesse, puis l'avait aidée à passer la serpillière. Une fois les chandails relavés, et séchés, elle avait mis de longues heures à retirer les écailles de la laine. À présent, les vêtements reposaient dans le placard chauffant, bien pliés comme toujours, comme si l'incident ne s'était jamais produit. Il n'y avait pas lieu d'embêter Archie avec une catastrophe terminée, il était inutile de lui en faire part. Myrtle tenait à protéger son mari des vétilles de ce genre. Vu le peu de temps qu'ils passaient ensemble, ces heures trop brèves devaient être consacrées aux choses importantes : aux projets pour les vacances d'été, à l'amour et au bien-être retrouvés.

À nouveau, Myrtle caresse les cheveux d'Archie de sa grande main pleine de douceur. Des grains de sel lui râpent les doigts. Elle adore ces moments-là : Archie présent et pourtant absent ; épuisé, et pourtant bientôt réveillé, prêt à avaler le dîner qu'elle lui a concocté, à reprendre ses marques. Parmi les pêcheurs, nombreux sont les rustres qui se rendent tout droit du bateau au pub, et qui arrivent chez eux ivres morts. Pas Archie, Dieu merci. Sa priorité, c'est sa femme. Aussitôt débarqué, il se précipite chez lui. Il n'aime rien tant que trouver Myrtle seule à la maison. La présence systématique d'Annie l'agace. À propos de ce soir, Myrtle s'excusera, elle lui expliquera pourquoi elle n'a pas réussi à se débarrasser de son amie à temps : les cartes, les bavardages... Avec un hochement de tête silencieux, Archie indiquera qu'il comprend : il ne sait que trop bien comme il est difficile de déloger Annie. Il ne l'aime pas, mais il fait son possible pour refréner cette aversion. Il est conscient que Myrtle a besoin d'un soutien en son absence, et Annie étant une bonne amie à bien des égards, il en prend son parti. Tout ce qu'il demande, c'est qu'Annie ne traîne pas dans ses pattes lorsqu'il est là. Incombe donc à Myrtle la tâche épineuse d'empêcher son mari de croiser son amie. Ni l'un ni l'autre ne soupçonnent à quel point cette mission est compliquée, quel tact et quel savoir-faire elle requiert. Mais Myrtle a l'habitude, et les rencontres malheureuses, comme aujourd'hui, où Archie n'a nullement dissimulé sa contrariété, sont rares.

Chaque fois qu'Archie revient, Myrtle remercie Dieu : elle imagine que les femmes de pilotes, de soldats et de correspondants de guerre — des hommes aux métiers dangereux — font certainement de même. Mais la pensée n'est jamais loin qu'à terme elle aura des raisons de maudire le Seigneur, exactement comme sa mère quand Jock Stewart est mort. Le jour où Archie ne rentrera pas suppure dans son esprit depuis tellement longtemps qu'elle en a une vision aussi nette que précise. Une semaine où il faisait un temps de chien, elle l'a décrite à Annie, qui a répliqué que de telles pensées étaient à la fois morbides et perverses. Depuis, elle les garde pour elle ; elle s'efforce de les réprimer, sans toutefois y parvenir.

Son père est mort en mer, mais pas sur le bateau de pêche. Il se trouvait à huit cents mètres du rivage, un samedi après-midi, dans son canot à rames. Il fumait sa pipe, très probablement, car Dot le lui interdisait dans la maison. Dot et Myrtle étaient accoutumées à ses disparitions lors de ses séjours à terre. Jock n'aimait pas laisser passer trop d'heures sans se rendre sur l'eau ou bien au bord de l'eau. Et quand, comme disait Dot, il partait « faire joujou » dans le canot à rames, celle-ci n'avait pas peur. Un homme qui avait passé sa vie sur l'eau, qui respectait la mer et en connaissait les caprices, un tel homme ne risquait pas de s'aventurer au large s'il sentait couver l'orage.

L'après-midi où Jock était mort, un puissant soleil d'avril brillait sur une eau plate comme de l'étain, et c'est à peine s'il soufflait une brise.

Lorsqu'il ne revint pas pour le thé, et que la nuit commença à tomber, Dot donna l'alerte à contrecœur : elle craignait qu'il ne soit fâché par sa sottise. On ne tarda pas à retrouver son canot. Il était vide, les rames de travers. Une mouette à tête noire picorait un paquet de sandwichs à demi mangés. Ce fut Ben, le père d'Archie, qui remorqua *Le Joyeux Vagabond*, la barque à la peinture verte écaillée, jusqu'au port où Dot attendait droite comme un I, son foulard farouchement noué sous sa mâchoire douloureuse. Le corps n'était pas là. Tous les navires du port avaient sillonné les flots sur des kilomètres, sans rien trouver. Pas de corps, pas de vêtements qui flottaient : rien.

Quinze jours plus tard, le corps de Jock Stewart fut rejeté sur une plage à deux kilomètres de là. Ben Duns raconta à Archie — lequel, des années après, dut répéter mot pour mot la description à Myrtle — que le cadavre formait une énorme masse toute gonflée pareille à du blanc de baleine : un spectacle horrible. Les yeux étaient toujours ouverts. Ils semblaient avoir fondu et quitté leurs orbites, visqueux comme des méduses. Mais il ne pouvait pas l'affirmer de manière catégorique : il s'était aussitôt retourné pour vomir. C'était en tout cas la vue des pieds de Jock qui l'avait fait pleurer : des orteils de la couleur du schiste, la peau tellement enflée et tendue qu'on pouvait voir le circuit de chaque veine. L'outrage de voir un bon pêcheur, son propre capitaine, dépouillé de ses bottes, voilà le détail qui avait fait craquer son père, et pourtant, des noyés, Ben Duns en avait vu.

L'autopsie montra que Jock était mort d'une crise cardiaque. Mais comment était-il tombé par-dessus bord ? Dot se plaisait à penser que, se sachant en train de mourir, Jock avait décidé d'accélérer le processus en se glissant dans les eaux qu'il aimait. Elle contempla son mari, étendu à la morgue, trop incrédule pour verser la moindre larme. La teinte noire de sa peau, comme si elle était contusionnée, luisait à travers le maquillage rosâtre que l'employé des pompes funèbres avait utilisé pour camoufler la réalité, ne réussissant qu'à aggraver les choses. Myrtle, onze ans à l'époque, se souvenait clairement de l'âpreté de la pluie à l'enterrement. Les joues étaient brouillées par l'eau du ciel et les larmes : les traits courageux de Dot disparaissaient sous ces torrents liquides. Mais surtout, Myrtle se souvenait d'Annie, qui s'était frayé un chemin jusqu'au bord de la tombe béante. Annie avait sorti une pastille de menthe d'un sachet de bonbons détrempé, l'avait brandie vers Myrtle, puis avait demandé : « Je la jette dedans ? » C'est alors que Myrtle, à son tour, avait senti la chaleur des larmes se mêler à la pluie sur ses propres joues. Plus tard, Annie avait tenté de s'excuser, déclarant que son geste avait seulement eu pour but de faire sourire Myrtle.

Archie est réveillé, il mange. Il fourre de grosses noix de beurre dans une énorme pomme de terre en robe des champs, et fend ses saucisses pour les remplir de moutarde forte. Entre deux bouchées, il appuie lourdement ses avant-bras sur la table en bois. Myrtle devine à l'arrondi de ses épaules qu'il est content d'être à la maison, qu'il commence à se détendre. Une demi-journée avant de reprendre la mer, il devient plus nerveux, il se raidit. Il plisse le front. Le soir de son retour, après son petit somme, le plissement de front du marin anxieux se relâche.

« C'était comment ? » Myrtle ne s'attend qu'à un compte rendu des plus sommaires.

« Pas trop mal. On a dû aller loin pour avoir des prises correctes. Les poissons sont à nouveau rudement petits. Toujours petits, maintenant. Je ne sais pas... »

Archie est tellement las des politiques de pêche actuelles qu'il rechigne à en discuter. Il y a de vieux pêcheurs dans le village qui parlent du temps où la pêche était une de nos industries les plus glorieuses, où, quand un homme sortait en mer, il savait que les poissons ne manquaient pas, qu'il y en avait pour tout le monde. Cette existence avait toujours été dure, mais un pêcheur pouvait gagner correctement sa vie. On disait que la guerre de la morue, au début des années 80, avait marqué pour la période faste le commencement de la fin. À présent c'était la lutte avec les Espagnols et leurs filets aux mailles trop fines ; les scientifiques qui recommandaient des quotas ; les conflits sur les « TAC » — les totaux admissibles de captures ; les politiciens pontifiants qui ne savaient pas distinguer un églefin d'un hareng... et pendant ce temps, la surpêche, qui provoquait une pénurie de poissons tellement désastreuse que, très vite, au siècle prochain, l'industrie pourrait fort bien disparaître. Que se passera-t-il alors ? Archie n'aime pas réfléchir à cela. Il existe une règle tacite entre les hommes de son bateau qui leur défend de gamberger. Dans le passé, les conjectures sur l'avenir avaient engendré trop de morosité. Archie n'avait pas envie de diriger une bande de marins découragés : ils devaient travailler avec toute l'énergie qu'ils pouvaient rassembler, aujourd'hui, pour partir plus loin, pêcher plus longtemps et, malgré la taille pitoyable des prises, rapporter un butin digne de ce nom. Archie sourit à sa femme.

« Alors, tu as eu des nouvelles du micro-ondes ?

— *Aye*, répond Myrtle, lui rendant son sourire. Tu n'as pas idée du génie de cette machine. Elle a apporté toute une nouvelle dimension à leur vie. »

Archie étudie le visage de sa femme.

« Tu peux en avoir un si tu veux : tu le sais, n'est-ce pas ? Ça te faciliterait la vie.

— Hors de question.

— On a quand même les moyens de s'offrir un micro-ondes.

— Je n'en veux pas, Archie. Qu'est-ce que j'en ferais ? Ça ne me gêne pas d'attendre que les choses décongèlent à leur rythme. Je n'ai absolument pas besoin de faire cuire les choses en un clin d'œil. Et puis, ce n'est pas pareil. Au micro-ondes, tu n'aurais jamais une pomme de terre au four aussi croustillante, ajoute-t-elle en riant.

— Je voulais juste m'assurer que je ne te privais pas.

— Jamais de la vie. » Myrtle se lève pour sortir du four un pudding au pain, ainsi que deux bols qu'elle a fait réchauffer. « Je suis désolée pour Annie. Mon Dieu, ce qu'elle peut s'incruster. » Elle s'en veut encore du fait qu'Archie l'ait trouvée là en rentrant.

« Cette chère Annie, elle n'est pas bien douée pour sentir quand elle est de trop.

— Non. Mais elle a bon cœur.

— Je te rappelle que je ne me suis jamais intéressé ni à son cœur, ni au reste de sa personne. » Myrtle rit avec lui. « Pauvre Ken. A-t-il la moindre idée de ce qui se passe dans la tête de sa petite femme ? La moindre idée de ce qu'elle va inventer ? Elle t'en parle parfois ?

— Non, mais ce n'est pas difficile à deviner », répond Myrtle au bout d'un moment.

Annie a mis du temps à comprendre que, quand les hommes étaient au bercail, Myrtle et elle devaient moins se voir. Elle a beau faire comme si cet arrangement n'existait pas, elle prend soin malgré tout de ne pas débarquer chez Myrtle quand elle risque d'y croiser Archie. Ce qu'elle s'est gardée de faire — son orgueil s'y serait opposé —, c'est de prévenir sa fille Janice. Il valait mieux que la fillette continue d'ignorer les événements passés qui avaient conduit à la situation présente, et si sa venue devait parfois importuner Myrtle, eh bien, cette gêne, Myrtle, en tant que plus vieille amie d'Annie, devait s'en accommoder.

Archie est rentré la veille au soir. C'est le matin. Le pêcheur se rase dans la petite salle de bains. Le premier rasage, après des jours en mer, prend toujours beaucoup de temps — une demi-heure, peut-être, entre savon au crésol et serviettes propres bien moelleuses. Archie prend ensuite une douche.

L'eau, dans la douche qu'il a installée lui-même il y a quelques années, n'offre jamais vraiment le débit espéré, mais elle est très chaude, et bientôt la petite pièce est envahie d'une vapeur compacte. Archie se lave les cheveux, faisant partir le sel qui les raidissait, et se brosse les dents plus vigoureusement qu'en mer, avec la brosse qu'il garde toujours à la maison. Tous ces gestes font partie du rituel du premier matin, avant un petit déjeuner de porridge et de bacon, accompagné du pain complet que Myrtle a laissé lever dans la nuit et mis à cuire à l'aube.

Myrtle se tient près du fourneau à remuer le porridge. Elle guette le pas d'Archie. Elle attend, consciente d'une chaleur en elle qu'elle ne ressent jamais les matins où il n'est pas là. Derrière la fenêtre s'étend un ciel lumineux et incolore. Par ce type de temps, la mer, elle aussi, aura abandonné son plumage de bleus, de verts et de violets pour adopter une austérité en harmonie avec les cieux. Plus tard, Myrtle descendra au port avec Archie.

La porte, rarement fermée à clé, s'ouvre. Timidement. Myrtle se retourne, sur le qui-vive, soucieuse de la quiétude de son mari. Qui vient le déranger ?

Janice apparaît. Janice Mcleoud. Elle a les yeux inquisiteurs de sa mère, coupés en amande sous d'épais sourcils. Elle tient une boîte à biscuits en fer-blanc remplie de foin, ou d'herbe séchée.

« Myrtle ? Maman m'a dit… »

Elle se dirige vers la table. Y pose la boîte. En sort un hamster marron qu'elle garde dans ses mains.

« Il a quelque chose qui ne va pas. Ça fait deux jours qu'il n'a rien mangé. Maman a dit…

— Je ne sais pas pourquoi ta mère se figure que je suis plus douée qu'elle avec les animaux. Je ne connais rien aux hamsters. » Quittant le fourneau, Myrtle rejoint la table à la hâte. « Bon, regardons un peu ça. »

Myrtle attrape les mains de Janice et les soulève de sorte que l'animal se trouve presque au niveau de ses yeux. Il ne bouge pas, ses narines frémissent très lentement. Ses yeux sont ternes.

« La pauvre bestiole, dit Myrtle. Elle m'a l'air très mal en point. » Janice est au bord des larmes. « J'ai bien peur de ne pouvoir t'aider. Il a mangé quoi ?

— Comme d'habitude, répond Janice. Qu'est-ce que je peux faire ?

— Je te conseillerais de l'emmener chez le véto.

— Mais maman ne veut pas payer le véto pour un simple hamster.

— Alors fais de ton mieux pour son confort. Tiens-le au chaud. Essaie un peu de lait tiède. » Myrtle est désolée pour la fillette, mais elle veut qu'elle s'en aille. Archie sera là d'un instant à l'autre. Janice remet l'animal dans la boîte.

« Mais toi, tu ne peux rien faire, Myrtle ?

— Je regrette, mais non, vraiment, Janice. Maintenant, si ça ne te fait rien, il faut que je... » Elle regagne le fourneau. Elle reprend sa cuillère en bois et se met à remuer le porridge : la tranquillité de tout à l'heure s'est envolée. Quelle barbe, cette gamine ! Son père est là : pourquoi ne lui demande-t-elle pas son aide à lui si Annie ne sert à rien ?

« Quand même, tu dois bien pouvoir faire quelque chose ? » Déçue, Janice, à présent, est non seulement fâchée, mais bouleversée.

« Non. Rien. Je ne suis pas experte en hamsters. Maintenant s'il te plaît, Janice…

— Mais maman a dit qu'une fois, quand vous étiez petites, vous aviez trouvé une mouette à la patte cassée et que tu lui avais fabriqué une espèce d'attelle et que tu t'en étais occupée jusqu'à ce que sa patte soit réparée. Si tu as pu faire ça pour une mouette, Myrtle…

— Ce n'était pas très savant. » Elle entend Archie qui approche. Son pas dans le couloir est lourd de joie anticipée. La voix de Myrtle se fait plus aiguë. « Voilà Archie qui arrive pour son petit déjeuner. Rentre chez toi, Janice. Ta mère va se demander…

— Pas du tout ! Elle sait où je suis. » Janice se retourne. Archie se tient dans l'encadrement de la porte. L'expression qu'il affiche désarçonne la fillette, qui ramasse sa boîte en adressant à l'homme son plus beau sourire. Devant le charme incroyable de son minois chafouin, tellement pareil à celui de sa mère au même âge, les propres traits de Myrtle se durcissent. « Je suis désolée, Mr Duns, si je suis passée un peu tôt, mais mon hamster est très malade et je me suis dit que Myrtle…

— Je viens de rentrer et ton hamster peut aller se faire voir », réplique Archie d'un ton calme, et la fillette, serrant la boîte contre sa poitrine, s'empresse de déguerpir.

Myrtle pivote sur ses talons.

« Pourquoi es-tu allé lui dire ça ? Elle est suffisamment bouleversée.

— C'est une roublarde. Elle a la peau aussi dure que sa mère.

— Janice est une brave petite, sauf qu'elle ne

comprend pas quand elle est de trop. » Archie s'assoit à la table. Myrtle lui apporte son bol de porridge.

« Pardonne-moi, reprend-elle, plus tendre, mais je ne pouvais pas être trop dure avec elle. Son hamster sera mort avant la fin de la journée, et elle pourra toujours attendre de la compassion de la part de sa mère. Ce genre de broutille, Annie s'en moque pas mal.

— Oui, bien sûr, tu as raison », acquiesce Archie.

Durant toutes leurs années d'amitié, il y a eu beaucoup de disputes entre Myrtle et Annie, mais celles dont elles se souviennent sont rares. La première, d'une telle violence que Dot avait dû les séparer, s'était produite quand elles avaient cinq ou six ans. Elles en rient aujourd'hui, mais ni l'une ni l'autre n'évoquent cette cristallisation des différences entre elles, apparue de manière si flagrante ce jour-là. Si elles étaient trop jeunes à l'époque pour déterminer l'origine du malaise qui les avait assaillies, elles avaient compris par la suite qu'il provenait de la jalousie, de la rancœur et de la légère envie que leur inspirait le mode de vie de l'autre.

Dot avait emmené les filles pique-niquer sur la plage — celle-là même où le corps de son mari serait rejeté quelques années plus tard. La mère d'Annie, Mag, avait accepté de les accompagner. Mais, comme Dot s'y attendait, elle s'était ravisée au dernier moment. Elle avait fait prévenir par Annie qu'elle ne se sentait pas bien. D'un tempérament émotif, Mag se sentait rarement assez bien pour s'obliger à des choses qui ne l'arrangeaient pas. La lecture de romans sentimentaux occupait la plus grande partie de ses journées. Les fantasmes qui se jouaient dans sa tête lui avaient donné au fil des années un air vague et distrait. On avait du mal à obtenir son attention pleine et entière : Annie avait renoncé dès son plus jeune âge, et son père, un Irlandais venu en Écosse pour chercher du travail, était reparti dans son pays natal quelques semaines après la naissance de sa fille. (Il continuait à envoyer tous les mois les sommes qu'il pouvait.) De l'avis personnel de Dot, Mag souffrait d'agoraphobie, mais à l'époque cette névrose était moins reconnue et personne ne savait comment lui venir en aide. Mag vivait de tranquillisants — seule solution trouvée par le médecin —, et de l'assistance pratique que lui apportaient des voisins complaisants. C'était toujours Dot qui déposait Annie chez elle après la classe : tout comme d'autres, elle « prenait quelques bricoles » pour Mag chaque fois qu'elle allait faire les courses. La vie familiale pour Annie — sa mère, cheveux gras, éternellement plongée dans un livre, presque rien à manger sur la table, pas le moindre intérêt pour le monde extérieur — était à la fois triste et ennuyeuse. Rien d'étonnant à ce qu'une grande partie de son enfance se soit déroulée sous le toit des Stewart...

Pour une raison ou une autre, ce jour-là, Annie avait vraiment cru que sa mère viendrait au pique-nique, et elle était excitée par cette perspective. Quand, une fois de plus, à la dernière minute, Mag se rétracta, Annie sentit le caillou familier de la déception se promener dans ses entrailles : la douleur physique la fit pleurer, bien qu'elle fût incapable d'expliquer ses larmes à Myrtle et à Dot. Mais c'était une belle journée sur la plage — qu'elles avaient pour elles toutes seules, car le vent était aussi piquant et froid que le ressac dans lequel elles pataugeaient —, et une fois qu'Annie eut goulûment dévoré les sandwichs à la banane de Dot et sifflé une bouteille de citronnade maison, elle se sentit ragaillardie. Les fillettes s'éloignèrent en quête de coquillages. Dot se cala contre un petit rocher puis attrapa son tricot au fond d'un gigantesque sac en patchwork qui ne datait pas d'hier. Bercée par le mouvement de ses propres doigts qui n'avaient nul besoin d'yeux pour les guider, elle laissait naviguer son regard entre la mer vide et grise et les deux petites filles, qui se penchaient et poussaient des exclamations, à une vingtaine de mètres de là. Elle n'avait aucune idée du temps qui s'était écoulé lorsqu'elle entendit les cris : d'infimes échos assourdis par le vent et le déferlement des vagues. Leur caractère pressant l'arracha aussitôt à ses méditations. Dot envoya promener son tricot sur le sable. Les fillettes étaient en train de se battre : elles se donnaient des coups de pied, se griffaient, se tiraient les cheveux. Dot accourut.

Le coquillage qu'Annie avait trouvé, Myrtle ne le voulait pas particulièrement : il n'avait rien de spécial, hormis sa taille. Mais Annie s'était montrée tellement agressive et bougonne toute la journée que Myrtle n'avait plus qu'une envie : l'empêcher de garder ce coquillage.

« Celui-là, je le veux ! T'en as plus que moi.

— Non ! Tu l'auras pas ! Il est à moi... »

Myrtle tenta de s'emparer du coquillage. Annie éleva une petite main griffue vers la joue de Myrtle. Ses ongles, plus coupants que des coquillages, lui écorchèrent la peau. Myrtle empoigna les boucles d'Annie ébouriffées par le vent et projeta la fillette par terre. Lançant coups de griffe et coups de pied dans tous les azimuts, Annie mordit le bras de Myrtle et sentit le goût du sel. Myrtle enfonça alors un pouce dans un œil rouge mouillé de larmes. Annie hurla plus fort. Myrtle sentit la chair glissante du globe oculaire et se demanda si, en appuyant assez fort, elle pourrait le faire basculer au fond de la tête d'Annie. Annie cracha. L'amas visqueux, sous la force de la brise, alla s'écraser sur la joue ensanglantée de Myrtle. Soudain, deux grandes mains fermes séparaient les belligérantes, tandis que la voix pleine de colère de Dot leur ordonnait d'arrêter sur-le-champ. De fieffées petites imbéciles, voilà ce qu'elles étaient.

Les fillettes s'assirent de chaque côté d'une Dot tout essoufflée. Elle essuya des visages, des yeux, des mains, à l'aide d'un mouchoir en papier qui, entre le sang, le sable et les larmes, se transforma vite en charpie. Elle le froissa en boule et le rangea dans sa poche. Elle souleva ensuite le bas de sa longue jupe et en frictionna avec vigueur les gamines reniflantes.

« C'est elle qui a commencé, accusa Annie en premier.

— Non, c'est elle, protesta Myrtle.

— Ça ne m'intéresse pas de savoir qui a commencé : dites-vous simplement que, toutes les deux, vous avez gâché une belle journée.

— Elle est plus grande que moi : ce n'est pas juste, dit Annie.

— Elle est plus jolie que moi, dit Myrtle. Elle et ses boucles...

— La vie n'est pas juste et je ne veux plus entendre ce genre de bêtises », répliqua Dot.

Leur bagarre terminée, elles prirent conscience du froid. Mais elles restèrent là, blotties contre Dot, qui, jugeant superflus les gestes de réconfort ou d'affection, ne prit pas la peine de les enlacer. Peut-être seraient-elles demeurées ainsi un moment, le temps que Dot trouve le courage de ramener chez elles deux gamines malheureuses et épuisées... Mais tout à coup, selon la formule utilisée par Dot lorsqu'elle décrivit la scène à Jock, elles furent sauvées par une intervention divine. Le tricot ! Toutes trois le virent à la même seconde : propulsée par le vent, la longue écharpe aux couleurs et aux motifs si élaborés, à laquelle Dot avait consacré tant d'heures de sa vie, filait en direction de la mer. Encore rattachées à l'ouvrage, les aiguilles, telles deux jambes toutes raides, effectuaient de drôles de pas de danse qui les firent s'esclaffer en chœur. Lorsque les aiguilles tombèrent, elles rirent de plus belle. Puis, comme un seul homme, elles se levèrent et se mirent à courir vers la mer. Les fillettes atteignirent le rivage les premières. L'écharpe s'enroulait sur l'écume blanche à plusieurs mètres du bord. Ignorant les cris de Dot, elles s'élancèrent comme des échassiers, relevant leurs jupes au-dessus de leurs fesses. Saisissant chacune une extrémité de l'écharpe, elles la remorquèrent jusqu'au rivage avec un air de complicité triomphante. Dot, dans ses chaussures mouillées, riait toujours, et les félicitait. Les filles, frissonnantes, l'aidèrent à essorer la laine gorgée d'eau. Il manquait une aiguille, mais

Dot décréta que ce n'était pas grave. Pendant leur marche vers l'arrêt de bus, le vent sécha leurs vêtements. Une fois à bord, elles décidèrent de s'asseoir ensemble et, sur la banquette rêche, leurs jambes nues, déployées avec lassitude, se touchaient. L'air chaud, où se mêlaient odeurs d'essence, de mer et de restes de nourriture, les endormit en un rien de temps. Dot, sur un siège à côté d'elles, sentait le poids de ses propres paupières.

Les journées que les marins passent chez eux s'accompagnent toujours de la sensation que le temps manque — qu'il manque trop pour être gâché par des désaccords sur la façon dont il devrait être employé. Et pourtant, ces pauses sont tellement régulières, elles font tellement partie de la vie courante, qu'elles ne sauraient être considérées comme des vacances, ou comme des périodes où il est permis de se gâter un peu.

Myrtle s'efforce de ne pas afficher ce qu'elle ressent. Archie n'a pas besoin de connaître l'angoisse qui l'étreint chaque fois qu'il prend la mer, et elle n'a pas envie de l'entraver par son désir de l'avoir en permanence auprès d'elle lorsqu'il est à terre. Le délice, pour elle, c'est quand il est occupé à bricoler dans la maison. Tandis qu'elle vaque à ses propres tâches ménagères, les bruits du marteau ou de la scie à bois, signes de la présence d'Archie juste à côté, procurent à Myrtle une joie si grande qu'elle donne de la légèreté à son pas et de l'efficacité à ses doigts.

Entre deux séances de bricolage, Archie se ménage des récréations avec sa femme. Ils font de longues promenades, souvent le long de la plage sous l'église de St Monans, où ils se sont mariés. Ils vont boire un verre dans un pub ailleurs que dans le village : Archie n'a aucune envie de parler boutique avec ses hommes ; leurs opinions, il les entend suffisamment en mer. Myrtle subodore qu'il a encore moins envie de tomber sur Ken et Annie. En effet, lorsque Ken est là, le couple passe le plus clair de son temps au pub. Parfois, quand il fait beau, Archie propose à Myrtle une vraie excursion : ils prennent alors le bus pour passer la journée à Édimbourg, et là Myrtle peut écumer tranquillement les grandes librairies, Archie à ses côtés l'encourageant à acheter. Il était grand temps qu'il fabrique de nouvelles étagères, déclarait Archie, pas peu fier que Myrtle ait lu tous les livres de celles déjà installées. De temps en temps, en été, ils sortent leurs vieilles bicyclettes et, solennels, pédalent à l'unisson jusqu'aux champs de hautes herbes émaillés de boutons-d'or. Là, Archie aplatit les herbes folles pour créer une cavité abritée où ils dégustent leurs sandwichs et leur cidre.

Il y avait un lieu en particulier qu'ils aimaient, où la plaine à l'arrière du village cédait la place à une petite éminence, à peine assez haute pour être qualifiée de colline. Au sommet de cette éminence se trouvait une église d'où la vie — en dehors des rares offices auxquels assistait une assemblée clairsemée — s'était retirée. Elle était entourée de tombes abandonnées où reposaient des morts oubliés depuis trop longtemps pour avoir droit à des fleurs. C'était en mai qu'Archie et Myrtle préféraient cet endroit, quand le cerfeuil sauvage vous arrivait à la poitrine et que l'ombre dense des arbres était dispersée par la brise tiède qui venait agiter leur feuillage foncé. Depuis le cimetière où ils jugeaient que pique-niquer n'avait rien de sacrilège, ils avaient vue sur des champs de blé qu'argentait le soleil printanier. Au loin, ces champs onduleux se fondaient dans la teinte plus sombre de la mer. Bien que Bass Rock, d'ici, ne fût pas plus grand qu'une dent humaine qui surgissait de l'eau, sa silhouette diminuée par la distance n'en était pas moins menaçante. Par temps clair, les Lammemuirs, de l'autre côté de la baie, dessinaient des zigzags sur fond de ciel immense. Ce lieu, disait souvent Archie, lui rappelait le nord du Norfolk, où ses parents l'avaient emmené en vacances quand il était petit, après être allés pêcher à Lowestoft. Le paysage en pente douce derrière Brancaster et les étendues de ciel et de mer ressemblaient beaucoup à l'East Neuk de la région de Fife : cette portion de la côte était de fait assez différente du reste de l'Écosse.

Un jour, en poussant leurs vélos pour regagner la route principale, Myrtle et Archie franchirent le portail ouvert d'une vieille maison en pierre. L'ancien presbytère. Aussi simple dans son architecture qu'un dessin d'enfant : quatre grandes fenêtres et une belle porte d'entrée divisaient sa façade avenante. Tandis qu'Archie admirait l'épaisseur des haies d'aubépine qui séparaient le jardin de l'allée, Myrtle s'extasiait sur les rideaux magnifiques qu'elle apercevait aux fenêtres : même leurs doublures, lui semblait-il, étaient taillées dans une étoffe de qualité. Elle s'imaginait en train de regarder par une de ces fenêtres, contemplant au réveil le petit troupeau d'énormes vaches blanches qui paissaient dans le champ au-delà du jardin. Elle se voyait déjà connaître leurs habitudes, leurs déambulations dans la prairie au gré des heures de la journée. Comme il serait facile de s'attacher à elles, d'observer avec un plaisir paresseux et un peu hypnotique leur démarche pesante alors qu'elles flânaient sur leur petit carré de terre, leurs queues lourdes comme des cordes de cloche battant d'un côté à l'autre et dévoilant par intermittence la peau rose d'une cuisse bien rembourrée... Comme il serait facile de laisser le temps s'écouler debout à une fenêtre de l'étage, dans cet encadrement de tentures damassées, et de contempler ces créatures majestueuses, ainsi que, plus loin, le monde qui leur était inaccessible, où des arbres courbés par le vent se faisaient de plus en plus petits à mesure qu'ils se rapprochaient de la mer. Myrtle se demandait qui étaient les gens — ou la personne seule — qui avaient la chance d'habiter une maison pareille. Et l'aimaient-ils autant qu'elle l'aimerait elle, si l'occasion lui en était donnée ?

« Imagine un peu vivre ici, dit-elle simplement à Archie.

— J'en suis bien incapable, répondit-il, enfourchant sa bicyclette avec une brusquerie qui troubla la rêverie de Myrtle.

— Eh bien, moi, je peux vivre avec mes rêves.

— Tu m'étonnes... »

Myrtle, se hissant sur son propre vélo, eut un petit sourire réprobateur qui échappa à Archie. Il était déjà quelques mètres devant elle, pédalant à toute allure, comme il le faisait enfant. Il pensait à autre chose. Il sifflait. Myrtle entendait la mélodie sonore qui lui était apportée par la brise.

Elle se tient devant la porte d'entrée, pot de peinture à la main. Archie est reparti. Cinq jours à tenir.

La peinture est du vert « Noël » des feuilles de houx. Rien, chez le quincaillier, ne se rapprochait de la couleur que Myrtle avait en tête. Elle était partie en bus pour St Andrews, où elle avait trouvé exactement ce qu'il lui fallait. Tout un après-midi, voilà le temps que l'expédition lui avait pris. Elle aimait bien quand les matinées ou les après-midi étaient entièrement occupés par un projet unique : abolir ainsi les heures faisait passer plus vite les journées qui la séparaient du retour d'Archie. Le perfectionnisme de Myrtle déconcertait parfois son mari, même s'il faisait aussi sa fierté. C'était incroyable, l'attention si scrupuleuse qu'elle prêtait à des détails que d'autres auraient jugés sans importance. Mais voilà, sans marmots pour l'accaparer, il lui fallait gérer habilement son temps. Archie ne pouvait guère critiquer son attitude. C'était mieux pour elle et, malgré toutes ses douces taquineries, il trouvait plutôt amusantes et agréables les tendances tatillonnes de sa femme.

Les journées en compagnie d'Archie, comme toujours, ont filé à une vitesse folle. Quand le temps est précieux, les besognes ordinaires, les tâches habituelles, ne font rien pour ralentir les heures. Archie a passé presque toute une journée à préparer la porte : ponçage, bouchage, lissage. Dans la cuisine, Myrtle était bercée par le frottement du papier de verre, les bruits plus ou moins sourds des outils contre le bois épais, tous ces indices de douce proximité. Archie avait rapporté à la maison plusieurs kilos de poisson rose. (Même dans les profondeurs de son inconscient, Myrtle, superstitieuse comme tous les gens du milieu de la pêche, ne pensait jamais à ce poisson sous son vrai nom. Prononcer le mot saumon équivalait à tenter le diable... Les pêcheurs évitaient de dire saumon comme les acteurs de dire Macbeth.) Ils en avaient mangé trois fois, grillé, pilaf et en croquettes. Immense dans sa cuisine, ses mains enfarinées ne s'essuyant sur son tablier que pour se couvrir à nouveau de farine, Myrtle écoutait le décapage et le ponçage qui se confondaient avec le ronflement lointain de la mer, et elle éprouvait ce soulagement si intense qui l'envahissait quand Archie était là, un soulagement d'autant plus vif qu'il était éphémère.

Un après-midi elle descendit avec lui au bateau : elle n'aimait pas beaucoup cela, car il n'était que trop aisé d'imaginer cette coque de noix à la merci de vagues tumultueuses. Archie lui assurait toujours qu'il faudrait une tempête comme il n'en avait jamais vu pour faire chavirer *Skyline II*, mais Myrtle demeurait sceptique. Il n'y a pas longtemps, Archie avait avoué que le bateau de son père, le vieux *Skyline* — que Ben Duns avait racheté à Dot après la mort de Jock —, s'était un jour carrément retourné, avant de se redresser. Dans un tel cas de figure, le *Skyline II*, un bateau encore meilleur acheté à l'époque où la pêche était rentable, réagirait de même.

Myrtle, debout sur la digue, s'était efforcée de chasser pareilles pensées de son esprit. Elle ne partageait pas l'affection et la confiance d'Archie à l'égard du navire. Le *Skyline II* était loin d'être le bateau le plus récent, ou le plus beau, du port, avec son étrave tronquée, sa coque ventrue et sa peinture noire usée et éraflée comme celle d'une vieille table. Ses ponts étaient un véritable fatras de câbles, de treuils et de filets : Myrtle était impressionnée et admirative quand Archie fourrageait dans ce capharnaüm. Il connaissait mieux les ponts du *Skyline* que son tiroir à chaussettes… D'une manière ou d'une autre, avant de repartir, l'équipage et lui se débrouillaient toujours pour tout remettre en ordre. Aux yeux de Myrtle, ce bateau avait l'air fatigué, à bout de forces : sottement, elle en avait fait un jour la réflexion à Archie, qui s'était mis en colère. Elle n'y connaissait rien en bateaux, l'avait-il rembarrée, et les opinions de ce genre, elle ferait mieux de les garder pour elle. *Le Skyline II* tiendrait le coup encore des années… Myrtle refoulait donc les craintes de ce type, sans parvenir à s'en débarrasser. Quand Archie disparut dans la cabine, elle se sentit dévorée d'inquiétude. Le bateau bougeait à peine alors que les eaux brunes du port clapotaient contre ses flancs, telle une marée languissante. Il ressemblait à une vieille carcasse que les mouettes charognardes, qui tournoyaient en poussant leurs cris à basse altitude, avaient hâte de déchiqueter. Archie, remontant l'échelle tout sourire avec un carton, surprit l'expression affligée sur les traits de sa femme. Il lui enlaça la taille et ils remontèrent la digue à grandes enjambées. Pour distraire Myrtle, Archie lui raconta que Ken était toujours le premier à vouloir donner un coup de main pour les tâches les plus rébarbatives. C'était lui qui se proposait le plus fréquemment pour ranger la cuisine ou déboucher l'évier. En un clin d'œil Archie avait réveillé la gaieté de sa femme et tous deux, sans rien dire, savouraient par avance la longue soirée paisible qui les attendait. Et, en ce dernier soir de son séjour à terre, Archie prit sa femme par le cou avant même d'arriver à l'étage. Il la serra contre lui avec tout l'amour inaltérable qu'il avait du mal à exprimer, mais que Myrtle avait fini par savoir reconnaître dans le labyrinthe compliqué de sa timidité naturelle.

À midi, la sous-couche est appliquée. Myrtle recule et contemple son ouvrage. Avec un peu de chance, la peinture aura suffisamment séché pour qu'elle puisse attaquer la dernière couche dès cet après-midi. Archie lui a conseillé d'attendre vingt-quatre heures, mais elle est trop impatiente de terminer. Archie n'en saura jamais rien, et quand bien même, ce ne serait pas le genre de trahison à l'affecter outre mesure. Ainsi, se dit Myrtle, si la dernière couche est bien fixée demain matin, elle sera libre de passer des heures à astiquer le vieux heurtoir en cuivre, qu'un dépôt noir est venu ternir. Cette besogne devrait absorber la majeure partie de son mardi.

Jusqu'à la mort de Dot, deux ans plus tôt, les journées où Archie n'était pas là abondaient en devoirs divers qui contribuaient à les faire passer plus vite. Dot, qui avait fini par nécessiter plus de soins que Myrtle ne pouvait en prodiguer, avait accepté de partir pour Evergreen, la maison de retraite, juste à la sortie du village. Myrtle et Archie étaient rongés par la culpabilité, mais, autant qu'ils aient pu en juger, ce déménagement n'avait pas traumatisé la vieille dame.

« Je ne serai plus un poids pour vous, avait-elle dit avec un de ses sourires édentés. Je pourrai rester assise à longueur de journée, sans embêter personne. »

À la maison de retraite, au bout de très peu de temps, Dot avait décrété que sa vie sédentaire ne se déroulerait pas en communauté. Lors de leur première visite, Myrtle et Archie découvrirent qu'elle avait persuadé les infirmières d'installer son fauteuil devant la baie vitrée donnant sur la mer, aussi loin que possible du cercle rigide formé par les autres femmes de pêcheurs qui somnolaient autour du poste de télévision du matin au soir. Le petit corps de Dot, qu'écrasaient davantage les roses du fauteuil, semblait s'être recroquevillé sur lui-même dans ce nouveau logis, à la manière d'un coquillage dont la chair se rétracte. Sa tête minuscule, penchée sur sa poitrine, se relevait avec peine de sorte que son regard puisse scruter l'horizon. Elle guettait le *Skyline*, qui allait revenir la chercher : c'était une occupation suffisante en attendant la mort… Elle convainquit les infirmières que c'était réellement tout ce qu'elle désirait faire, et celles-ci renoncèrent bientôt à tenter de l'amadouer pour qu'elle se joigne aux activités avilissantes des autres pensionnaires. Elle confia à Myrtle que le cours de « gymnastique » — de vieux bras s'escrimant à se lever au rythme de « Pack up your Troubles » — était le pire spectacle qu'il lui eût été donné de voir en quatre-vingts ans, sur terre comme sur mer. C'était indécent, déclara-t-elle, et elle refusait de participer à une comédie aussi grotesque. Il faut dire que Dot n'avait jamais été du genre grégaire, et durant les deux dernières années de sa vie dans la maison de retraite elle revendiqua son indépendance avec toute l'énergie qui lui restait. De son poste solitaire à la fenêtre, elle méprisait les fichus de laine aux tons pastel roses ou bleus qui drapaient les épaules de ses congénères. Malgré le chauffage central étouffant, elle insistait pour s'emmitoufler dans le vieux châle en shetland de sa mère, un vêtement aux teintes naturelles — « jus de haie », disait-elle — dont elle avait décidé qu'il serait son linceul. Les infirmières le trouvaient lugubre. Pourquoi vouloir mettre cette vieillerie, ma petite dame ? Votre fille pourrait vous apporter un joli cardigan de couleur gaie. Mais Dot ne voulait ni d'un joli cardigan de couleur gaie ni de pantoufles. Elle tenait absolument à mettre les bottines à lacets qu'elle entretenait précieusement depuis trente ans, et dont le cuir marron, à force d'être ciré, avait pris une patine bronze argenté. Ce châle et ces bottines étaient la tenue qu'elle portait quand elle disait au revoir à Jock depuis la jetée, ou qu'elle allait l'accueillir. Ce châle et ces bottines étaient la tenue qu'elle voulait avoir quand il reviendrait la chercher.

« Votre mère, nous l'appelons notre petite bohémienne », dit un jour une infirmière à Myrtle. Jamais ils n'auraient pu comprendre.

Durant les deux ans que Dot passa dans la maison de retraite, Myrtle alla la voir tous les jours. Archie l'accompagnait chaque dimanche où il n'était pas en mer. Les visites imposaient une routine que Myrtle trouvait apaisante, même si, jour après jour, le déclin s'accentuait, et le compte à rebours s'accélérait. Myrtle s'asseyait par terre à côté du fauteuil de sa mère : leurs yeux, ainsi, étaient au même niveau, même s'ils se croisaient rarement.

Le regard patient de Dot était posé sur la mer. Ses mains gisaient côte à côte sur ses genoux, immobiles comme deux petits poissons morts sur le point d'être remis à l'eau. Parfois les doigts avaient des mouvements involontaires, comme s'ils essayaient de tirer sur une ligne invisible, ou d'appâter un hameçon. Dans ces cas-là, Myrtle croyait que sa mère se souvenait, mais souvent elle se trompait.

« À quoi tu penses, maman ? » Silence. « Tu repenses à quand tu amorçais les lignes ?

— Non, répondait Dot, au bout d'un long moment, toujours sans bouger les yeux. Pourquoi je repenserais à ça ? »

La mère et la fille ne parlaient pas beaucoup. Myrtle ne trouvait pas grand-chose à raconter. Elle savait que les seules nouvelles qui intéressaient Dot — avant qu'elle cesse d'enregistrer quoi que ce soit — étaient les marées et les vents, histoire de pouvoir calculer l'avancée de son défunt mari. Elle n'avait rien à faire de la politique de pêche actuelle, ou de la maigreur des prises. Entendre parler d'Annie, dont la conduite scandaleuse lui causait jadis une certaine jubilation, ne la passionnait pas non plus. Seul le décès d'une des vieilles veuves la sortait un bref instant de sa torpeur.

« Elle a piqué du nez dans son fauteuil, la Clarrie McFair. Son Andrew a été sur le bateau avec Jock pendant un an ou deux. Elle avait la bave qui lui sortait de la bouche : elle faisait des grosses bulles comme Sammy, notre poisson rouge. Tu te souviens de Sammy ? Elle a renversé son thé partout. Elle avait vraiment une sale mine. Ma parole, elle est partie, a fait l'infirmière. Dire qu'elle était revenue de la salle à manger, sans que personne l'aide, à peine une heure avant.

— Comment as-tu fait pour voir tout ça, maman, toi qui tournes toujours le dos au cercle, et qui regardes toujours vers la mer ?

— Quand on entend du remue-ménage, on se retourne, non ? Un fameux spectacle. Y a des vieilles qui sont restées là les yeux fermés. Y en a une ou deux qui ont pleuré, un bruit horrible, puis qui ont essayé de se lever pour aider. Mais les infirmières les ont repoussées dans leurs fauteuils. Il n'y avait plus rien à faire : personne ne peut rien faire quand un cœur lâche comme ça. Je me suis retournée vers la mer. Pauvre vieille Clarrie, j'ai pensé, même si on s'était perdues de vue depuis longtemps. La prochaine à partir, ce sera moi, j'ai pensé. Je serai la prochaine à partir, mais pas avant que ton père soit venu me chercher. »

Quand Dot mourut, Archie était en mer depuis deux jours et ne devait pas rentrer avant encore trois de plus. Myrtle, arrivant à son heure habituelle le matin, avait appris que sa mère avait eu une nuit agitée mais semblait désormais plus paisible. Dot était à sa place coutumière, à contempler l'horizon par-delà la mer et ses moutons blancs. Ses mains étaient jointes nerveusement, comme pour contenir une excitation secrète. Lorsque Myrtle s'assit par terre à côté d'elle, Dot leva une de ses mains — leurs cicatrices argentées tellement fanées qu'elles étaient presque invisibles —, mais sans bouger les yeux.

« Le voilà enfin, dit-elle. Regarde : le *Skyline* ! Là-bas ! À l'horizon. »

Myrtle regarda au large. Il y avait bien un navire

à l'horizon, mais il avait l'air cent fois plus gros que le bateau de pêche de son père. Il ressemblait plus à un tanker.

« C'est bien, dit-elle.

— Il ne va plus être long. » Les mains de Dot se séparèrent, retombèrent sur ses cuisses. Elle ne parla plus. Quand Myrtle la quitta, une heure plus tard, il était clair que Dot avait d'autres priorités que dire au revoir à sa fille. Myrtle passa devant le fauteuil de Clarrie — toujours vacant, trois mois après sa mort —, en se disant que si sa mère avait aujourd'hui complètement perdu la tête, au moins elle paraissait heureuse. Elle ne s'énervait pas, ne se plaignait pas, et ne gigotait pas dans son fauteuil. Toute à sa longue et irrationnelle attente de son mari, sa concentration hors du commun lui apportait calme et détermination, une sorte de paix.

Myrtle n'était pas rentrée chez elle depuis une heure que le téléphone sonna. Dot était morte juste après son départ. Pour m'épargner le tumulte, songea Myrtle. Elle s'installa à la table de la cuisine et s'employa à dresser une liste des choses à faire. Elle aurait voulu qu'Archie soit là, et pouvoir pleurer dans ses bras, évacuer les sensations diffuses qui se font jour lorsqu'une mère bien-aimée disparaît. Mais sur le coup les pleurs ne vinrent pas, et elle finit par téléphoner au pasteur pour fixer la date des obsèques au lendemain du retour d'Archie. Dot souhaitait être enterrée à côté de son mari, dans un coin du cimetière qui donnait sur la mer.

Vers le milieu de l'après-midi la porte d'entrée était achevée. Myrtle recula pour admirer son œuvre. Archie aurait du mal à y trouver à redire, même s'il s'avérait peu sensible à la subtilité du vert... La peinture était bien appliquée, magnifique et brillante. Elle différenciait la petite maison en pierre, dont le toit était aujourd'hui en parfait état, et puis, il y a un an, Archie avait magnifiquement restauré les rebords et les encadrements de fenêtre. Myrtle était contente. Elle avait hâte de recueillir l'approbation de son mari. Quatre, cinq jours, peut-être...

Le 5 Arbroath Street était la demeure familiale des McGregor depuis de nombreuses générations. C'était une maison de village traditionnelle de l'East Neuk : épais murs de pierre, pignons à redents, toit d'ardoise et fenêtres espacées aux proportions plus aristocratiques qu'il n'était d'usage dans les petites maisons de village. Deux escaliers en pierre, réunis au sommet par un palier en pierre, menaient à la porte d'entrée située au premier étage. Deux cents ans auparavant, le rez-de-chaussée, vaste et unique pièce de la longueur du bâtiment, était loué à une entreprise de maîtres-voiliers. Lorsque les chalutiers à vapeur se généralisèrent au début du XXe siècle, et que les maîtres-voiliers durent fermer boutique, le grand-père de Myrtle caressa le projet de relier les deux étages de la maison au moyen d'un escalier intérieur. Ce projet ne fut jamais mis à exécution : Hamish McGregor passait le plus clair de son temps en mer, et lorsqu'il était chez lui la dernière chose qu'il avait envie de faire c'était jouer les maçons. Comme il n'était pas possible de payer quelqu'un pour effectuer ce travail, la pièce se délabra. Le rez-de-chaussée commença à servir de débarras aux voisins, et fut bientôt rempli de filets antédiluviens, de machines rouillées et de toutes sortes d'objets inutiles.

Quand Dot et Jock se marièrent ils habitèrent avec les parents de Dot à l'étage. Le manque d'espace rendait cet arrangement peu commode et ils ne tardèrent pas à se lasser de la situation. Hormis la cuisine, où se déroulaient l'ensemble des activités de la journée, il n'y avait que deux petites chambres à coucher. La première était l'ancien salon qui, réaménagé à la hâte, était occupé par le couple plus âgé. Bien que pleins de gratitude, Dot et Jock se retrouvèrent avec un petit bout de chambre qui ne pouvait accueillir qu'un lit à une place. Après une année d'inconfort, Jock prit quinze jours de vacances et remit en état la vieille remise du rez-de-chaussée. La pièce était froide, dépourvue de soleil, humide, et sans rien de luxueux. Mais au moins ils étaient chez eux. Quand Jock était là, Dot et lui se cantonnaient dans leurs quartiers : le bruit lourd des pas parentaux les incitait à réduire le plus possible leurs visites à l'étage. Myrtle était venue au monde dans cette pièce, cinq minutes avant l'arrivée de la sage-femme. Jock était en mer. C'était un jour d'orage, mais à en croire l'histoire racontée maintes fois par Dot, le bébé était à peine né que les nuages avaient disparu et qu'un rayon de soleil s'était faufilé dans la pièce, illuminant la pénombre.

Myrtle avait deux ans quand ses grands-parents étaient partis s'installer dans un appartement moderne. Durant les dix dernières années de leur vie, ils disposèrent d'une cuisinière électrique, du chauffage central, d'une baignoire et de W.-C. à l'intérieur. (Pendant des années, munis d'une lampe de poche quand la nuit était noire, ils avaient dû emprunter l'escalier extérieur pour rejoindre une cabane posée sur le lopin de terre qu'ils appelaient le jardin...) Dot, Jock et leur fillette emménagèrent à l'étage : les lieux étaient plus chauds, plus douillets, plus clairs, et ils pouvaient voir la mer depuis la fenêtre de la cuisine. Une nouvelle fois, la pièce du rez-de-chaussée se trouva délaissée. La moisissure prit possession des murs, des champignons à l'aspect maléfique surgirent entre les lattes du plancher. Quand Myrtle et Archie se marièrent, la pièce était dans un tel état d'abandon que, malgré leur pauvreté, ils n'envisagèrent même pas d'en faire leur premier logis. Ils entamèrent leur vie de couple dans un appartement HLM aux dimensions dérisoires, et détestèrent tout ce qui avait tant plu à leurs grands-parents : l'atmosphère surchauffée, les fenêtres bon marché, le manque d'étagères et d'espace, la cuisine sinistre et de mauvais goût dont le formica à motifs géométriques orange et marron angoissait tous les jours Myrtle. Aussi, quand Dot tomba malade et qu'elle eut besoin d'assistance permanente, le couple prit-il sans tarder l'heureuse décision de transformer le rez-de-chaussée d'Arbroath Street en petit appartement.

Ces deux dernières années, depuis la mort de Dot, Myrtle et Archie avaient continué à rénover la maison. Ils avaient installé leur chambre en haut afin de pouvoir profiter au réveil de la vue sur la mer : les deux petites pièces avaient été réunies en une seule, l'ancienne cheminée avait été débouchée. Quelquefois, par de froides nuits d'hiver, ils allumaient un feu de bois dans la chambre. Les cendres pâles dans l'âtre, le voyant rouge intermittent d'une braise encore vivante, voilà ce qu'ils apercevaient lorsqu'ils ouvraient les yeux. Pour eux c'était un plaisir partagé de quitter la chaleur du lit pour embrasser le froid mordant, leur haleine formant comme des ampoules de brume fantomatiques dans le clair-obscur du jour naissant. Mais dans la cuisine il faisait toujours chaud : le fourneau préhistorique, vieil objet capricieux qui avait souffert de diverses crises et avait besoin d'être constamment dorloté, diffusait une chaleur bienfaisante. Dans la tradition des aïeux de Myrtle, le couple y passait la majeure partie de son temps : le vieux fauteuil d'Archie était placé près du fourneau, les livres de Myrtle coincés entre les bocaux et la porcelaine sur les belles étagères d'Archie. C'était dans cette pièce qu'ils se sentaient le plus à l'aise, c'était là qu'avaient lieu les retrouvailles et les adieux : ses fenêtres étaient le poste d'observation d'où Myrtle examinait la mer tous les jours. Ils ne pouvaient ni l'un ni l'autre imaginer passer plus de temps ailleurs.

Dans le corridor entre la cuisine et la chambre, ils avaient construit un escalier en colimaçon qui menait à la pièce du bas, réalisant enfin le projet du grand-père McGregor. Leur ancien logement se trouva transformé une fois encore : une porte donnait sur le « jardin », désormais converti en une cour pavée, où Myrtle faisait pousser herbes aromatiques et géraniums dans de vieux plateaux de boulangerie. La petite salle de bains qu'ils avaient créée en venant habiter là avait été dotée d'une baignoire plus plaisante, et un angle de la pièce avait été cloisonné pour héberger la machine à laver. Ils avaient peint les murs en blanc, acheté un énorme canapé d'occasion, mais aussi un bureau pour la comptabilité d'Archie. Cette pièce était alors devenue la salle de séjour, qualifiée par Annie, verte de jalousie, de « bon sang de salle de bal ». Néanmoins, ils l'utilisaient rarement. Parfois, les soirs d'été, ils s'asseyaient près de la porte ouverte, entourés des pots de fleurs de Myrtle, mais ils se sentaient oppressés par les grands murs de la cour. Tout ce qu'ils pouvaient apercevoir, de là, c'étaient quelques mètres de ciel : ils ne voyaient pas du tout la mer.

Arbroath Street, jadis connue uniquement pour la pauvreté qui régnait dans ses maisons aux pierres épaisses, était aujourd'hui une adresse plus élégante. Certains voisins avaient précédé les Duns dans leurs rénovations : les toits avaient été réparés, les châssis de fenêtres revêtus de peinture laquée, le bois des vieilles portes d'entrée paré de jaune, de rouge ou de bleu. Des étrangers armés d'appareils photo, aux vêtements colorés assortis aux portes des maisons, déambulaient souvent dans la rue, leurs regards plus mornes qu'ébahis devant ce qui, comme l'avait expliqué l'un d'eux à Myrtle, était à coup sûr de « l'histoire vivante ». Mais les touristes n'étaient pas le seul problème : des spéculateurs avaient eux aussi découvert la côte est de l'Écosse.

Un jour, Myrtle ouvrit la porte à un homme qui arborait une cravate écossaise et le genre d'expression indiquant qu'il avait la certitude d'être bien accueilli. Il espérait qu'il ne serait pas déplacé de sa part de la complimenter sur sa maison.

« Une demeure vraiment superbe, si je puis me

permettre, risqua-t-il avec plus de précaution, en voyant la grimace de Myrtle. Je me demandais si par hasard vous envisageriez de mettre en location cette maison d'une qualité, oserais-je dire, pour le moins exceptionnelle ? »

Myrtle recula dans la cuisine. Cette idée absolument grotesque la laissait sans voix. L'agent immobilier — c'est ce que l'homme devait être — prit la liberté de pénétrer dans la maison, où son œil expert eut tôt fait de jauger la décoration. Comme Myrtle ne décrochait toujours pas un mot, l'homme eut le loisir de la faire bénéficier de ses conseils.

« Avec une maison comme ça, en été, vous pourriez récolter un gentil petit loyer. Bien sûr, à mon humble avis, un minimum d'investissement serait peut-être nécessaire... mais rien qui grève votre budget. » Il eut un mince sourire d'encouragement, dévoilant des dents de la couleur de l'écorce fraîche. Myrtle, bercée par son accent de Morningside, aussi onduleux que le roucoulement d'un pigeon ramier au loin, croisa les bras et fixa du regard l'intrus à la coiffure apprêtée. « *Aye*, il y a d'autres gens dans cette même rue qui y réfléchissent sérieusement. En fait, il y en a certains qui sont déjà plus ou moins décidés : j'en mettrais ma main à couper, madame... ?

— Jamais de la vie, fit Myrtle.

— Je pense qu'il serait sage de considérer les avantages que vous pourriez tirer d'un dérangement aussi négligeable...

— J'ai dit jamais de la vie.

— Dans certains cas, reprit-il avec un sourire condescendant en direction du fourneau, le simple fait de troquer les éléments... délicieusement historiques pour les commodités plus contemporaines que semblent apprécier davantage ces braves vacanciers… » Là, un petit reniflement fut rapidement étouffé par l'application délicate d'un mouchoir écossais. Bizarrement, il parvint à laisser entendre que si lui-même n'était pas homme à approuver la vulgarité des commodités modernes, il était évidemment obligé de prendre en compte le goût de ses clients… « Ce que je suis en train de vous expliquer, c'est qu'avec une jolie petite cuisinière moderne vous pourriez, pour tout dire, réclamer un loyer des plus coquets.

— Vous perdez votre temps », déclara Myrtle. Elle aurait voulu qu'Archie soit là : il aurait littéralement adoré Mr Morningside.

« Je peux vous assurer que notre agence est un très vieil établissement de la plus haute renommée, persista-t-il. C'est de vos intérêts que nous nous préoccupons. Nous louons toutes sortes de biens sur la côte est de l'Écosse, et, pour tout dire, même plus loin encore… » Il se tut. Jetant un coup d'œil à la peinture écaillée du seul châssis de fenêtre qu'Archie n'avait pas encore réparé, il rassembla ses forces pour une ultime tentative. « Vous n'imaginez pas, madame… ? Vous n'imaginez pas le nombre incroyable de clients satisfaits que nous comptons dans nos registres…

— Je suis navrée de ne pouvoir vous aider en me joignant à eux, mais aucune somme d'argent au monde ne saurait nous inciter mon mari et moi à louer notre maison à des étrangers. Maintenant, si vous le voulez bien, j'ai des choses à faire… »

Myrtle entreprend d'astiquer le heurtoir en cuivre en forme de tête de lion. Elle est impatiente d'en venir à bout, elle n'a pas envie d'être interrompue.

« Myrtle ? Dis donc, ta porte est magnifique. » Myrtle sourit en voyant Annie. Annie, dont la présence réussit si souvent à dissiper son agitation ou sa contrariété, a maintenant atteint le haut de l'escalier. Elle se tient à côté de Myrtle sur le perron en pierre, examinant la porte. Puis elle tend un doigt, touche la peinture laquée. « Il faut que je te parle. »

Myrtle soupire. Elle sent la fraîcheur soudaine du soir sur ses épaules. Le ciel est emplumé de nuages violets et gris.

« Entrons. »

Dans la cuisine, Myrtle branche machinalement la bouilloire, attrape la boîte à thé. Annie ne s'assoit pas à sa place habituelle. Elle reste debout. Myrtle remarque sur ses traits une crispation de mauvais augure. Elle comprend tout de suite que quelque chose ne va pas. Elle se demande si elle va pouvoir échapper à des doléances : elle n'est pas d'humeur à affronter un conflit.

« Vous êtes allés à Édimbourg, Ken et toi ? demande-t-elle.

— Non. Ken a été beaucoup parti avec la camionnette. Pour affaires.

— Je ne veux pas discuter de ça. »

Archie est au courant depuis un moment pour les « affaires » de Ken : en tant que capitaine du bateau, il ne peut pas approuver, car à cause d'elles, son marin est loin de se reposer suffisamment lors de ses permissions à terre. Ken revient sur le bateau épuisé, incapable de se traîner, même si, peut-être stimulé par la mauvaise conscience, il se montre toujours aussi serviable. Archie l'a averti à plusieurs reprises qu'il ne pouvait pas continuer à tolérer cette double vie. Il y a eu des disputes, des empoignades. À un moment donné, les deux épouses le savent, il faudra en passer par une confrontation. Archie a de plus en plus de soupçons sur les « livraisons » de Ken. Il ne pense pas qu'il s'agisse uniquement de déménagements. Il a tout lieu de croire que des caisses de poisson clandestin — du poisson en surplus qui, pour respecter les quotas, aurait dû être remis à l'eau — sont cachées au milieu des meubles et livrées à un revendeur peu scrupuleux. Archie n'a confié ses doutes qu'à Myrtle. Quand il est en colère, il menace de prendre Ken la main dans le sac. Myrtle espère qu'il n'en fera rien.

« C'est toi qui as posé la question... dit Annie. Mais je veux savoir à quoi tu jouais samedi matin. Où tu voulais en venir.

— Samedi matin ? » Myrtle essaie de se souvenir, troublée.

« Tu as bouleversé Janice. La petite était dans tous ses états. Elle est revenue en larmes. »

Une sorte de petit ronflement s'échappe des narines de Myrtle. Annie croit que son amie se moque d'elle. Elle tire une chaise — pas sa chaise habituelle — avec un raclement plein de colère. Elle s'assoit.

« Je n'ai rien pu lui suggérer pour guérir le hamster, explique Myrtle.

— Ce n'était pas tant ça, mais le sentiment qu'elle a eu d'être de trop. De ne pas être la bienvenue.

— Eh bien, en l'occurrence, elle ne s'est pas trompée. Elle n'était pas la bienvenue. » Myrtle pose deux mugs sur la table avec violence.

« Qu'est-ce que tu t'imagines ? Archie est à peine rentré, il a envie d'un peu de tranquillité pour son petit déjeuner, et ta fille débarque avec un hamster malade. Elle tombait mal, c'est le moins qu'on puisse dire. » Myrtle sert le thé. Annie, silencieuse, a les joues cramoisies : s'étirant de l'œil à la mâchoire, s'y dessinent les mêmes marques que quand elle était furieuse, enfant.

« Le hamster est mort, annonce-t-elle enfin.

— Je suis désolée.

— Je croyais que tu aimais Janice comme si elle était ta propre fille.

— Je n'ai jamais vraiment dit ça. » Myrtle s'assoit lourdement, à l'autre bout de la table. « Mais en effet, j'ai beaucoup d'affection pour Janice.

— Parfois on pourrait en douter. Tu es souvent brusque avec elle. Trop brusque, à mon avis.

— Il y a des moments où il faut être franc avec un enfant. Cette petite est trop effrontée. Trop contente d'elle. Ce n'est pas à moi de lui apprendre à se tenir. Mais vu qu'elle a l'air de se croire plus ou moins chez elle sous ce toit, je suis parfaitement en droit de lui faire la leçon quand elle est ici. Il faut qu'elle comprenne quand elle est de trop. Quand Archie vient de rentrer… eh bien, dans ces cas-là, oui, elle est de trop. Ça ne me semble pas déraisonnable. Mais ce n'est pas entièrement la faute de la petite. C'est toi, Annie, qui devrais lui expliquer qu'elle n'a pas à venir ici quand Archie…

— Alors c'est ça ! s'exclame Annie en repoussant son mug vide. Dis, tu sais quel est ton problème ? Tu es juste jalouse : jalouse de Ken et moi et de Janice. Jalouse de tous les couples qui ont un enfant. » Elle remarque l'expression de mépris qui balaie le visage de Myrtle. « Ça ne date pas d'hier. Ça explique ton attitude : tout le monde le dit. Bien sûr, tu as toute notre compassion. Tu le sais. Il ne doit pas y avoir grand-chose de pire que de vouloir un môme et de ne pas pouvoir en avoir. Mais qui a toujours été là, à te réconforter, quand tu subissais tous ces tests abominables ? Moi, je te rappelle. Et à ton avis, qu'est-ce que je ressentais, d'avoir une petite gamine superbe quand toi tu n'arrivais pas à...

— Arrête, Annie.

— D'après toi, qu'est-ce que je ressentais ? D'après toi, qu'est-ce que je ressens encore ? Je me revois te dire peu après la naissance de Janice : Myrtle, je t'ai dit, cette petite, tu pourras en profiter autant que tu veux.

— Arrête ! Tout cela ne rime à rien. » Myrtle est très pâle. Ses grandes mains enserrent son mug de thé brûlant. Au bout d'un moment, elle reprend : « Je te l'ai déjà dit : si nous ne voulons pas nous disputer, nous devons éviter ce sujet. D'ailleurs, tu n'as aucune idée de ce que je ressens de ne pas avoir...

— Ne va pas me raconter que tu n'es pas jalouse du fait que Janice existe. Ça ne te plaît pas que j'aie une fille et pas toi.

— Non, ça ne me plaît pas. Et pas le fait que tu aies quelque chose que je n'ai pas : je suis contente pour toi, tu le sais pertinemment. Mais le fait que je ne puisse pas, que je ne pourrai jamais, moi, donner d'enfant à Archie. Tu ne comprends donc pas ? Ce n'est pas de la jalousie envers toi ou envers les gens qui ont des enfants. Ça relève d'un sentiment bien plus terrible : une constante sensation d'échec. Bien sûr, il y a de nombreux avantages à ne pas avoir d'enfants, à ne pas avoir d'attaches de ce genre. On peut faire toutes sortes de choses que Ken et toi vous ne pouvez pas faire, comme s'en aller pour la journée sur un coup de tête. Si ça se trouve, Ken et toi êtes jaloux de cette liberté-là. Et puis on est mieux lotis que certains, financièrement, puisqu'on n'a pas toutes ces dépenses que supposent les enfants. Mais rien ne saurait compenser… Ne pas arriver à avoir d'enfant, ça vous mine… On s'en veut, à longueur de temps… Bon, j'ai dit ce que j'avais à dire. Restons-en là, s'il te plaît. Le sujet est clos. »

Annie croise les bras, lève le regard sur Myrtle.

« Je suis désolée. Je ne suis pas soupe au lait comme ça, d'habitude, pas vrai ? On traverse une sale période, Ken et moi. On s'engueule sans arrêt : il est continuellement sur les routes avec cette foutue camionnette, et on n'a pas le temps de se poser. Et qu'est-ce que je fais dès qu'il disparaît à nouveau ? Je me défoule sur toi. »

Myrtle, s'efforçant de chasser les pensées qui l'assaillent, lui adresse un sourire distrait.

« Ce n'est pas grave », dit-elle. S'ensuit un long silence entre les deux femmes. Elles ont beau vouloir l'une et l'autre retrouver leur ancienne entente, elles sont encore trop absorbées par leurs préoccupations personnelles pour se livrer à des déclarations de bonnes intentions. « Si j'avais dû être jalouse de toi, Annie, il y aurait une quantité de bonnes raisons, sans aucun rapport avec les gamins. Tu as toujours été la plus jolie, la plus pétillante, celle pour qui les garçons se battaient… Mais tout cela ne me gênait pas quand on était petites parce que tu as toujours été une amie loyale, tu as toujours pris mon parti, tu as toujours insisté pour tout partager avec moi à l'exception des garçons... Enfin bon, ils ne voulaient pas de moi, tu n'y étais pour rien, ajoute-t-elle avec un petit rire. Tu as toujours tout fait pour que je ne sois pas jalouse et j'étais très fière que toi, la fille la plus populaire de l'école, tu sois mon amie. »

Le rose qui empourprait les joues d'Annie revient, diffus, telle une rougeur de gêne.

« Voyons, je n'aurais jamais su me passer de toi, dit-elle. Tu étais mon roc. Tu l'es toujours. Et puis, tes souvenirs sont complètement faussés. Je te mettais dans des rognes pas possibles. Et ça continue. » Les deux femmes s'esclaffent. Annie se dirige vers la porte. « Partie de cartes à l'heure habituelle demain ?

— *Aye*.

— Il faut que j'y aille. Janice va se demander où je suis. » Myrtle prend une tablette de chocolat sur une étagère.

« Donne-lui ça de ma part. »

Une fois Annie partie, Myrtle demeure sans bouger dans le demi-jour. Elle éprouve un tel abattement qu'elle ne peut rien faire d'autre que rester assise. Ses mains reposent immobiles sur la table. Elle se demande si l'une d'elles va finir par bouger de sa propre initiative, rompant ainsi le sortilège. Elle a l'impression que des rochers ont été déplacés en elle, et que le schiste dégringole par les fissures fraîchement apparues. D'ordinaire, elle se débrouille pour préserver des tempêtes son amitié avec Annie. Elles peuvent passer des mois sans disputes, sans hausses de tension. Les éclats comme celui de ce soir sont rares mais néanmoins, pour

Myrtle, déstabilisants. Annie, plus girouette que Myrtle, a sans doute déjà oublié cette scène désagréable, et est sûrement en train de réchauffer au micro-ondes le dîner de Janice comme si de rien n'était. Elle a de la chance, songe Myrtle : sa capacité à prendre les choses à la légère, oui, voilà une aptitude qu'elle envie un peu à son amie... Myrtle regarde ses mains alors que, dénuées de sensation, sans lien avec son corps, celles-ci s'élèvent en tremblant pour lui presser les tempes. Le vide de la pièce est tellement poignant qu'elle sait qu'il lui faut s'y soustraire quelque temps. Elle ramasse son châle et ferme la fenêtre. Cela fait plusieurs semaines qu'elle n'a pas été sur la tombe de sa mère. Là-bas, elle est sûre de trouver le calme et aussi, peut-être, un espoir de sérénité.

Quand elles étaient enfants, les actes de gentillesse d'Annie envers elle causaient parfois des ennuis à Myrtle. Il y avait eu le jour où Ross Wyatt, qui harcelait Annie depuis des mois, avait fait une ultime tentative, et s'était vu rejeter en faveur de Myrtle.

« Sors dans la cour avec moi, Annie. J'ai quelque chose à te montrer.

— Je préfère pas, merci, Ross Wyatt. »

Le garçon, se souvient Myrtle, était désespéré. Il ne savait plus comment amadouer la petite bêcheuse qui se tenait devant lui. Il avait les mains dans les poches de son short. Myrtle voyait ses doigts qui tournicotaient. Ses joues étaient rehaussées de taches écarlates.

« Je ne voulais pas dire la cour. Je voulais dire...

descendre au port. Manger des frites. » Il parlait d'une voix haletante, bizarre. Il se détourna soudain, rejetant sa tête en arrière. Myrtle prit peur. Était-il malade ? Devait-elle aller chercher quelqu'un ? Mais Annie ne semblait rien remarquer d'anormal. Elle avait l'habitude que les garçons soient obligés de se détourner, pâmés d'amour pour elle.

« Non merci, cria Annie. Je n'irai jamais nulle part avec toi, jamais. Alors plus la peine d'insister. Pas vrai, Myrtle ? »

La confusion envahit Myrtle. À peine trois semaines plus tôt, Annie lui avait avoué combien Ross Wyatt lui plaisait. Elle ne voyait pas pourquoi il mettait tellement de temps à se lancer. Il était clair comme le jour que lui aussi la trouvait à son goût. C'est pourquoi ce drôle de revirement, maintenant que Ross tentait bel et bien une approche, décontenançait Myrtle. Que devait-elle faire ? Annie lui donna un coup de coude.

« Oui, c'est vrai, Ross, acquiesça Myrtle. Annie ne veut rien avoir à faire avec toi.

— Tiens, tu vois, Ross, qu'est-ce que je te disais ? » Annie était enchantée de l'à-propos de son amie, ainsi que de sa loyauté. « Myrtle sait. Myrtle est mon amie. Allez, viens, Myrtle. On s'en va. »

Ross fit volte-face, les joues en feu. Il avait l'air moins mal, se dit Myrtle, malgré son teint rubicond. Le malaise, le spasme, ou quel que soit le trouble qui avait saisi le garçon, était indéniablement passé. Il fixa Myrtle d'un regard de mépris absolu.

« Toi ? Une amie ? Tu n'es qu'un immonde boulet. Tu te cramponnes de toutes tes forces à Annie parce que tu sais que tu ne trouveras jamais un homme qui veuille bien te sauter...

— Espèce de sale connard ! Je t'interdis de parler comme ça à mon amie ! » hurla Annie en se ruant sur lui. Myrtle essaya de la retenir, mais il était trop tard. Annie lui avait administré un formidable coup de pied dans les couilles. Ross pâlit, gémit, se courba en deux. Myrtle tira Annie par le bras.

« Laisse-le, Annie, cria-t-elle par-dessus les gémissements du garçon. Laisse donc ce minable…

— Je vais le tuer !

— Ça, tu vas me le payer, sale garce… » Ross se déplia laborieusement. Une fois redressé, il se tenait toujours le bas-ventre. « Tu lâches pas ta chère Myrtle, reprit-il en ricanant, et je dirai à mon pote Hamish que s'il veut t'avoir il faudra qu'il se tape aussi ta mocheté de copine !

— Essaie toujours ! » répliqua Annie d'une voix tremblante. Myrtle comprit tout de suite que la menace de Ross avait fait mouche. Hamish ? Peut-être Annie n'avait-elle pas eu l'occasion de lui raconter ce qu'il en était avec Hamish…

« Je vais dire à Hamish de ne pas perdre son temps avec toi… puisque t'en as que pour ce tonneau de Myrtle Stewart, une nana qu'aucun garçon voudrait toucher même si c'était la dernière fille sur terre…

— Fous le camp, hurla à nouveau Annie. Avant que j'aille chercher Mrs Williams. »

Ross pivota sur ses talons et sortit de la classe, avec l'air du gars qui n'a aucune intention de continuer à gaspiller sa salive avec des filles aussi abjectes. Son dos reflétait le dégoût total que lui inspirait cette scène. Il claqua la porte derrière lui.

Annie se tourna vers Myrtle, des larmes dans les yeux. Myrtle lui passa un bras autour des épaules.

« Tu n'aurais pas dû prendre ma défense comme ça.

— Bien sûr que si. Pas question de laisser dire des choses aussi ignobles et aussi fausses sur toi. C'est dégueulasse. » Elle renifla. « Je le tuerai s'il va voir Hamish et tout gâcher.

— Tu ne m'avais rien dit, pour Hamish et toi, fit Myrtle, tendant son mouchoir à Annie. Quel cœur d'artichaut tu as ! » Annie se mit à glousser.

« Ross m'a plu un temps jusqu'à ce qu'il s'intéresse à moi. Quand il a commencé à me tourner autour et à m'envoyer ses petits mots à l'eau de rose, je l'ai trouvé insupportable. Et puis, ce matin pendant l'appel, Hamish m'a fait un clin d'œil... Enfin bon, un genre de clin d'œil. Et je l'ai trouvé mignon. Faut dire, j'aime bien les cheveux bouclés. » Elle gloussa à nouveau. Myrtle eut un sourire complice. La vie amoureuse d'Annie, avec ses turbulences, ne cessait de l'amuser. « Pardon, je n'ai pas eu le temps de te raconter...

— Mais si le clin d'œil d'Hamish date de ce matin, comment Ross peut-il déjà savoir que tu...

— *Och*, il a dû deviner, fit Annie avec un sourire désabusé. Il faut reconnaître, ce couillon de Ross a pas mal d'intuition. N'empêche, la prochaine fois qu'il t'insulte, il se prendra un tel gnon qu'il pourra plus jamais se relever. » Elle leva le poing en signe de triomphe, tandis que ses jolis yeux lançaient des éclairs. « Je laisserai personne être grossier avec ma copine. »

Pour Myrtle, cette scène comptait parmi ses grands moments de gloire. Les farouches déclarations de loyauté de son amie lui procuraient plus de bonheur que tout ce qu'aurait pu lui apporter un crétin de garçon. Elle n'avait pas la cote avec la gent masculine, de toute manière. Quand ils ne l'ignoraient pas, les garçons se montraient impolis avec elle. Mais cela n'avait aucune importance du moment qu'Annie l'aimait et prenait sa défense. Et elle n'arrivait pas à imaginer, même une fois adulte, qu'elle pourrait aimer un homme ne serait-ce que moitié moins qu'elle avait toujours aimé Annie. Les deux filles s'étreignirent, conscientes chacune de la légère odeur de miel des larmes de l'autre ; elles furent séparées par le son métallique de la cloche qui annonçait le cours de gym. Elles avaient douze ans à l'époque.

Myrtle se tient à côté de la tombe de sa mère. Il fait nuit à présent : les nuages floconneux du début de soirée ont cédé la place à une douce obscurité qui s'effiloche en lambeaux pâlis autour de la lune. Ses rayons dessinent une grand-route à travers la mer. Il n'y a pas de bateaux, pas de vagues. La rencontre du ciel et de l'eau se perd dans un noir velouté. Comment les gens pensent-ils aux morts ? se demande Myrtle.

Elle-même a du mal à se représenter sa mère dans son entier. Les images qu'elle garde de Dot sont comme des miniatures éparses. Il y a les mains couvertes de cicatrices, les yeux aux lourdes paupières, le sourire prudent, le petit geste interrogateur de la tête, les épaules voûtées dans la vieillesse. Elle a du mal à la revoir se tenant droite. Parfois, chose effrayante, elle a même du mal à se rappeler son visage, et Myrtle est obligée de vite se tourner vers une photo pour se remémorer les traits de sa mère. Le parfum qu'elle exhalait lui revient en revanche plus fréquemment : l'odeur de poisson — les effluves tonifiants de l'iode — et l'arôme plus discret de l'eau de lavande. Dot, le dimanche, se tamponnait le cou d'une eau de lavande de sa confection afin de masquer l'odeur de poisson. Myrtle, enfant, était autorisée à faire un tout petit baiser à sa mère en lui disant bonne nuit : c'était suffisant pour déceler sur sa peau la combinaison familière. Ce parfum flottait également dans la maison : le poisson imprégné dans l'épiderme au fil des ans, la lavande désormais appliquée chaque jour… Une véritable folie, Dot avait-elle un jour expliqué à sa fille. Mais elle craignait que l'odeur de poisson ne soit incrustée en elle, et elle n'avait pas envie d'incommoder les gens.

La voix était le détail qui subsistait le plus nettement. Dot avait une voix douce, mélodieuse, son accent écossais aussi cassant que du verre, ses intonations aussi heurtées que de petites vagues sur une mer balayée par le vent.

« Myrtle, tu veux bien venir ici ? »

« Myrtle : tu es devenue une splendide gaillarde… l'ossature de ton père. »

« Myrtle, regarde : le *Skyline* se profile à l'horizon. Ton père ne va plus tarder maintenant. »

Myrtle entend constamment cette voix carillonner en elle, à toute heure du jour et de la nuit. Sa persistance la porte à croire que la frontière entre la vie et la mort est plus étroite qu'on ne pourrait le penser. Peut-être les voix des gens qu'on aime ne meurent-elles jamais, se dit-elle, et cette idée se révèle d'un certain réconfort.

« Myrtle, c'est toi ? »

Il ne s'agit pas d'une voix d'outre-tombe, mais de celle d'un homme bien vivant. Un accent canadien. Myrtle se retourne.

Martin Ford se tient non loin de là, une main appuyée sur une croix en granit qui fait presque sa taille. Ses cheveux sont blondis par la lune, son visage plongé dans une ombre épaisse.

« *Och*, Martin.

— J'espère que je ne t'ai pas fait peur.

— Pas du tout.

— J'ai été retenu tard par un boulot. Je voulais juste vérifier où creuser demain matin. Rusty Burns. Quatre-vingt-treize ans, je crois.

— J'ai appris. La pauvre Nancy est effondrée.

— Le dernier des grands boulangers de la région, je dirais. »

Martin est tailleur de pierres. Il a débarqué du Canada avec ses parents à l'âge de dix-sept ans, et a fait son apprentissage dans le sud. Mais il est revenu en Écosse pour être près de ses parents, qui partagent avec lui une maison divisée en deux à la sortie du village. La pénurie de travail est pour lui un problème permanent. Il a acquis la réputation d'être le tailleur de pierres le plus compétent de la côte est, et aussi le plus raisonnable : nombreux sont les clients qui n'ont payé que le prix de la pierre. Ce ne sont pas les commandes de stèles, de monuments ou de plaques commémoratives pour les églises qui manquent, mais chaque ouvrage est long et minutieux, et le peu d'argent qu'il gagne ne reflète pas du tout la valeur de son savoir-faire. Pour arrondir ses fins de mois, Martin est fossoyeur. Il creuse les tombes avec vigueur et efficacité. On peut compter sur lui. Il est réputé pour son sérieux : toujours prêt à aider autrui, il n'a jamais fait faux bond à quiconque. Il est unanimement apprécié dans le village, et passe pour un brave homme malgré ses origines étrangères. Toutefois, à la connaissance de Myrtle, personne n'est très proche de lui ni vraiment au courant de la vie qu'il mène.

Martin change de position.

« Ta mère... ça fait combien de temps, maintenant ?

— Presque deux ans jour pour jour.

— C'était une femme exceptionnelle.

— *Aye*, c'est vrai.

— Et toi, ça va ?

— Ça va bien.

— Archie si souvent absent... Ça doit être dur pour vous, les femmes de marins.

— On s'habitue. » Elle sent ce mensonge lui parcourir l'échine. Elle resserre son châle autour d'elle.

« Il faut que j'y aille, dit Martin. Tu veux que je te raccompagne ? »

Myrtle fait non de la tête.

« Merci quand même. » Ses doigts se posent sur la stèle de sa mère, puis s'envolent aussitôt. Le nom et les dates de Dot, ainsi que ceux de Jock, ont été magnifiquement gravés par Martin. Il n'y a pas d'épitaphe. Myrtle n'a toujours pas réussi à trouver la formule idéale.

« Tu n'as pas décidé, pour l'inscription que je dois ajouter ?

— Pas encore. Mais je réfléchis.

— Ce pauvre vieux Rusty... Nancy n'a pas les

moyens de faire graver autre chose que “R.I.P.”. Je lui ai dit de ne pas s’en faire, que je travaillerai gratuitement.

— C’est gentil à toi.

— Un aussi bon boulanger mérite une épitaphe. »

Finalement, ils cheminent côte à côte sur l’étroit sentier entre les tombes ; leurs pieds produisent comme un chuintement dans les gravillons. Martin referme le portail du cimetière derrière eux. Myrtle s’arrête, indice très discret que la compagnie de Martin ne la dérange pas. Elle a dit qu’elle ne voulait pas qu’il la raccompagne, mais lorsqu’il continue à marcher près d’elle sur la route, il ne lui vient pas à l’esprit de protester.

Il n’y a personne dans les rues du village. Les maisons, à l’aspect si accueillant le jour, ont à présent un air hautain et défensif, comme toujours la nuit. Les rideaux sont tirés. Les lumières, à travers les étoffes non doublées, prennent un caractère tridimensionnel : les fenêtres donnent l’impression d’être des briques lumineuses suspendues dans le noir.

Myrtle et Martin progressent en silence. Ils ne tardent pas à atteindre le 5 Arbroath Street. Myrtle, qui se demande si elle va passer la soirée à écouter un concert radiophonique ou à lire un livre, trébuche sur la première marche.

« Attention. » Martin sort une lampe électrique de la poche de son manteau. Son faisceau éclatant sculpte dans l’escalier en pierre de gros blocs d’ombre et de lumière. La broderie en laine qui orne le bas de la jupe de Myrtle se transforme en fleurs couleur rubis.

« Mais qu'est-ce que je fabrique ? » Elle sent la main de Martin sous son coude tandis qu'elle gravit à nouveau la marche, sans difficulté cette fois. Elle marque une halte, une main sur la rampe en fer. Elle se tourne vers lui.

« Une tasse de thé ? Quelque chose à grignoter ? »

Martin réfléchit un instant. Sa main lâche le coude de Myrtle.

« Je ferais mieux de rentrer, dit-il enfin. Merci quand même. Mais il faut que je me lève à quatre heures si je veux terminer la tombe de Rusty avant d'aller voir pour du marbre. »

Myrtle se représente Martin seul dans le cimetière, sa bêche plongeant dans l'herbe rase humide de rosée, le ciel de l'aube éclairant la terre sombre tandis qu'il creuse vite et profond. Elle s'interroge sur la vie qui peut être la sienne aujourd'hui. C'est une question qu'elle ne s'est pas posée depuis longtemps.

« Très bien, dit-elle. C'est gentil de m'avoir raccompagnée. »

Elle monte l'escalier quatre à quatre à présent, impatiente de rentrer. Martin garde sa lampe allumée pour elle. Il attend qu'elle ait tourné la clé dans la serrure de sa porte fraîchement repeinte avant de l'éteindre. Il lui fait alors au revoir de la main. Trop tard. Myrtle a refermé la porte. Martin est aussi seul dehors qu'elle l'est à l'intérieur.

Il est presque minuit. Myrtle remue, incapable de dormir. Comme toujours elle pense à Archie loin en mer, une image qu'elle a en horreur, mais qui revient toutes les nuits. Puis, dans sa tête, cette onde noire à l'infini se change en mer qui danse avec la lumière du soleil, une journée calme dans le port. Martin, fraîchement arrivé au village, flânant sur la jetée, mains dans les poches. L'air modeste, comme s'il voulait passer inaperçu. Aucune chance, avec son bon mètre quatre-vingts et ses cheveux blonds en bataille. D'emblée, il était devenu un objet de convoitise pour toutes les filles de la région : le fait qu'on le voie rarement intensifiait les conjectures quant à sa disponibilité et à son caractère en général. Annie, qui à l'époque sortait avec un certain Roddy Fairburn, constata que son affection pour un jeune Écossais gentil mais ennuyeux ne parvenait pas à lui faire ignorer les excitantes perspectives qu'offrait le Canadien.

« Il est à tomber, chuchota-t-elle à l'oreille de Myrtle. Je ne dirais pas non. » Myrtle trouvait aussi que Martin avait du charme, mais elle se garda de l'avouer. L'idée même qu'il puisse ne serait-ce que la remarquer était risible.

De loin elles le regardèrent longer lentement la digue, s'arrêtant pour contempler chaque bateau de pêche au mouillage.

« C'est l'occasion ou jamais ! lança Annie. On n'a qu'à le rejoindre, et lui faire la causette…

— Sans moi, dit Myrtle, pour qui il n'était plus question de servir de chaperon à Annie. Tu peux y aller toute seule. Mais il est trop vieux pour toi. Dix-sept ans.

— Je vais sur mes seize ans, se récria Annie, dont le quinzième anniversaire remontait à la semaine précédente, et puis de toute manière tout le monde croit que j'en ai dix-sept. » Elle fit battre ses cils, tout raidis de mascara violet. « T'es vraiment pas marrante, Myrtle. Tu prends jamais aucun risque.

— Mais enfin, et Roddy ? protesta Myrtle. Je croyais que tu sortais avec lui. »

Annie s'esclaffa, avec un mépris trop sophistiqué pour son âge.

« Roddy ? Tu parles ! »

Myrtle comprit que les jours de Roddy étaient comptés. Elle avait déjà entendu ce rire. Martin avait atteint l'extrémité du quai ; il leur tournait le dos. Son attention était maintenant concentrée sur l'horizon.

« Du genre pensif, ce Martin, si tu veux mon avis », commenta Annie. Elle haussa les épaules, puis partit d'un rire plus aimable. « Bien sûr, celle à qui, en fait, il conviendrait, c'est toi. » Elle sourit à la pensée d'une telle incongruité. « Pour la taille, j'entends. C'est quasiment le seul garçon du coin qui soit plus grand que toi, non ?

— Ne dis pas de bêtises, Annie. » Maintenant qu'Annie semblait avoir renoncé à accoster Martin, aucune de ses ridicules suggestions ne pouvait effrayer Myrtle.

« Ce n'est pas si bête, tu verras. Simple question de temps. » Annie prit le bras de Myrtle. « La seule chose que je demande, c'est la priorité. Il me plaît un maximum.

— Tu fais comme tu veux, répondit Myrtle. Je n'ai pas de vues sur Martin. » Mais comme elles couraient à toutes jambes, en retard pour la classe, Annie n'entendit pas.

Après sa rencontre inopinée avec Martin, Myrtle, dans son insomnie, revoit très clairement cette scène du passé. Dans la foulée, elle se remémore ce qu'Annie a fait ensuite, et sourit toute seule. Puis enfin elle s'endort.

Chez Myrtle, Annie, brouillant les cartes à la table de cuisine, est anormalement silencieuse. Elle a apporté un petit pot de bulbes de crocus qui, affirme-t-elle, écloront pour Noël. Ça aussi, c'est anormal. Annie n'est pas du genre à avoir ces gestes-là. Elle ne présente pas les bulbes comme un cadeau de réconciliation, mais c'est ce qu'ils sont, Myrtle le sait bien, et elle se montre très exubérante dans son plaisir et ses remerciements.

Même si les femmes jouent sans piper mot pendant quelque temps, Myrtle sent que quelque chose turlupine son amie. Elle la connaît par cœur. Elle connaît parfaitement cette inclinaison insolente de la tête quand Annie s'apprête à draguer un homme. Elle connaît ce masque de prudence effrénée qui veut dire qu'elle s'escrime à garder un secret. Elle connaît ces doigts qui sautent plus vite d'une carte à l'autre quand elle détient une information qu'elle a du mal à contenir. Myrtle l'observe patiemment, amusée. C'est souvent quand Annie se débat de la sorte que Myrtle a le plus de tendresse pour elle. Son incapacité à dissimuler, sa candeur font partie des raisons pour lesquelles elle l'aime. Annie se sait observée. Elle se plaît à laisser Myrtle sur le gril. Elle fait mine de se concentrer à fond sur son jeu. Mais en fin de compte elle lâche :

« Alors, comme ça, tu as fait scandale hier soir. »

Myrtle croise le regard malicieux d'Annie, lui adresse un sourire perplexe.

« Je ne vois pas de quoi tu parles. »

Annie lui lance un coup d'œil, l'air de dire bien sûr que tu sais de quoi je parle.

« Bras dessus bras dessous avec Martin, à travers tout le village. » Myrtle a déjà le rire aux lèvres. « À la faveur de la nuit. Il te raccompagne, il entre chez toi. Même que la porte claque, à ce qu'il paraît ! Mais que se passe-t-il ensuite, Myrtle ? » Dans le ton espiègle d'Annie perce une note de soupçon. Le rire de Myrtle s'accentue, ce doux glougloutement qu'Archie compare aux bulles du chocolat chaud.

« Il n'y avait personne dehors, dit-elle. Qui étaient les espions ?

— Il y a toujours des espions derrière les rideaux. »

Myrtle repose ses cartes, joint ses grandes mains. Son rire s'interrompt ; elle respire profondément.

« Ce village ! Je n'ai jamais rien entendu d'aussi grotesque de toute ma vie. Le jour où Myrtle Duns a fait scandale... » Son rire reprend.

« La vérité, alors. Dis-moi la vérité.

— Ce n'est absolument pas intéressant. Après ton départ je suis descendue un moment au cimetière. Martin y était : il venait voir une concession où il devait creuser une fosse ce matin. *Aye*, nous sommes rentrés à pied ensemble. Et pas bras dessus bras dessous, tu t'en doutes. Il a allumé sa lampe de poche pour m'éclairer l'escalier. Je l'ai invité à boire une tasse de thé... cela faisait plusieurs semaines qu'on ne l'avait pas vu. Il a refusé. J'ai refermé la porte. Un sacré scandale, pour ça oui.

— Un sacré scandale. Bon d'accord, je te crois. »

Myrtle, elle aussi, est d'humeur badine.

« J'espère bien.

— Un mystère, ce Martin. Pas moyen de savoir quelle est sa vie.

— Et pourtant, tu as bien failli percer le mystère… » C'est au tour de Myrtle de taquiner son amie, même si elle se rend compte, trop tard, qu'aujourd'hui encore il vaut peut-être mieux ne pas plaisanter là-dessus.

« Pas tant que ça, si je me souviens bien. Il en avait plein la bouche de cette autre femme dont il était amoureux.

— Je crois réellement que tu avais un gros faible pour Martin, en ce temps-là.

— C'est vrai. Tu le sais. Enfin quoi, tu me connais. Ça me titille toujours quand je n'arrive pas à mes fins. Mais mon attirance pour Martin allait plus loin que ça. Il représentait quelque chose de bien, d'honnête, de fort : des vertus auxquelles j'aspirais, quoi que tu aies pu penser, sous mes dehors frivoles… La dernière fois que je l'ai vu, il avait pris pas mal de poids. Il avait l'air plutôt triste, j'ai trouvé. J'ai eu envie de lui ébouriffer les cheveux en disant : Allons, Martin, je suis encore ton amie. Mais je n'ai pas osé. Je ne suis pas sûre de pouvoir regagner un jour son affection.

— N'importe quoi.

— Si ma période d'insouciance n'était pas derrière moi, il me plairait toujours. Voilà ! Je l'ai dit. Et j'ai droit à un regard noir. »

Myrtle s'esclaffe.

« Les hommes te plairont, et tu leur plairas, jusqu'au jour de ta mort. Je vois d'ici la scène, quand tu devras aller en maison de retraite : les pauvres petits vieux n'auront aucune chance de t'échapper. Tu les poursuivras dans les couloirs avec ton déambulateur. Tu traîneras ton fauteuil à travers toute la salle de télé pour bien être à côté de celui qui...

— Maintenant c'est toi qui dis des bêtises. Et d'ailleurs, Ken sera là-bas avec moi. Il est exclu qu'on soit séparés quand on sucrera les fraises. En tout cas, c'est une promesse qu'on s'était faite.

— Comment va-t-il ? » demande Myrtle. En temps normal, elles ne s'interrogent pas trop sur leurs maris respectifs. Myrtle a posé la question sans réfléchir, peut-être pour combler un silence gêné. Annie mélange ses cartes, les yeux baissés, ses cils d'une longueur incroyable dessinant des ombres crantées sur ses joues.

« Mauvaise passe », se borne-t-elle à répondre.

Durant quelques années Ken, à l'école, se targuait d'être le rigolo de la classe. C'était toujours lui qui répondait avec effronterie, qui faisait rire les autres aux dépens du prof ; lui qui était le plus souvent puni. La punition classique consistait à être collé après les cours pour apprendre par cœur une centaine de lignes, tirées soit de la Bible soit de Robert Burns. Grâce à ces retenues, Ken avait découvert qu'il possédait une mémoire stupéfiante. Il apprenait en un clin d'œil ce que d'autres auraient mis une heure à assimiler. À peine dix minutes après avoir été enfermé dans la salle de classe déserte avec un passage des épîtres de Paul aux Corinthiens, il apostrophait le maître en annonçant : « Ça y est ! » Au grand étonnement du professeur, c'était la vérité. Ken débitait l'intégralité du texte, sans tenir compte de la ponctuation ou de l'intonation, mais sans la moindre erreur.

Ensuite, histoire de ne pas déroger à sa réputation d'effronterie, Ken proposait d'apprendre, s'il fallait, quelques passages supplémentaires. Mais non, on le libérait toujours, en l'accusant d'avoir une mémoire photographique, et en lui précisant qu'il n'y avait pas là de quoi être fier. Avec une grande jubilation, il racontait l'épisode à ses camarades de classe qui, déjà admiratifs de son culot, ne l'en respectaient que davantage. Afin de se voir donner d'autres passages à apprendre par cœur, Ken était obligé de persister dans son irrévérence pour récolter des punitions. Il ne tarda pas à demander s'il pouvait délaisser Burns et la Bible pour se pencher sur d'autres œuvres. On lui confia l'*Oxford Book of English Verse* en lui disant d'apprendre ce qu'il voulait dans cette anthologie, du moment que le total s'élevait à une centaine de lignes. C'est ainsi qu'il découvrit les poètes, et qu'il finit par les aimer. Durant deux années merveilleuses, il enchaîna sans répit punitions et étude. Il était tellement occupé qu'il n'avait pas le temps, contrairement à la majorité des autres garçons, de penser aux filles. Elles n'entraient pas dans sa vision des choses. Il passait tous ses loisirs à rêver de devenir acteur. Il confia un jour ce secret à Myrtle en la suppliant de le garder pour elle. S'il touchait un mot de cette idée à sa famille, qui travaillait dans le secteur de la pêche depuis des générations, ses proches en déduiraient qu'il souffrait d'une faiblesse mentale et l'enverraient chez le médecin.

À cette époque Ken ne s'intéressait pas à Annie. Elle était tellement grisée par les compliments et les hommages de la quasi-totalité des garçons de la classe que tenter d'aguicher un des spécimens rares qui ne prêtaient pas attention à elle ne rimait à rien. Si tout le monde l'avait jugé beau gosse, comme Archie, elle aurait peut-être fait un effort. Mais étant donné que le peu de charme qu'il possédait était plus cérébral que physique, elle ne voyait aucune raison de perdre son temps. Elle se contentait de rire avec les autres quand Ken posait une de ses questions aussi rigolotes qu'invraisemblables, et partageait le respect unanime des élèves envers ce garçon si singulier. Ken, quant à lui, ne pouvait que remarquer qu'Annie était très largement la plus jolie fille de la classe, et que ses camarades, à l'exception de son timide copain Archie Duns, se ridiculisaient tous les jours en s'ingéniant à lui plaire.

Le trimestre de printemps où Ken fêta ses seize ans, l'école organisa après les examens une expédition à St Andrews. On devait pique-niquer sur la plage, se baigner, faire des jeux. Pas du tout le genre de distractions qui plaisaient à Ken, mais il savait qu'il ne pouvait pas y couper. Arrivé à la bourre au point de ralliement, il s'aperçut qu'il ne restait que deux places dans le car, à l'avant du véhicule. Il s'assit en solitaire sur un des sièges, puis sortit son exemplaire d'*Hamlet*. Par peur des moqueries, il l'avait camouflé sous la jaquette d'un roman à suspense. Le moteur démarra, le car allait partir, quand Myrtle poussa un cri : Annie ! Où était Annie ?

Cinq minutes après, avec un retard qui n'était pas tout à fait le fruit du hasard, Annie fit son entrée dans l'autocar. Il était clair qu'elle s'était donné un mal fou, qu'elle prenait cette sortie plus au sérieux que d'habitude. Elle portait un jean noir moulant et un haut rouge vif en tissu extensible, tellement fin et ajusté qu'il aurait pu s'agir de sa peau. Les pointes de ses petits seins jouaient à cache-cache entre les perles, les cailloux et les lanières en cuir de ses colliers ethniques. Elle avait dû mettre au moins une heure, se dit Myrtle, à parfaire son maquillage : ses paupières étaient d'un violet translucide, ses lèvres d'un brillant crémeux, ses joues rehaussées d'un rose cuivré, et sous ses boucles brunes dansaient de longs pendants d'oreilles en filigrane d'argent. Son apparition provoqua un hoquet général, suivi de divers meuglements qui incitèrent Annie à sourire avec bienveillance à ses camarades moins éblouissants. Il n'y avait pas une fille ni un garçon dans ce car qui n'aurait reconnu qu'Annie était au-dessus du lot.

Près de qui Annie avait-elle résolu de s'asseoir ce jour-là ? Myrtle ne s'en souvenait pas. En tout cas, cette personne avait déjà un voisin de siège. La seule place libre, remarqua Annie en survolant les travées d'un rapide coup d'œil, était à côté de Ken. Elle se renfrogna. Puis, ne voulant pas paraître inamicale, elle sourit. Les deux expressions ne lui firent ni chaud ni froid : Ken se rapprocha le plus possible de la vitre, et ouvrit son livre.

Il n'avait pas à craindre d'être interrompu. Annie pivota sur son siège, lui tournant le dos, et se mit à bavarder avec les passagers de derrière. Le voyage, heureusement assez bref, se déroula dans une cacophonie de voix que Ken, se concentrant sur son livre, s'efforça d'oublier. Ce qu'il ne pouvait ignorer, toutefois, c'était le parfum d'Annie. Il essayait d'en déterminer la nature… un chaud parfum de fleurs et de miel, peut-être. C'était la seule chose chez elle qui n'était pas intimidante. Elle lui procurait au contraire une étrange sensation inconnue. De l'assurance ? Toujours est-il qu'il abandonna sa lecture. En levant les yeux, il s'aperçut que le car pénétrait dans la ville. Au même moment, Annie, toujours vibrionnante, se retourna vers lui. L'espace d'une infime seconde, elle lui posa une main sur le genou. Mais cette seconde dura une éternité, car ce court instant suffit à Ken pour observer jusqu'au plus petit détail la forme, le poids et les contours de cette main délicate, les ongles grands comme des coccinelles resplendissant de vernis écarlate, la peau lumineuse des doigts à peine ridée au niveau des jointures… C'était une main qui sécrétait un venin mystérieux et dont la piqûre, excitante, remonta à toute allure le long de sa cuisse pour se propager à l'ensemble de son corps. La main n'avait fait que l'effleurer. Mais sa caresse, troublante, continua à se répandre en lui à la manière du vif-argent.

« Ken ! » La voix d'Annie lui parvenait comme de très loin. « Espèce de rat de bibliothèque… Tu devrais faire un tandem avec Myrtle. » Il y eut un éclat de rire, et Annie, lui tournant à nouveau le dos, poursuivit ses pitreries. En sortant du car peu après, Ken se sentait curieusement faible et fatigué, comme s'il venait d'accomplir un exploit physique colossal.

Myrtle s'était fait la réflexion que ce n'était pas le jour idéal pour un pique-nique. Un ciel gris s'étendait à perte de vue et un vent frais fouettait la mer, y soulevant des vagues courroucées. Néanmoins les élèves, enfin libérés de leurs examens, en profitèrent à fond. Ils firent des parties de ballon pour se réchauffer, s'adonnèrent à des jeux d'enfants un peu idiots comme la marelle ou encore saute-mouton. Ils ornèrent de graffiti la plage immaculée — les professeurs décidèrent de fermer les yeux — et s'amusèrent à faire la course, se poussant dans le sable puis se bagarrant avant de se relever pour s'élancer aux trousses d'un autre camarade. Après une brève partie de balle aux prisonniers, Myrtle se détacha du groupe et alla s'asseoir à côté de Ken, qui regardait la scène en solitaire. Sa mélancolie l'enveloppait comme une ombre, mais Myrtle était la seule à s'en apercevoir. Serrant contre lui ses genoux hérissés de chair de poule, il avait les traits aussi blêmes que si un mal subit venait de le terrasser. Un livre était enfoncé dans sa poche arrière. Il avait les yeux rivés sur Annie. Alors qu'elle courait, suivie d'une douzaine de garçons, son regard ne la lâchait pas une seconde. À un moment donné, Sandy Strachan, qui l'avait rattrapée, la jeta à terre. Il trébucha sur elle et des hourras retentirent quand, dans sa chute, le garçon lui écrasa le sein avec sa main et se retrouva la bouche dans ses cheveux. Ken grimaça.

« Ça va ? demanda Myrtle.

— Très bien, merci. »

Il ne quittait pas des yeux Annie en train de s'enfuir. Détalant sur la plage, elle ne fut bientôt plus qu'une petite tache rouge, les autres s'étirant en chapelet derrière elle. Soudain, elle dévia vers la mer. De leur poste d'observation, Myrtle et Ken discernaient les gerbes d'eau que soulevait dans son sillage la foule de ses poursuivants. Projetée dans les airs, l'écume décrivait des arcs éphémères qui mouchetaient le ciel, et les rires aigus leur parvenaient en piaillements assourdis, tels les cris d'oiseaux marins dans le lointain. Myrtle attendait que Ken lance une plaisanterie, mais il resta muré dans son silence fébrile. Oh Seigneur, songea-t-elle, lui aussi !

Plus tard, quand les autres revinrent pour le pique-nique, Ken continua à garder ses distances. Annie invita Myrtle à s'asseoir près d'elle, fracassant ainsi les espoirs d'au moins quatre garçons qui rêvaient de se voir accorder ce privilège. Les élèves et les professeurs s'installèrent sur les rochers gris arrondis qui faisaient saillie sur la plage, leurs mains pleines de grains de sable serrant d'épais sandwichs, leurs cheveux rabattus sur leurs yeux par le vent, le goût du sel sur leurs lèvres. Au-dessus de leurs têtes, telles des marionnettes, des mouettes remontaient et descendaient, suspendues à des fils invisibles. Ken, l'air de quelqu'un pour qui le brouhaha et l'euphorie collective sont insupportables, se leva et s'en alla faire un tour sur la plage.

« Qu'est-ce qui lui prend ? » demanda Annie, sans grande curiosité. Hamish jouait avec les lacets de ses chaussures d'une manière qui se voulait érotique. Myrtle secoua la tête, sans répondre.

Au retour, Annie s'arrangea pour s'asseoir à côté d'Hamish tandis que Myrtle prenait le siège à côté de Ken. Il avait une sale tête. Le teint gris, l'air hagard. Dès que le moteur démarra elle s'empressa de lui demander si quelque chose n'allait pas. Au bout d'un long silence il répondit si doucement que c'est à peine si elle l'entendit.

« J'ai l'impression de sortir d'un accident.
— Annie y serait-elle pour quelque chose ? »
Ken hocha la tête d'un air malheureux.
« Ton amie… C'est une sorcière, ou quoi ?
— Une charmeuse, dit Myrtle. Mais c'est aussi une brave fille. Elle ne ferait jamais de mal exprès. C'est simplement qu'aucun garçon ne peut lui résister… enfin, tu vois bien. Mais voilà, quand l'attirance n'est pas réciproque, le garçon souffre forcément.
— Je n'avais jamais fait attention à elle. Je ne l'avais même jamais vraiment regardée. Jusqu'à aujourd'hui. Il a fallu qu'elle vienne s'asseoir à côté de moi, et là d'un seul coup… » Ken soupira. Myrtle soupçonnait que son récent tourment ne lui était pas totalement désagréable. « Il y a une ode de Keats, reprit-il. J'ai dû l'apprendre en colle :

Mais quand l'accès de mélancolie tombera
soudain du ciel comme un nuage en pleurs
qui revigore toutes les fleurs aux têtes penchées
et voile la verte colline d'un linceul d'avril
alors gave ton chagrin d'une rose matinale[1]…

Vraiment stupide, comme suggestion. Indigne de Keats.
— En effet, acquiesça Myrtle. Il faut plus qu'une rose matinale. » Elle fixa le visage malheureux du garçon. « Je vais te dire une chose sur Annie : elle a beau être flattée, elle est un peu accablée par

1. « Ode sur la mélancolie », in *Seul dans la splendeur*, traduction de Robert Davreu, Paris, Éditions Points/Seuil, 2009.

toute cette adulation. Ce qui l'intrigue, en fait, c'est quand un garçon semble ne pas la remarquer. Alors peut-être que si tu fais profil bas encore quelque temps, si tu ne montres pas qu'elle te... qu'elle te fait un effet pareil, alors quand elle aura mûri et qu'elle se sera assagie, il se pourrait bien qu'elle se dise que Ken Mcleoud n'est pas si inintéressant que ça. »

Ken haussa les épaules avec pessimisme, tout en esquissant un sourire.

« Merci du tuyau. » Peu après, il demanda : « Tu la connais, cette ode à la mélancolie ?

— *Aye*, mon Dieu, oui, bien sûr que je la connais. C'est après l'avoir lue pour la première fois que j'ai pensé que ça me plairait d'être professeur. » Ken paraissait tout ouïe. Son intérêt encouragea Myrtle à se confier davantage. « J'étais à la bibliothèque un jour et j'ai attrapé ce recueil de Keats dans les rayonnages... je n'avais jamais entendu parler de lui. J'ai commencé à lire : je n'ai plus pu m'arrêter. J'ai rapporté le livre chez moi. Je n'étais pas capable d'apprendre tant de choses par cœur, comme toi, mais je les connais tous, ces poèmes m'ont profondément touchée. Je me suis dit alors : Pourquoi est-ce qu'on n'étudie pas ce genre de textes en cours ? Pourquoi est-ce qu'ils s'imaginent que c'est trop difficile, que cela ne nous plaira pas ? Et là je me suis dit : Si cette poésie peut me procurer à moi autant d'émotion, alors pourquoi pas à d'autres ? Il suffit de leur en donner l'occasion... C'est pour ça que j'ai pensé que peut-être je pourrais enseigner, expliquer la poésie aux enfants, les aider à aimer les livres. » Les joues de Myrtle étaient cramoisies à présent.

Elle savait qu'elle était allée trop loin et qu'elle regretterait de s'être sottement épanchée auprès d'un garçon avec qui elle avait à peine échangé un mot avant aujourd'hui. Mais Ken l'écoutait, bienveillant, tout en raclant avec la pointe d'un crayon le sable sous ses ongles.

« Toi et moi on a pas mal de points communs », conclut-il.

Myrtle éprouva une bouffée de soulagement. Il ne se moquait pas d'elle, comme l'aurait fait Annie si elle s'était laissée aller à de telles confidences. Ken semblait comprendre. Mais soudain elle se trouva ridicule. Pas mal de points communs ne servait pas à grand-chose si on était gigantesque et empotée et qu'on passait en général pour la fille la plus moche de la classe. Pas mal de points communs ne la mènerait nulle part, et cette triste certitude demeurerait un secret de plus dans son cœur, car elle appréciait la bienveillance du garçon, mais aussi la bonté qu'elle lisait au fond de ses yeux marron.

Après l'échange dans l'autocar, Ken ne parla plus d'Annie. Pourtant cette journée à la plage marqua un profond tournant dans sa vie. Son effronterie, son entrain le quittèrent. Il n'était plus le guignol de la classe, il ne commettait plus de bêtises entraînant des punitions. Il devint un de ces êtres qu'Annie qualifiait de « personne en particulier ». Myrtle observait son désarroi et sa douleur avec inquiétude. Mais la réserve de Ken n'était pas facile à entamer. Comme il semblait ne pas avoir besoin d'amis, elle hésitait à tenter de le réconforter. Elle se plaisait cependant à penser qu'il lui faisait confiance, et qu'un jour ils auraient tous deux une autre discussion. Myrtle attendit en vain que Ken revienne lui parler. C'était comme si leur conversation dans le car n'avait jamais eu lieu. Elle en conçut un certain regret mêlé de contrariété. Mais elle ne s'autorisait jamais de grands espoirs pour ce qui était des garçons, et sa déception s'atténua au bout de quelques semaines. Elle réussit alors à attendre qu'il se livre à nouveau à elle, sans émoi excessif.

Pour une fois, c'est Myrtle qui est allée chez Annie. Elles ne jouent pas aux cartes. Elles se tiennent nerveusement dans la petite cuisine carrée. Le micro-ondes a été installé à un endroit qui attire le regard dès qu'on franchit la porte. Myrtle remarque que, pour le mettre à l'honneur, des objets familiers ont été déplacés. Un saladier en bois garni de fruits en cire ainsi qu'une cruche en porcelaine venue du Portugal — deux merveilles qui faisaient jadis la fierté d'Annie — ont été relégués sur de lointaines étagères. Un espace libre a été ménagé autour de l'appareil, afin de mieux glorifier ce symbole de haute technologie et de confort moderne.

Un soleil radieux accentue le vert-jaune des plans de travail en formica et des placards en plastique, parant de ses reflets le visage et les bras nus d'Annie. Elle branche la bouilloire, comme dégoûtée de devoir utiliser un ustensile aussi minable. Si Myrtle avait voulu une tasse de café, Annie aurait mis le lait à chauffer dans le micro-ondes, histoire de prouver combien l'engin était génial pour faire chauffer le lait. Myrtle sourit intérieurement.

Elle trouve touchant le plaisir qu'Annie prend à cette machine, un plaisir non diminué depuis six mois qu'elle l'a achetée. Leurs joies simples sont, et ont toujours été, extrêmement différentes. Du point de vue d'Annie, la nature, les paysages, les promenades sont ennuyeux comme la pluie. Pour elle, le bonheur d'un après-midi solitaire consiste à éplucher un luxueux catalogue de vente par correspondance allongée sur son canapé en skaï avec à la main une tartelette cuite au micro-ondes, les pieds réchauffés par une flambée au gaz dont elle se plaît à croire qu'elle a toute l'apparence d'une vraie. Grégaire par nature, elle évite la solitude le plus possible. Elle n'a jamais compris cette drôle de manie qu'a Myrtle de partir se balader toute seule l'après-midi : vivre la chose par procuration lui suffit amplement. « Tu as marché huit kilomètres par ce temps ? a-t-elle coutume de dire. Merveilleux ! J'imagine quel bien ça a dû te faire ! »

Ce matin, sous son voile vert-jaune, Annie a quelque chose qui la tracasse et qui ne saurait attendre.

« C'est moi qui fais scandale à présent », lâche-t-elle avant qu'elles soient assises.

Myrtle prend un air plein de curiosité. Rien ne déconcerte autant Annie qu'une expression trop neutre après une annonce importante.

« Martin... » dit-elle. Elle tend à Myrtle un thé trop pâle qui oscille dans une tasse ornée d'une fleur orange d'une espèce inconnue. « Je suis tombée sur lui il y a à peine une heure. On a marché ensemble une bonne centaine de mètres dans la rue, et devant tout le monde. Il allait chez Creele acheter du crabe pour ses petits sandwichs de quatre heures, paraît-il. Il m'a dit qu'il t'avait croisée au cimetière, et que c'était sympa de te voir. » Elle sourit.

« Sacré scandale », acquiesce Myrtle, lui rendant son sourire. En jouant ainsi le jeu, elle sait que son amie aura confirmation que leur récente querelle est oubliée.

Annie agite sa jolie tête avec coquetterie : la lumière verte s'éparpille, dessinant sur son visage une mosaïque translucide.

« Quand je pense à l'effet qu'il me faisait autrefois ! soupire-t-elle. Bon, en tout cas, j'en ai profité pour lui annoncer la nouvelle.

— La nouvelle ?

— Je te l'aurais annoncée en premier, mais comme il était là... » Au pincement de sa bouche, Myrtle devine que son amie va faire durer le suspense. « Allons à côté nous asseoir », propose Annie.

Elle précède Myrtle. Une main sous la soucoupe, chacune avance en veillant à ce que la tasse ne glisse pas sur son socle en porcelaine. Myrtle trouve tous ces chichis de tasse et de soucoupe assommants. Ils font partie des petits snobismes d'Annie. Il y a quelques années, quand les pêcheurs jouissaient d'un meilleur train de vie, Annie avait dépensé des sommes folles en babioles superflues — vaisselle, argenterie et verres en cristal hors de prix —, vouées à rester inutilisées derrière les portes vitrées d'une copie de placard ancien. Tout ça pour frimer, l'avait un jour taquinée Myrtle, et Annie avait acquiescé. Si les vêtements ne l'intéressaient pas, Annie craquait complètement pour les signes de prestige ayant trait à la maison. C'était le tempérament dépensier de sa femme qui avait entraîné Ken à l'écart du droit chemin.

Dans le séjour, qu'Annie a aujourd'hui élevé au grade de « salon », le tapis ressemble à une mer gelée parsemée de tourbillons bleus et verts. Un canapé et son fauteuil assorti sont recouverts d'un similicuir coûteux de la couleur du ciment. Ils forment un angle avec la cheminée tarabiscotée qui, mêlant briques trop régulières et ferronnerie filigranée, encadre tout en l'écrasant le petit feu artificiel. Le mur au-dessus de cet impressionnant assemblage de brique et de fer forgé présente une collection de médailles de harnais en cuivre, même si, à la connaissance de Myrtle, ni Annie ni Ken ne se sont jamais intéressés aux chevaux. Le seul objet qui trahisse l'existence de Ken est le bibelot posé, solitaire, sur la tablette de cheminée : voguant sur un fragment d'étoffe bleue, un minuscule bateau à voiles en allumettes conservé dans une bouteille.

Myrtle s'assoit. Le fauteuil grince. Annie, tenant en l'air sa tasse et sa soucoupe, s'installe délicatement sur le canapé. Il accueille son poids léger avec un assortiment de grognements différents de ceux du fauteuil. Archie avait dit un jour que s'asseoir chez Annie et Ken lui faisait penser à un orchestre qui accorde ses instruments. Myrtle sourit à ce souvenir. Cela doit faire plusieurs années, maintenant, qu'il a eu cette remarque. Aujourd'hui, les deux hommes vont rarement l'un chez l'autre.

Annie agite sa petite cheville anguleuse. Clair derrière la fenêtre panoramique, le ciel du nord, ponctué de lents nuages comateux, illumine son sourire irrépressible. Elle ne peut plus tenir.

« Il faut que je te dise, annonce-t-elle. J'ai pris un boulot. » Elle change de position, tout excitée. Une vague de thé pâlichonne déborde de la tasse aristocratique pour se répandre dans la soucoupe. Le canapé gémit doucement.

« Oh Seigneur, sacrée Annie ! répond enfin Myrtle, s'efforçant de réprimer un soupir. Et de quoi s'agit-il, cette fois ? »

Annie, au fil du temps, a essayé quantité d'emplois. Elle a travaillé tout le long de la côte, pour des épiciers, des coiffeurs, des bouchers, des boulangers et des marchands de journaux. Elle a passé une courte période, environ trois jours, dans une échoppe vendant des pommes de terre au four, une attraction éphémère conçue pour les touristes un été. Mais les gens du coin avaient pouffé à l'idée de payer quelqu'un d'autre des fortunes pour faire cuire des pommes de terre, et l'entreprise n'avait pas survécu à son premier hiver. Ensuite, après une de ces phases assez longues où elle s'interrogeait sur la nécessité ou non de travailler, Annie avait été embauchée à la boutique Breeks a' Serks, mais en était bientôt partie à cause de l'odeur de renfermé qui lui donnait le rhume des foins. Le dernier travail qu'elle avait « gardé » — comme elle disait lorsqu'elle demeurait en place plus d'une semaine — était chez Ladies' Fashions, un établissement désuet sis dans une vieille et solide bâtisse qui se dressait trop près du port. Quand le vent soufflait de la mer, les clients risquaient de voir leurs emplettes arrachées par la bourrasque en quittant le magasin. Plusieurs fois, des jupes à fleurs et des écharpes arachnéennes avaient été brusquement emportées et à tout jamais englouties dans les eaux du port. Postée derrière le comptoir de Ladies' Fashions, Annie aimait bien la vue sur les bateaux et la sensation de remplir ici un rôle modeste mais important. Vendre des vêtements, selon elle, était une activité supérieure à vendre du pain ou de la viande. Mais elle n'arrivait pas à s'habituer à la conception de l'élégance défendue par sa patronne, une certaine Mrs Helen Grundy. Celle-ci avait une vision très précise de ce que devait être la haute couture sur la côte est de l'Écosse, et Annie était la seule à oser insinuer que ses convictions ne correspondaient pas du tout à la mode en vigueur dans le reste du monde. Elle se permit de souligner, un matin où il n'y avait pas de clients, que cette absence corroborait son opinion : si les vêtements proposés étaient un peu plus actuels, la clientèle affluerait peut-être avec plus d'enthousiasme. Mrs Grundy fut tellement outragée par l'insolence de la critique qu'elle ne put rien faire d'autre, durant plusieurs secondes d'un silence furibond, que caresser la broche en patte d'hermine montée sur une volute en argent piquée à son revers. Elle aurait bien renvoyé sa vendeuse sur-le-champ, mais il fallait déballer deux douzaines de cartons de chemisiers « repassage facile », et la position éminente de Mrs Grundy dans l'univers de la mode lui interdisait de déballer quoi que ce soit. La tension entre la patronne et son employée demeura très forte, procurant à Annie nombre d'anecdotes savoureuses à rapporter à Myrtle. La rupture survint au début de l'été, quand Mrs Grundy demanda à Annie de recouvrir les vitrines d'épaisses feuilles d'un papier jaune transparent qui, prétendait-elle, empêcherait la marchandise de se décolorer. Annie fit remarquer que, exposés derrière cette protection de teinte pisseuse, les cardigans sans vie et les robes informes paraîtraient encore moins attirants. Mrs Grundy en avait soupé d'une pareille impudence et demanda à Annie de déguerpir sur l'heure.

C'était toujours la faute des employeurs si Annie était obligée de partir : il n'y avait jamais moyen qu'ils acceptent ses horaires anarchiques. Même si des compromis étaient parfois tentés, ceux-ci étaient rarement couronnés de succès. Au bout du compte, malgré tout le charme et toute l'habileté d'Annie auprès des clients, les patrons finissaient par s'agacer de son attitude singulière par rapport au travail — c'était elle qui leur faisait une fleur, pas l'inverse —, et ils la congédiaient avec des sentiments mitigés. À présent, ses renvois laissaient Annie de marbre. Ils ne voulaient rien dire pour elle ; loin d'être un signe d'échec, ils témoignaient plutôt de la conduite déraisonnable des employeurs. Si elle en avait envie, elle pourrait toujours dégoter un autre boulot, affirmait-elle. Or, malgré la pénurie des offres dans la région, et son manque de fiabilité notoire, elle y arrivait en effet. Myrtle était habituée au schéma classique qui présidait à la vie professionnelle d'Annie, et dont la première étape était l'enthousiasme.

« Raconte, dit Myrtle. J'ai assez attendu. »

De manière presque imperceptible, Annie frissonne.

« La nouvelle cafétéria, au musée. Ils cherchaient une serveuse à temps partiel.

— Serveuse ? » Myrtle est étonnée. Annie en train de servir les autres est un rôle difficile à imaginer. « Remplir des théières, apporter des assiettes de sandwichs… Ne me dis pas que c'est le genre de choses que tu aimes ? »

Annie, choisissant d'ignorer la remarque de son amie, repose sa tasse et sa soucoupe avec un soin exagéré, qui bannit toute maladresse.

« C'est vraiment agréable, comme endroit. Nappes impeccables, scones et gâteaux maison. Salle toujours pleine. On a le sentiment qu'au moins, là-bas, il y a de la vie. » Elle jette un regard à Myrtle. « Tu pourrais mettre plus de zèle à me féliciter.

— Félicitations. Je suis contente pour toi. Je t'assure. Mais je ne comprends pas. Tu n'as pas besoin de gagner d'argent.

— Évidemment que si. Ken va être obligé d'arrêter son… business, sinon Archie et lui vont en venir aux mains…

— Ça, j'imagine, dit aussitôt Myrtle.

— Et puis, j'ai envie d'élargir mon univers. Ce serait une façon de rencontrer des gens nouveaux. »

Myrtle rit.

« Élargir ton univers ? Tu ne verras que des touristes. Et pas trop le temps de bavarder entre les commandes, je suppose. L'échantillon d'univers qui fréquente le musée risque de te décevoir.

— Pense ce que tu veux, moi je m'en fais une fête. » Le vague agacement d'Annie est discernable dans ses épaules levées, sa cheville qui cesse soudain de se balancer. « Ce n'est pas souvent qu'on a l'occasion de voir de nouvelles têtes. L'ambiance fermée de ce village a de quoi vous rendre dingue, parfois. » Par la baie vitrée, Annie semble contempler avec délectation une joyeuse scène imaginaire que Myrtle est incapable de se représenter. Brusquement, elle se lève. « Allez viens, on sort. Je commence lundi. Terminés, les après-midi de liberté après ça.

— Où on va ? » demande Myrtle, qui n'a qu'une heure avant de devoir retourner travailler à la maison de retraite.

Annie hausse les épaules.

« Au port, pourquoi pas ? Qui sait : on tombera peut-être sur Martin. »

De temps en temps, à l'improviste, Myrtle et Annie retrouvent des élans d'adolescentes. Dans le port s'étendent les eaux brunes et soyeuses de la marée basse, exactement assorties à la vase qui gît dessous. Elles distinguent le squelette de la jetée, les poutrelles d'acier encastrées dans le mur. Sur les marches mouillées de l'escalier en pierre, elles aperçoivent les reflets éclatants des bernacles et les ondulations visqueuses des algues. Il n'y a pas de bateaux. Le vide confère au lieu une noblesse trompeuse. Quand les bateaux sont là, le port devient petit, bondé, protecteur.

Elles marchent serrées l'une contre l'autre, la grande femme et la petite, à l'affût d'un sujet de moquerie éventuel : le décor est trop familier pour mériter des commentaires. Quelques mètres devant elles, un homme vêtu d'une combinaison municipale orange vif branche sa machine. Il entreprend de nettoyer au jet les caisses à poisson vides. Le tuyau produit un sifflement féroce, qui déchire l'air avec la cruauté d'une roulette de dentiste. De la vapeur s'élève, chassant les mouettes qui volent à basse altitude. Elles crient pour protester. Annie agrippe le bras de Myrtle.

« Tu vois qui je vois ? » demande-t-elle.

Myrtle, suivant le regard d'Annie, voit Mrs Grundy sortir furtivement de Ladies' Fashions. Mrs Grundy jette un coup d'œil aux alentours pour s'assurer que personne ne remarque la pause scandaleuse qu'elle s'accorde en milieu de matinée. Elle omet de regarder en direction de la mer et ne repère pas Myrtle et Annie, mais file vers le magasin de journaux, main dans la main avec la patte d'hermine piquée à son revers.

« La couillonne ! s'exclame Annie. Va te cacher à l'angle là-bas : fais attention qu'elle ne te voie pas quand elle reviendra. Je vais lui régler son compte. »

Dans ces moments-là, il est exclu de mettre en doute les exigences d'Annie, et Myrtle se contente d'obéir. Elle se surprend à courir, sa longue jupe battant lourdement contre ses mollets. Qu'est-ce qu'Annie peut bien mijoter ? Myrtle se poste, tout essoufflée, sous un porche : Mrs Grundy ne la verra pas en regagnant la boutique, mais Myrtle, de sa cachette, voit clairement où se trouve Annie.

Celle-ci est en train de chuchoter à l'oreille de l'homme au tuyau d'arrosage. Myrtle devine à la façon dont son amie incline la tête et sourit qu'elle lui fait son numéro de charme : elle cherche à le convaincre de surmonter ses réticences. Puis elle les voit s'esclaffer tous les deux. Annie touche brièvement le bras de l'homme sous sa manche en plastique orange, puis court se cacher à son tour. Dès qu'elle est hors de portée, l'homme pointe son tuyau vers le ciel et dessine un arc liquide au-dessus des mouettes, qui s'échappent vers le haut avec des cris d'indignation : formant une courbe, un million d'étincelles liquides se teintent de reflets argentés sous le pâle soleil avant de retomber à terre. Ce geste de l'arroseur, cette magnifique voûte aquatique qu'il vient de créer, Myrtle sait qu'Annie l'interprétera comme un compliment à son égard.

Dans sa veste vert émeraude, Mrs Grundy ressort de chez le marchand de journaux. Elle tient un magazine sous son bras. Sa main libre agrippe toujours la patte d'hermine. Les yeux baissés, elle avance d'un pas mal assuré sur le sol inégal. Quels souliers ridicules pour ici, songe Myrtle. Cette bêcheuse, ce sera bien fait pour elle si elle se casse la figure…

L'homme au tuyau d'arrosage tourne le dos à Mrs Grundy, braquant apparemment le jet d'eau sur un tas de caisses empilées face à la mer. Comment il fait pour entendre Mrs Grundy approcher, Myrtle n'en saura jamais rien. Toujours est-il que, sans se retourner, il effectue avec son bras qui arrose un mouvement vers la gauche — un geste semble-t-il involontaire —, puis reprend aussitôt sa position précédente. Un arc d'eau étincelante s'abat brutalement sur la veste haute couture de Mrs Grundy, assombrissant l'affreux tissu vert émeraude et semant le désordre dans son impeccable coiffure. Sa bouche couleur prune s'ouvre, mais son cri est étouffé par le vacarme du jet. Le magazine trempé dégringole, ailes déployées. Courbée en deux et maugréant des injures inaudibles, Mrs Grundy clopine vers le refuge de sa boutique.

Annie et Myrtle sortent en hâte de leurs cachettes. Elles se rejoignent et s'étreignent en riant. Des larmes coulent des yeux d'Annie ; le mascara zigzague sur ses joues. Elle esquisse un petit saut, exactement comme elle le faisait enfant quand elle était contente, si bien qu'un court instant ses yeux arrivent presque au même niveau que ceux de Myrtle. Dans son hilarité, Myrtle tangue sur place : la joie que lui procure cette farce idiote se répand en elle, lui coupant les jambes, la maintenant pressée contre la petite Annie qu'elle enlace toujours. Tout lui revient alors, les moments si amusants de leur enfance... Durant plusieurs heures, la douleur, l'angoisse, le besoin de voir Archie sont restés en retrait, incapables de troubler sa quiétude.

« C'est bon de savoir qu'on peut encore faire des bêtises pareilles de temps en temps, s'écrie Myrtle, le rire entrecoupant ses paroles.

— Magique », acquiesce Annie.

Peu après, les deux amies se séparent. Myrtle atteint le virage où elle doit bifurquer et gravir la colline. Encore toute grisée par leur facétie, elle se retourne pour adresser un dernier au revoir à Annie. Mais Annie, dos tourné, ne la voit pas : elle est en train de faire signe à quelqu'un d'autre... Myrtle plisse les yeux, bizarrement déroutée. Elle scrute la silhouette lointaine d'un homme qui porte une lourde caisse. Martin. Myrtle croit le voir hocher la tête en direction d'Annie, mais, à cette distance, elle ne saurait en être sûre.

Quand Archie n'est pas là, Myrtle se réveille tous les matins à quatre heures et demie. C'est l'heure à laquelle elle sait que commence son premier quart, et elle aime le sentir dans ses pensées tandis qu'il émerge du sommeil. Pendant un moment elle demeure allongée à l'imaginer en train de se dépêtrer soudain de son duvet — qui atténue à peine l'inconfort de la couchette — et de faire un unique pas vers l'infâme petit évier dont le robinet offre un malheureux filet d'eau pour s'asperger la figure. Elle se le représente en train d'enfiler son pantalon et son chandail raidis par le sel avant d'aller casser un œuf dans la poêle qu'aucun des hommes n'a jamais l'idée de laver. Elle le voit qui mange à toute allure, efficacement, épongeant le jaune avec un morceau de ce pain tranché qu'apprécient les marins, son abdomen se soulevant au rythme des mouvements du bateau. Myrtle imagine si fort la scène que parfois elle a l'impression de ne plus avoir de corps, d'être en apesanteur. Transportée en mer, elle devient une passagère invisible. C'est seulement quand elle glisse un pied vers le côté d'Archie dans le lit et ne rencontre que le drap, lisse et glacé, qu'elle se rend compte qu'elle n'est pas là-bas, à des milles au large avec son mari, mais ici, toute seule. La puissance de ses sensations l'a abusée une fois de plus. Si Myrtle possède une magie, c'est celle de savoir créer ce type d'illusions, si mystérieusement crédibles et réconfortantes lorsqu'elles envahissent son esprit. (Ce mot magie, Annie a une façon bien à elle de le prononcer : Myrtle l'entend qui tinte dans sa tête comme de petites perles. Mais la magie version Annie est totalement différente de la sienne.)

Une petite brise qui s'insinue par la fenêtre ouverte fait godailler les rideaux : leurs fronces sont gonflées d'air. Bientôt elle devra les tirer, entamer la journée, essayer d'organiser ses tâches dérisoires de façon que les heures s'écoulent le plus vite possible. Sa main passe de son propre oreiller solitaire au monticule bombé de celui d'Archie. Privé de la présence de son mari, le corps de Myrtle est morose. Il n'y a aucune vigueur dans ses veines. Sans Archie, elle se meut moins prestement le jour, repose plus lourdement la nuit.

Il est cinq heures. Myrtle ferme les yeux mais elle sait qu'elle ne redormira pas. Archie se trouve maintenant à l'évier de la cambuse : il rince son assiette graisseuse. À moins qu'il ne soit déjà sur le pont, enveloppé dans son ciré, à examiner l'état de la mer, du ciel, à évaluer les prises à venir... Elle ne lui demande jamais le déroulement exact de sa journée de peur qu'il ne perçoive ses craintes. Par un grand effort de volonté, Myrtle chasse Archie de son esprit, pour penser à Annie.

Magie : le mot retentit à nouveau... la magie d'Annie. Il se passe peu de jours sans que Myrtle médite sur les pouvoirs extraordinaires de son amie. Depuis des années elle s'efforce de les analyser, et depuis des années elle n'y parvient pas. Mais bon, peut-être le don de l'enchantement, accordé à si peu d'élus, n'est-il pas fait pour être analysé, mais pour être accepté justement comme un don, tout naturellement. Il n'empêche, Myrtle est sans cesse intriguée. Elle cherche en permanence des indices, mais ceux-ci n'offrent pas réellement de réponse. Qu'y a-t-il chez Annie qui attire à elle des personnes des deux sexes et de tous les âges, des personnes qui tiennent à lui faire plaisir, et à profiter de sa compagnie ? Son visage incroyablement ravissant constitue à l'évidence un atout, mais sa beauté est loin d'expliquer à elle seule le magnétisme qu'elle exerce. L'explication — et aujourd'hui, après s'y être escrimée tant d'années, Myrtle commence enfin à comprendre —, l'explication tient au fait qu'Annie vous convainc malgré elle qu'elle est le centre d'une partie importante de l'univers, et que quiconque se trouve avec elle partage cette place de choix. Cette sensation avait beau être informe, énigmatique, Myrtle se rappelle parfaitement l'avoir éprouvée enfant : avec Annie à ses côtés, elle était persuadée de se trouver au cœur de la vie, d'habiter une sorte de lieu stratégique, même s'il suffisait de regarder leur petit village de pêcheurs écossais pour savoir qu'en réalité il n'en était rien. En compagnie d'Annie, elle se sentait importante, courageuse. Sans elle, l'existence était morne, ennuyeuse. Annie apportait systématiquement de la joie avec elle, et cette joie se déposait sur les autres comme une poudre d'or. Le fait qu'elle soit irascible, capricieuse, parfois mal élevée, fréquemment indélicate et continuellement égoïste ne changeait rien. Le mystérieux talent d'Annie pour mettre du piment dans la vie était si colossal qu'on lui pardonnait ses défauts. Les garçons qu'elle avait snobés, ridiculisés et très souvent éconduits n'abandonnaient jamais l'espoir de trouver grâce à ses yeux. De nos jours, le village comptait certains pêcheurs mariés qui confiaient qu'Annie, dans leur jeunesse, était leur grand amour : Ken passait pour l'homme le plus chanceux du monde. Si des professeurs et d'autres adultes — en particulier Dot Stewart, qui redoutait l'influence d'Annie sur Myrtle — déclaraient « ne pas être dupes », ils étaient tout aussi enchantés que les camarades d'Annie quand la jeune fille décidait de s'intéresser à eux. Aujourd'hui, Myrtle avait beau réprouver la conduite de son amie, ou s'agacer de son égocentrisme, elle éprouvait toujours en son absence un immense sentiment de vide. Quelles que soient les disputes ou les dissensions qui pouvaient les opposer, Myrtle n'arrivait jamais à tenir plus de quelques jours avant de retourner auprès d'Annie — laquelle ne lui en voulait pas de l'avoir rabrouée, et était toujours contente de la voir revenir. Elles reprenaient leurs bonnes vieilles habitudes comme s'il n'y avait jamais eu de brouille : les parties de cartes, les tasses de thé, les farces impulsives comme l'arrosage de Mrs Grundy. Annie se moquait sans arrêt de l'intellect supérieur de Myrtle, qui lui reprochait de parler trop souvent de choses matérielles comme les mérites du micro-ondes ou le prix des nouvelles chaussures de Janice. Mais même quand les bavardages futiles d'Annie l'exaspéraient le plus, Myrtle ressentait la chaleur de cette présence qui lui était indispensable depuis la petite enfance, et elle ne pouvait imaginer la vie sans cette nourriture-là. Myrtle se plaisait à penser, bien qu'elle ne puisse en avoir la certitude, qu'Annie se sentirait tout aussi démunie si elle devait perdre son amitié, sur laquelle elle pouvait compter en toute occasion.

Ce que Myrtle savait des garçons, elle l'avait appris presque entièrement par procuration. Les dernières années de lycée, alors qu'elle manquait encore trop d'attraits pour être considérée comme une rivale, elle s'était retrouvée à jouer auprès des autres filles le rôle de la confidente ou de la conseillère. (Ce dernier rôle l'amusait. Sur quelle expérience pouvait-elle fonder ses conseils ?) Mais ses camarades lui étaient reconnaissantes de son oreille attentive, de son opinion réfléchie. De tels services lui avaient acquis une certaine popularité, dont, à son tour, elle était reconnaissante.

Parmi toutes les vicissitudes de l'amour juvénile auxquelles Myrtle prêtait son oreille attentive, il n'existait pas d'aventures plus captivantes et plus stupéfiantes que celles d'Annie. Il n'y avait pas un garçon de la classe qui n'ait été à un moment ou à un autre envoûté par son charme, qui n'ait tenté sa chance, n'ait été rejeté, mais qui ne continuât néanmoins à espérer. Depuis l'âge de sept ans Annie recevait des petits mots de garçons de toute l'école. Elle avait pour habitude de les rassembler comme une commerçante la recette de la journée — petits bouts de papier froissés arrachés à des cahiers sur lesquels figuraient des déclarations aussi passionnées que mal orthographiées. Après les cours, Myrtle et elle rejoignaient leur cachette derrière un fourré dans le jardin des Stewart, et les passaient en revue. *Tu es le cristal dans mon cœur ; je t'aimerai jusqu'à ce que le monde prenne faim et qu'on soit seuls toi et moi sur un océan d'éternitté ; S'il te plaît, viens décrocher la lune avec moi, je t'achèterai des rollers quand je serai riche ; Quand je te regarde en maths ou dans un autre cours mon cœur se met à battre très fort et mes jambes tremblent et je me sens mal comme si j'avais de la fièvre, tellement je t'aime*. Au début, ces petits mots plaisaient à Annie : ils la faisaient hurler de rire. Mais au fil des années, leur flux ne s'étant pas ralenti, elle s'était lassée et avait fini par les trouver rasoirs. Souvent elle en chiffonnait des poignées entières sans les lire. « Toujours la même rengaine, disait-elle à Myrtle. Rien de bien original. Aucun espoir de vraie idylle romantique dans ce bled. »

Une vraie idylle romantique, voilà ce qu'elle recherchait, avait-elle confié à Myrtle un millier de fois. Elle était déçue de constater que ses soupirants n'étaient pas sur la même longueur d'onde. Tout ce qu'ils voulaient, le plus vite possible, c'était coucher avec elle, et pas question de lambiner. Annie, qui avait élevé le flirt au rang de très grand art, leur accordait quelques petites faveurs. (À seize ans, avoua-t-elle un jour à Myrtle, elle avait déjà embrassé vingt-trois garçons du lycée. Mais seulement embrassé.) C'était leur impatience qui les perdait. À peine, après maints calculs, s'étaient-ils jetés à l'eau, l'avaient-ils empoignée de leurs mains moites, avaient-ils cogné leur appareil dentaire contre le sien, frotté contre elle leur bas-ventre en émoi et gémi d'une façon, ah, tellement gnangnan, que l'intérêt d'Annie s'éteignait. Elle les repoussait et contemplait leur sotte expression de désir frustré avec un mépris non dissimulé. Plusieurs garçons, comprenant que leur fougue les avait disqualifiés à jamais, en avaient même pleuré. Annie n'avait aucune pitié. Au contraire, son dédain n'en était que renforcé. Elle s'enfuyait en riant pour aller raconter à Myrtle la dernière minable tentative de séduction dont elle avait été l'objet.

Il y avait deux garçons dans la classe qui ne tentèrent jamais d'embrasser Annie : Archie Duns et Ken Mcleoud. Archie était le seul de tous les garçons de l'école à ne pas s'être entiché d'Annie.

Quand on lui demandait pourquoi — question qu'on lui posait souvent —, il déclarait qu'elle était trop petite, trop pimbêche et trop aguicheuse. Il admettait qu'elle était douée d'un physique exceptionnel, mais la beauté était une chose qui l'intéressait moins que la gentillesse et le calme. De tels sentiments le faisaient passer pour un imbécile aux yeux de ses amis. À l'âge de douze ans, Annie, appâtée par la résistance d'Archie, lui avait bel et bien offert ses lèvres derrière la remise à charbon. Mais cela avait été son tour à elle de se voir rejetée. Archie, qui n'avait pas l'intention de devenir un numéro de plus dans sa liste de soupirants éconduits, lui ordonna très fermement de s'en aller. Il s'écoula trois jours avant qu'Annie, plus amusée qu'humiliée, se résigne à transmettre ce scoop à Myrtle. Archie ne lui avait jamais vraiment plu, précisa-t-elle. Trop sévère. Elle était simplement vexée qu'il l'ignore de manière aussi éhontée. Tout ce qu'elle recherchait c'était un petit bisou pour se prouver qu'elle était capable de séduire tous les garçons qu'elle voulait.

Quant à Ken, depuis l'excursion à St Andrews, il était tellement torturé par son amour pour Annie qu'il lui était impossible de lui adresser la parole. Si par hasard il se trouvait à côté d'elle, il s'empressait de s'éloigner. Entourée comme toujours de ses admirateurs, Annie mit du temps à remarquer que Ken l'évitait. Lorsqu'elle s'en aperçut, elle se surprit, finalement, à être un peu intriguée. Pourquoi était-il si fuyant ? Son absence de réaction à ses mines les plus coquettes devint une sorte de défi, un tout petit défi, précisa-t-elle à Myrtle. Ken n'avait rien d'extraordinaire. Mais bon, histoire de s'amuser, elle tenta quelques ouvertures. Celles-ci étaient toujours accueillies par des silences rougissants. Au bout du compte, elle renonça et, perplexe, le laissa tranquille. Myrtle lui assura qu'il ne rimait à rien de se tourmenter pour un garçon timide quand elle n'avait que l'embarras du choix parmi des tas de garçons qui ne demandaient pas mieux. Alors même qu'elle prononçait cette mini-homélie — reçue par Annie avec un sourire charmeur —, Myrtle doutait de ses propres motivations. Elle avait conscience que, profondément enfoui sous son bon sens altruiste, un faible espoir s'était fait jour en elle après la confession de Ken dans l'autocar. Elle savait aussi que, pour son propre salut, elle devait tout faire pour que cet espoir ne fleurisse pas.

Il est maintenant sept heures. Myrtle est seule à la table de la cuisine. Archie travaille depuis déjà trois heures. Il se peut qu'il soit dans la cambuse pour une petite pause-thé de dix minutes. Il se peut tout à fait qu'il soit assis à côté de Ken. Comment s'entendent-ils, en mer ? Myrtle se pose souvent la question. C'est drôle de se dire que les deux seuls hommes de sa vie ont atterri sur le même bateau. Non pas que Ken ait jamais réellement fait partie de sa vie. En fait, à ce jour, elle ne peut pas être sûre qu'il ait été au courant de l'émoi qu'il lui avait causé. Son amour pour lui était un secret qu'elle n'avait divulgué à personne, pas plus à Annie qu'à quiconque. Elle connaissait l'humiliation qui pouvait découler de l'aveu d'un amour impossible : les malheureuses qui se confiaient à elle lui avaient décrit cette honte de manière saisissante, pitoyables dans leur désespoir. Parfois Myrtle était sidérée que son amie ne devine pas ce qui se passait dans son cœur, mais bon, Annie était tellement occupée à contempler son nombril qu'elle n'était pas très attentive au désarroi des autres. En outre, il ne serait jamais venu à l'esprit d'Annie que Myrtle, si clairement méconnue des garçons, puisse être attirée par l'un d'eux. « Tu te dégoteras un brave mari un jour, lui avait dit Annie. Les hommes plus âgés sont moins attachés à l'aspect physique. Ce qu'ils veulent c'est une épouse fidèle qui leur prépare leur dîner, raccommode leurs chemises et se satisfasse d'une existence paisible. » Myrtle savait qu'Annie cherchait par ces mots à la consoler ; elle n'arrivait pas à se rappeler quel incident, ou quel défaut repéré dans son armure, avait pu provoquer cette remarque. Évidemment, Myrtle garda pour elle la douleur que ce « réconfort », ou plutôt cette condescendance, lui causait.

Myrtle va à la fenêtre, attend que l'eau se mette à bouillir ; elle attend que le bruit familier du jet de vapeur rompe le silence dans la pièce. Dehors le ciel est de ce gris naïf propre aux petits matins d'octobre. Là-haut au firmament — Dot disait toujours qu'il valait la peine d'examiner la voûte céleste si on voulait juger du temps qu'il ferait —, il y a des effilochures de nuages jaune citron, suggérant que, plus tard, le soleil percera peut-être. Myrtle parvient à sentir l'odeur de la mer, mais pas à entendre son bruit. Le calme, qui lui apporte d'habitude un certain bien-être, est perturbé par la pensée de Ken. À vrai dire, ces derniers temps, elle en est venue à le mépriser. Elle méprise sa duplicité, sa trahison d'Archie. Au début, quand Ken était arrivé comme marin sur le *Skyline II*, sa loyauté était totale. Aujourd'hui, depuis qu'il a pris ce deuxième boulot de « livraisons et déménagements », il est tiraillé. Quand il revient à bord, il est un maillon faible dans un équipage énergique et dévoué. Myrtle sait que ce souci ronge son mari, même si Archie n'en parle jamais en détail. Myrtle sent aussi que les disputes entre les deux hommes s'intensifient — bien qu'elles n'aient jamais lieu à terre —, et redoute le moment où ils perdront leur sang-froid, et où, dans un élan de colère, ils se laisseront aller à la violence. Elle a par ailleurs du mal à accepter que Ken, ce garçon autrefois paisible et taciturne, soit devenu cet homme faible et malhonnête. La nature des « livraisons » n'a jamais été spécifiée, mais Myrtle a quelques doutes, même si elle ignore quel ami pas très net Ken s'emploie à aider. S'il prend des risques, c'est uniquement pour pouvoir afficher ces signes extérieurs de richesse réclamés par sa femme. C'est un imbécile. Il devrait condamner Annie pour son avidité, au lieu d'encourager chez elle ce travers. Il devrait savoir, à force, qu'elle ne réagit pas si mal, du moins pour un temps, quand ses désirs matériels se trouvent contrariés. Myrtle se souvient alors qu'avant de tomber amoureux d'Annie, quand il avait dans les douze, treize ans, Ken ne se laissait pas intimider par l'autorité. Il se montrait téméraire et imaginatif dans ses méfaits. Il se délectait de ses punitions, il adorait faire figure de héros parmi ses condisciples. Aujourd'hui, il n'y avait pas de punitions. Pas encore. Et Annie était la seule à profiter des fruits de sa hardiesse.

Lorsque Myrtle était tombée amoureuse de lui, c'était durant sa phase paisible. Il était renfermé et mélancolique, et ses yeux sombres et tristes lui avaient fendu le cœur, même si peu après cette journée à St Andrews elle avait renoncé à tout espoir de le voir jamais se confier à nouveau à elle, et que son candide petit sursaut d'espérance avait alors cédé la place à une compassion tranquille, une bienveillance tacite.

Mais elle était toujours restée aux aguets, au cas où un jour apparaîtrait un signe de changement. Pendant longtemps elle s'en était voulu d'avoir conseillé à Annie de ne pas s'obstiner avec Ken, encore que l'intérêt d'Annie à l'égard du garçon ait été tellement tiède qu'il avait refroidi très vite. Même l'indifférence gênée de Ken à l'égard de ses avances n'arrivait pas à donner à la jeune fille l'envie de persister. Eût-elle, pour le simple plaisir du défi, réussi tout compte fait à l'amadouer, eh bien, c'était un cas de figure, à cette période où Ken incarnait son seul espoir, que Myrtle se refusait à envisager. Quand Annie déclara finalement qu'elle n'allait pas s'entêter à poursuivre Ken de ses assiduités, Myrtle sentit une chaude bouffée de soulagement envahir tout son être. Si elle ne pouvait absolument pas espérer que Ken lui accorde l'attention dont elle rêvait, au moins se consolait-elle en sachant qu'Annie le laisserait tranquille. (Myrtle n'avait pas trahi le secret, et Annie n'avait toujours aucune idée des sentiments que Ken lui vouait...) Cette situation confortable, quoique frustrante, dura trois ans. Puis vint le jour de la fête.

À ce souvenir, Myrtle resserre son châle contre elle et son grand corps s'incline légèrement en avant. Elle déploie une main, l'applique sur ses côtes. Elle perçoit encore l'écho de la douleur éprouvée à l'époque, ce spectre d'une souffrance enterrée au plus vite, dans le but de préserver son lien avec Annie. Mais de loin en loin le fantôme ressurgit pour la hanter, la déconcerter. La porter à croire qu'il ne faut jamais complètement se fier même à ses amies les plus proches.

Cette fameuse époque... cette journée d'été. Et, après, les jours ténébreux qui suivirent l'innocent aveu plein de jubilation d'Annie : le passé peut être atrocement cruel dans sa précision, son caractère tangible. Myrtle, consciente de sa propre sottise, tend une main. Elle sent la chaleur du jeune bras musclé de Ken sous sa manche retroussée, là où son doigt à elle a osé se poser. Elle voit — elle verra à jamais — le mélange d'horreur et de culpabilité dans les yeux de Ken alors qu'il se penchait vers elle. Pour elle, c'était la fin de la nuit. Pour lui, le commencement.

Il y avait des fêtes tous les ans en ce temps-là. Enfants, Myrtle et Annie descendaient au port regarder les bateaux qui, décorés pour l'occasion d'oriflammes, de guirlandes et de fleurs, s'éloignaient sur les flots dans leur costume d'apparat. Ils formaient une flottille irrésistible, leurs coques ordinairement écaillées et cabossées dissimulées sous des jupons de rubans, de verdure et de fleurs tressées, qui voletaient à la moindre vague. Chaque bateau avait sa propre Sirène, une belle jeune fille vêtue d'une robe extravagante, résultat de plusieurs semaines d'indécision et d'excitation — et payée de bon cœur par le capitaine et ses matelots. La Sirène s'asseyait à la proue du bateau, son visage levé vers l'horizon, le corps aussi raide qu'une tête de mât, la fierté le disputant à la nausée lorsque la mer était mauvaise. Derrière elle, la famille et les amis buvaient et chantaient. Ils ne tardaient pas à s'empêtrer dans les rubans et les pavois et, se penchant joyeusement par-dessus le bastingage, ils laissaient les embruns leur rafraîchir le visage. Tout cela, Myrtle et Annie l'avaient appris par Dot, qui avait elle-même été Sirène jadis, et avait pris la mer chaque année sur le *Skyline* jusqu'à la mort de son mari. Quand elles seraient plus grandes, leur avait-elle dit, un pêcheur les inviterait forcément un jour à bord de son bateau. Adolescentes, Myrtle et Annie, qui ne quittaient pas des yeux la petite traînée ondoyante des embarcations jusqu'à ce que l'escadrille disparaisse au loin, ne rêvaient que de cela.

Arriva l'été où elles eurent toutes deux dix-sept ans, Annie quelques jours seulement après Myrtle. Le père d'Archie Duns, Ben, était un vieil ami de Jock Stewart. La femme de Ben, qui s'était cassé la jambe cette année-là, suggéra que Dot prenne sa place sur le bateau, et donne un coup de main en cuisine. On l'encouragea à amener avec elle les deux jeunes filles, dont l'excitation, déjà intense (elles attendaient cette occasion depuis des lustres), atteignit son paroxysme lorsqu'elles apprirent qu'Annie avait été choisie pour être la Sirène du navire. Suivirent plusieurs semaines d'affolement concernant la robe, la coiffure, le maquillage, les chaussures… Annie ne voulait prendre aucune décision sans Myrtle. Myrtle trouvait un peu lassante l'importance suprême de ces détails, qui semblaient accaparer à chaque instant les pensées d'Annie. Ces hésitations excessives à propos du vert, du bleu ou du rouge vif, ou encore de la soie, du satin ou de la mousseline finissaient par perdre de leur charme. Mais Myrtle réussissait à afficher au moins un semblant d'intérêt, et tâchait de se montrer aussi serviable que possible. Sa plus grande contribution au bonheur d'Annie fut de persuader Dot, excellente couturière, de confectionner la robe. Annie avait une idée très précise de la tenue idéale, mais avait fini par désespérer de la trouver en boutique : en suggérant que Dot se charge de la réaliser, Myrtle sauva son amie de la crise de nerfs. Pourtant, lorsqu'il s'agit de décrire à Dot la robe de ses rêves, Annie se révéla particulièrement bafouillante. L'image était claire mais floue, bredouilla la jeune fille, et Myrtle, épuisée par tous ces plans sur la comète, n'eut pas la force de souligner l'absurdité de cette déclaration. Annie expliqua qu'elle reconnaîtrait l'étoffe recherchée en la voyant, ce qui entraîna des dizaines de visites chez différents drapiers tout le long de la côte, avec Myrtle pour compagne excédée. En fin de compte elle porta son choix sur une dentelle couleur menthe à l'eau, et déclara qu'elle ne regrettait pas de s'être donné tant de peine pour trouver le tissu adéquat… Myrtle était bien d'accord, non ?

Dot, à présent paniquée de constater qu'il lui restait si peu de temps, repoussa les meubles contre les murs de la pièce et découpa la dentelle à même le sol. À mesure que la robe avançait, une Annie incrédule venait de plus en plus souvent l'essayer, s'enquérant de chaque couture, de chaque fronce, demandant que le col soit deux centimètres plus haut, deux centimètres plus bas, mettant à rude épreuve la patience de Dot. Pendant que Myrtle, affalée sur une chaise, considérait Annie avec un émerveillement sans fin, celle-ci se trémoussait devant le petit miroir piqueté, frustrée de ne réussir à voir que son visage et son cou dans sa surface ternie. Impatiente, un jour, elle l'arracha du mur, afin de le tenir face à diverses parties de son corps. Étant donné qu'il n'y avait absolument pas moyen qu'elle vérifie l'ensemble, gémit-elle, le résultat allait être à coup sûr un désastre. Myrtle contemplait la scène avec compassion, injustement fâchée contre sa mère, qui ne possédait pas de glace en pied. Dot, exaspérée par l'impolitesse que montrait Annie dans sa recherche de la perfection, s'emporta. « *Och*, arrête de te plaindre, ma fille, sinon je repose mon aiguille. Et si tu ne raccroches pas ce miroir sur-le-champ, je... »

Le sourire de contrition d'Annie et ses excuses pour sa nervosité apaisèrent la fureur de Dot. La jeune fille remit le miroir à sa place, sans regarder son visage. Elle cessa de se tortiller. Ses jupons — en fausse soie rose sous la dentelle menthe à l'eau — se figèrent autour de ses genoux, enfin immobiles. La pièce était étrangement silencieuse sans leur froufrou, mais y flottait le parfum aigre de la transpiration d'Annie. Myrtle se dit qu'elle avait vraiment de la chance d'être l'amie d'une fille pareille, de faire partie de toute cette effervescence. Elle se demanda si Annie savait à quel point elle était belle : dans la faible lumière du soir, lors de cet ultime essayage, Myrtle se rendit compte avec admiration et effroi que le charme d'Annie, auquel elle était tellement habituée qu'elle ne le remarquait presque plus, avait cédé la place à une beauté extraordinaire qui la servirait à jamais. Myrtle baissa les yeux sur ses propres mains ; elle était triste, mais ne ressentait aucune jalousie. Puis elle regarda sa mère accroupie par terre qui s'affairait avec l'ourlet de la robe d'Annie. Elle l'observa qui essayait de mettre son dé en argent. Mais ses doigts avaient gonflé depuis la dernière fois qu'elle en avait eu besoin, des années plus tôt. Le dé n'arrêtait pas de tomber. Dot éprouva à son tour comme une bouffée de regret, mais Annie y coupa court en s'extirpant soudain de sa robe avec irritation, pour se tenir là, dans ses sous-vêtements enfantins, ses jambes minces écartées, ses pieds nus cachés sous un amas de dentelle verte dans lequel le jupon de soie rose scintillait comme la lumière du soleil.

Le matin de la fête, Annie et sa mère passèrent chez les Stewart peu après sept heures. Pendant que Dot découpait des sandwichs et que la mère d'Annie préparait laborieusement du thé, Annie elle-même vibrionnait, incapable de rester assise plusieurs secondes d'affilée. Myrtle ne l'avait jamais vue dans un tel état d'excitation. Elle refusa de manger quoi que ce soit, prétendant que la nourriture lui donnerait mal au cœur. Elle n'arrêtait pas d'aller tripoter sa robe, qui était suspendue à la porte : elle n'avait jamais rien vu d'aussi beau de sa vie, disait-elle. Régulièrement, elle allait serrer Dot dans ses bras, ce qui entravait la confection des sandwichs, et la remercia une dizaine de fois. Lorsqu'il fut huit heures elle n'y tint plus. Elle se glissa dans la robe et tournoya dans la pièce, faisant étinceler et virevolter ses jupons. Tout le monde riait de voir son bonheur.

Soudain, devant Myrtle, elle s'immobilisa, puis tendit les bras.

« Et toi, Myrtle ? Qu'est-ce que tu vas mettre ? »

Dans toute l'agitation suscitée par le choix et la fabrication des vêtements de la Sirène, Myrtle n'avait absolument pas réfléchi à ce qu'elle allait porter. À la question imprévue d'Annie, elle fut tentée de répondre : Quelle importance, ce que je peux mettre ? Je fais seulement partie de ton public.

« Je trouverai bien quelque chose, répondit-elle. Il est encore tôt.

— Tu vas mettre ta veste, dit Dot d'un ton brusque. Il y a une bise cinglante.

— Alors Annie va être gelée.

— La Sirène ne sent jamais le froid, décréta Dot avec autorité. Elle a trop de choses en tête. »

C'était le cas : Annie avait déjà trop de choses en tête pour se préoccuper plus longtemps de quelqu'un d'autre qu'elle. Il y avait les souliers argentés à sortir de leur papier de soie, les boucles d'oreilles à bien attacher, les cheveux à brosser et à faire briller pour que leur éclat défie le vent… Tant de peine pour si peu d'heures de gloire, songea Myrtle, en avalant pour sa part sans barguigner son solide petit déjeuner. Mais peut-être était-ce justement là tout le sel de la gloire : l'excitation, la préparation. Quand l'événement avait enfin lieu, on risquait de voir le soufflé retomber. Myrtle allait surveiller Annie avec une attention minutieuse.

Malgré la marge qu'elle s'était laissée, Annie n'eut pas le temps de procéder au maquillage sophistiqué initialement prévu. De toute manière, ses mains tremblaient trop pour appliquer sans les faire baver l'ombre à paupières et le rouge à lèvres qu'elle avait achetés pour l'occasion. Le petit sac en plastique, corne d'abondance déversant ses trésors de boîtes de fard et de brosses à mascara, demeura sur la table. Mais la beauté d'Annie n'avait aucun besoin de ces artifices, se disait Myrtle alors que leurs deux couples mère-fille se dirigeaient vers le port. Dans un silence fasciné, elle regardait comme pour la première fois chaque centimètre du visage d'Annie. Elle était émerveillée par l'incandescence de sa peau, et par ses yeux aux cils noirs dont chaque clignement nerveux faisait luire une étincelle de diamant dans le bleu de ses iris. La beauté tenait à des détails aussi simples que cela : la ligne sinueuse d'une bouche qui, à une fraction de millimètre près, rendait celle-ci exceptionnelle ; le sourire qui creusait des fossettes dans les joues. C'était la première fois que Myrtle voyait son amie véritablement adulte : excitée mais sûre d'elle, altière mais généreuse dans sa reconnaissance de l'approbation d'autrui, elle dégageait avec plus de puissance que jamais cette mystérieuse énergie qui réchauffait son entourage. À partir d'aujourd'hui, comprit Myrtle, il allait arriver à Annie des choses qui ne lui étaient jamais arrivées avant. Et elle, de son côté, allait être complètement distancée. Peut-être ne serait-elle même plus autorisée à les vivre par procuration. Peut-être, maintenant qu'elles étaient grandes, une timidité nouvelle engendrerait-elle une certaine retenue, et leur ancienne complicité finirait-elle par disparaître. Lorsqu'elles atteignirent le quai, elles regardèrent en contrebas le bateau qui attendait. Ses décorations amusèrent

Annie : l'équipage n'avait pas lésiné sur les drapeaux et les guirlandes. À l'extrémité de la proue une chaise avait été transformée en un magnifique trône de verdure parsemé de fleurs. La place d'Annie. Myrtle remarqua la chair de poule sur les bras de son amie, et se félicita de porter une veste, si disgracieuse fût-elle. Elle éprouva une peur soudaine, qu'elle n'aurait su définir. Elle se rapprocha d'Annie, pour lui faire escorte, et la Sirène fut priée de rejoindre son siège.

Les pressentiments de Myrtle furent encore renforcés par la vue du nombre de passagers à bord. Il y avait plein d'amis d'Archie — Ross Wyatt, Sandy, Roddy, Ken, Hamish —, et Annie leur faisait signe, les appelait, répondait à leurs sifflets admiratifs par une série de petites inclinaisons de la tête. Une rafale de vent aplatit ses jupons de dentelle contre ses jambes et lui ébouriffa les cheveux en un millier de boucles. Les garçons, levant les yeux, beuglèrent à qui mieux mieux. À ce moment-là, Ben, le père d'Archie, se faufila à travers la petite troupe bruyante, enjamba le bastingage puis monta quatre à quatre l'escalier du quai. D'un rapide mouvement, tel un rapace fondant sur sa proie, il souleva Annie dans ses deux bras et la transporta dans le bateau. Les rires et les acclamations fusèrent à nouveau. La bouche de Myrtle était crispée. Elle dut faire un effort pour obliger ses lèvres à sourire.

Tandis qu'Annie prenait place sur son trône, avec l'aide exaltée des garçons, Myrtle et les deux mères, agrippant cartons et paniers, descendaient les marches glissantes sans le secours de personne. Elles furent accueillies par Archie, seul garçon à sembler ne pas s'intéresser à l'intronisation d'Annie : il débarrassa d'abord les deux aînées de leur chargement, puis soutint fermement le bras de Myrtle alors que la jeune fille mettait le pied sur le pont encombré. Les événements avaient commencé à tournoyer dans la tête de Myrtle, mais persistait en arrière-fond une crainte larvée. Elle savait qu'Annie, malgré tout le tumulte autour d'elle, ne manquerait pas de s'apercevoir qu'Archie ne faisait pas attention à elle. Annie ne s'était aperçue que récemment que ce brave Archie n'avait jamais fait attention à elle depuis « cet incident idiot » du temps de leur enfance, et elle trouvait son attitude insultante. Elle n'allait pas supporter très longtemps une telle indifférence.

Myrtle comprit qu'il était inutile d'essayer de s'asseoir près d'Annie à l'avant. La Sirène était entourée d'admirateurs qui n'avaient aucune intention de bouger. Il n'y avait pas de place pour Myrtle. Elle se rendit à l'arrière du bateau où Dot, les genoux écartés pour que sa jupe forme une table entre ses cuisses, faisait déjà le tri des victuailles. Ken était assis près d'elle, son visage blême enfoui sous la capuche de son coupe-vent en plastique. Il adressa un signe de tête à Myrtle. Elle s'installa à côté de lui : c'était le seul siège vacant. Cette proximité inespérée réjouit vaguement Myrtle. Elle aurait plaisir à être assise auprès de lui, et ne s'offusquerait pas de son silence.

Les bateaux partirent enfin, une rangée de sept, leurs cordons de fanions s'agitant sous la brise, leurs Sirènes bien droites à la proue, la tête haute, souriant avec raideur. Leurs robes aux couleurs primaires éclatantes resplendissaient dans la clarté, bien qu'aucune d'entre elles, songea Myrtle avec fierté, ne possédât le raffinement et le cachet de celle d'Annie. Une fois que les bateaux furent sortis du port ils virèrent ensemble, dessinant une ligne moins régulière, bien qu'allant tous dans la même direction.

La distance s'accrut rapidement entre les navires. Les détails des autres bateaux devinrent flous, même si les Sirènes demeuraient des points tout à fait repérables. De petits nuages de mouettes flottaient au-dessus de chaque mât : elles étaient intriguées par les drapeaux. Leur cri, au-dessus du bateau de Ben Duns, ajoutait au vacarme des admirateurs d'Annie.

Myrtle n'avait jamais aimé la mer. Enfant, la première fois que Jock et Dot, pour lui faire plaisir, l'avaient emmenée sur le *Skyline*, elle avait été secrètement terrifiée. Elle avait contemplé la surface mouvante de l'eau, tremblant à la pensée de ce qui pouvait se trouver en dessous, convaincue que, d'un instant à l'autre, une vague monstrueuse allait surgir, l'attraper dans son poing d'écume gigantesque et l'entraîner dans de noires profondeurs trop horribles à imaginer. Mais par la suite, plus âgée, observant avec Annie les bateaux pavoisés qui s'éloignaient, elle avait rêvé de se joindre à eux. Là, ce serait différent, se disait-elle. Elle n'aurait rien à craindre.

Le jour de la cérémonie, enfin aux côtés des fêtards, Myrtle constata que sa peur de l'eau s'était dissipée pour ne lui laisser qu'une légère sensation de tension à peine gênante, qui se confondait avec l'excitation. Il y avait de la houle, et si de petites vagues à crête de coq se brisaient, anarchiques, sur d'autres plus grosses, elles étaient joueuses et non menaçantes. Le bateau montait et descendait selon un rythme qui s'interrompait parfois, vous prenant au dépourvu. Soudain il tanguait de façon inattendue, bousculant les passagers. À plusieurs reprises Myrtle se trouva projetée contre le flanc de Ken. Elle s'excusa à chaque fois. Cela ne semblait pas le déranger.

Comme il gardait le silence, Myrtle se concentrait sur les Lammemuirs au loin, et sur Bass Rock qui se faisait plus gigantesque à mesure qu'ils en approchaient. Au milieu de la matinée, le soleil était haut, bien que le vent fût encore froid. La mer, ici au large, était d'un bleu marine intense, très différent du brun des eaux stagnantes du port. (Pourquoi, se demandait Myrtle, un tel bleu ne triomphait-il pas du marron ?) La lumière sur l'eau possédait une finesse étrange, comme si une plume l'avait déposée en surface afin d'en égayer le bleu, et non de le modifier. Cette lumière dessinait un large sentier à travers les vagues que les bateaux semblaient suivre.

Myrtle ne comptait pas partager ses observations, mais elle se surprit à murmurer à Ken :

« J'imagine que les pêcheurs, à passer leur vie en mer, ne s'étonnent pas de ces choses-là. » Elle eut un signe de tête en direction du sentier de lumière. « Ils ne doivent même pas y faire attention. »

Les lèvres serrées de Ken remuèrent à contrecœur, et Myrtle voulut y voir un sourire d'acquiescement. Il n'avait pas encore trouvé l'énergie de répondre quand Dot fit remarquer que la flottille était en train de rentrer. Myrtle constata en effet que la totalité des sept bateaux, décrivant une boucle et tournant désormais le dos au Rock et à la brume des collines, mettait le cap vers la côte et le village.

Bien que ses craintes en allant vers le large eussent été minimes, Myrtle éprouvait un sentiment de soulagement de voir qu'ils rebroussaient chemin. Elle aida sa mère à déballer les sandwichs et à remplir de citronnade des gobelets en plastique.

« Apporte quelque chose à Annie, dit Dot. Elle doit mourir de faim, à jouer les têtes de mât depuis tout ce temps… »

Myrtle progressa sur le pont ; le vent lui parut plus vif maintenant qu'elle était debout. Les garçons étaient toujours agglutinés autour d'Annie sur son trône de verdure, dont les feuilles, éclaboussées d'embruns, étincelaient au soleil. Ils s'écartèrent pour la laisser passer.

« Elle ne dit plus rien, dit Hamish. Aussi silencieuse qu'une bon Dieu de statue.

— On n'arrive pas à lui tirer un mot, renchérit Ross.

— Ya pas plus muette, comme Sirène, ça c'est sûr, confirma Hamish. Et c'est vraiment barbant. »

Myrtle atteignit le siège d'Annie. Elle comprit tout de suite ce qu'Hamish voulait dire en parlant de statue. Annie était assise bien droite, toute raide, la tête rejetée en arrière, contemplant l'horizon, murée apparemment dans son propre univers, insensible aux provocations qui avaient désormais supplanté les compliments dans la bouche des garçons. L'espace d'un instant Myrtle s'alarma de la lueur dans les yeux de son amie. Son regard paraissait fixé sur un lieu invisible, un autre monde. Sur ses joues miroitaient un millier de larmes d'embruns et le devant de sa robe en dentelle verte était obscurci par l'humidité. Myrtle tendit une main, toucha le bras d'Annie. Il était glacial, couvert de chair de poule.

« Tiens, Annie, je t'ai apporté quelque chose à manger… » Annie ne réagit pas. Myrtle la toucha à nouveau. « Tu as vraiment froid. Tu veux que j'aille te chercher une veste ? » Toujours pas un mot. « Allons, Annie. Qu'est-ce qui t'arrive ? Tu veux un sandwich aux œufs durs ? » Au bout d'un long moment, Annie secoua très faiblement la tête. Les garçons derrière elles poussèrent des hourras. Les yeux toujours dans le vague, Annie murmura qu'elle préférerait que Myrtle s'en aille, qu'elle la laisse tranquille. Les garçons n'entendirent pas cette requête et Myrtle, vaincue, s'écarta. Un des garçons s'empara des sandwichs et du gobelet qu'elle avait dans les mains. Ils la charrièrent de n'avoir eu aucune influence sur la belle endormie. Lassés, à présent, de l'interminable silence d'Annie, ils commencèrent à se replier vers l'arrière du bateau pour profiter des victuailles de Dot. Myrtle ne se joignit pas à eux mais se posta près de la cabine pour observer Ben à la barre. Archie, debout derrière son père, fumait une cigarette. Ses yeux survolaient parfois la petite silhouette d'Annie, mais sans curiosité particulière. Archie faisait cinq bons centimètres de plus que son père : solidement charpenté, il affichait une mine sévère et ses cheveux blonds retombaient en désordre sur son front. Il sourit brièvement à Myrtle à travers la vitre, puis haussa les épaules : en clair, il disait qu'il n'y avait rien à tirer d'Annie, qui était la Sirène la moins amusante qu'il ait jamais vue. Myrtle se fit la réflexion qu'Archie était le garçon le plus désirable de la côte, et eût-elle été ce genre de fille, elle se serait autorisée à avoir un penchant pour lui. En l'occurrence il n'y avait pas la moindre chance qu'un garçon aussi exceptionnel qu'Archie Duns soit un jour amené à s'intéresser à elle. Il était inaccessible pour elle, mais Myrtle ne doutait pas que les manœuvres de séduction d'Annie finissent par aboutir. Ken, d'un autre côté… Ken avec son regard doux, ses abords revêches et sa misanthropie… Si elle patientait, ne faisait aucun geste susceptible de l'effaroucher, alors peut-être un jour Ken se tournerait-il vers elle.

Myrtle aperçut le mamelon d'une grosse vague, surgie furtivement de nulle part, à quelques mètres d'eux. Le bateau tangua soudain et Myrtle ne put réprimer un petit cri quand, catapultée de côté, elle alla atterrir sur un rouleau de cordage. Juste après, elle vit les minces bras blancs d'Annie, tout emperlés d'eau, se dresser brusquement vers le ciel au moment où le bateau se redressait. Elle sentit une main puissante autour de son propre bras, et le vilain bleu du coupe-vent de Ken emplit son champ de vision tandis qu'il l'aidait maladroitement à se relever. Elle se tourna pour le remercier, mais il avait disparu. Quant au bras d'Annie, il avait regagné son flanc. Aussi raide qu'auparavant, elle avait la tête encore plus renversée en arrière. Myrtle s'imagina qu'Annie pouvait sentir les nuages sur sa peau ; elle faisait partie intégrante de l'azur.

Des mois plus tard, une des nombreuses fois où elles évoquèrent le jour de la fête, Annie expliqua qu'elle avait voulu que ce périple sur le bateau n'appartienne qu'à elle, serrant ces brèves heures contre elle de sorte qu'elles restent gravées dans son esprit à jamais, et qu'elle puisse les ressusciter aussitôt qu'elle en avait besoin : le soleil, les embruns, les nuages, le mouvement du bateau, le vacarme des mouettes et des garçons. Elle était entrée dans une espèce de transe, qu'il n'était pas question d'interrompre. Les garçons l'avaient peut-être trouvée distante, ridicule, mais c'était comme ça. Ces heures où elle s'était renfermée en elle-même avaient été le commencement d'un des plus beaux jours de sa vie, et pour rien au monde elle ne les aurait gâchées en folâtrant avec les garçons. Ça, ce serait pour plus tard.

En début d'après-midi, les bateaux atteignirent un port sur la côte à quelques kilomètres au nord ; il hébergeait un petit nombre d'embarcations destinées à aller pêcher le homard et le crabe. Derrière le port, des maisons peintes en blanc étaient groupées sur une petite colline. Certaines avaient des géraniums écarlates aux fenêtres, et des portes d'entrée jaunes ou vertes. C'était un plus joli village que celui de Dot et Myrtle ; les touristes l'avaient découvert et venaient y acheter à des prix avantageux les crabes frais proposés dans une cabane.

Une estrade de fortune avait été installée à quelques mètres du débarcadère. Elle se dressait au milieu d'un enchevêtrement de filets déchirés, de casiers à homards et de rouleaux de corde goudronnée : une petite structure à l'aspect précaire qu'on avait juponnée à la diable avec un papier crépon rose saumon. Une foule considérable s'était rassemblée pour assister à la cérémonie, aussi bien des touristes que des gens du cru. Dot, rompue aux moindres étapes du voyage des Sirènes, se dégota une place sur un casier à homards non loin de l'estrade. Myrtle se planta à côté d'elle.

Annie, gravissant les marches branlantes d'un

pas trébuchant avec les six autres Sirènes, montrait des signes de nervosité. Agrippant les jupons humides de sa robe, dont la soie rose chatoyait à présent plus faiblement à travers la dentelle, elle regardait alentour d'un air vague avec un sourire un peu forcé. Sous le soleil éclatant, observées de près, les robes des autres filles faisaient peine à voir. Des ballots de tulle rehaussé de paillettes, du satin rouge assemblé au moyen de coutures malhabiles, de la mousseline fanée digne d'une trayeuse de vaches... Des colliers en strass scintillaient au-dessus de profonds décolletés, et une fille arborait même un diadème. Annie était la seule à ne porter ni bijoux ni maquillage. Les joues de toutes les filles avaient pris une teinte acajou suite au voyage dans la bourrasque, et leurs coiffures agencées avec soin avaient été débarrassées de leurs peignes et autres rubans. C'étaient de jolis visages rayonnants de bonheur, comme fit remarquer Dot. Mais un seul était réellement beau.

Les candidates restèrent sur l'estrade pendant ce qui paraissait une éternité, dansant inconfortablement d'un pied sur l'autre — les talons aiguilles en cuir nacré, omniprésents, semblaient à l'ordre du jour —, adressant des sourires pleins d'attente à toutes les personnes de connaissance dans la foule, et frissonnant d'une peur exagérée. Un bref instant les yeux d'Annie croisèrent ceux de Myrtle. Sa pose de statue appartenait au passé ; elle s'autorisait désormais quelques frémissements de hanches impatients, histoire d'encourager davantage les compliments de ses admirateurs qui, fiers d'elle à présent, se faisaient entendre dans l'assemblée.

« Cette partie prend toujours beaucoup trop

longtemps, déclara Dot. C'est terrible, là-haut, d'attendre comme ça.

— D'après toi, c'est Annie qui va gagner ? » Le cœur de Myrtle battait lui aussi à tout rompre. Elle imaginait parfaitement ce que ça devait être pour son amie, là-haut sur la scène, avec tous ces yeux scrutateurs posés sur elle.

« On ne peut jamais préjuger du goût des jurés. Ils peuvent estimer qu'Annie est trop menue pour faire une bonne Sirène. J'ai déjà vu des filles superbes se retrouver le bec dans l'eau. »

Il y eut un mouvement dans la foule. Le capitaine du port, un autre homme et deux femmes qui, avec une suffisance affichée, avaient conféré près de l'étal aux crabes avançaient à présent à pas comptés, comme conscients de leur prestige, en direction de l'estrade. Seul le capitaine du port gravit les marches : le poids ajouté des autres juges aurait entraîné une catastrophe. Se délectant de l'attention dont il était l'objet, il compulsa lentement quelques morceaux de papier sur lesquels, à l'évidence, il n'y avait rien d'écrit. Le capitaine du port prit son temps : il profitait à fond de son instant de gloire, savourant le silence subit, tout vibrant de l'importance de son annonce imminente. Allez, vas-y, espèce de vieux raseur, songea Myrtle, tandis que d'autres commençaient à exprimer le même agacement. Mais le maître de cérémonie, pour qui les occasions d'en célébrer étaient rares dans son petit port, tenait naturellement à tirer le meilleur parti de l'événement. Il se lança donc dans un petit discours hésitant sur la tradition, la nécessité de perpétuer les coutumes anciennes en cette période par trop terne, et ainsi de suite. Myrtle, dont les oreilles bourdonnaient d'impatience, loupa les paroles grandiloquentes qui précédèrent l'annonce du nom de la lauréate. Mais elle vit le capitaine du port prendre l'écharpe des mains de quelqu'un dans l'assistance, et s'approcher d'Annie avec un sourire égrillard. Une clameur d'approbation s'éleva qui couvrit le cri des mouettes. Dans un bond spectaculaire comme elle n'en avait pas fait depuis des années, Dot quitta le casier à homards en hurlant à pleins poumons le nom d'Annie. Myrtle, silencieuse mais battant des mains, vit le capitaine du port s'escrimer à enfiler l'écharpe sur la tête d'Annie, et Annie l'attraper avec irritation afin de la mettre elle-même en place. Sirène 197… put-on lire alors sur son buste en lettres tapageuses. Le capitaine du port lui tendit ensuite une médaille en argent sur laquelle serait ultérieurement gravé son nom. L'espace d'une seconde, Annie la tint à une certaine distance, souriant à son propre reflet. Puis elle se rendit d'un pas vif tout au bord de l'estrade, ferma les yeux et étira ses deux bras minces au-dessus d'elle en un geste d'extase.

Elle ouvrit la bouche pour hurler de joie, mais son cri passa inaperçu dans le brouhaha et l'excitation générale. Soudain, les yeux toujours fermés, elle bondit, à une hauteur incroyable, vers le ciel. Une douzaine de bras se dressèrent pour la rattraper. Mais, étrangement, dans les airs, son corps se tordit et les esquiva tous. Annie alla atterrir sur une zone de pavés dénudés à côté de la scène. Aussitôt une cohue d'admirateurs se porta à son secours. Myrtle aperçut le visage stupéfait de son amie et un bras méchamment éraflé. Son aide personnelle n'était pas requise pour l'instant. Détachant son regard de la foule en effervescence, elle remarqua qu'Archie marchait aux côtés de son père en direction du quai. Quant à Ken, toujours à l'abri de sa capuche, il discutait avec un pêcheur près de l'étal aux crabes, manifestement indifférent aussi bien au triomphe qu'à la chute d'Annie.

Le soir se tint le bal traditionnel au Seafarer's Hôtel. Dans l'établissement foisonnaient les amis et les relations des Sirènes qui avaient embarqué avec elles sur les bateaux, mais également quantité d'autres gens. Il était évident que la plupart des Sirènes avaient passé l'après-midi à arroser ça. L'une d'elles, qu'on dut soutenir jusqu'à la salle de restaurant, s'écroula sur une chaise et s'endormit illico. Imperméable à l'euphorie ambiante, elle témoignait de ce qui pouvait advenir d'une Sirène surexcitée. Un seul coup d'œil vers l'angle de la pièce où une silhouette était avachie dans sa robe de satin rose — laquelle, cruelle coïncidence, était exactement assortie aux épis de glaïeuls qui dessinaient une auréole géante autour de sa tête affaissée —, et on sirotait plus lentement sa bière ou son verre de vin.

Annie, de son côté, n'avait bu que du thé tout l'après-midi, et s'était juste reposée un peu sur le canapé des Stewart. (Sa propre mère, lassée de tout ce tralala, était rentrée chez elle lire son nouveau magazine…) Elle en avait profité pour récapituler le moindre détail de la matinée devant une Myrtle très attentive. Le soir venu, elle était donc bien requinquée et, sobre comme un chameau, ne devait son énergie qu'à une poussée d'adrénaline. Son objectif, ce soir, confia-t-elle à Myrtle, était de conquérir l'inaccessible Archie. Lorsqu'elle entra dans la salle de restaurant et qu'elle se dirigea vers la place d'honneur — elle avait bien calculé son coup, tous les convives étaient déjà installés —, un hoquet d'admiration parcourut l'assemblée. Des applaudissements retentirent. Avant de s'asseoir, Annie promena son regard sur les tablées, comme si elle rendait hommage à son public. Mais Myrtle n'était pas dupe. Elle savait qui Annie recherchait ainsi, et ses yeux finirent par se poser sur le dos d'Archie. Myrtle eut l'impression qu'il avait fait exprès de se détourner. Mais Myrtle n'avait aucun doute sur le pouvoir de son amie aujourd'hui. Annie terminerait la soirée avec Archie. Myrtle en aurait mis sa tête à couper.

Après le dîner les quadrilles commencèrent. Annie ne se montrait plus du tout distante. Elle se régalait de la course que se livraient ses admirateurs pour l'avoir comme cavalière. Conciliante, elle essayait de distribuer ses faveurs de manière équitable. Tout en tournoyant le long des rangées, elle accordait force sourires à Ross, à Harry ou à son partenaire du moment, faisant sentir à chacun qu'il avait à nouveau de sérieuses chances auprès d'elle, malgré toutes les rebuffades essuyées dans le passé. Mais Myrtle voyait bien que les yeux d'Annie s'adonnaient parallèlement à une quête secrète qui échappait aux autres. Dès qu'elle pouvait, elle dardait sur Archie un regard plus rapide que la langue d'un lézard. Au terme de chaque quadrille, Annie conduisait son cavalier vers l'endroit où se trouvait Archie. Ces rapprochements répétés indiquaient son désir de danser avec lui, mais Archie se refusait à relever ses invites.

Myrtle contemplait la progression de la soirée d'Annie depuis une chaise en bordure de la salle. Elle savait que son rôle en pareilles circonstances consistait à demeurer spectatrice, et elle l'acceptait sans amertume. Au contraire, elle était profondément curieuse. Comment la soirée allait-elle se terminer ? Elle ne voulait surtout pas qu'Annie soit blessée par le rejet on ne peut plus flagrant d'Archie. Elle avait une confiance totale dans le pouvoir de son amie, mais à onze heures et demie il était clair qu'Annie était toujours loin de toucher au but.

Dot vint s'asseoir à côté de Myrtle. Elle avait atteint ce stade de la vie où un bal fournit plus un prétexte à regarder les autres danser qu'à danser soi-même. Mais elle avait du mal à réprimer ses souvenirs.

« Tu devrais te lever, ma chérie. Quand j'avais ton âge on ne pouvait pas m'arracher à la piste.

— Je n'aime pas danser, répondit Myrtle, maussade.

— N'importe quoi ! Toutes les jeunes filles aiment danser le quadrille. Pourquoi tu ne vas pas au bar ? Il y a plein d'amis à toi. Il s'en trouvera bien un pour t'inviter. »

Myrtle rougit, furieuse. L'inquiétude de sa mère devant son absence de cavaliers la contrariait autant que ses conseils bienveillants. Elle avait la migraine à cause des cornemuses qui lui sciaient le crâne. Elle se sentait grosse et mal à l'aise et rêvait de rentrer chez elle. Mais elle savait qu'elle ne pouvait pas partir avant que la cruelle situation d'Annie ne soit réglée.

Ben, le père d'Archie, arriva.

« Pas moyen d'envoyer Myrtle sur la piste, dit

Dot qui, sur sa chaise, se balançait d'un côté à l'autre, brûlant d'aller danser elle-même.

— Peut-être qu'elle est comme Archie et qu'elle n'aime pas danser le quadrille », répliqua Ben. Il se tourna vers Myrtle avec un sourire compatissant. « C'est ça ? » Myrtle hocha la tête, consciente de la rougeur de ses joues. « Et si toi et moi on ralliait ce quadrille collectif ? Ils cherchent un couple, là-bas… »

Il était gentil. Myrtle ne pouvait pas dire non. Et puis, elle tenait à s'éloigner le plus possible de Dot. Elle se leva, et s'aperçut qu'elle était plus grande que Ben. À ses côtés, elle se sentait comme une géante un peu pataude, bien terne d'allure avec sa jupe beige et son chemisier blanc. Elle regretta de ne pas avoir fait plus d'efforts, mais elle s'était dit que ne pas être désirée quand on n'avait pas fait d'efforts était moins humiliant que ne pas être désirée quand on s'était mise en quatre pour séduire.

Myrtle et Ben se joignirent aux six couples. Parmi eux figuraient Annie et Sandy. Annie haussa les sourcils en voyant Myrtle. Mais avant qu'un sourire amical n'ait le temps de la camoufler, Myrtle remarqua l'expression de pitié sur les traits de son amie. Myrtle, réduite à danser avec le père d'Archie… vraiment, quelle misère. Voilà ce que pensait Annie, ça se voyait comme le nez au milieu de la figure.

En dix-sept ans d'existence, c'était la pire expérience que Myrtle ait jamais eu à vivre. Tandis que les petits pieds délicats d'Annie tricotaient avec habileté, et que son dos et ses bras graciles ployaient tels de jeunes arbres quand les garçons la faisaient fougueusement tournoyer, les immenses pieds d'argile de Myrtle s'évertuaient à respecter le rythme et les pas imposés. Les garçons, qui poussaient des cris de joie quand c'était leur tour de danser avec Annie, se taisaient quand il fallait étreindre Myrtle. Elle les sentait qui se faisaient violence pour lui enlacer la taille. Elle les sentait qui la poussaient comme si elle était un meuble encombrant et malcommode. Seul Ben, ce cher vieux Ben, lui adressa un sourire encourageant quand, une fois de plus, elle tourna dans le mauvais sens. Myrtle sentit des larmes lui brûler les yeux. Elle se disait que le supplice n'en finirait jamais.

Quand le calvaire s'acheva, quand les cornemuses interrompirent enfin leur atroce complainte et que le groupe se sépara, Myrtle remercia Ben et le quitta aussi vite que le permettait la politesse. Elle se fraya un chemin vers la foule du bar. Si elle prenait un verre de vin et se contentait de rester là, sans bouger, peut-être que personne ne la remarquerait. Et que l'alcool dissiperait la douleur. Elle but à toute vitesse, choisit l'endroit où elle allait se tenir. Peu après, Archie passa par là.

« J'ai vu que grâce à toi mon père s'était amusé un peu… » Autant que Myrtle pût en juger, il ne persiflait pas et ne se moquait pas d'elle. « C'était gentil à toi.

— C'était gentil à lui », répliqua-t-elle, et tous deux s'esclaffèrent.

« J'en ai assez de ce cirque, lança Archie en terminant son verre. Décidément, c'est pas mon truc. Je m'en vais. Tu veux que je te raccompagne ? »

Pendant un temps infini Myrtle se révéla incapable de répondre. C'était le genre de surprise impossible à digérer tout de suite. Archie, le garçon le plus inaccessible et le plus désirable du lycée, du village, de la côte, lui demandait à elle, Myrtle... Alors que son incrédulité émettait presque un claquement sonore et que ses joues la brûlaient atrocement, Myrtle réfléchit comme l'éclair. Lui apparurent alors deux choses évidentes. Premièrement, Archie ne lui proposait cela que par gentillesse. La raccompagner n'avait rien de compliqué vu que, pour rentrer chez lui, il lui fallait passer devant chez elle. Deuxièmement, si elle acceptait cette incroyable invitation, Annie ne lui adresserait plus jamais la parole. Tandis que, s'affrontant dans sa tête, ces réflexions s'acheminaient vers un refus catégorique, Myrtle sentit la chaleur ardente d'une paire d'yeux qui la scrutaient. Peut-être Archie sentit-il lui aussi ce regard, car tous deux se retournèrent au même moment pour en recevoir en pleine figure le souffle incendiaire.

Annie se tenait à l'autre bout de la salle, furibonde, ses yeux perplexes perchés au-dessus d'un verre de citronnade. La constatation de son désarroi affecta Myrtle comme un choc physique. Rentrer à pied avec Archie était le genre de petite aventure excitante dont elle n'aurait jamais osé rêver. Elle n'y aurait vu aucun engagement, aurait su que c'était de la simple gentillesse de la part du garçon. Mais voilà, pour rien au monde Myrtle n'aurait causé du chagrin à Annie. Regardant Archie bien en face, elle adopta un ton brusque pour masquer ses véritables sentiments.

« Je crois que je vais rester un peu, merci. » Elle se força à sourire. « Mon premier bal des Sirènes... autant que j'en profite à fond. »

Archie haussa les épaules. Il se moquait que Myrtle vienne avec lui ou non. Il voulait simplement déguerpir le plus vite possible.

« Très bien, dans ce cas, j'y vais. »

Myrtle vit les yeux d'Annie suivre le départ d'Archie. Elle remarqua ses larmes. Mais dans sa propre détresse elle n'eut pas le courage de rejoindre son amie pour tenter de la consoler, de lui expliquer. Elle se sentit subitement épuisée : le plaisir et le chagrin peuvent être plus fatigants à vivre par procuration qu'à titre personnel. Myrtle, comme Archie, ne désirait rien tant que rentrer chez elle.

Dès qu'elle sut qu'Archie se serait suffisamment éloigné, elle fila à l'anglaise : un autre quadrille avait commencé. Annie, dansant avec Sandy et affichant à nouveau un sourire contraint, ne remarqua pas que son amie partait.

Myrtle remonta en hâte les couloirs voûtés, la moquette imprimée ondulant sous ses pieds tels des bancs de poissons bleus et rouges. Bien qu'elle n'eût bu qu'un verre de vin de toute la soirée, elle titubait. Les lignes nettes tremblaient ; les appliques avaient l'aspect flou et dangereux des méduses. À l'accueil il y avait d'autres glaïeuls, aussi menaçants que des poignards. Elle courut vers la porte-tambour. Coincée entre deux parois vitrées, elle se surprit à tourner si vertigineusement qu'elle manqua la sortie. Des serpentins de lumière et d'obscurité traversaient la vitre, l'entortillant tels des rubans autour d'un arbre de mai. Tout à coup, entre deux autres cloisons de verre, elle aperçut une silhouette, le visage découpé en reflets morcelés. Saisie d'une panique irraisonnée, Myrtle réussit cette fois à sortir quand il fallait. C'était la pleine lune, son cœur battait à tout rompre, et le vent noir sentait l'iode. Enfin, l'autre silhouette s'échappa à son tour.

C'était Ken. Il souriait.

« Plus rigolo que les quadrilles, de tournicoter comme ça ! Ces soirées, c'est pas ma tasse de thé. »

Myrtle lui rendit son sourire. Peu à peu, son tournis la quittait.

« J'ai ma dose moi aussi », dit-elle.

Ils se mirent à marcher. En silence, d'abord. La chaleur diffuse qu'avait éprouvée Myrtle en présence de Ken sur le bateau était toujours là, mais plus souterraine. Par-dessus, telles des fanfreluches un peu ridicules, s'agitaient les sentiments plus tourmentés que lui inspirait Archie.

« Pas de doute, c'était la journée d'Annie », déclara Ken. Timidement, il prit le bras de Myrtle, mais elle comprit à la mollesse de ses doigts que ce n'était pas à elle qu'il pensait.

« Pour ça oui. » Myrtle soupira. Elle observa Ken du coin de l'œil. Il se mordait les lèvres. « Tu l'aimes toujours ? » Cette question spontanée franchit ses lèvres avec une crudité que Myrtle regretta aussitôt. « Je suis désolée : je n'aurais pas dû. Ce ne sont pas mes affaires. » Mais Ken n'avait pas l'air offusqué.

« On ne cesse pas d'aimer quelqu'un sous prétexte qu'il n'y a pas d'espoir, si ? On continue à se dire que quelque chose sera peut-être possible un jour. Cette conviction permet d'avancer. »

Ils avaient atteint la maison d'Arbroath Street. Ils s'arrêtèrent au pied de l'escalier. Sous le clair de lune Myrtle discernait dans les yeux de Ken la lassitude qu'engendre une longue passion désespérée.

« Comme je te l'avais expliqué ce jour-là… Annie est titillée par ce qui ne lui tombe pas tout cuit dans le bec. Si tu te montres assez patient…

— Mais elle a tellement de garçons après elle ! Le monde entier est amoureux d'Annie. Tu crois qu'elle a déjà… ? »

Sa loyauté envers Annie lui noua tout de suite la gorge : Myrtle ne pouvait pas discuter de questions aussi privées avec Ken. D'un autre côté, il souffrait depuis trop longtemps. Il méritait un brin de réconfort. Dans le ventre de Myrtle, le serpent retors qui se régalait de la perversion inhérente à toute amitié remua de façon désagréable. Si elle était celle qui parvenait à le tranquilliser, alors la gratitude de Ken pourrait peut-être se transformer en… en une amitié plus intime.

« Si tu me demandes ce que je crois que tu me demandes, dit-elle, la réponse est non. Non. »

Le soulagement de Ken sautait aux yeux. Il se redressa, devint plus grand. Son visage était maintenant au même niveau que celui de Myrtle.

« Merci. Tu as du cœur, Myrtle. Annie a de la chance d'avoir une amie comme toi. » Il posa une main sur la sienne. Sa poigne était résolue, et Myrtle se félicita de ce succès. Il compensait un peu les frustrations de la journée. Puis, d'une manière si soudaine qu'elle eut un mouvement de recul, Ken pencha la tête vers elle et l'embrassa sur les deux joues. Les coins de leurs bouches se frôlèrent. Enhardie, Myrtle promena un doigt prudent sur le bras nu de Ken, sous la manche retroussée : des muscles chauds sous une peau ferme. Seigneur, comme c'était excitant ! Ken se déroba vivement. La main fureteuse de Myrtle se trouva toute désemparée.

C'était la première fois que Myrtle recevait un baiser depuis ses onze ans, lorsque les lèvres de Ross Wyatt avaient effleuré son front après un pari avec Jake Mackingtosh. Le baiser de Ken avait été si rapide et si inattendu qu'il laissa Myrtle à la fois incrédule et ravie. Tandis qu'elle gravissait les marches menant à sa porte d'entrée, bercée par le tintement joyeux des pas de Ken sur la route, elle se demanda si la scène avait bel et bien eu lieu... À peine une heure plus tôt, la proposition d'Archie avait éveillé en elle des espoirs insensés. À présent c'était terminé. Le baiser de Ken n'était peut-être dicté que par la gentillesse, mais l'affection secrète qu'elle ressentait pour lui, si longtemps contenue, ressurgit d'un coup. Plus que de l'affection, d'ailleurs... Un sentiment étrange et bouillonnant qui lui coupait le souffle.

Toute à ses sensations physiques, haletant bruyamment alors qu'elle déverrouillait sa porte, Myrtle s'abstint de regarder Ken encore une fois. Pour une raison idiote et superstitieuse qu'elle n'était pas en état d'analyser, elle se disait qu'il était important d'en rester là pour ce soir. Elle ne vit donc pas quelle direction il avait prise.

De temps en temps des fragments de cette journée et de cette soirée lui reviennent : aujourd'hui, un des trois jours par semaine où Myrtle va donner un coup de main à la maison de retraite, le souvenir s'impose dans son entier. Les scènes envahissent sa vision tandis qu'elle enfile de vieux bras veinés de bleu dans des manches de gilets boulochés, ou qu'elle enfourne des cuillerées de glace fondue entre des lèvres flasques. Toute la journée, en travaillant, elle a l'impression de voir double. Le kaléidoscope de la fête et la réalité de ses obligations se superposent. Les cicatrices blanches sur un mollet fragile deviennent des taches de soleil sur la mer en fête. Le rose d'un châle devient le rose des glaïeuls qui ont frappé son regard avant l'apparition de Ken dans la porte-tambour. Ces illusions d'optique la portent à croire qu'elle couve sûrement quelque chose. Elle se rend dans la petite pièce où on prépare le thé et le café — les « boissons », comme tient à les appeler la directrice. Elle s'assoit sur l'unique chaise en attendant que l'eau bouille. Il règne une forte odeur de désinfectant. Quelqu'un a mis six torchons bleus à sécher sur un fil. On dirait des pavois. La main de Myrtle tremble. Une des aides, une jeune fille nerveuse dont la lèvre supérieure est toujours ourlée de sueur, entre précipitamment. Mrs Bruce est souffrante, annonce-t-elle. Elle a eu un malaise. Est-ce que Myrtle veut bien se dépêcher de venir ?

Clarrie Bruce est la dernière des vieilles amies de Dot. En lui tâtant le pouls, Myrtle repense aux pommes d'amour qui faisaient sa réputation. Elle leur en apportait à domicile, une pour sa mère, une pour elle. Quelquefois, encore mieux, elle arrivait avec des beignets maison, tout chauds et gorgés de confiture. Elle avait des yeux verts qui pétillaient, Clarrie : Dot et elle passaient leur temps à rire. Alors qu'elle la remonte plus confortablement sur les oreillers, Myrtle ressent la tristesse d'une autre mort qui approche. À cette mélancolie se mêle la nausée née de cette chose horrible qui a clos la journée de la fête. Mais pour l'heure il faut résister à ces sentiments-là, car l'ambulance est arrivée et Clarrie Bruce doit être emmenée d'urgence.

À la fin de cette longue journée perdue, Myrtle décide de ne pas rentrer immédiatement chez elle. Malgré le ciel bas métallique, elle prend la route à la sortie du village vers les champs qui montent en direction de l'église cachée et du vieux presbytère. Les ajoncs, d'un jaune si aveuglant en juin, se réduisent à quelques mouchetures anémiques sur les buissons. Au loin, une balafre de colza entaille le vert plus terne des prairies alentour.

Myrtle marche à toute allure. La vitesse aura peut-être raison des images, se dit-elle. Mais il est trop tard. Elles ont grignoté cette journée. Leur action corrosive ne s'achèvera que quand le film sera repassé jusqu'au bout. Myrtle marche la tête baissée ; indistinct, le tapis d'herbe défile sous ses yeux.

Ce qu'elle n'avait pas vu, ni deviné, c'était comment s'était terminée cette journée de fête. Annie rechignait à en parler, et c'était déroutant. Myrtle s'attendait à ce qu'elle s'en remémore chaque épisode important des centaines de fois. Au sujet du départ prématuré d'Archie, Annie admit simplement qu'il l'avait un peu contrariée. Mais, au fond, ce n'était pas grave, assura-t-elle à Myrtle. Il y aurait plein d'autres occasions. Elle s'était bien amusée au bal. Elle avait été flattée par toutes les chamailleries entre ses cavaliers… qui ne le serait pas ? Mais c'était tout. Peut-être Myrtle avait-elle mal jugé la portée de l'événement dans l'esprit de son amie, et elle cessa de la questionner.

Trois mois s'écoulèrent durant lesquels la fête ne fut plus évoquée. Myrtle travaillait dur pour ses examens ; c'était l'avant-dernière année de lycée. Elle passait moins de temps avec Annie, plus frivole à l'égard des études. Quand par hasard elles se voyaient, Myrtle trouvait Annie renfermée, à cran. Au lycée, elle avait renoncé à aguicher à tout-va. Elle était soudain devenue adulte, en conclut Myrtle. Elle était plus calme, moins indifférente aux sentiments des gens — même si parfois, quand Myrtle surprenait un regard entendu entre Annie et un de ses soupirants, elle se demandait s'il se passait quelque chose que son amie, dans cette nouvelle phase de son existence, avait décidé de garder pour elle.

Mais l'habitude d'Annie de tout raconter à Myrtle, en réclamant son opinion, avait la vie dure. Au début des vacances d'été, elles s'en allèrent pique-niquer dans les champs — les ajoncs, à ce moment-là, enflammaient le paysage —, et, à dessein ou par mégarde, Myrtle ne le sut jamais, Annie passa aux aveux.

« Je l'ai fait, dit-elle.

— Fait quoi ?

— Ne sois pas bête. Tu sais bien. » Appliquée à tresser ensemble trois brins d'herbe, elle était très concentrée.

« Avec qui ? Sandy ? Ross ? Harry ? » C'est sûr, en y repensant, elle discutait beaucoup avec Harry ces derniers temps...

« Ken.

— Ken ? » Myrtle allait porter un sandwich à sa

bouche. Elle le lâcha. Ses doigts la piquaient. Elle avait l'impression d'être du verre, prête à se briser d'un instant à l'autre. Annie haussa les épaules, insouciante.

« Ça m'a semblé une bonne idée sur le coup.

— C'était quand ?

— Après le bal de la fête.

— Après... ? » Myrtle n'arriva pas à répéter les mots. Des aiguilles de soleil lui transperçaient les yeux. Annie était assise dans un halo si éclatant que ses contours paraissaient tout froncés.

« J'en avais ras le bol, vers la fin de la soirée, avec Archie qui se comportait de manière tellement nulle et tout ça. J'ai vu Ken partir... juste après toi, je crois. Mais ensuite il est revenu.

— Il est revenu. » Ce n'était pas une question, mais un écho éberlué. Annie n'avait pas idée de ce qu'elle était en train de dire... de la torture qu'elle faisait subir à son amie.

« Tous les autres se disputaient pour savoir qui me ramènerait chez moi, alors j'ai coupé court en annonçant que j'allais rentrer avec Ken, vu qu'il était le seul à ne pas l'avoir demandé. Il a eu l'air assez étonné, je dois avouer. Il a rougi jusqu'aux oreilles. » Annie s'esclaffa. « En tout cas, les autres l'ont bien chambré, tu imagines. Mais ils ont fini par se fatiguer et ils nous ont laissés tranquilles. On s'est dirigés vers chez moi. Il y avait un certain malaise, en fait : il ne desserrait pas les dents. J'ai commencé à me dire que j'aurais mieux fait de me laisser raccompagner par un des autres, même si bien sûr le seul avec qui j'avais vraiment envie d'être c'était Archie. Mais il avait foutu le camp, le salaud. Enfin bon, Ken a été plutôt mignon. Il a posé sa veste sur mes épaules. Il a parlé d'une mouette trouvée dans son jardin qui avait une patte cassée. Il lui avait fabriqué une attelle faite avec un crayon. » Annie rit à nouveau. « Pas du tout le genre de conversation qu'on a d'habitude avec les garçons. Enfin bon, une fois lancé, il n'en finissait pas avec cette histoire de mouette, et va savoir pourquoi, on a continué à marcher — vers St Monans. Ken a suggéré : Si on descendait à la plage, la nuit est tellement belle... De lui, ça ne faisait pas du tout salace, comme proposition. Je croyais vraiment qu'il voulait juste se promener sur le sable. On est descendus. J'avais un mal aux pieds du diable... toute la journée avec ces chaussures argentées, rends-toi compte. Je les ai enlevées et on a marché au bord de l'eau. C'était délicieux de sentir le sable froid sous mes orteils en compote. Je ne voulais pas m'embêter à trimballer mes chaussures. Je les ai jetées dans les vagues. Je ne sais pas pourquoi j'ai fait ça, je ne sais vraiment pas. C'était un truc spontané, ça m'est venu comme ça. Balancer des chaussures aussi chères. En tout cas, ça a fait rigoler Ken. Il riait comme un bossu. Littéralement plié en deux. »

Tandis qu'Annie souriait à ce souvenir, Myrtle ramena ses genoux contre sa poitrine dans l'espoir d'étouffer les battements de son cœur. Elle prononça une petite prière pour demander des forces à Dieu. S'il vous plaît, mon Dieu, faites que je ne craque pas avant d'être toute seule. Faites qu'Annie ne voie pas ce que tout ça signifie pour moi.

« On est retournés vers les rochers — tu sais, ces grosses pierres plates —, et on s'est assis. La lune brillait tellement qu'il faisait presque jour. Si j'avais été avec quelqu'un qui me plaisait pour de bon, ç'aurait été drôlement bien. Ken continuait à rigoler à cause des chaussures. Ou, peut-être, il faisait semblant que ce soit ça alors que c'était autre chose... Pas évident de savoir ce qui se passe dans la tête de Ken. Toujours est-il que j'étais là, à la fin du plus beau jour de ma vie, à me dire il y a la lune, la mer et tout le tremblement... quel gâchis. Une journée pareille, ça ne peut pas se finir en restant simplement assis sur un rocher... Alors me voilà tout à coup qui demande à Ken de m'embrasser. Et lui qui m'obéit. »

Annie marqua une pause, examinant le visage de Myrtle. Myrtle pria pour que son amie croie que ses larmes étaient dues à la violence du soleil.

« Et on le fait. »

Myrtle resta bouche bée. Elle était incapable de parler.

« Ça n'avait rien d'extraordinaire, en fait. Un peu décevant. Ken n'avait pas la moindre idée de... Pas du tout ce que j'avais imaginé. » Elle se tut à nouveau. Haut dans le ciel, le chant d'une alouette tombant en cascade vint rompre le silence. Myrtle leva les yeux sans réussir à distinguer l'oiseau.

« Enfin bref, voilà. Pas de quoi en faire un fromage. Mais au moins je n'avais pas à avoir peur que Ken me débine auprès des autres. Je savais qu'il ne dirait pas un mot. On s'est relevés, on s'est époussetés. Et puis il s'est passé une chose épouvantable. » Annie se mordit la lèvre. « Il s'est mis à pleurer. À carrément sangloter. J'ai dit : Allons, Ken... qu'est-ce qui ne va pas ? C'était horrible, le bruit qu'il faisait. J'étais contente qu'il n'y ait personne à proximité. Rien que nous et la mer. Il a mis un temps fou à se calmer. Puis il a dit un truc comme quoi il ne voulait pas que j'imagine qu'il avait juste profité de l'occasion... tout ça comptait plus pour lui qu'il pourrait jamais me le dire. Enfin bon, je suppose qu'il était sous le coup de l'émotion... sa première fois à lui aussi. Et puis les garçons sont parfois plus sentimentaux que les filles. J'ai dit : Te bile pas, Ken, tu n'es pas obligé de dire quoi que ce soit. Je suis contente que ma première fois ait été avec toi, j'ai dit, en mentant comme une arracheuse de dents. Mais ne va pas te faire des idées, c'était juste pour parachever cette journée si spéciale. On ne sort pas ensemble, ni rien. Il a dit que ça lui allait, qu'il était désolé d'avoir pleuré, et on est rentrés. Le soleil se levait. »

Annie s'allongea sur l'herbe, ferma les yeux et les couvrit de son bras. Myrtle, convaincue que Dieu avait exaucé sa prière et lui avait donné des forces, se ressaisit. Elle prit la parole avec précaution.

« Pourquoi tu ne m'as rien dit avant ?

— Je ne pouvais pas. J'ai essayé, mais pas moyen de m'y résoudre. Je ne savais pas comment tu le prendrais. Tu m'avais toujours mise en garde, de manière tellement intransigeante, quand on était plus jeunes. Tu te souviens ?

— On a dix-sept ans, maintenant, déclara Myrtle, d'un ton léger qui était presque rieur.

— Absolument. Alors tu n'es pas choquée ?

— Bien sûr que non. »

Annie se redressa, retirant les herbes sèches de ses cheveux. Leurs regards se croisèrent.

Myrtle ne put résister. Elle souffrirait trop de ne pas savoir.

« Et depuis ? Toi et Ken ? »

Annie haussa les épaules.

« Le lendemain, je lui ai demandé des nouvelles de sa mouette. Il a dit qu'elle était morte dans la nuit. Point final, en fait. Je ne voulais pas recommencer avec lui. Il a juste clôturé cette journée des Sirènes, comme je t'ai dit. Il me harcèle pas, faut lui accorder ça. Il est rentré dans sa coquille, apparemment. Pauvre vieux Ken.

— C'est quelqu'un à qui on peut faire confiance, déclara Myrtle.

— On ne peut pas en dire autant des autres. La plupart, ils sont infichus de tenir leur langue...

— À quel sujet ? »

Annie baissa les yeux et se remit à tresser des brins d'herbe d'un air concentré. Jamais son maintien n'avait trahi la honte à ce point-là. Elle répondit doucement.

« Après Ken... je n'ai plus fait ma mijaurée. Ross, ce pauvre vieux Ross, il avait attendu tellement longtemps... Et puis Harry, Sandy... Je ne sais pas pourquoi, en fait. Ils étaient tous tellement impatients. »

L'alouette s'était éloignée. Myrtle était si abasourdie que son effarement résonnait dans le silence comme des battements d'ailes.

« Et Archie ? demanda-t-elle enfin.

— Pas Archie. Pas encore. J'ai été trop débordée pour m'attaquer à lui. Il y aura droit un jour.

— Ils n'ont pas dû en revenir. Tu les as tous envoyés promener tellement souvent... » Myrtle se disait que si elle continuait à parler de tout sauf de Ken, elle arriverait à paraître à peu près normale.

« Oui, je crois qu'ils ont été assez étonnés. Ils ont peut-être simplement pensé que j'étais enfin mûre. D'après Sandy, il était évident que le feu était vert. Première nouvelle !

— Eh bien, fit Myrtle.

— Tu n'es pas choquée, dis ?

— Peut-être un peu inquiète. Je ne voudrais pas que tu deviennes... Je ne voudrais pas que tu passes pour une espèce de...

— De marie-couche-toi-là, compléta Annie, qui savait Myrtle mal à l'aise avec ce type de vocabulaire. C'est un risque à courir si on veut s'amuser un peu. Espérons simplement qu'ils ne ricanent pas trop dans mon dos, et qu'ils ne comparent pas leurs expériences. Quant à l'autre problème... ne t'en fais pas. Je veille à ce qu'ils prennent bien leurs précautions.

— Tant mieux. Mais ce n'est pas ça qui m'inquiétait, en réalité. » Un sentiment d'immense lassitude avait commencé à envahir Myrtle. Elle était pressée de s'en aller à présent. De se retrouver seule. De réfléchir à la foule de choses qu'Annie lui avait avouées en toute innocence. Elle voulait être libre de pleurer sans retenue, comme Ken l'avait fait, au grand mépris d'Annie, cette nuit-là sur la plage à peine une heure après l'avoir embrassée elle... Un baiser qui avait laissé une empreinte indélébile. Tandis que, pour Annie, faire l'amour avec Ken n'avait rien représenté d'autre que le couronnement d'une journée hors du commun. L'injustice...

« Sandy est en tête de liste en ce moment, reprit Annie. C'est un chic type, plutôt marrant. Et puis il apprend vite. » Elle gloussa. « On est venus ici un soir... »

Myrtle ne voulait pas savoir. Elle se leva précipitamment. Incapable d'en supporter davantage, elle s'en alla au pas de course, laissant à Annie la charge peu coutumière de remballer les affaires de pique-nique. Elle était déjà assez loin quand elle l'entendit lui crier :

« J'ai dit quelque chose qu'il ne fallait pas ? »

Myrtle ne répondit pas, et ne tourna pas la tête. Au lieu de cela, elle accéléra l'allure sous le soleil dont les rayons étaient aussi cinglants que les lanières d'un fouet.

Durant les premières semaines de ces vacances d'été, Myrtle ne cessa de remâcher l'aveu d'Annie et la candide trahison de Ken. Les deux amies continuèrent à se fréquenter normalement, sauf quand Annie était avec un garçon. Myrtle réussit à dissimuler le trouble qui la rongeait. Elle ne voulait surtout pas qu'Annie découvre qu'elle avait pu nourrir le plus fragile espoir d'une amitié sérieuse avec Ken, ce garçon dont Annie, égoïstement, ne s'était servie que pour parachever une journée mémorable, et qu'elle avait ensuite abandonné sans se soucier de sa réaction. C'était la première fois de sa vie que Myrtle cachait à son amie une chose concernant ses sentiments les plus intimes. Jusque-là il n'y avait jamais eu de conflits d'intérêts. Myrtle était restée docilement à sa place d'amie fidèle et de confidente, sans jamais supposer qu'un jour un garçon pourrait s'interposer entre elles. Depuis que Ken lui avait révélé son secret dans l'autocar, Myrtle l'avait gardé scrupuleusement, aussi scrupuleusement qu'elle avait tu son propre penchant pour lui. Comme il ne lui avait jamais reparlé d'Annie, elle avait fini par présumer que son obsession à son égard — pouvait-on la qualifier d'amour ? — avait diminué. La gentillesse qu'il avait montrée à Myrtle après le bal, suivie du fameux baiser, avait brièvement attisé cette espérance. Il ne lui était pas venu à l'esprit qu'un garçon pouvait fort bien embrasser une fille — certes, très chastement —, puis faire l'amour à une autre en l'espace de quelques heures. (Ah, qu'elle était donc naïve !) Quant à l'annonce d'Annie, comme quoi Ken était à l'évidence toujours amoureux d'elle, elle n'avait fait qu'ajouter au choc. Myrtle avait de la peine pour lui, mais aussi pour elle-même. Tant de souffrance, et impossible d'en toucher mot à quiconque. Elle pouvait seulement sangloter la nuit quand sa mère dormait. Pendant quelque temps, elle se sentit proprement épuisée.

Puis, peut-être parce qu'elle était bien décidée à se débarrasser de ce malaise, ses propres sentiments pour Ken s'évanouirent sans crier gare. En se réveillant un matin, elle constata qu'ils s'étaient volatilisés. Son affection pour lui et sa compassion étaient toujours là. Mais à présent l'idée d'avoir avec lui une relation plus profonde la faisait rire. Au petit déjeuner, elle s'esclaffa tout haut, à la surprise de Dot. Ken, avec son absence d'élan romantique et ses bras maigrichons, ne serait jamais assez viril, tant pour elle que pour Annie. Il y avait dans sa personnalité des faiblesses patentes qu'elle aurait fini par mépriser. Ken ! Comment diable avait-elle pu envisager… ? Comment avait-elle pu entretenir ce sentiment d'enivrement depuis ses quatorze ans ? La réponse était sans doute que les fantasmes juvéniles avaient besoin de chair et de sang pour se nourrir, et que Ken, par sa présence et par ses confidences flatteuses, était devenu, tout naturellement, son objet de fantasme. Elle pouffa à nouveau. Dot fit observer qu'elle ne l'avait pas vue aussi heureuse depuis des semaines.

Dans le vide laissé par ses rêveries sur Ken, Myrtle essaya de définir ce qu'elle ressentait face au libertinage d'Annie : elle éprouvait de l'inquiétude, mais aussi quelque chose de diffus qui pouvait être de la jalousie. Non pas qu'elle aurait voulu avoir un tel comportement elle-même, mais elle aurait bien aimé connaître de temps en temps le luxe d'être désirée. Elle n'aurait pas détesté avoir l'occasion de dire non. Les garçons qui étaient maintenant les amants d'Annie étaient les amis de Myrtle : ils ne la mettaient plus en boîte depuis des années. Ils la traitaient avec gentillesse et continuaient à quémander ses conseils, sauf au sujet d'Annie. Cependant, jamais il ne leur serait venu à l'idée de la considérer comme une fille : aucun n'avait jamais laissé entendre une seconde qu'il avait un faible pour elle, et ce dédain, Myrtle était bien obligée de s'en accommoder. Quant à son amitié avec Annie… c'était une période difficile. Dans son exubérance quotidienne, stimulée davantage encore par les hormones, Annie trouvait assez excitant de raconter tous les détails à Myrtle. Or Myrtle ne tenait pas à entendre décrire les compétences ou les insuffisances sexuelles des garçons qu'elle connaissait pour ainsi dire depuis toujours. Elle suppliait Annie de garder ces découvertes pour elle.

« Très bien, concéda-t-elle finalement. Je ne te raconterai plus rien à part les anecdotes vraiment épouvantables, ou vraiment rigolotes… »

Elles rirent de cet arrangement. Elles riaient encore, souvent. Mais ce fut l'amorce d'un nouveau mode de relations entre elles. Elles choisissaient désormais avec précaution les secrets qu'elles échangeaient, se bridant délibérément. À cette époque, Myrtle commença d'ailleurs à se demander s'il n'y avait pas une certaine duplicité chez son amie. Elle s'en voulait d'éprouver de tels soupçons mais, contrairement au chagrin causé par Ken, elle n'arrivait pas vraiment à les dissiper.

Même aujourd'hui elle n'arrive pas vraiment à les dissiper. Et pourtant, en général, ils la taraudent avec plus de violence quand Annie n'est pas là que quand elles sont ensemble.

Myrtle retraverse le village, exténuée et honteuse après cette journée dans le passé. Elle aperçoit Annie qui sort du musée, et jette un coup d'œil au port vidé de ses bateaux. Elle s'accable de reproches. Si elle avait moins ressassé, elle se serait souvenue que c'était le premier jour d'Annie dans son nouveau boulot, et aurait fait un saut sur place pour voir comment son amie se débrouillait. Elle l'appelle d'un cri. Annie se retourne. Elles courent l'une vers l'autre.

« C'était fabuleux ! » Annie est tout sourire.

« Tu n'as rien cassé, tu as bien rendu la monnaie ?

— Tout s'est passé à merveille. Fantastique. Je vais me plaire là-bas. » Elle consulte sa montre. « Comme je t'ai expliqué, le monde entier fréquente la cafétéria du musée...

— Ah bon ? » Myrtle sait très bien que le monde entier d'Annie porte probablement un seul nom.

« Il y avait ce gars, Bruce, qui vient du Nord. Il m'a donné un énorme pourboire, tout ça pour une simple tasse de thé non renversée. » Elle rit à nouveau, d'un rire joyeux. « Enfin bon, on s'est mis à parler. Il m'a demandé si je voulais boire un verre ce soir. Il doit repartir demain.

— Et Janice ?

— Elle pensera que j'ai été retenue. Premier jour… » Annie regarde à nouveau sa montre.

« Je vais passer la prévenir. La prévenir que tu seras retenue un moment, j'entends. Je resterai avec elle jusqu'à ton retour.

— Ce serait adorable. » La bouche d'Annie se plisse. Myrtle l'a vue tellement souvent comme ça, déchirée entre le bien et le mal. L'inciter à suivre la bonne voie ne produit jamais l'effet escompté. « Rien qu'un verre, répète Annie, soudain agacée. Pas besoin de faire cette tête. »

Chez Annie, Myrtle trouve Janice dans la cuisine. Assise sur un tabouret à la table, ses cahiers toujours fermés devant elle, elle regarde la télévision. Son chemisier d'écolière a un bouton ouvert de trop. Les manches ont été retroussées pour dévoiler ses poignets graciles et ses minces avant-bras. Est-elle voulue ou non, cette tenue légèrement débraillée ? Myrtle ne peut en être sûre. Mais elle reconnaît les signes. Les yeux de Janice quittent un bref instant l'écran de télévision avant de se reposer dessus avec indifférence. Depuis la mort du hamster, sa chaleur coutumière envers Myrtle n'est plus qu'un souvenir.

« Maman est en retard.

— Je l'ai aperçue. Elle m'a dit de te prévenir qu'elle ne serait pas longue. » Myrtle s'interrompt, réfléchissant au mensonge qu'elle allait proférer pour défendre son amie. « Première journée de boulot... tu sais comment c'est. Des détails à ajuster.

— *Aye*.

— Tu veux un truc à manger ? »

Janice secoue la tête.

« Pas faim.

— Ou à boire ?

— Je suis là depuis je sais pas combien de temps, mais je vais attendre que maman revienne. »

La promesse d'une beauté considérable, si évidente quand elle était bébé, s'est amenuisée. Aujourd'hui, à onze ans, Janice est loin d'être aussi jolie que l'était Annie au même âge, mais elle a les mêmes yeux écartés bordés de cils épais, et un sourire languide, assez rare, des atouts qui pourraient lui valoir du succès lorsqu'elle sera plus grande. Il lui manque malgré tout l'entrain d'Annie, sa vivacité. Elle souffre de léthargie, ou d'ennui. Myrtle trouve alarmante sa morne acceptation de son sort. Aucune ambition enfantine ne semble l'animer : elle ne s'intéresse dans la vie qu'à ses hamsters et à son chat. Elle tolère les attentions des garçons, mais son indifférence naturelle les maintient à distance.

Myrtle reconnaît des traits de caractère de Ken chez sa fille. Mais, ces derniers temps, sont apparues en outre des ressemblances avec sa mère. Janice prend machinalement des poses provocantes. Même seule dans la cuisine, alors qu'elle n'attend personne d'autre que sa mère, il y a une certaine élégance dans sa façon de se tenir affalée sur la table. Ce maniérisme, lui aussi, inquiète Myrtle.

« Très bien, dans ce cas, je vais dans la pièce à côté. Je ne veux pas te déranger dans tes devoirs. »

Cette absence de reproche est accueillie par un grand sourire effronté.

« OK. Je m'y mets dès que l'émission sera finie. » Janice remonte son pantalon. Un geste enfantin qui fait oublier sa pose par trop adulte.

Dans le séjour, Myrtle s'installe sur le canapé. Le skaï émet son couinement habituel. Elle contemple la pile de magazines féminins sur la table sans y toucher. Elle se demande combien de temps Annie va mettre, d'où sort ce Bruce avec qui il est si important de boire un verre... et ce qu'ils fabriquent. Elle se demande ce qu'elle ressentirait d'avoir un enfant en train de faire ses devoirs sur la table de la cuisine. Elle se demande si elle aurait été une bonne mère. Meilleure qu'Annie, sans doute, même si parfois, quand l'envie l'en prend, Annie se donne beaucoup de mal pour Janice et fait tout pour provoquer le rire si timide et si mesuré de la fillette. Par la baie vitrée Myrtle remarque que le ciel s'assombrit. Le noir menaçant d'un orage qui couve, et non simplement la pénombre de la nuit tombante...

Le bourdonnement lointain des voix s'arrête. Janice a dû tenir parole et éteindre le poste. Myrtle se demande quelles données d'histoire, de littérature ou de biologie occupent à présent l'esprit de la fillette. Elle est tentée d'aller vérifier. Ce serait bien de discuter de son travail scolaire avec Janice. Mais elle n'ose pas la déranger. Immobile comme une statue, elle reste assise sur le canapé hostile dans la pénombre au brun de plus en plus épais de la pièce. Soudain elle entend un petit choc contre le carreau. Myrtle tourne la tête. Elle ne voit pas d'oiseau, or il a dû y en avoir un qui s'est laissé tromper par la vitre... Erreur, c'est un petit amas de gouttes de pluie, une pluie soudaine aux gouttes aussi dures que des gravillons. Elles se mettent à glisser, pareilles à des têtards, le long du grand panneau de verre. Leurs longues queues tremblantes, aspirant le peu de lumière qui subsiste au-dehors, scintillent à la manière des guirlandes de Noël. Elles accélèrent subitement, effrayées par un violent coup de tonnerre. Le bruit terrifiant retentit, aussi net qu'un coup de feu, suivi d'une seconde d'un silence absolu. Celui-ci est rompu par un énorme fracas et un grondement déchaîné — les nuages qui se percutent et qui explosent, sans doute —, puis la pluie s'abat tellement fort contre le carreau que Myrtle redoute qu'il ne se brise. Se levant d'un bond, elle s'élance vers la cuisine : Janice est sûrement affolée. Soudain un éclair illumine la pièce, inondant les mornes couleurs de son flot laiteux aux reflets argentés. Myrtle, qui court vers la cuisine, a l'impression de se noyer dans cette étrange lumière. Puis l'obscurité revient et Myrtle, désorientée et apeurée, remonte le couloir en trébuchant. Encore des coups de tonnerre. L'orage est arrivé sans prévenir... peut-être, en mer, la tempête fait-elle rage ? Les cris de Janice résonnent comme un carillon désaccordé sous les vociférations de la foudre. Myrtle prend la fillette dans ses bras.

Janice frôle l'hystérie à présent. Brûlante de terreur, elle se cramponne à Myrtle, dont le chandail, avec les larmes de la fillette, s'orne bientôt d'une tache sombre. À chaque nouvel aboiement du tonnerre Janice resserre son étreinte. Lorsque l'éclair survient, la fillette hurle qu'elle n'y voit plus rien.

Myrtle s'emploie à l'apaiser : elle lui caresse la tête, lui murmure que ce sera bientôt fini. Pelotonnée comme un bébé, Janice a les joues barbouillées de larmes. Cette enfant qu'on jugerait parfois tellement mûre a l'air maintenant d'une toute petite fille. Myrtle remercie le ciel d'avoir décidé de venir. Que se serait-il passé si Janice, qui a une peur bleue des orages, s'était trouvée seule dans la maison pendant qu'Annie était en goguette avec le dénommé Bruce ? Et, à propos, qu'est-ce qu'Annie pouvait bien trafiquer en ce moment ?

Une demi-heure s'écoule. Myrtle et Janice demeurant agrippées l'une à l'autre, le temps paraît beaucoup plus long. Dans la tête de Myrtle s'affrontent la colère qu'elle ressent contre Annie et la pitié que lui inspire son enfant. Elle se balance d'avant en arrière, adjurant son amie de rentrer. Peu à peu le tonnerre perd de sa frénésie. Sa fureur est presque épuisée, le grondement qui suit chaque explosion cède la place à des murmures plus assourdis. Les éclairs ont cessé d'illuminer la pièce : seule la pluie, invisible, ruisselle encore le long du carreau.

« Je déteste la foudre, dit Janice, pour la troisième ou quatrième fois. J'ai l'impression qu'elle va venir m'attraper.

— C'était un méchant orage mais maintenant il s'éloigne. Écoute, il n'y a plus de tonnerre. » Elles écoutent la pluie. Myrtle tamponne le visage de la fillette avec un mouchoir.

« Tu crois qu'ils vont bien sur le bateau ? » Janice replace sa tête contre le coussin confortable du buste opulent de Myrtle.

« C'est certain. Ils se sont déjà trouvés en mer par des tempêtes bien plus terribles que celle-ci. » Myrtle essaie de prendre une voix convaincante.

« J'espère, dit Janice en reniflant. Maintenant j'ai faim.

— Je vais te préparer quelque chose.

— Tu es très gentille, Myrtle.

— Ne dis pas n'importe quoi.

— Tu as été triste d'apprendre que mon hamster était mort ?

— Oui. Bien sûr que j'ai été triste.

— J'ai beaucoup pleuré. Maman a dit : Arrête de chialer, Janice, ce n'est qu'un hamster, on en achètera un autre. Elle arrivait pas à comprendre que ce serait pas pareil. » Pendant quelques secondes, Janice prend Myrtle par le cou et Myrtle est émue. La fillette, comme son père, n'est pas très expansive. Pour dissimuler ce qu'elle éprouve, pour éviter de penser à l'enfant qu'Archie et elle n'auront jamais, Myrtle sait qu'elle doit faire preuve de rudesse.

« Maintenant monte te débarbouiller. Je vais te tartiner un scone. »

Janice quitte docilement les genoux de Myrtle.

« On n'a pas de beurre, annonce-t-elle, d'un ton résigné. On est toujours en panne de beurre.

— On va se débrouiller avec de la confiture, alors.

— Je crois pas qu'il y en ait non plus. Maman ne pense pas trop aux trucs de ce genre quand papa n'est pas là. »

Dix minutes plus tard, Janice est occupée à manger des toasts sans beurre et Myrtle à boire une tasse de thé, quand Annie surgit. Sa silhouette est noircie de pluie, ses vêtements dégoulinent, et ses boucles mouillées, aplaties contre ses joues, mettent en valeur la finesse de son ossature. Ses yeux sont fuyants, et ils peuvent l'être, d'après Myrtle. Janice n'aurait pas été dans la pièce, Myrtle se serait peut-être risquée à traiter son amie de mère indigne, tant sa colère est forte. Mais elle s'abstient.

« Je suis désolée. » Annie secoue la tête. Des gouttes d'eau crépitent sur le sol.

« Où tu étais ? demande Janice en se levant de table.

— Première journée de boulot : j'ai été retenue, je ne pouvais pas filer comme ça... »

Janice quitte la pièce. Elles l'entendent qui monte à l'étage en courant. Une porte claque. Annie s'empare d'un torchon et commence à se frictionner les cheveux.

« Elle n'était pas seule. Tu étais avec elle.

— J'aurais pu ne pas être là.

— Tu avais dit que tu passerais. Je serais revenue tout de suite, sinon. Toujours prête à me sauter à la gorge quand il s'agit de Janice, hein, Myrtle Duns ? Toujours là à m'accuser. Mais qu'est-ce que tu connais aux enfants ?

— Je sais en tout cas que si on a la chance d'en avoir, ce doit être eux la priorité. Il était comment, ce fameux Bruce si important ? »

Annie attrape une poignée de couverts sur l'égouttoir puis les lance dans l'évier, dans un tintamarre exaspérant.

« En quoi ça te regarde, dis-moi ? Mais si tu veux savoir, il est jamais venu. L'espèce de crétin. Ah, ces hommes. J'ai attendu. Je lui ai laissé une demi-heure, puis je suis rentrée aussi vite que j'ai pu. »

Myrtle se lève.

« Si je n'avais pas été là, Dieu sait la frousse que Janice aurait eue toute seule. Elle est terrifiée par les orages, mais peut-être que tu n'es pas au courant…

— Je t'emmerde, Myrtle, réplique Annie en hurlant. J'en ai marre de tes sermons ! De ta bonté, de tes prévenances, de tes priorités… tout ça m'écœure. Tu es sans doute plus sainte que moi, je te l'accorde. Mais il y a une chose où tu n'y connais rien, c'est la maternité. » Elle a les joues écarlates ; la rage lui coupe le souffle. Le coton humide de sa chemise adhère à sa poitrine frémissante.

Des reparties cruelles brûlent les lèvres de Myrtle, mais elle les réprime. Elle a horreur de ce genre de disputes. Dire à Annie qu'elle la trouve mauvaise mère ne servira à rien. Les allusions à Janice, hormis les plus superficielles, sont proscrites, et c'est tant mieux. Myrtle s'en veut de son manque de mesure. Cette dispute va entraîner plusieurs jours d'une tension contrariante, chacune attendant que l'autre s'excuse, que l'autre pardonne.

« Je vais y aller maintenant, te laisser avec Janice », renonce Myrtle.

Quand elle arrive chez elle, le téléphone est en train de sonner. Archie, sur son appareil de bord, lui annonce que l'orage les a à peine touchés : tout va bien. Myrtle s'assoit lourdement sur une chaise à dossier droit. Cette bonne nouvelle est gâchée par la scène avec Annie. La colère contre les gens qu'on aime est plus destructrice que toutes les autres colères. Myrtle ne s'est pas sentie aussi lasse, aussi vidée, depuis des mois. Elle écoute la pluie, moins drue à présent, rêvant que cette journée s'achève enfin. La sonnerie du téléphone la fait sursauter. C'est sûrement Annie, qui appelle pour s'excuser. Emplie d'un soulagement inattendu, elle se dépêche d'aller répondre. Tout d'abord, elle ne comprend pas, elle ne reconnaît pas la voix, une voix d'homme. Martin ? Oui, Martin, dit-il. Il se trouve qu'on lui a donné un superbe homard. Est-ce que ça plairait à Myrtle qu'il vienne le partager avec eux ?

« Ce serait formidable », répond-elle, sans se laisser le temps de réfléchir. Elle a encore l'esprit embrouillé, ankylosé. Quelle bêtise d'avoir cru qu'Annie ferait amende honorable aussi vite. Elle remplit d'eau une énorme marmite, qu'elle pose sur la cuisinière. Elle est contente de ne pas passer la soirée seule, mais l'idée de devoir faire poliment la conversation à Martin ne l'enchante pas vraiment. En attendant que l'eau bouille, et que Martin arrive, elle se rend compte que règne autour d'elle plus une absence de bruit qu'un véritable silence. La pluie s'est arrêtée. Par la fenêtre, elle distingue des étoiles éparses dans un ciel subitement dégagé. Quelques instants plus tard, on frappe à la porte.

Martin fait son entrée avec le homard enveloppé dans du papier journal. Il est gêné de constater qu'Archie n'est pas là. S'il était descendu au port et avait vu qu'il n'y avait pas de bateaux, il ne serait pas venu. Myrtle lui répond qu'ils sont censés rentrer le lendemain soir. Elle sourit de le voir agripper son colis : Archie absent, il ne sait trop s'il est bienséant de partager son dîner avec une femme mariée.

« Je ferais peut-être mieux de partir. Je reviendrai une autre fois, quand Archie sera rentré.

— Pose donc ce homard, ordonne Myrtle. Archie ne me pardonnerait jamais de vous avoir congédiés tous les deux. Et puis, ce soir, un peu de compagnie ne me fera pas de mal. J'ai eu une dure journée. Je prépare de la pâte à crêpes pendant qu'on fait cuire le homard ? Il me semble que tu aimes bien les crêpes arrosées de mélasse. » Comment se souvient-elle de cela ? Il a dû le mentionner, Dieu sait il y a combien de temps.

« Que demande le peuple ! Si ce n'est pas trop compliqué… » Martin s'assoit à la table, évitant la chaise qu'il sait être celle d'Archie. Alors que Myrtle s'active, ils discutent de sujets qui les intéressent tous deux : la pénurie de poissons, les problèmes de livraison du marbre. À la fin du dîner, Martin félicite Myrtle pour ses talents de cuisinière.

« Une femme comme toi, voilà ce qu'il me faudrait, dit-il en riant. Tu verrais les cochonneries que je me tape. Des plats tout faits à n'en plus finir, un hareng grillé de temps en temps… Parfois je rêve de rentrer chez moi et de trouver sur la table un repas comme celui-là, sans oublier une brave épouse avec qui passer la soirée. »

Myrtle aime les intonations traînantes de son accent canadien, moins marquées que lors de son arrivée dans le pays, mais loin d'avoir disparu. Il a adopté quelques mots écossais qui, avec son accent, ont une sonorité si singulière que les gens s'attendrissent quand il les utilise. Myrtle sourit, essayant de l'imaginer dans la peau d'un mari. De toute évidence, il ferait un excellent époux : fidèle, doux, attentif aux désirs de sa femme. Si Archie n'avait pas existé, Martin était le type d'homme qu'aurait recherché Myrtle, quoique sans grand espoir. Il constituait une denrée rare dans leur petite communauté : une cible idéale pour nombre de femmes en quête d'un mari.

« *Aye*, ça c'est sûr, il te faudrait une femme, acquiesce-t-elle. Mais si tu n'en as pas, ce n'est pas par manque de propositions... Toutes les filles de la côte sont après toi. Des filles, tu aurais pu en épouser des tas, si tu avais voulu... »

Martin baisse les yeux, rougissant. Myrtle le revoit tel qu'il était jadis : cheveux blonds, peau cuivrée — certains croyaient qu'il avait du sang norvégien —, hésitant, timide, mal à l'aise avec tous les jeunes marins de son âge. Elle repense à l'excitation qu'il avait provoquée parmi les filles quand, étranger tombé du ciel, il avait brusquement débarqué dans le village. Elle se souvient de la réticence peu coutumière d'Annie. « Il est pas mal, mais pas vraiment mon genre, avait-elle dit à Myrtle à l'époque. Il pourrait se mettre à genoux et me supplier de l'épouser, je serais pas preneuse. C'est pas demain la veille que j'émigrerai au Canada. » Elle était totalement convaincante. Myrtle se souvient mot pour mot de cette déclaration tandis qu'elle verse de la crème sur la mélasse qui nappe les crêpes de Martin. Elle-même en a mangé une quantité inhabituelle, et se sent rassérénée. Le jour est tombé.

« Aucune ne faisait l'affaire, dit Martin. J'avais en tête une image précise de ce que devait être une épouse. Aucune d'elles ne s'en rapprochait un tant soit peu. Je serais incapable de me satisfaire d'un pis-aller. Et puis aujourd'hui c'est une chose à laquelle je ne pense plus très souvent. Heureux dans mon boulot. D'autres préoccupations… J'ai renoncé à chercher, je suppose. Renoncé à essayer.

— C'est ridicule ! s'exclame Myrtle, plus farouchement qu'escompté. Les femmes bien, ça existe. L'une d'elles croisera un jour ton chemin, quand tu t'y attendras le moins.

— Peut-être », concède Martin, en évitant son regard.

Plus tard, une fois la table débarrassée et les lampes allumées, ils s'assoient dans les fauteuils en bois de chaque côté du poêle. Myrtle prend le vieux rocking-chair de sa mère. Martin décline son offre d'une goutte du whisky d'Archie, mais accepte une bouteille de bière. Myrtle, pour sa part, se contente d'un mug de thé. La conversation se porte sur Annie.

« Ton amie Annie virevolte dans tous les sens. Un vrai feu follet. Le mariage ne l'a pas beaucoup changée, on dirait. Comment va-t-elle ?

— Elle va bien. »

S'installe entre eux un long silence exempt de gêne. Myrtle est presque tentée de raconter à Martin la dispute d'aujourd'hui, mais sa loyauté l'emporte. Elle se tait. Martin, le cuivre de ses joues à nouveau très intense, opine du chef. Myrtle se dit qu'il a le visage plus tanné que bien des pêcheurs, ce qui est bizarre quand la majeure partie de sa vie professionnelle se passe dans une remise. Martin s'essuie la bouche du revers de la main.

« J'aurais sans doute pu l'épouser, dit-il.

— Épouser Annie ?

— Bon, ne va pas croire que je me vante, mais fut un temps où, si j'ai bien compris, elle avait l'air plutôt mordue.

— Je n'étais pas au courant », lâche Myrtle au bout d'un moment. Son cœur commence à s'emballer comme quelques heures plus tôt, quand Annie lui a crié après. Elle est saisie d'une étrange réaction possessive. Martin a toujours été son ami à elle, à elle et à Archie. Myrtle n'a jamais compris la tiédeur, voire l'hostilité, d'Annie envers lui, mais n'a jamais vraiment creusé le mystère.

« Je suppose qu'elle n'a pas eu tellement envie d'en parler… la situation était plutôt gênante. J'étais plus jeune, je n'avais pas d'expérience. » Il a un bref sourire. « Je ne voyais pas du tout comment me dépatouiller. Je n'avais pas d'amis, à l'époque, à qui j'aurais pu demander conseil.

— Annie est très… enfin bon, c'est un sacré phénomène. » Les questions se bousculent dans la tête de Myrtle, des questions qu'elle est bien décidée à ne pas poser. D'une manière ou d'une autre, elle doit garder son étonnement pour elle.

« Alors là, pas de doute. » Martin la regarde en face à présent. « J'imagine que tu étais au courant… pour Archie. Je veux dire, c'était l'époque où elle avait jeté son dévolu sur lui, où elle faisait tout pour l'ajouter à son tableau de chasse.

— Ça, j'étais au courant… mon Dieu, oui. Ce qu'elle pouvait être casse-pieds, à me raconter toutes ses tentatives pour séduire l'inaccessible Archie ! » Myrtle s'esclaffe afin que Martin comprenne bien que toutes ces vieilles histoires n'ont plus aucune importance pour elle aujourd'hui.

« D'après ce qu'elle m'avait expliqué, Archie était à ses yeux une sorte de défi. Elle n'avait pas vraiment de faible pour lui, elle n'était pas amoureuse de lui… rien de ce genre. Elle ne jouait pas la carte des grands sentiments : elle disait qu'il était trop sérieux pour elle, elle n'aurait pas supporté longtemps sa mine toujours grave. Mais, bon Dieu, oui, elle voulait l'inscrire à son tableau de chasse... simplement pour le prestige, histoire de se prouver qu'elle pouvait avoir tous les hommes qu'elle voulait, j'imagine. Et puis, va comprendre, elle a eu l'air de renoncer à Archie. Elle a reporté son attention sur moi, à la place. Va savoir pourquoi. Je n'ai absolument rien fait pour l'encourager. Au contraire, je gardais mes distances.

— Justement, c'est ce qui l'a toujours titillée », l'éclaire Myrtle, qui fait tous ses efforts pour se contenir. Elle voit bien que Martin n'a aucune idée de l'impact que produit sur elle sa révélation.

« C'est plutôt marrant, mais l'impression que ça me donnait, c'était qu'elle avait... comme un peu peur de moi. Elle était nerveuse. Elle ne m'a pas dragué. Pas du tout ce rentre-dedans que je la voyais pratiquer sur les autres. Puis les lettres se sont mises à arriver. Des lettres étranges, passionnées, magnifiques. Apparemment, elle pensait être tombée... euh... être tombée amoureuse de moi. Profondément, éperdument, disait-elle. Pour tous les garçons envers qui elle s'était montrée obligeante — j'avais trouvé que c'était une drôle d'expression... —, elle n'avait rien éprouvé. Rien. Mais pour moi — pour une foutue raison qu'elle était incapable d'expliquer, et moi encore moins —, pour moi, elle se rongeait littéralement d'amour. Elle ne t'en avait rien dit ? »

Myrtle secoue la tête. Elle revoit cette époque : Annie aussi joyeuse et rigolarde que jamais, cherchant vaguement un nouveau boulot après s'être fait virer de la poste pour son manque de ponctualité. Annie buvant au pub avec tous ses amants d'un jour. Buvant parfois un peu trop, peut-être. Mais pas malheureuse. Ne parlant en tout cas jamais de Martin. Quant à écrire de belles lettres… cette idée dépassait l'entendement. Myrtle fouille sa mémoire pour trouver des indices, des détails peut-être sans importance sur le coup mais qui, avec le recul, pouvaient trahir ce que son amie éprouvait réellement. Myrtle ne s'en rappelle aucun. Elle se souvient seulement qu'Annie répétait toujours qu'elle, Myrtle, était la seule personne au courant de ses secrets. Des secrets qui concernaient alors la nullité sexuelle des garçons, et le fait que si elle n'arrivait pas à séduire Archie, il lui faudrait alors se dégoter un homme plus âgé. Tout cela avait été énoncé avec légèreté. Pas le moindre soupçon d'un amour caché. Pas le moindre signe indiquant que, pour la première fois de sa vie, ses propres sentiments n'étaient pas partagés.

« Tu as fait quoi ? » Myrtle, affreusement curieuse d'entendre la suite du récit de Martin, juge la question admissible.

« Je dois avouer que j'ai été ému par ces lettres. N'importe qui l'aurait été. Un style magnifique, des images poétiques tout droit sorties du cœur. »

Annie écrivant de belles lettres ? C'était difficile à croire ! Annie, qui ne prenait jamais la plume si elle pouvait l'éviter. Annie, invariablement la dernière en anglais, se moquant de l'amour que Myrtle vouait à Keats… Myrtle n'y comprend plus rien. Elle remue avec nervosité dans son fauteuil.

« Ça te surprend ? demande Martin.

— Oui, un peu. » L'incrédulité de Myrtle est tellement flagrante qu'elle s'étonne que Martin ne la remarque pas.

« Elle est devenue complètement obsessionnelle, il n'y a pas d'autre terme. À me suivre partout, à me tomber dessus à l'improviste pour me faire des déclarations enflammées... Il va sans dire que je ne l'ai jamais touchée — ce n'était pas ça qu'elle semblait rechercher —, et que je ne lui ai jamais donné une once d'encouragement. Bien au contraire. J'ai essayé de lui expliquer qu'elle nageait dans une espèce de fantasme. Qu'elle avait besoin d'affection, qu'elle avait fait une fixation sur moi parce qu'elle s'était convaincue que je pouvais lui apporter cette affection, alors qu'elle ne me connaissait absolument pas. Elle ne voulait rien entendre. » Martin s'interrompt, sourit. « Je ne suis pas psychanalyste, mais je crois que j'avais vu juste. Père parti depuis des lustres, pas beaucoup d'amour ni d'attentions de la part de sa mère... sûrement jamais de conseils. Et puis toute cette armada de conquêtes : des passades, des coucheries décevantes. Ce qu'elle recherchait en réalité, c'était quelque chose de plus solide, une relation authentique, même si elle n'en avait peut-être pas conscience. Et voilà, elle m'avait choisi moi, pratiquement le seul avec qui elle n'avait pas été à l'école, qu'elle ne connaissait pas depuis toujours. L'impression que j'ai eue, c'est qu'elle en avait marre que les garçons aient simplement envie d'elle, qu'ils cherchent simplement à se la faire. Au fond, c'est une romantique, Annie. Ce qu'elle voulait c'était de l'amour. Mais je ne pouvais pas le lui donner.

— Tu ne ressentais rien du tout pour elle ?

— Juste de la pitié. De la tristesse de ne pas pouvoir l'aider. Bien sûr je la trouvais incroyablement séduisante, comme jeune fille, incroyablement belle. C'est d'ailleurs toujours une femme séduisante. Mais pas pour moi. » Il marque une pause tellement longue que Myrtle se met à craindre qu'il ne s'arrête là. Elle va lui chercher une autre bouteille de bière dans le frigo. Elle le relance un peu. « Alors comment as-tu… résolu le problème ? »

Martin soupire. Il débouche la bouteille, remplit son verre, puis le pose sur le sol sans boire.

« Il fallait que ça cesse. Je m'inquiétais pour son état mental. Inévitablement, la fin n'a pas été jolie jolie. Elle a trop tiré sur la corde… Elle s'est pointée chez moi en pleine nuit et elle m'a réveillé en jetant des cailloux contre le carreau. Elle sanglotait, désespérée. J'ai dû la laisser entrer… je ne voulais pas qu'elle réveille mes parents. Elle était venue m'annoncer la décision qu'elle avait prise, qui était de m'attendre, aussi longtemps qu'il faudrait. Je lui ai expliqué : Hélas, ce n'est pas une affaire de temps, Annie. Tu ne comprends donc pas ? Je ne t'aime pas, je ne t'aimerai jamais, et tu dois arrêter toutes ces idioties. J'en ai plein le dos, ça ne m'amuse plus du tout. J'ai sans doute un peu perdu mon sang-froid. Je n'ai pas été aussi délicat que j'aurais pu l'être. Tout ce que je voulais c'était me débarrasser d'elle, qu'elle cesse de me harceler. Comme d'habitude, mes paroles n'ont eu aucun effet. Alors j'ai décidé de tenter une dernière fois de lui faire entendre raison. Je lui ai dit que j'aimais une femme au caractère tout à fait différent, une créature paisible et discrète qui n'avait jamais flirté de sa vie. Elle s'est écriée : Une fille rasoir, donc ? Non, pas rasoir du tout, lui ai-je répondu. Inaccessible, malheureusement, mais si enracinée dans mon cœur que je n'ai aucun espoir de l'en extirper... » Il se tut, gêné par son aveu.

« Je ne savais pas », dit Myrtle.

Martin attrape son verre de bière, en boit une gorgée.

« Non... Remarque, je ne suis pas très expansif.

— Et comment a-t-elle pris la nouvelle ?

— Elle a dit que j'avais inventé ça pour la dissuader. Elle a dit que ça ne changerait absolument rien à ses sentiments... jamais. Pauvre Annie. Elle était d'une pâleur. Je me rappelle, elle était appuyée contre le mur, poings serrés, la tête relevée vers moi, l'air contrit. Et alors... euh, cet épisode n'est pas très glorieux. Est-ce que je continue ? » Myrtle hoche la tête. « Je le regrette, mais bon, je regrette toute l'histoire. Elle a dit : Je vais conclure un marché avec toi, Martin Ford. Donne-moi un seul baiser un peu gentil sur la joue et je te laisserai tranquille. Je ne t'embêterai plus. Je vois bien que ça ne mène à rien, à l'heure qu'il est. Mais un jour tu comprendras à quel point tu as été bête de me laisser partir, et je serai encore là. Elle était vraiment... pitoyable. Je lui ai dit que je regrettais de lui avoir crié après, mais je ne savais pas comment lui ouvrir les yeux. Alors j'ai fait ce qu'elle voulait. Je l'ai embrassée gentiment sur la joue. Mais à peine ma bouche l'avait-elle effleurée qu'elle a reculé comme si je l'avais frappée. Elle s'est écroulée d'un seul coup. Évanouie comme une héroïne de roman à l'eau de rose. Je lui ai fait avaler un peu de whisky pour la ranimer. Elle s'est excusée d'être aussi embêtante. Je ne pouvais que constater à quel point son fantasme était devenu réel : de nos jours les filles ne tombent pas dans les pommes quand on les embrasse sur la joue, et j'avais sincèrement de la peine pour elle. Après tout, j'étais bien placé pour savoir ce qu'était l'amour à sens unique, mais ça, je me suis gardé de lui dire. Toujours est-il qu'elle a été fidèle à sa promesse et qu'elle ne m'a plus poursuivi. Dieu merci, elle m'a laissé tranquille après ça. Elle m'a évité quelque temps, puis elle s'est comportée normalement comme si de rien n'était. Mais, à un moment donné, elle m'a quand même demandé de brûler ses lettres. »

Martin se tait à nouveau.

« Et tu as obéi ?

— Oui. Un peu à contrecœur, je dois avouer. Elles étaient tellement étranges. Il n'y était pas tant question d'elle et moi que des tours que l'amour peut vous jouer au quotidien… Je ne pense pas que je recevrai à nouveau un jour des lettres pareilles. »

Pour la troisième fois de la soirée Martin devient écarlate. Le pourpre de son front haut contraste vivement avec ses cheveux blonds. « Mais tout ça c'était il y a longtemps, enchaîne-t-il. Je ne peux pas dire qu'on soit des amis proches, mais elle ne montre aucune froideur. Son attitude irrationnelle, au cours de ces quelques mois, n'était qu'une maladie, le fruit d'une illusion. Le genre de troubles qui affectent souvent les êtres un peu perdus et malheureux. Mais apparemment c'est passé aussi vite que c'était venu. À mon avis, Annie ne pense plus jamais à moi aujourd'hui. Ou si elle y pense, ce ne doit être que pour rire de cette folie de jeunesse. Elle a l'air heureuse en ménage, non ?

— *Aye*. Ken est un bon mari pour elle. »

Martin regarde sa montre ; il se lève.

« Oh là là, ce que je peux être bavard, un vrai moulin à paroles. Je suis désolé. Il est tard. »

Myrtle l'accompagne à la porte.

« Et toi… ton amour à sens unique ? demande-t-elle malgré elle, pour ne plus parler d'Annie. Je suis désolée pour…

— Oui, enfin bon, on s'habitue à l'insurmontable. On se réadapte. Même si l'ombre de cet amour, disons, plane toujours un peu. Enfin bref… merci de… merci de m'avoir écouté, en tout cas. Je n'avais jamais raconté cette histoire avant. Je pensais que tu étais au courant, comme tu es l'amie d'Annie. » Il pose sa main sur le bras de Myrtle. Ce contact déclenche chez elle un élan de compassion. Elle le ressent dans tout son corps. Est-ce de la compassion, vraiment ? Myrtle est déstabilisée.

« Merci d'être passé, dit-elle. J'aime bien quand tu viens. Merci pour le homard.

— Je t'en prie », répond Martin en inclinant la tête.

Myrtle sourit devant cette courtoisie surannée. Une fois encore il a le visage en feu. C'est drôle qu'elle n'ait jamais remarqué avant qu'il rougissait si facilement. Mais bon, depuis des années qu'ils se connaissent, ils n'ont jamais eu une conversation comme celle de ce soir. Il est plus de minuit quand Myrtle ferme la porte derrière lui.

Dormir n'est pas envisageable. Myrtle regagne son fauteuil. Dans son désarroi les mots trahison, désillusion, désastre fourmillent dans sa tête. Ce n'est pas la première fois que Myrtle réfléchit aux tromperies de l'amitié : elle y avait déjà été contrainte lorsque Annie était passée aux aveux pour sa nuit sur la plage avec Ken, et cette découverte l'avait anéantie. Mais, même plus jeune, Myrtle s'était obligée à comprendre, et à pardonner. Depuis lors — sottement, naïvement, elle s'en rend compte à présent —, il ne lui est jamais venu à l'esprit qu'Annie, la personne qu'elle aime tellement fort et depuis tellement longtemps, n'ait pas cessé de lui dissimuler des pans importants de sa vie : des pans essentiels que Myrtle n'aurait jamais pu soupçonner. Le fait qu'Annie, manifestement si malheureuse à l'époque, n'ait pas réclamé son aide, ses conseils, ou son oreille attentive est pour Myrtle un coup d'une telle ampleur que la souffrance physique ne lui laisse aucune force pour comprendre pourquoi. Elle ferme les yeux et écoute les questions qui lui martèlent le crâne. Combien d'autres secrets Annie lui a-t-elle tus ? Comment se fait-il qu'elle n'ait rien deviné de son chagrin ? Comment a-t-elle pu se montrer si aveugle, croisant Annie tous les jours, pour ne même pas percevoir qu'il y avait dans sa vie des traumatismes cachés ? Elles s'étaient juré, à un très jeune âge, de rester meilleures amies et de tout se raconter, toujours. Un pacte enfantin, peut-être. Mais auquel elles avaient cru. Myrtle avait tout lieu de penser qu'Annie tenait sa part de l'arrangement. Annie lui avait rapporté tellement de pensées — le plus souvent sur le tempérament des garçons, mais aussi sur l'instabilité de sa mère — que Myrtle n'avait jamais imaginé qu'il puisse y avoir grand-chose par ailleurs que son amie gardait pour elle. De son côté, Myrtle avait respecté l'accord à la lettre, même si bien entendu elle avait moins de secrets à dévoiler qu'Annie. La vie de Myrtle était plus ennuyeuse. Mais, à l'unique exception de ses sentiments pour Ken, elle n'avait pas lésiné sur les confidences d'ordre intime. Parfois, non sans une impression de déloyauté, elle avouait que les excentricités de sa mère — comme sa rigueur au sujet des couvertures, par exemple — la déprimaient. Ou bien qu'elle était déçue de ne pas avoir décroché une meilleure note à une rédaction. De tous ses secrets, le plus intime touchait au complexe que lui valait la taille de ses mains et de ses pieds. Pourtant, même cette angoisse des plus délicates, elle s'était sentie tenue de l'avouer à son amie, certaine d'avoir sa compassion. Elle ne serait jamais le genre de femme à attirer les hommes — ça, elle le savait, et elle avait fini par l'accepter —, mais elle se demandait si, physiquement, elle pourrait s'améliorer. Annie avait répondu : Oui, bien sûr ; tout le monde embellit une fois les rondeurs de l'adolescence perdues. Elle avait dit cela sans penser à mal. Annie n'avait jamais trop su vous réconforter par les mots : les petits gestes inattendus étaient davantage son rayon. En réalité, Myrtle avait compris très tôt qu'Annie ne se passionnait pas beaucoup pour ses confidences, lesquelles n'étaient ni surprenantes ni croustillantes. Le pacte était vite devenu unilatéral, ou presque. Les tourbillons de l'existence d'Annie, décrits dans le moindre détail, l'emportaient largement sur les historiettes de Myrtle. Mais Myrtle n'avait aucune intention de rompre la promesse de jeunesse faite à son amie, et elle avait continué à lui faire part de certains secrets, si assommants qu'Annie les trouvât.

Myrtle demeure ainsi un long moment abasourdie et immobile dans son fauteuil. Elle entend qu'il s'est remis à pleuvoir, une pluie moins forte que tout à l'heure, qui coule par saccades sur les carreaux. Lui revient alors, évanescent comme la fumée, mais bien présent, le souvenir d'une journée de bruine. Annie et elle contemplaient la vitrine d'un marchand de journaux. Annie avait les yeux rouges et gonflés. Elle prétendait souffrir d'une conjonctivite, et elles étaient allées chez le pharmacien acheter une pommade. Devant chez le marchand dc journaux, Annie se comportait de façon bizarre. Elle énonçait en chuchotant le nom de tous les magazines. Son teint était très pâle. Myrtle lui avait demandé ce qu'elle avait. Rien, avait répondu Annie. Plus rien maintenant. Ce « plus rien maintenant » traverse ses réflexions nocturnes avec la violence d'un boulet de canon. Ce « plus rien maintenant », elle ne l'avait pas compris, à l'époque : elle n'y avait vu qu'une allusion à la guérison prochaine de ses yeux, à présent qu'elle avait sa pommade. Ce « plus rien maintenant », au milieu de cette nuit tourmentée, se pare d'une signification tellement évidente que Myrtle a envie de hurler ses remords. Ce « plus rien » signifiait qu'il s'était passé quelque chose d'important, et que ce quelque chose était terminé. Annie n'avait plus aucun espoir d'obtenir l'amour de Martin. Comment Myrtle avait-elle pu se tenir si près de son amie et ne pas avoir la moindre idée de ce qu'elle endurait ? Comment était-ce possible ?

Choquée par son propre manque de sensibilité ce jour-là, durant cette période-là, Myrtle se fustige avec des années de retard. Là-dessus, un autre souvenir lui revient. La scène se passe dans la rue, sans doute plus tard le même jour. Certainement dehors, car les yeux et les joues gonflés d'Annie étaient tout luisants d'humidité. Des larmes, la bruine ? Myrtle ne savait pas. Annie lui avait tiré sur la manche. Feignant désespérément la gaieté, elle lui avait annoncé qu'elle allait tenter une dernière fois de séduire l'inaccessible Archie. Sur le moment, Myrtle ne s'était pas formalisée : elle s'était simplement dit qu'à la longue, avec sa détermination, Annie parviendrait à ses fins. Elle n'avait pas la moindre raison de voir dans cette remarque une déclaration courageuse ou provocante. Mais aujourd'hui, presque deux décennies plus tard, elle en discerne la bravade, et sa fureur contre Annie, qui n'a cessé de croître depuis le récit de Martin, commence à retomber. Elle repense à tout ce qu'Annie incarne pour elle depuis l'enfance : la meneuse exubérante, l'amie encourageante, la copine formidablement généreuse dans ses petits gestes de bonté spontanée, la rigolote. Leur amitié a souvent étonné les gens ; personne ne peut en comprendre le subtil équilibre. Mais, pour elles, cette complémentarité va de soi : Myrtle est la pierre et Annie l'étincelle. Le schéma est rarement modifié, il leur convient à toutes les deux. Et peut-être, se dit Myrtle, certaines cachotteries entre amies relèvent-elles de l'instinct de conservation. Les petites trahisons doivent être pardonnées. Myrtle est apaisée par cette pensée. Elle sait qu'un acte qui les brouillerait à jamais est inconcevable, et qu'au bout du compte son amour pour Annie triomphera toujours de tout.

Quand Archie revient le lendemain soir, Myrtle repère aussitôt qu'il est de bonne humeur. Les signes résident moins dans son expression que dans ses mouvements. Sa démarche naturelle est lente et pesante, et elle se fait encore plus lente lorsqu'il est inquiet. Mais le bonheur comme le soulagement lui font accélérer le pas. Les indices, ce soir, sont sans équivoque : plutôt que d'aller chercher l'habituelle assiette en fer-blanc sur laquelle on pose le poisson frais, il en lâche directement deux grosses darnes sur la table. Il lance son chandail humide à Myrtle au lieu de l'accrocher au dossier de sa chaise.

« C'est quoi, tout ça, Archie ? »

Il sourit. Ses traits ordinairement solennels sont creusés de sillons et de fossettes, mais aussi de plis inaccoutumés autour des yeux et de la bouche.

« Viens par là, ma petite femme ! » Elle le rejoint.

« J'ai pensé à toi avec cet orage hier après-midi. Bon Dieu, ce que j'aurais voulu être ici. » Archie pouffe et Myrtle boit du petit-lait : elle n'aime pas demander à Archie s'il pense à elle quand il est en mer. Elle reconnaît le goût du sel sur ses lèvres. Ses mâchoires râpeuses lui grattent les joues. Les mains de son mari se posent sur ses seins, les lui recouvrent. Myrtle se sent forte. Ses affres nocturnes ont peut-être agi comme des grenades sous-marines sur son âme, mais son corps est impatient. Avide.

« On mangera plus tard », dit Archie.

Ils vont dans la chambre, s'étendent tout habillés sur le lit. Archie, comme toujours quand il rentre, dégage une forte odeur de sueur, de poisson et d'eau de mer. Myrtle sourit : les tempêtes ont toujours été aphrodisiaques pour Archie. Elle se souvient de nuits où, alors que le tonnerre retentissait au-dessus de leurs têtes, leurs deux corps s'élevaient et s'affaissaient sur le lit telles des vagues poussées par le vent. Archie efface le sourire de Myrtle en plaquant brutalement sa bouche sur la sienne. Il est parfois un peu rustaud et, dans ces cas-là, Myrtle est contente de faire la taille qu'elle fait. Elle attrape une des mains de son mari, la guide vers son col. Ses doigts raidis de sel s'acharnent sur les petits boutons. Fébrile et maladroit, il met du temps à les défaire. Myrtle, occupée de son côté, le laisse se débrouiller. Elle aime son empressement, la façon dont la masse lourde et compacte de son corps semble s'alléger avec ses tremblements. Elle aime la façon dont il se met à fredonner entre ses dents, ou à gémir. Ce geignement lui fait penser au vent qui souffle dans les voiles, au cri des dauphins et aux profondeurs de la mer.

Mais ce n'est pas au lit qu'Archie expliquera à Myrtle d'où venait la joie qu'il ressentait sous son excitation. Myrtle sait qu'elle ne doit pas poser la question. Il lui dira en temps et heure. À moins que ? L'espace d'un instant, en remettant sa jupe, en rejetant en arrière ses cheveux ébouriffés, Myrtle se demande si Archie, lui aussi, lui cache des choses... Elle sait qu'il lui faut écarter des doutes aussi absurdes, mais après la nuit dernière ce ne sera pas chose facile.

Après le dîner, Archie annonce qu'il descend au bateau récupérer sa grosse torche électrique. Il veut inspecter le toit de la maison : il craint que la tempête n'ait délogé quelques ardoises branlantes. Myrtle lui répond qu'elle va l'accompagner.

Elle lui prend le bras. L'odeur qu'il dégage, à présent, est celle du savon au crésol et du coton propre de sa chemise. Myrtle ressent cet étrange mélange de faiblesse indolente et de force régénérée qu'on éprouve quand on a bien fait l'amour. C'est peut-être ce que veut dire ne faire qu'un, songe-t-elle... Une sensation transitoire, mais tant que cette sensation se répète, il n'y a pas à s'inquiéter. Ils cheminent tous deux, du même pas, vers le port. Des lumières brillent à certaines fenêtres, mais la nuit n'est pas encore complètement tombée.

« Comment va Annie ? demande Archie par politesse chaque fois qu'il rentre à la maison.

— Elle va bien », répond machinalement Myrtle. Elle connaît les sentiments d'Archie à l'égard de son amie, et elle n'a pas l'intention de l'ennuyer avec ce qu'elle a appris. Une excellente excuse pour ne pas parler d'Annie, se dit-elle, en femme rompue aux secrets qu'elle est récemment devenue. Elle ne se tait que pour lui épargner un récit qu'il jugerait sans intérêt.

« Elle risque d'être moins heureuse avec Ken, ce soir. Il m'a fait une promesse. On a joué cartes sur table : on a décortiqué le problème pendant des heures, une nuit. On a fini par conclure un accord. Terminé, ses foutues âneries de "livraisons". Il va vendre sa camionnette. Vivre de son salaire de pêcheur comme nous autres.

— C'est très bien, dit Myrtle.

— Je l'ai prévenu. S'il replonge, s'il reste ce matelot à la gomme qu'il est devenu, alors adieu. Il sera viré de l'équipage. Annie ne va pas être enchantée, j'imagine. Ça veut dire moins de fours à micro-ondes et de gadgets hors de prix.

— Elle a un nouveau boulot. Serveuse à la cafétéria du musée. Ça devrait compenser un peu…

— Je ne lui donne pas longtemps, il n'y a qu'à voir ses tentatives précédentes. » Archie s'esclaffe et, c'est plus fort que lui, son rire contient une nuance de mépris.

« Qui sait ? Peut-être qu'elle a trouvé ce qui lui convient cette fois. Elle pense qu'elle va rencontrer plein de gens formidables là-bas.

— Encore une de ses illusions. »

Une lune timide cherche à s'imposer au milieu des nuages qui passent. C'est marée haute et leurs formes adoucies se reflètent dans les eaux noires du port où abondent les grosses silhouettes trapues des navires malmenés par les flots. Debout sur le quai, Myrtle et Archie contemplent le pont tout juste visible du *Skyline II*. La disposition particulière de sa cheminée et de sa proue est si familière que même Myrtle a l'impression qu'elle pourrait le reconnaître immédiatement parmi une centaine de bateaux similaires. Elle éprouve pour ce rafiot le genre d'affection que vous inspirent les objets inanimés dont la fonction consiste à subvenir à vos besoins et à vous protéger.

Archie descend à l'échelle en fer scellée dans le mur de la digue et saute sur le pont. Myrtle le distingue à peine. Elle entend des bruits sourds tandis qu'il déambule de son pas pesant, déplaçant caisses et rouleaux de cordage : maintenant que ses désirs ont été assouvis, ses mouvements ont retrouvé leur lenteur… Soudain un faisceau de lumière balaie le navire. L'espace de quelques secondes, Myrtle aperçoit une dizaine d'objets qui font partie de la vie d'Archie — lignes, filets, casiers vides —, et en voyant son mari dans ce décor, prisonnier de la photo produite par le flash de la torche, elle se sent aussi proche de lui qu'une heure auparavant, quand ils étaient au lit.

Il fait froid à présent. Myrtle croise les bras sous ses seins et resserre autour d'elle le vieux châle de sa mère. Patiemment, elle attend. Enfin le visage du capitaine apparaît au-dessus du mur du quai et elle pousse un cri de ravissement, comme s'il était parti une éternité. Elle lui reprend le bras. De sa main libre, Archie promène la lumière de la torche sur la surface des eaux. Les jeux d'ombres, bien dessinés au premier plan, s'évanouissent dans le lointain. Il n'y a pas de démarcation entre les flancs des bateaux et l'onde sur laquelle ils reposent : la surface d'un noir d'encre indique des profondeurs qui font toujours frissonner Myrtle, et elle remercie le ciel d'être sur la terre ferme. Elle a toujours eu peur des bateaux sans personne à bord : cette phobie, elle l'avait naguère avouée à Annie, qui était restée froide. Les bateaux déserts ont un côté fantomatique qui la perturbe. Ce soir, leur immobilité sur les eaux plates, leurs grincements dans le silence, leurs ponts hérissés de machineries et de filets rendus blafards par le clair de lune et la lumière de la torche font d'eux une flotte spectrale dont Myrtle n'aurait pas l'audace de s'approcher seule. Mais avec Archie à ses côtés elle se sent courageuse, en sécurité. Elle peut sourire de sa propre sottise.

« Et si on allait boire un verre ? propose Archie. Ça te dirait ? »

L'invitation est tellement insolite que Myrtle hésite avant de répondre : Oui, elle adorerait se taper un petit whisky. Elle a froid, maintenant. L'idée de la chaleur du pub et de son vacarme est attirante, même si, en temps normal, elle n'aime guère se mêler à la foule qui hante les lieux publics.

« Très bien, dans ce cas… Un petit verre. Demain on doit monter au cimetière, tu n'as pas oublié ?

— Au cimetière ?

— Mon père.

— *Och, aye*. Ben… » Elle espère ne pas donner l'impression d'avoir oublié l'anniversaire de la mort de Ben. Combien d'années cela fait-il ? Myrtle n'arrive pas à se rappeler et rechigne à demander. Longtemps. Mais un temps qui a filé à toute vitesse.

Ben Duns était mort d'un cancer dans un hôpital de St Andrews. Le même que celui dans lequel sa femme était morte de la même maladie dix ans plus tôt. Par chance, elle avait connu une fin rapide : une affaire de quelques semaines après la découverte des tumeurs… La mort de Ben, par contre, avait été lente et effroyable, un processus auquel Archie, à vingt ans et des poussières, avait assisté avec une horreur et une affliction croissantes. Le plus longtemps possible, Ben était resté chez lui, soigné par Archie et l'infirmière à domicile. On avait installé son lit près de la fenêtre pour qu'il puisse voir le port, regarder les bateaux aller et venir. Ses fidèles matelots, un équipage uni depuis des années, lui rendaient visite chaque fois qu'ils débarquaient pour lui raconter leurs prises, le temps qu'il avait fait en mer, les problèmes qu'ils avaient rencontrés. Leur capitaine avait beau dépérir, il proférait ses ordres comme s'il était toujours à bord. « Range-moi ce tas de filets, Billy ! » s'écriait-il, et son regard les mettait tous au défi de lui faire remarquer qu'ils se trouvaient dans sa chambre à coucher. Ils lui assuraient que tout, sur le bateau, était absolument nickel.

Ben avait été transféré à l'hôpital durant le dernier mois de sa vie. Archie, qui quittait à peine le chevet de son père, regardait les croûtes se multiplier sur son visage, sa poitrine et ses bras — le reste de son corps était caché par le drap —, et essayait de répondre à l'incessante question : « Pourquoi c'est si long de mourir ? On pourrait pas activer la manœuvre ? » Et puis, un matin d'octobre que le soleil brillait sur son drap d'hôpital et sa peau ravagée, Ben se redressa sur les oreillers avec une rare énergie et déclara que ça allait être une belle journée en mer. Il allait descendre au port dans une minute, dit-il. Il tapota la main d'Archie, lui ordonna d'être un bon capitaine, puis ferma les yeux et mourut.

Selon toute apparence, le seul signe de la détresse d'Archie fut un durcissement dans la solennité de ses traits, une attitude de repli accru, un détachement plus marqué. Il ne révéla qu'à de très rares personnes ce profond sentiment de perte et de désespoir qu'il était résolu à dissimuler. Au début, il s'occupa à réorganiser l'équipage, remplaçant les vieux marins qui souhaitaient arrêter, maintenant que Ben n'était plus là, par de plus jeunes recrues. Il institua des voyages en mer plus longs que ne le voulait l'usage : le nouvel équipage, composé de jeunes gens célibataires et désireux de gagner de l'argent, ne semblait pas y trouver d'inconvénients. En rentrant chez lui, il trouvait des bouquets et des mots bienveillants de filles pour qui il avait eu de brefs coups de cœur au lycée. Si leurs avances de l'époque relevaient du flirt, elles étaient aujourd'hui d'une nature plus concrète. En quoi puis-je t'aider ? Laisse-moi faire ta lessive. Je vais t'apporter une tourte, il te suffira de la réchauffer.

Si Archie était sensible à ces gentillesses, et acceptait les petits plats qu'on lui offrait avec insistance, il ne réclamait jamais d'aide. Au bout de quelques mois, au lieu de passer la majeure partie de ses séjours à terre chez lui — où il n'avait pas touché aux affaires de son père —, il se mit à fréquenter la maison des Stewart. Dot et Ben, après la mort de leurs conjoints respectifs, étaient devenus très amis. Ben avait été une sorte de père de substitution pour Myrtle, tout comme Dot avait joué un rôle de mère pour Archie après la mort de Sarah Duns. Aussi était-ce dans la cuisine de Dot qu'il se sentait le plus à l'aise, dévorant les copieux repas de son hôtesse et écoutant ses récits bien connus de catastrophes maritimes. Il était habitué à la présence silencieuse de Myrtle, à son sourire timide, à sa discrétion. Archie avait été un des rares garçons de l'école à ne pas prendre part aux taquineries à son égard. Pleine de gratitude longtemps après la fin de leurs études, Myrtle nourrissait pour lui l'affection d'une sœur. Elle se demandait souvent où il dénicherait une épouse digne de lui. Convaincue qu'Archie ne la considérerait jamais autrement que comme une amie fidèle, elle réussissait à se comporter avec lui avec un naturel et une absence de gêne qui lui faisaient défaut quand elle était en compagnie d'autres jeunes gens. Dans la période qui avait suivi la mort de Ben et où Archie avait commencé à venir les voir souvent, tandis que sa mère assurait la conversation, Myrtle, inconsciemment, s'efforçait de soulager le chagrin d'Archie par sa présence chaleureuse et tendre. Elle était toujours prête à accéder à son envie d'une partie de cartes ou d'une promenade dans les champs derrière le village.

Un jour, quelque trois mois après la mort de Ben, Dot somma Archie de trier les affaires de son père : jeter la pacotille, apporter les vêtements à une boutique de bienfaisance, bref, instaurer les bases d'une vie nouvelle dans la petite maison. Archie rechignait ouvertement à la besogne, mais il était hors de question de s'opposer à Dot. « Allons, allons, fit-elle. Il faut bien s'y atteler un jour. Myrtle viendra t'aider. »

La maison, à laquelle aucune main de femme n'avait touché depuis dix ans, était une pagaille innommable. Dans les pièces jamais aérées régnait une odeur de poussière et de sel, et des vêtements humides, mis à sécher dans la cuisine sur une corde à linge, étaient restés bizarrement craquants. Archie ne s'était pas beaucoup fatigué côté tâches ménagères. Myrtle tomba sur une montagne de couverts et de casseroles sales. Des boîtes de conserve entamées, remplies de haricots pourris ou de soupe moisie, envahissaient la table... Il n'était pas étonnant qu'il passe autant de temps sous le toit des Stewart, songea-t-elle, attendrie.

« Ce n'est pas un tel bazar, d'habitude, s'excusa-t-il. Dernièrement, j'étais beaucoup en mer et je me suis laissé un peu déborder… Commençons par le plus difficile. »

Il la précéda dans le petit escalier aux marches étroites et escarpées — dont le tapis était usé jusqu'à la trame — pour se rendre dans la chambre de Ben. Celle-ci n'avait à l'évidence reçu aucune visite depuis que son occupant avait été emmené à l'hôpital : des draps tachés de sueur, violemment rabattus, dessinaient sur le lit une tresse de coton grossier ; une épaisse robe de chambre gisait abandonnée sur le sol tel un cadavre tué par balle ; une brosse à cheveux accueillait un roncier de mèches grises entre ses crins verdâtres et poisseux. Et tout était recouvert d'un voile de poussière grasse.

« Oh Seigneur ! » s'exclama Archie en portant la main à son nez.

Une odeur de mort imminente avait été emprisonnée et abominablement préservée dans la chambre calfeutrée.

« Ouvre la fenêtre », dit Myrtle.

Archie décoinça le châssis avec peine. L'air frais de la mer s'engouffra dans la pièce, fendant la puanteur macabre, mais sans l'anéantir. Myrtle se dirigea vers la petite armoire, dont elle ouvrit la porte au mince panneau. La garde-robe des parents d'Archie était loin d'occuper toute la longueur de la tringle. Était suspendu là le costume du dimanche de Ben, un complet marron à fines rayures. Le tissu en était usé et crasseux au niveau du col, auquel restaient accrochés deux cheveux gris qui ondulaient telles des vrilles fantomatiques. Se trouvaient également là deux gros jeans raidis tachés de sel ainsi qu'un blouson léger, lui aussi assez crasseux. Poussée d'un côté, souffrant d'un isolement presque palpable, pendait une robe informe en panne de velours dont le rose bleuté faisait penser à de vieilles gencives. D'un rose plus foncé, des cercles de transpiration depuis longtemps asséchés formaient sous les bras comme des broderies perlées. Une mite sortit en titubant de la jupe pour s'envoler vers la fenêtre. Archie se retourna et aperçut les vêtements.

« Oh Seigneur ! répéta-t-il. La robe de mariée de maman… Papa refusait de la jeter. »

Il recula d'un pas, s'assit lourdement sur le lit. Il tendit les mains, l'une par-dessus l'autre, les doigts serrés comme s'il s'apprêtait à recevoir l'hostie. Puis, tout doucement, sa tête descendit dans le réceptacle de ses mains, et il se mit à sangloter. Au début ses pleurs étaient pratiquement silencieux tandis que son corps se balançait d'avant en arrière. Coulant en éventail de ses yeux fermés, des larmes épaisses comme le sang inondaient ses doigts, avant de tomber sur ses genoux. Il se mit ensuite à gémir, une plainte profonde et pitoyable qui rappela à Myrtle une grotte marine dans laquelle elle avait un jour osé entrer quand elle était enfant, et où d'étranges échos se répercutaient entre les parois rocheuses.

Myrtle n'avait jamais vu d'homme pleurer auparavant, et elle s'alarma. Peut-être fallait-il qu'elle coure chercher Dot, qui, elle, saurait quoi faire. Mais elle comprit qu'elle ne devait pas abandonner Archie à son désarroi. Faute de paroles réconfortantes, elle pouvait au moins rester là.

Elle s'assit sur le lit à côté de lui. Au bout d'un

moment, elle posa une main sur son épaule, agitée de soubresauts. L'odeur forte et âcre de sa sueur s'ajoutait aux remugles piquants de la chambre. De temps en temps, une bouffée d'air, s'insinuant par la fenêtre ouverte, dissipait un peu les odeurs, mais elles ne tardaient pas à se concentrer à nouveau, oppressantes.

Myrtle n'avait aucune idée du temps qu'ils passèrent assis là. Deux heures, peut-être. À la longue, les sanglots d'Archie perdirent de leur puissance. Enfin vidé de ses larmes, il s'empara d'un tampon de drap sale et s'essuya le visage, se frottant vigoureusement les yeux. Myrtle retira sa main de son épaule. Lâchant son bout de drap chiffonné, Archie se mit debout.

« Pardon. Ça n'est jamais arrivé avant. Et ça n'arrivera plus. Merci d'avoir été là. » Il attrapa un sac-poubelle, le secoua pour l'ouvrir. « Je vais le tenir. Tu n'as qu'à y fourrer les habits.

— Non, dit Myrtle, se levant à son tour et lui prenant le sac. Laisse tomber. C'est un truc que maman et moi nous ferons ensemble. On s'occupera de ranger la semaine prochaine quand tu seras en mer. On aura tout le temps qu'il faut. On est douées pour ce genre de choses. »

Archie haussa les épaules et esquissa un sourire ; il avait les yeux injectés de sang. Il n'eut pas l'énergie de protester. Myrtle lui rendit un sourire plein de fermeté.

« Quand tu reviendras, tout sera impeccable. Avec maman, on va s'en donner à cœur joie. Allons-nous-en, maintenant. Il y a un ragoût pour le dîner. Tu dois avoir faim. »

Archie la suivit au rez-de-chaussée. Une enveloppe rose gisait sur le paillasson. Myrtle la ramassa : l'écriture mal formée d'Annie. Qu'est-ce que… ? Elle la tendit à Archie.

Manifestement, Archie ne reconnut pas l'écriture. Épuisé, il ouvrit l'enveloppe avec indifférence. Il lut rapidement l'unique page qu'elle contenait, puis la rendit à Myrtle.

Cher Archie, lut-elle, *je suis désolée d'avoir tant tardé à t'écrire mais j'ai pensé que tu avais dû recevoir plein de lettres d'un coup. Je veux juste te dire que je suis vraiment désolée pour ton père. C'était un brave homme qui n'avait pas un seul ennemi en ce monde. Je n'oublierai jamais qu'il m'avait choisie pour être la Sirène sur son bateau et qu'il avait bien précisé qu'en tant que capitaine il était de son devoir de payer ma robe. Je lui avais demandé combien il voulait mettre, mais il avait dit vas-y, petite, ne mégote surtout pas. J'avais trouvé ça très sympa à lui, très généreux. J'espère de tout cœur que tu n'as plus trop le cafard. Bon voilà, je t'embrasse. Annie.*

« Gentil de la part de ton amie », commenta Archie.

Qu'est-ce qu'elle pouvait bien mijoter ? se demanda Myrtle. Qu'avait-elle donc derrière la tête ? Elle avait menacé de tenter un dernier assaut sur Archie, mais avait dû différer son projet en raison de la mort de Ben. Myrtle s'en voulait de nourrir des pensées aussi peu charitables : Annie ne faisait qu'exprimer sa compassion, comme tout le monde dans le village. C'était une lettre amicale, qui ne relevait sûrement pas d'un plan plus vaste. Archie la prenait comme telle. Myrtle imagina son horreur et sa stupéfaction si par hasard il découvrait qu'Annie avait encore des vues sur lui. À l'adolescence, il avait repoussé ses avances avec obstination, et gardé ses distances. Il avait fallu attendre ces dernières années pour qu'il devienne un peu plus coulant : il lui parlait de temps en temps, se figurant innocemment que son béguin juvénile était oublié. Annie avait confié à Myrtle que ces brèves rencontres avaient réveillé ses espoirs. Myrtle avait essayé de lui expliquer qu'il était préférable d'abandonner toute espérance de ce type, mais Annie, aussi têtue qu'optimiste, ne voulait pas en démordre.

Archie jeta la lettre. Myrtle et lui retournèrent chez les Stewart manger le ragoût qui avait mijoté pendant des heures. Myrtle avait conscience d'une certaine gêne, qui, elle le savait, n'avait rien à voir avec le fait d'avoir assisté à l'explosion de chagrin d'Archie : jamais elle ne toucherait mot de cette scène à quiconque. Alors qu'ils étaient attablés et que Dot s'affairait avec le pain brûlant tout juste sorti du four et le sirop d'orgeat maison, elle avait également conscience du bien-être qu'elle éprouvait à la pensée de sauver la maison d'Archie de sa désolation actuelle. Elle n'était pas, comme sa mère, une adepte du ménage et de l'astiquage. Mais faire en sorte que la maison d'Archie soit briquée quand il reviendrait de sa séance de pêche… L'étonner en ayant tout bien aéré, bien rangé et bien nettoyé, et fait disparaître comme par magie les vieux habits de Ben, eh bien, c'était là une perspective secrète étrangement excitante. Elle avait conscience du calme qu'elle affichait : Allons, Myrtle, ma fille, finis ton assiette. Oui, oui, d'accord, maman. C'est juste que je n'ai pas très faim. Sous le verre sans tain de sa physionomie normale couvait une curieuse excitation, un sentiment nouveau sur lequel elle ne pouvait à l'époque mettre un nom.

Dot et elle travaillèrent dur à remettre en état la maison d'Archie. Il revint de sa campagne suivante pour la trouver transformée en un logis accueillant, propre comme un sou neuf et sentant bon l'air frais. Myrtle avait placé une cruche de bleuets sur la table de la cuisine et acheté un nouveau torchon en lin, qu'il ne remarqua pas, mais qui était imprimé de bateaux de pêche : certains ressemblaient au *Skyline II*, le bateau par lequel Archie avait remplacé le *Skyline* quelques années après la mort de Jock. La joie d'Archie, bien qu'évidente, ne donna matière à aucun épanchement inhabituel. Il déclara simplement que la maison n'avait jamais eu aussi belle allure ni senti aussi bon depuis le vivant de sa mère, et il les remercia. Il vint moins chez les Stewart, ce qui était le signe du plaisir qu'il éprouvait. Il continuait à leur rendre visite, était invité à déjeuner ou à dîner, effectuait de petits travaux de bricolage pour Dot, mais il passait beaucoup plus de temps chez lui maintenant que les lieux n'avaient plus rien d'hostile. Dans la solitude, imaginait Myrtle.

Elle se surprit à observer Annie plus attentivement que d'ordinaire. Ses humeurs variaient, comme elles l'avaient toujours fait : Annie semblait agitée, plus encline à une mélancolie qu'elle ne pouvait expliquer. Elle s'agaçait du travail de Myrtle — celle-ci, en échange d'une boîte de sablés ou d'un billet d'une livre, entraînait des enfants à la lecture quelques heures par semaine —, alors qu'elle-même était sans emploi. Devant l'abattement de son amie, Myrtle proposa qu'elles partent en vacances ensemble ; l'une comme l'autre n'avaient jamais quitté leur foyer. Par un beau printemps, elles allèrent quelques jours dans les îles Shetland. Myrtle persuada Annie de venir marcher avec elle et elles arpentèrent les collines pelées presque quotidiennement durant tout leur séjour. Une fois, elles prirent le bateau pour une des îles plus petites et passèrent la journée à écouter le vacarme d'un million d'oiseaux : s'élevant en arcs immenses au-dessus de leurs têtes, ils obscurcissaient le ciel un instant, avant de s'éparpiller en un million de fragments comme du plâtre qui dégringole. Annie, malgré elle, avait l'air d'apprécier cette cure de nature forcée. Il était clair que son moral allait mieux. Elles parlèrent négligemment de leurs amis communs, à l'exception d'Archie, dont le nom ne fut cité que quand Annie, avec une générosité peu coutumière, s'extasia sur la magnifique besogne que Myrtle et Dot avaient accomplie chez lui. Elle précisa cependant, le seul après-midi où une pluie battante vint gâcher leur promenade sur la lande, que la meilleure solution pour elle serait sans doute de se marier très vite. Mais, Myrtle, Dieu sait où je pourrai trouver un homme bien dans les environs… Myrtle la rassura en affirmant que ce n'étaient pas les hommes bien qui manquaient : Annie ferait mieux de s'appliquer à chercher un emploi. Elle dit cela d'un ton si vif que la remarque produisit son effet : au cours du long voyage en train, Annie ne fit plus mention de ses espérances matrimoniales, annonçant au contraire qu'elle poserait sa candidature pour la place à pourvoir à la poste dès qu'elles seraient rentrées.

Annie fut embauchée et patienta. Pendant quelque temps elle sortit avec un pêcheur d'Aberdeen. Mais le caractère irrégulier de ses visites et ses yeux rapprochés ne lui convenaient pas. Elle l'envoya aux pelotes au bout de six semaines, triomphe qu'elle rapporta avec jubilation. Lorsque l'infortuné personnage se fut enfin mis dans le crâne qu'il n'avait plus rien à faire dans sa vie — pour lui prouver sa détermination, dans un ultime geste désespéré, elle avait dû lui renverser un seau d'eau sur la tête —, Annie se retrouva à nouveau privée d'homme et de placidité. Ses anciens petits amis comme Ross, Sandy ou Hamish épousaient leurs camarades de classe. Archie, les rares fois où elle l'apercevait, dans la rue ou au bureau de poste, paraissait plus joyeux. Annie annonça à Myrtle qu'elle allait tenter sa chance une dernière fois. En toute frivolité, lui assura-t-elle. Tu sais bien que jamais je n'envisagerais d'épouser un homme aussi sérieux qu'Archie… Il finira par épouser une femme tout aussi sérieuse que lui, et ils vivront heureux et auront beaucoup d'enfants. Elle s'esclaffa de son rire goguenard, et Myrtle en eut tellement mal au cœur qu'elle plaqua sa main sur sa bouche et se détourna. À peine quatre mois s'étaient écoulés depuis la mort de Ben. Un hiver particulièrement rigoureux.

Environ une semaine après l'annonce d'Annie, Myrtle se rendit à la poste de bonne heure un matin afin d'acheter des timbres. Annie était derrière le comptoir. Elle portait des mitaines en angora. En les voyant, Myrtle repensa à ces matins froids de leur enfance, lorsqu'elles allaient à pied à l'école et qu'elle sentait dans sa grosse patte la douceur ouatée de la menotte d'Annie. Ce souvenir la fit sourire. Elle eut droit en retour à un regard glacial.

« Eh bien voilà, ça n'a pas marché, fit Annie. Quel imbécile, il ne sait pas ce qu'il rate. On aurait pu bien s'amuser, mais, bon Dieu, il est trop sérieux pour ça.

— C'était un peu tôt après la mort de Ben », risqua Myrtle. Elle éprouvait une telle bouffée de soulagement, un tel bonheur, qu'elle devait faire très attention à ce qu'elle disait.

« On ne peut pas porter le deuil éternellement. La vie doit continuer. Je te raconterai tout un de ces jours. C'était assez drôle, assez amusant, il faut reconnaître. »

Plus tard ce jour-là, Archie passa boire le thé avant de reprendre la mer pour une longue tournée de pêche. Il était calme comme à son habitude : il accrocha un tableau pour Dot, demanda à Myrtle si elle voulait bien surveiller les fleurs sur la tombe de ses parents. Il aimait qu'elle soit en permanence décorée de fleurs fraîches. Il ne parla pas d'Annie. À son comportement, on n'aurait jamais deviné qu'il s'était passé quoi que ce soit de fâcheux. Seul détail insolite, il demanda à Myrtle si elle voulait bien descendre au bateau avec lui : elle pourrait porter la boîte renfermant le gâteau de Dot pendant qu'il s'occupait des autres provisions.

C'était une nuit noire et glacée ; le givre parait déjà de son duvet les arêtes des murs en pierre. Archie devait dormir à bord : le départ était prévu à l'aube le lendemain. Capitaine scrupuleux, il arrivait toujours le premier au bateau pour charger le matériel. Il regrimpa ensuite sur le quai pour ordonner à Myrtle de se dépêcher de rentrer. Il ne voulait pas qu'elle attrape froid, dit-il, et il lui tapota le bras avec un petit plissement de front soucieux. Myrtle lui obéit, malgré sa forte envie de s'attarder quelques instants. Alors qu'elle parcourait les rues d'un pas alerte, elle se demanda si son imagination lui jouait des tours un peu cruels, mais se refusa à réfléchir davantage dans cette voie.

Après qu'Annie eut remis sa lettre à Archie, Myrtle, pendant quelque temps, ne put s'empêcher de se demander si son amie avait pris d'autres mesures pour mener à bien son projet de séduction. Il n'y avait pas de preuve d'un quelconque progrès, et Myrtle ne posait pas de questions. Elle ne voulait pas courir le risque que le moindre problème concernant Archie vienne se dresser entre elles, et au bout d'un moment elle chassa toute l'affaire de son esprit.

Elle était mariée à Archie depuis plusieurs années quand elle apprit le fin mot de l'histoire. Archie revenait des bois où il était allé ramasser des branchages pour le feu. Les lieux, dit-il, lui avaient rappelé ce stupide incident avec Annie qui lui était complètement sorti de la tête jusqu'à ce qu'il se retrouve, par hasard, dans cette partie du bois. Myrtle le crut. Elle se sentait désormais assez confiante pour entendre ce qui avait pu se passer. Tandis qu'Archie lui racontait la scène, elle éprouvait surtout une immense perplexité, une immense tristesse, à la pensée qu'Annie ait choisi de ne pas lui faire elle-même le récit de cet épisode.

Archie avait eu l'impression qu'après lui avoir écrit sa lettre rose Annie l'avait suivi pendant quelque temps, et vaguement espionné. À plusieurs reprises elle était apparue au même endroit que lui, trop souvent pour qu'on puisse croire à une coïncidence. La première fois, chez le boulanger, il l'avait remerciée pour sa lettre et ils avaient échangé quelques mots. Les fois suivantes ils ne s'étaient pas parlé, ils s'étaient bornés à se saluer aimablement de la tête. Puis était venu le soir d'hiver où Archie était allé faire un tour dans les champs armé de son fusil, dans l'intention de tuer un lapin pour son dîner, ou de le donner à Dot pour qu'elle s'en débrouille. Il s'était avéré qu'avec la lumière déclinante il était impossible de tirer. Mais Archie, qui avait besoin de se dégourdir les jambes après une semaine en mer, avait continué à s'enfoncer dans les bois, plus profondément que prévu. Il aimait bien écouter les pigeons qui juchaient dans les arbres.

Il n'avait pas beaucoup avancé sur le sentier quand il entendit un craquement de brindilles et quelqu'un qui l'appelait. Annie… Sa voix était amicale. Archie se retourna. Annie se tenait à quelques mètres derrière lui, l'air aussi innocent que le Petit Chaperon rouge, avec une espèce de cape en tricot munie d'une capuche. Noire mouchetée de blanc, comme si elle avait marché sous la neige. En fait, la seule pensée d'Archie à ce moment-là — rien n'avait éveillé ses soupçons, même si, en présence d'Annie, il était toujours sur ses gardes —, c'était que peut-être il s'était mis à neiger, mais qu'ici dans les bois ils étaient abrités. Il faisait tout de même assez froid.

Annie portait sous son bras un fagot rassemblé à la hâte. Après avoir souligné que, ça alors, c'était rigolo de tomber sur Archie ici, elle avait expliqué qu'elle ramassait du bois pour leur voisin, un vieux monsieur arthritique incapable de se déplacer. Son laïus était un peu long et compliqué. Elle avait donné maints détails sur la chute récente du voisin et la tristesse de sa situation générale. Archie avait senti un frisson de méfiance lui parcourir l'échine. Il y avait quelque chose de bizarre, se dit-il : cette histoire de petit bois était pour le moins invraisemblable. Annie n'était pas connue pour marcher beaucoup. Au maximum du port au pub et du pub à chez elle. Si quelqu'un dans le village avait appris qu'elle était sortie un soir d'hiver ramasser du petit bois à près d'un kilomètre, il n'en serait pas revenu.

Annie continuait son bavardage, indifférente au silence d'Archie : le froid soudain, son regret pour lui qu'il n'ait pas tiré de lapin, la légère peur que lui inspiraient les bois, son soulagement en apercevant une silhouette familière devant elle… Quand son stock de remarques guillerettes fut épuisé, elle doubla subitement Archie sur le sentier et se mit à marcher devant lui, en disant qu'elle allait regagner la route par l'autre côté du bois, et que ça avait été sympa de le voir. Bientôt, elle disparut au détour d'un virage. On ne distinguait presque plus rien à ce moment-là.

Archie demeura où il était, se demandant quoi faire. Il ne pouvait s'empêcher de penser que le plaisir de cette soirée avait été gâché par l'arrivée inopinée d'Annie. Le hantait en outre le soupçon inquiétant que cette rencontre ait pu être calculée. L'idée qu'Annie l'espionne, qu'elle le traque, était désagréable. Par ailleurs — et surtout — il se disait qu'il n'était pas prudent qu'une jeune fille se promène seule dans les bois à la nuit tombée. Mieux valait s'assurer qu'il ne lui arrive rien.

Le fusil en bandoulière, les yeux scrutant l'obscurité devant lui, Archie se remit à longer le sentier. Il marchait vite, s'imaginant repérer Annie au bout d'une centaine de mètres. Mais non. Il s'arrêta, tendit l'oreille. Derrière un fourré sur sa droite, il entendit qu'on riait. Puis qu'on l'appelait à nouveau. Annie le pressait de la rejoindre dans une petite clairière qu'elle avait découverte. Est-ce qu'il avait une allumette ? cria-t-elle. Elle avait bien envie d'enflammer son faisceau de brindilles. De faire un feu de joie.

Ennuyé, Archie contourna le massif de ronces pour pénétrer dans la clairière. Elle était coupée en deux par le tronc d'un arbre mort, à terre depuis longtemps, dont les racines, à une extrémité, se dressaient dans les airs tel le squelette d'un poing géant. Annie était assise sur sa cape qu'elle avait étalée sur le tronc. Elle balançait ses jambes contre le bois, cognant l'écorce détrempée avec ses talons, à la manière d'une enfant. Sa brassée de petit bois, qui n'avait jamais formé un véritable fagot, était éparpillée sur le sol. Annie adressa un grand sourire à Archie, se moquant de ce qu'elle appelait sa mine solennelle.

À ce stade de son récit, Archie s'interrompit pour tenter de décrire à Myrtle la soudaine étrangeté de la lumière, ou, plutôt, de la pénombre. Sur le sentier, il s'agissait d'un crépuscule d'hiver normal, baignant de ses reflets brunâtres les taillis et les arbres. Mais là, dans la petite clairière, le crépuscule avait une densité d'un blanc bleuté captivant, comme une brume marine. Les troncs serrés des arbres avaient pris la teinte bleu-gris de la gabardine. C'étaient ces bleus irréels qui l'avaient dérouté, s'efforça-t-il d'expliquer à Myrtle, c'était cette atmosphère onirique qui l'avait troublé. Mais le détail le plus déconcertant, c'était qu'Annie se soit débarrassée de sa cape. Dessous, elle portait un gilet exactement du même bleu que ses yeux. En laine douce et moelleuse, il était fermé jusqu'au col par une rangée de petits boutons nacrés.

Sans bouger, ils se dévisageaient dans ce bain de lumière bleu foncé. Les pigeons ramiers s'étaient mis à roucouler. Sporadiques, leurs battements d'ailes dans les hautes branches étaient le seul bruit alentour. Pour finir, comme si ce geste allait le libérer, Archie posa son fusil. Il demanda à Annie si elle ne craignait pas le froid. Elle répondit qu'elle n'avait jamais froid. La seule chose qu'elle craignait, c'étaient les effets de son humeur romantique…

Alors qu'elle prononçait ces mots, tête penchée, yeux papillotant comme ils avaient papilloté mille fois à l'adresse d'une ribambelle de garçons, sa main remontait le long de la rangée de boutons, s'employant à les dégrafer. Les deux pans du gilet s'ouvrirent d'un seul coup — l'efficacité de la méthode ajoutant la surprise aux divers sentiments qui agitaient Archie —, et le lainage prit son envol. Le regard d'Archie suivit son itinéraire silencieux jusqu'à son atterrissage. Lentement, à contrecœur, il leva les yeux vers les pieds d'Annie, dont les talons continuaient à cogner contre le tronc d'arbre. Finalement, inexorablement, le regard récalcitrant d'Archie poursuivit son ascension pour se poser sur les seins nus d'Annie. *Et voilà !* fit celle-ci.

À vingt-trois ans, c'était la première fois qu'Archie voyait une poitrine féminine. Il n'avait pas une grande expérience des filles. À ce jour, sa connaissance de leurs corps s'était limitée à l'exploration de leurs courbes mystérieuses et douces à la faveur de la nuit. Il n'avait jamais rencontré de fille assez délurée pour rester assise devant lui poitrine à l'air. On pouvait faire confiance à Annie pour ne pas s'encombrer de telles inhibitions… Dans l'obscurité indigo les contours de ses seins étaient flous, mais suffisamment nets pour qu'Archie s'en trouve tout pantelant. Il entendait comme un bruit de cascade dans ses oreilles. Il sentit ses mains esquisser un mouvement, tentées qu'elles furent, l'espace d'une seconde effroyable, de couvrir cette peau qu'il supposait glacée. Dans le cauchemar du moment, confia-t-il à Myrtle, ne voulant lui épargner aucun détail de l'aventure, l'expression « seins d'albâtre » lui était revenue à l'esprit, vague souvenir d'un texte étudié à l'école. Il n'en avait pas compris le sens à l'époque. Mais là, Annie avait bel et bien des seins d'albâtre, leur enveloppe exempte de la moindre veine, leurs mamelons dessinant une tache à peine perceptible sur la peau d'un même blanc bleuté que le lait écrémé. Il serra les poings et les garda fermement le long de ses cuisses, souriant des pensées qui lui passaient par la tête. Stupide erreur, ce sourire. Annie le prit pour un encouragement. Elle frétilla des épaules. Il devenait plus difficile à chaque seconde de contempler la forme laiteuse et éthérée de ce corps, qui remuait langoureusement en signe d'invite. *Je suis ici pour toi, Archie*, roucoula-t-elle. Oui, elle roucoulait, précisa-t-il avec hargne, à cet endroit de son récit. Cette idiote s'était mis en tête d'imiter les pigeons ramiers : comme si ça allait l'amadouer.

Ce fut la voix d'Annie, la ridicule petite phrase adjointe à son offrande, qui rompit le sortilège. L'émoi précédent d'Archie, que la honte l'empêchait de nommer, fut soudain remplacé par la gêne, la colère. Il lui cria de se rhabiller, de se ressaisir. Il n'avait pas envie d'elle : il n'avait jamais eu envie d'elle et n'aurait jamais envie d'elle. Elle avait bien dû le comprendre quand ils étaient adolescents, non ? Et maintenant, tempêta-t-il, si elle ne lui fichait pas la paix définitivement, elle le regretterait. Elle n'était rien d'autre que la roulure du village, utilisée par tout le monde, aimée par personne, et c'était bien fait pour elle après toutes ces années à se comporter comme une traînée. Oui, elle était belle, mais elle n'était qu'une garce insensible qui n'était pas digne d'un brave homme, alors si elle comptait être heureuse un jour elle avait intérêt à changer d'attitude. Oui, il était allé trop loin. Il avait eu des paroles plus violentes qu'il ne l'escomptait, se sentant coupable, peut-être, d'avoir un court instant envisagé un acte ignoble.

Il faisait désormais complètement nuit. Annie n'était plus qu'une tache claire, sa silhouette indistincte indiquant qu'elle s'était recroquevillée sur elle-même, la tête posée sur ses genoux relevés. Archie l'entendait sangloter mais il resta de marbre. Il savait que le moindre mot ou geste de compassion serait faussement interprété. La laissant à sa détresse dans la nuit froide, il retraversa tant bien que mal le fourré pour regagner le sentier. Lorsqu'il atteignit l'orée du bois, encore loin d'être calmé, il tira un coup de feu en l'air. Il se moquait de l'inquiétude que cela causerait à la malheureuse Annie. Il voulait juste qu'elle sache que ce coup de feu mettait un terme à l'incident : cette maudite soirée, ils devaient tous deux l'oublier le plus vite possible. Par la suite, Annie avait évité Archie aussi habilement qu'elle l'avait auparavant traqué. Ils ne s'adressèrent plus la parole pendant des mois.

C'est le dernier après-midi de son séjour à terre. Même s'ils n'ont jugé bon ni l'un ni l'autre de le préciser, Archie et Myrtle se sont tous les deux particulièrement régalés. Certains séjours à terre sont trop occupés par les petits travaux dans la maison, les rendez-vous avec le directeur de la banque ou les réunions de la Coopérative des Pêcheurs, pour laisser une véritable place à la détente ou au plaisir. Cette fois, ô surprise, ils n'ont pas eu grand-chose à faire hormis s'amuser. Ces quatre jours sont passés à toute allure.

Archie est descendu au bateau. Myrtle ne l'attend pas avant une heure ou deux. Elle est consciente que les bons moments de ces derniers jours l'ont un peu alanguie. Elle a sommeil, bien qu'elle ne soit pas fatiguée. Elle déambule dans la cuisine, déplace sur les étagères des objets en porcelaine qui n'ont pas besoin d'être déplacés mais elle n'a rien de vraiment important à faire en attendant de sortir du four le pain prévu pour le thé d'Archie. Une fois que son mari sera parti, elle reprendra son rythme normal, plus rapide. Elle retrouvera son efficacité habituelle. Mais pour l'instant elle profite de son indolence, de ce bonheur qui l'imprègne et qui fait comme danser tous les éléments du quotidien.

On frappe à la porte. Un visiteur va lever le charme que Myrtle espérait voir durer, enveloppe chaude et protectrice, jusqu'au départ d'Archie. Elle devine que c'est Annie — elles ne se sont pas parlé depuis l'orage —, et recompose ses traits.

Ken entre dans la pièce. Il est dans tous ses états, elle le voit aussitôt. Il n'arrête pas de se frotter la bouche et les mâchoires comme avec une serviette invisible. Myrtle lui propose de s'asseoir. Sans le savoir, il s'installe sur la chaise d'Archie à la table. Machinalement, Myrtle met la bouilloire à chauffer.

« Annie veut une voiture, annonce-t-il.

— Quoi ?

— Une voiture... tu te rends compte ? Elle a perdu la tête. Comment pourrait-on s'offrir une voiture ?

— Elle ne m'en a pas parlé.

— Ça lui est venu hier soir tard. On se disputait à propos d'un truc qui n'avait rien à voir. Et puis tout à coup elle s'est mise à délirer sur une voiture. Elle serait coincée ici, paraît-il, une vraie prisonnière. Pas moyen de s'échapper. Elle dit qu'elle est à la merci des transports publics. Les cars pour sortir du village sont épouvantables. Ce qu'elle veut c'est sauter dans une voiture et aller faire un tour quand elle en a envie. Faire un tour où ? ai-je osé demander. En plus, ai-je fait, tu n'as conduit que deux, trois mois après ton permis. Allons, Annie, tu n'es pas une conductrice chevronnée. Je n'aimerais pas te savoir sur les routes. »

Ken soupire, passe ses doigts maigres et nerveux dans ses cheveux.

« Peut-être que le micro-ondes a perdu de son attrait et qu'elle a besoin de reporter ses désirs sur autre chose. Tu connais notre Annie, dit Myrtle en lui tendant un mug de thé.

— Eh oui, acquiesce Ken, d'un ton de regret. Je suppose qu'Archie t'a parlé de notre accord, enchaîne-t-il. On s'est serré la main vendredi soir. C'est un soulagement, tu peux me croire. Je veux dire, je ne suis pas du genre à m'adonner de gaieté de cœur à l'économie souterraine. En plus du reste, le manque de sommeil, le fait de travailler la nuit pendant mes permissions, à la longue, ça use. Mais Annie… je ne faisais ça que pour Annie. Elle voulait tellement de choses que, sinon, je n'avais pas les moyens d'acheter. Des choses pour la petite et pour elle. J'aime lui faire plaisir. J'aime qu'elle soit heureuse. Je veux dire, c'est une existence pas facile pour vous, les femmes de marins, avec nous si souvent partis, l'inquiétude, les rares moments en commun qui ne suffisent jamais.

— Mais Annie doit être contente qu'Archie et toi ayez réglé le problème, qu'il soit derrière vous. Elle ne pouvait pas être foncièrement heureuse en sachant que son mari allait finir par craquer, à travailler comme un forçat. Elle devait bien voir que tu ne pourrais plus tenir très longtemps, qu'il risquait d'arriver quelque chose de grave. »

Ken hausse les épaules.

« À vrai dire, je ne crois pas que ça la perturbait tellement.

— Oh, je suis sûre que si.

— Tu es une bonne amie pour elle, Myrtle. Je ne sais pas ce qu'elle ferait sans toi. Annie a tellement de raisons de s'appuyer sur toi… Mais, bon sang, je me demande parfois ce que toi, tu reçois en échange. Je me demandais ça même du temps de l'école. Tu la suivais partout, toujours très silencieuse, à la soutenir à tout bout de champ, à l'aider pour ses devoirs, à lui donner d'excellents conseils sur la façon de s'y prendre avec ces nuées de garçons… Et qu'est-ce que tu en as retiré ? Enfin merde, je ne vois vraiment pas.

— J'en ai retiré beaucoup, réplique Myrtle, une lueur hostile durcissant son regard. J'aimais Annie quand j'étais toute petite, et je n'ai jamais cessé depuis, contre vents et marées. Sous tous ces défauts de façade, il y a un cœur énorme, et quelque chose de spécial qui n'est pas évident à définir. Elle est impatiente avec les gens, méprisante. Elle juge parfois trop vite. Mais, nom d'un chien, quand elle se concentre sur vous, vous vous sentez exceptionnel. Elle vous donne comme de l'espoir… Je ne m'exprime pas bien, mais je pourrais faire n'importe quoi pour Annie.

— Je vois ce que tu veux dire, admet Ken. C'est cette partie d'elle si rarement visible dont je suis tombé amoureux quand elle était jeune fille. » Il hésite. « Tu te souviens de ce fameux jour ? Enfin bon, tu étais là. Je te l'avais raconté. Il fallait que je le raconte à quelqu'un. Je ne pouvais pas garder ça pour moi. Dans mon souvenir, tu t'étais montrée vraiment compréhensive. »

Pendant qu'il parle Myrtle revoit son visage sur la plage de St Andrews : tendre et juvénile mais déformé par son trouble soudain, ses yeux sombres rendus presque noirs par l'ardeur de son désir. Cette image de lui laisse la place à une autre quelques années plus tard, le soir de la fête des Sirènes, alors qu'une sourde espérance s'était imprimée dans son visage plus long, plus dur et plus mince. Elle le regarde avec la parfaite sérénité de celle qui a jadis éprouvé des sentiments, mais qui est à présent totalement guérie. Elle n'en revient pas, comme souvent dans ce genre de situations. Comment diable a-t-elle pu être à ce point attirée, même de façon éphémère, par ce garçon certes compliqué et intelligent, mais tellement mollasson ? Comment a-t-elle pu s'imaginer qu'il s'agissait d'une quelconque forme d'amour ? Elle repense à cette douleur de l'humiliation, à ce sentiment d'avoir été trahie par Ken quand Annie, lors de ce pique-nique ensoleillé, lui avait raconté comment s'était achevée la nuit des Sirènes. Elle sourit au souvenir de son innocence de jeunesse, et savoure cette force impétueuse qui découle de ne ressentir absolument rien, aujourd'hui, pour cet homme, en face d'elle, qui lui a jadis occasionné tant de tourments.

Le silence se fait. Myrtle suppose que Ken repense à cette journée : son triomphe puis son rejet, qui s'étaient si cruellement enchaînés sur cette plage froide. Avait-il jamais su quel désespoir analogue il lui avait causé ce soir-là ?

« En quoi puis-je t'aider ? demande-t-elle enfin.

— Je me disais que tu pourrais peut-être la persuader, si elle t'en touche un mot, que c'est vraiment ridicule de vouloir une chose comme une voiture. Fais-lui entendre raison. Elle sait qu'on ne peut pas se l'offrir. Elle sait que je ne veux pas me mettre plus de crédits sur le dos… Encore une de ses lubies, cette voiture. » Il termine son thé, se lève : une silhouette maigre et voûtée, dont les muscles des bras sont aussi minces que des lanières de cuir. D'après Archie, il est plus fort qu'il n'y paraît. Et pas maladroit, comme certains des matelots. Il sait démêler les filets plus habilement qu'aucun autre homme à bord, et accomplit vite et bien les tâches qu'il peut y avoir à faire. Ce n'est que depuis qu'il effectue ses livraisons qu'il a perdu son efficacité, qu'il commet des erreurs en raison de sa fatigue. Pas plus tard qu'il y a quinze jours, Archie a raconté que Ken avait mal lu le système radar et les avait fait dévier de plusieurs dizaines de milles. Archie l'avait agoni d'injures : de telles bévues coûtaient un temps précieux et beaucoup d'argent. Ken s'était excusé, avait reconnu qu'il n'était pas assez concentré. Myrtle devinait que ce genre de tensions entre Ken et Archie se multipliaient. N'empêche, elle savait qu'Archie n'avait aucune envie de voir Ken quitter son équipage.

« Je ferai mon possible si elle me parle de cette stupide histoire de voiture, dit Myrtle. J'essaierai de l'aiguiller vers quelque chose de meilleur marché. »

Ils sourient l'un et l'autre — reconnaissance de leur amour commun pour Annie et indulgence face à ses manies singulières. Ken se dirige vers la porte.

« Tu as un peu vu Janice ces derniers temps ? demande-t-il, le dos tourné.

— J'étais avec elle pendant l'orage. Elle n'aime pas l'orage. Mais elle allait bien. C'est une jolie gamine, elle grandit vite…

— Où était Annie ?

— Premier jour au musée. Elle a été retenue. »

Ken hoche la tête.

« En tout cas, merci. C'était bon de parler avec toi. Garde un œil sur la mère comme sur la fille, tu veux bien ? »

Myrtle, debout à côté de lui près de la porte ouverte, aperçoit un bref sourire de gratitude, mais l'anxiété est toujours là.

« Bien sûr. Je ferai mon possible. Maintenant que toute cette… histoire est terminée, nous pourrons peut-être à nouveau nous réunir tous les quatre. On n'a pas fait ça depuis longtemps.

— Peut-être », dit Ken.

Après son départ Myrtle sort le pain du four. Il est un peu brûlé sur le dessus. Elle se reproche de l'avoir laissé trop longtemps : le tenant comme une brique entre ses mains, elle sent sa chaleur à travers les gants de cuisine. Cette odeur de pain chaud, jamais Ken ne la respirerait dans sa propre cuisine, songe-t-elle, mais ce n'est pas le genre de détails auquel il s'arrêterait. Elle continue à penser à lui. Son anxiété a déteint sur elle. Il est évident que tout ne va pas bien entre Annie et lui, comme Annie l'a récemment laissé entendre. Que Ken en personne vienne la voir signifie que le problème est peut-être plus sérieux qu'elle ne l'a pressenti. Myrtle pousse un soupir, attristée. Refusant de s'inquiéter pour l'avenir, son esprit se réfugie dans le passé. Elle revoit un après-midi frisquet, ici dans la cuisine, environ une semaine après qu'Annie lui eut confié, mais sans épiloguer, que son offensive sur Archie avait mal tourné. Elles étaient en train de manger des scones qu'avait faits Dot, se souvient Myrtle. Annie rajoutait sur les siens une énorme couche de confiture de framboise maison.

« Tu ne devineras jamais ce que je fais ce soir, Myrt.

— Non », concéda-t-elle. Son amie ne tenait pas en place. Elle se tortillait sur sa chaise, toute joviale, essuyant la confiture sur son assiette avec son doigt. Son plaisir avait l'air plus enfantin que le trac « adulte » suscité par un rendez-vous galant.

« Je sors boire un verre avec Ken.

— Ken ?

— Enfin bon, il me l'a proposé, après tout. Je me suis dit : Pourquoi pas ? Ça ne se bouscule pas au portillon pour m'inviter à sortir en ce moment. Ken est un vieil ami, non ? Il a tenu parole, il ne m'a pas embêtée depuis… » Elle baissa les yeux, mais sans rougir. « C'était il y a combien de temps, la fête des Sirènes ? En tout cas, j'ai dit : D'accord, Ken. Mais pas d'entourloupe, hein ? Enfin bon, qui irait s'enticher de Ken ? Ça n'a pas paru le déranger. Il a compris. Je peux prendre le dernier scone ?

— Vas-y », dit Myrtle. La chaleur de ses propres sentiments pour Archie la protégeait de toute jalousie rétrospective. Mais désormais habituée à ce qu'Annie ne s'intéresse pas du tout à Ken, elle n'était pas sans éprouver un agacement un peu irrationnel : voilà qu'Annie s'attaquait à un brave homme innocent qui était un ami à elle…

« Ne va pas lui faire de mal, prévint Myrtle, d'un ton léger.

— Bien sûr que non.

— Pas exprès, évidemment. C'est juste que Ken en pince pour toi depuis tellement longtemps. Accepter soudain son invitation risque de lui redonner de l'espoir. Et puis, c'est dur pour un homme de ne pas être autorisé à toucher une femme, surtout quand il y a déjà eu un truc avec elle. »

Annie soupira, impatiente.

« Il faut toujours que tu prennes les choses atrocement au sérieux. Un verre, voilà tout ce qu'il y a au programme. Si ça se trouve, on ne ressortira jamais ensemble, ça dépendra de son attitude. Tu n'as pas à t'inquiéter. »

Ainsi s'était à peu près déroulée leur conversation. Le lendemain, Annie lui raconta que Ken avait emprunté la vieille voiture de son père et qu'ils étaient allés dans un pub à plusieurs kilomètres dans les terres. Ils s'étaient bien amusés, Ken avait agi en parfait gentleman, sans la moindre ambiguïté. Ils ne s'étaient même pas tenu la main, leurs doigts ne s'étaient même pas effleurés en allumant leurs cigarettes. Il méritait vingt sur vingt pour ce premier soir, déclara Annie. Pour le récompenser, elle avait accepté une autre invitation. À partir de là, bien qu'elle continuât à sortir avec un ou deux autres soupirants, dont elle jurait qu'ils n'étaient que des amis platoniques, sa chaste relation avec Ken se poursuivit. La situation n'avait aucune chance d'évoluer un jour, assurait-elle. Mais Myrtle, à observer Ken, se souvient qu'elle n'y croyait pas une seconde.

Les hommes ont repris la mer. Ils sont partis à cinq heures ce matin. C'est la fin de l'après-midi, il fait presque nuit. Myrtle revient d'une dure journée à la maison de retraite, elle est trop fatiguée pour repasser les chemises d'Archie. Elle a l'intention de s'asseoir avec une tasse de thé et d'appeler Annie. Six jours se sont écoulés depuis l'orage. Six jours qu'elles ne se sont pas parlé. Trop longtemps. Se trouver sans nouvelles d'Annie, surtout à cause d'une altercation aussi ridicule, ne plaît pas à Myrtle.

La porte s'ouvre. Debout au fourneau, Myrtle fait volte-face, sa bouilloire à la main. Annie, qui ne frappe jamais, surgit toute souriante.

« Janice dort chez une amie, annonce-t-elle. Je me suis dit que j'allais passer te voir. Ça fait longtemps qu'on n'a pas joué. »

Tenant à la main un sac en papier, elle en sort une petite boîte qu'elle pose sur la table. Un jeu de cartes tout neuf. Leur dos est décoré d'un chardon sur un fond écossais.

« Super ! s'exclame Myrtle. Les autres commençaient à fatiguer.

— Je les ai prises au musée. À la boutique. Le personnel a droit à un rabais. S'il y avait d'autres choses que je voulais dans la boutique, je pourrais faire de sacrées économies.

— Tu te plais toujours, alors ?

— Oh, *aye*. C'est pas mal, comme boulot. Y a pire. Je vais continuer quelque temps. »

Elles sont assises à leurs places habituelles à la table, la théière entre elles deux. Annie pousse les cartes vers Myrtle. Coupantes, leurs tranches neuves sont du genre à vous entailler les doigts. Il faudra un moment pour s'habituer à leur rigidité. Au fond, Myrtle préfère la consistance ramollie des cartes usagées. Toujours est-il qu'elle s'en empare et qu'elle entreprend de les mélanger : ses grandes mains sont encore gourdes après sa promenade dans le froid.

« Tu sais ce qui s'est passé ? demande Annie. J'ai réclamé une voiture à Ken.

— Pourquoi diable te faut-il une voiture ?

— Question de liberté. Pour pouvoir m'échapper comme ça, quand l'envie m'en prend. Ne pas être sans arrêt à la merci de ces foutus autocars.

— Comme nous tous, ou presque. » Myrtle pousse les cartes vers Annie, regarde ses doigts délicats les récupérer avec plus d'habileté.

« Peut-être. N'empêche... » Elle s'interrompt. « Est-ce qu'Archie t'a dit que Ken et lui étaient arrivés à un accord ?

— Oui.

— Ils se sont même serré la main.

— Je suis contente.

— Moi aussi. Pourtant, note bien, Ken faisait simplement des livraisons. Des déménagements et des trucs comme ça. » Elle coule un œil vers Myrtle. « Ça me paraît légitime. Les marins ont tellement de mal à joindre les deux bouts...

— Leurs capitaines aussi.

— ... qu'on ne va pas leur reprocher de vouloir mettre du beurre dans les épinards. Vu ce que coûtent les chaussures pour enfants... Mais bon, ça, tu ne peux pas le savoir. »

Myrtle décide de ne pas relever, malgré la colère qui lui serre la gorge.

« Archie connaît tes arguments, Annie. Mais tout ça, c'est fini, maintenant. N'en parlons plus.

— *Aye*, tu as raison. » Annie se met à battre les cartes. Myrtle remplit une nouvelle fois la tasse d'Annie. Elle n'a rien à perdre, décide-t-elle, à au moins essayer de raisonner son amie.

« Tu veux vraiment une voiture ? demande-t-elle. Ce n'est pas seulement l'achat, c'est l'entretien qui coûte les yeux de la tête. Enfin quoi, tu n'exagères pas un peu, avec Ken ? Il a à peine renoncé à la source de revenus qui a permis d'acheter le micro-ondes et tous tes gadgets que tu lui réclames déjà un cadeau qui dépasse largement ses moyens. Tu trouves ça juste ? »

Annie soupire.

« Peut-être que non. Il est parti inquiet, je dois avouer. » Elle pouffe. « Je lui ai dit : Ken, on peut vendre la camionnette, et acheter une voiture avec l'argent. Il a dit qu'on n'en tirerait pas plus d'une centaine de livres, et encore, avec de la chance. Je vais peut-être la mettre en veilleuse pour la voiture. Suggérer une meilleure télé. Ça, il accepterait, j'espère bien... »

Elles attaquent leur partie, jouent en silence quelque temps. Toutes deux promènent leurs doigts sur l'arête des cartes, cherchant inconsciemment à se familiariser avec leurs contours inconnus.

« Janice a beaucoup d'affection pour toi, lâche Annie au bout d'un moment. Tu as été très gentille avec elle l'autre soir.

— C'est normal. Tu sais combien j'aime cette petite.

— Je ne crois pas t'avoir remerciée. Je m'en suis voulu après ton départ.

— Je t'aurais appelée ce soir pour te dire...

— Ces prises de bec idiotes, on les surmonte toujours, pas vrai ? On ne peut pas être d'accord sur tout. Il est normal que même les plus vieilles amies se tapent sur les nerfs de temps en temps. C'était ma faute l'autre soir, Myrt. Je le sais. Tu es très patiente, très indulgente. Je ne l'oublie jamais. Je suis mal lunée en ce moment, et tu me supportes malgré tout.

— Je n'avais pas noté de différence », plaisante Myrtle. Elles se sourient, posent leurs cartes en éventail sur la table. « Si on se buvait un petit whisky ? »

Annie hoche la tête. Myrtle va chercher la bouteille et les verres.

« Je suis énervée à cause de ce nouveau boulot... Je veux dire, on ne peut pas prétendre que je sois des plus qualifiées, comme serveuse... Et puis, avec Ken qui est tellement à cran... » Elles trinquent. « Archie n'en croirait pas ses yeux, dis donc ! Sa chère petite femme qui picole dans son dos ! » Annie rit à nouveau, plus détendue. La gorgée de whisky lui a rosi les joues. « J'ai un service à te demander... à propos de Janice. Elle ne se débrouille pas trop bien à l'école. Enfin, tu sais comment c'est : ils n'ont plus les bons profs qu'on a eus. Pas un qui les stimule un minimum. Elle s'ennuie comme un rat mort, ne fait aucun effort, décroche des notes minables. Je me demandais, est-ce que tu aurais du temps pour lui donner des cours particuliers ? Je te paierais...

— Ne dis pas de bêtises. Je serais ravie d'aider Janice. » L'idée l'emballe aussitôt. « Mais seulement à condition qu'il ne soit plus question d'argent. Je n'accepterais pas un penny pour aider ta fille.

— Qu'est-ce que je ferais sans toi ? Tu es un ange. » Annie glousse. « Tu es un ange, tu es vraiment un ange, et ce depuis toujours, même s'il faut que j'aie un sacré coup dans le nez pour le reconnaître. Allez, à toi de donner ! Seigneur, ça fait trop longtemps qu'on n'a pas joué… »

Échauffées par la quantité dérisoire mais inaccoutumée de whisky qu'elles ont bue, les deux femmes reprennent leur partie silencieuse. Fait exceptionnel, elles arrêtent de penser à leurs hommes en mer. Elles sont entièrement concentrées sur leurs cartes, que leurs mains commencent à apprivoiser. Les heures passent à une vitesse prodigieuse, comme toujours. Annie ne se décide à bouger, et à enfiler son gros manteau, qu'à minuit sonné. Myrtle, elle aussi, revêt son châle, pour pouvoir accompagner son amie en bas de l'escalier.

La nuit est sombre, sans lune. Il n'y a aucune lumière dans les autres maisons de la rue. Myrtle prend le bras d'Annie. La main de celle-ci glisse par saccades sur la rampe en fer. Elles descendent les marches avec prudence, silhouettes voûtées, ombres noires sur fond noir. Au pied de l'escalier, elles s'étreignent.

« Quelle andouille je fais ! J'avais oublié : j'ai ma lampe électrique. » Annie l'extirpe de sa poche. Elle promène son étroit pinceau lumineux sur les façades endormies.

« Ça va aller, tu peux rentrer toute seule ?

— Tu me prends pour qui ? Une pauvre femme sans défense ? » Elles éclatent de rire, toutes joyeuses. « Tu sais quoi ? D'après Ken, la neige tombera avant Noël. »

Annie s'éloigne. Peu après, elle est engloutie par les ténèbres. Le rayon de sa lampe ressemble à une canne fantomatique qui se promènerait sans intervention humaine. Avec un léger frisson Myrtle remonte les marches. Il règne dans l'air noir cette mystérieuse odeur très prononcée souvent présente avant la neige : Ken n'a peut-être pas tort. La pureté de cette odeur laisse présager que le ciel lourd va bientôt exploser : cette odeur, Myrtle l'associera à un certain Noël jusqu'à la fin de ses jours.

Ce Noël-là, il y a presque vingt ans, les traditions de la famille Stewart avaient été comme toujours observées. Mais il y avait une explication à ce respect pointilleux des habitudes : Archie venait déjeuner. La cuisine était enfumée de vapeur, les odeurs de pain chaud et de gâteaux sortis du four étaient presque tangibles. À la table, Dot préparait des *mince pies* et hachait des marrons ; même si Archie était le seul invité, elle avait prévu assez de victuailles pour une demi-douzaine de morfals. Myrtle ouvrit la fenêtre pour aérer la pièce et s'éclaircir les idées. C'est alors qu'elle huma dans l'air le piquant de la neige imminente, et que sa mère proclama que les nuages crèveraient le lendemain, pour le jour de Noël.

Dot ne s'était pas trompée. Archie arriva à une heure et demie, les épaules constellées de flocons. Il faisait tellement sombre dehors qu'il fallut allumer des bougies en plus des lampes, et qu'on se serait cru le soir au lieu de l'après-midi. Après le repas, ils échangèrent de menus présents — Archie avait pris pour Myrtle un peigne en ivoire, qui, à ce jour, trône encore sur la commode de leur chambre — et burent la bouteille de vin rouge qu'il avait apportée, tout en regardant la neige de plus en plus épaisse s'écraser en silence contre la fenêtre et s'accumuler sur le rebord. Intrigués par le spectacle, ils n'avaient aucune envie de tirer les rideaux. L'arbre, avec ses minuscules ampoules de couleur, se dressait sur l'appui de fenêtre, tachetant le grand monceau blanc de points rouges, bleus et verts. Dans le fouillis chaleureux de la pièce, Dot, Myrtle et Archie jouèrent au whist jusqu'à ce qu'arrive l'heure du gâteau de Noël enveloppé de son ruban rouge, et Myrtle aurait voulu que cette journée ne se termine jamais. Cela faisait une éternité qu'Archie n'était pas resté aussi longtemps sous leur toit, et elle redoutait son départ.

Mais il refusa de rester dîner et partit peu après sept heures. Myrtle le regarda remonter la rue tout voûté sous les flocons qui tombaient dru, silhouette blanche bientôt invisible au milieu de cette blancheur plus vaste qui tourbillonnait dans l'obscurité. Ses empreintes furent recouvertes en l'espace de quelques secondes. Aucune trace, songea Myrtle, le cœur gros. Il n'avait pas dit quand il repasserait. Elle se demanda combien de temps s'écoulerait avant qu'elles le revoient. Ce soir de Noël-là, elle ne réussit pas très bien à dissimuler sa subite mélancolie ; elle avait conscience des regards interrogateurs de Dot. Après un repas léger fait d'une soupe de légumes, elle s'excusa auprès de sa mère et se retira de bonne heure dans sa chambre. Là, elle contempla son reflet dans la glace, mais à une certaine distance. Plongée dans ses pensées, elle se peigna très longuement les cheveux avec le peigne en ivoire, avant de tirer les rideaux sur la fenêtre, où une congère s'amassait désormais presque jusqu'en haut.

Elle se réveilla le lendemain avec cette sensation de vide propre aux lendemains de fête. Elle se demanda comment elle allait tuer le temps, et comment elle allait pouvoir cacher à Dot cette fébrilité qui l'empêchait de se concentrer sur la moindre besogne plus de quelques minutes. Après un frugal petit déjeuner elle regarda par la fenêtre.

« Qu'est-ce que tu cherches, dis-moi ? » Dot n'arrivait jamais à contenir les questions qui la démangeaient.

« Je me demandais, ce temps...

— La neige est en train de fondre. »

C'était vrai. Elle fondait à toute allure sous le soleil éclatant. Elle reculait sur les bas-côtés, désertait les carreaux des fenêtres. Myrtle mourait d'envie de sortir, d'aller marcher. Marcher n'importe où, très vite. S'éloigner de Dot, dont la perspicacité silencieuse la mettait mal à l'aise. Mais elle ne pouvait pas, par crainte des questions, des conjectures. Dot lui assigna une corvée. Les carottes : il fallait les gratter, les couper en rondelles. La matinée se profilait tel le flanc d'une immense montagne que Myrtle n'avait pas l'énergie de gravir. Elle s'empara d'un couteau, nonchalante. Soudain on frappa avec vigueur à la porte.

Archie. Un si beau matin, dit-il. Ce serait dommage de ne pas en profiter. Myrtle avait-elle envie de se dégourdir les jambes ? Il comptait marcher plusieurs kilomètres.

« Je m'occupe des carottes, lança Dot, de la voix de celle qui avait prévu le coup depuis le début.

Ne t'inquiète pas, petite. Tu mets bien tes bottes fourrées, d'accord ? »

Myrtle, exaspérée par le regard vivement approbateur de sa mère, ne put s'empêcher de rougir. Elle enfila ses bottes, son gros manteau, et eut tout de suite trop chaud. Archie et elle descendirent le perron d'un pas vif. Le village était désert, silencieux hormis la plainte d'une mouette solitaire. Ils empruntèrent la venelle qui menait à la route principale. Le dégel avait eu raison de la blancheur uniforme de la veille. Des lamelles de neige fondue striaient les toits : l'eau qui en dégoulinait remplissait les caniveaux.

« Combien de jours de relâche tu as ? demanda Myrtle, espérant qu'Archie ne remarquerait pas la gêne nouvelle qui l'avait envahie.

— On s'est accordé minimum une semaine, ça dépendra du temps. » Il lui prit le bras pour traverser la route, geste qu'il n'avait jamais eu avant.

Ils remontèrent un sentier dur comme la pierre qui longeait un champ labouré. La terre sombre perçait à travers son glaçage de neige ébréché. Ils cheminaient tantôt l'un derrière l'autre, tantôt de front. Une haie de buissons épineux les protégeait d'un vent du sud-est, et le ciel, bleu pervenche, était dépourvu de nuages.

« Il ne rend jamais bien sur les cartes postales, dit Myrtle.

— Quoi donc ?

— Le bleu. » Myrtle leva la tête, son regard scrutant les cieux. Elle regretta aussitôt cette remarque idiote, mais elle fut soulagée d'entendre Archie éclater de rire.

« Tu as vraiment des réflexions bizarres. Qui à

part toi irait analyser le bleu précis du ciel ? Tu es une femme très précise. »

Myrtle sourit. Elle se voyait toujours comme une fille. Elle mettrait un moment à s'accoutumer à s'entendre qualifier de femme.

« J'aurais cru que les pêcheurs étaient très attentifs au moindre changement dans le ciel, à la moindre modification de sa couleur.

— Non. Il fait beau ou il fait mauvais, c'est tout. Nous ne sommes pas des poètes. » Archie s'était arrêté juste un pas devant elle. Il se retourna pour la regarder. « Qu'est-ce qu'on fabrique, à parler du ciel ? »

Myrtle sentit le frisson glacé de sa propre bêtise. Sous l'immensité des cieux dont elle ne parlerait plus, elle décida de ne plus rien dire. Scintillait derrière Archie un ruban de mer iridescent qui, aussi vaporeux qu'une fumée horizontale, se fondait dans les contours lointains des Lammemuirs. (Encore une idée fantasque que Myrtle allait garder pour elle.) Cette vue faisait partie de son panorama quasi quotidien, mais, là, la familiarité de ce décor était gâchée par la silhouette d'Archie au premier plan, le regard accusateur. Il se tenait à contre-jour et Myrtle, ne pouvant discerner l'humour qui brillait dans son œil, se sentit désemparée.

« Il vaudrait mieux parler de notre mariage, tu ne crois pas ? » reprit-il.

Myrtle recula, trébuchant hors du sentier. Elle sentit des épines se prendre dans son manteau et lui lacérer les mains alors qu'elle les tendait pour amortir sa chute. Dans son émotion et sa hâte, elle avait oublié ses gants.

« On dirait que je vais devoir t'extirper de ces buissons pour avoir ma réponse... »

Lui attrapant les deux mains, Archie l'aida impatiemment à se redresser. Myrtle pensa aux accrocs à l'arrière de son manteau en laine. Qu'allait imaginer sa mère ? Mais Archie, l'attirant vers lui et la prenant dans ses bras, effaça de son esprit ces pensées imbéciles. Leurs têtes étaient au même niveau. Il l'embrassa sur les deux joues avec un formalisme ironique qui semblait le combler d'aise, car un sourire flottait sur ses lèvres. Sa barbe de plusieurs jours gratta la peau froide de Myrtle. Archie vient de me demander ma main, se dit-elle, comme détachée d'elle-même.

« Alors est-ce que c'est *aye* ?

— Bien sûr, Archie. *Aye, aye* un millier de fois. Oui, oui, oui.

— Je n'ai jamais fait de demande en mariage avant, tu t'en doutes. Ce n'était pas très délicatement formulé.

— Ma foi, je n'en sais rien. Je n'ai pas une grande expérience non plus. Mais tu t'en es sorti à merveille, je dirais. » Ils s'esclaffèrent tous deux, saisis d'une timidité nouvelle.

« Je m'étais pourtant préparé. Le jour de Noël, je m'étais promis. Mais, pour une raison ou une autre, l'occasion ne s'est pas présentée.

— Non. » Elle se risqua, tout doucement, à lui poser une main sur le bras.

« Donc ma demande est tardive, mais au moins elle est spontanée. Elle m'est venue d'un coup. Je me suis dit, un champ labouré : pourquoi pas ? »

Un long silence vibrant s'établit entre eux.

« Pourquoi veux-tu m'épouser ? demanda enfin Myrtle.

— J'ai toujours su que tu ferais la meilleure épouse de l'East Neuk. La meilleure épouse du monde, même. Je t'ai toujours aimée.

— *Tu m'as toujours aimée ?*

— Eh bien, ça fait des années et des années. Depuis l'école.

— Depuis *l'école* ? Tu n'as jamais rien montré.

— Évidemment que non. Il fallait que je sois sûr. Ça prend longtemps d'être sûr, pour qu'un homme choisisse sa femme.

— Mais... toutes ces autres filles qui te couraient après. Je t'ai toujours cru complètement hors de portée pour moi... juste un héros inaccessible. Puis tu es devenu un ami ; je n'en croyais pas ma chance.

— Et puis ?

— Et puis, tout récemment, l'amitié s'est transformée en quelque chose d'autre. Je n'osais pas me l'avouer, même à moi-même. Je me disais que je mourrais en aimant Archie Duns, et que personne ne le saurait jamais. »

Archie se détourna soudain, de ce mouvement raide et digne qu'on a parfois quand un cercueil est mis en terre : il voulait cacher son émotion.

« On peut remercier le ciel que ça finisse comme ça.

— Je t'aime, dit Myrtle.

— C'est tout ce que je voulais entendre. J'espérais que ce soit le cas. Je suis conscient de ma chance, mais il faut que je te prévienne : je ne suis pas un beau parleur. Enfin bon, tu l'as sûrement compris à l'heure qu'il est. » Il tapota la main de

Myrtle, toujours posée sur son bras. « Aujourd'hui sera peut-être la seule fois où nous nous dirons ce genre de choses. Mais tu sauras que mon amour pour toi est là, qu'il sera là à jamais, s'il plaît à Dieu. Je serai un mari fidèle et aimant, même si je ne peux pas te promettre beaucoup de chichis.

— Nous sommes des grandes personnes, déclara Myrtle. Je n'ai pas besoin de bouquets de roses. Seulement de certitudes.

— Dans ce cas, tout va bien. » Avec une certaine brusquerie, Archie consulta sa montre. « J'avais prévu une longue promenade mais on est partis depuis un moment et on est restés plantés là un temps fou. On ferait peut-être mieux de retourner voir Dot, prendre une tasse de thé, lui annoncer la nouvelle.

— Elle ne sera pas surprise.

— La bonne blague. Elle est fine mouche, ta mère. »

Ils rebroussèrent chemin, serrés l'un contre l'autre sur l'étroit sentier. Le soleil pâle leur dégelait la figure et bientôt, marchant d'un pas alerte, ils sentirent que même leurs mains nues commençaient à se réchauffer.

Ils passèrent une chaste semaine à organiser l'avenir. Dot, dans son ravissement absolu, leur proposa son rez-de-chaussée, de manière qu'ils puissent vendre la maison d'Archie et avoir de l'argent à placer. Le projet plaisait à Archie. Il n'avait jamais beaucoup aimé la maison de ses parents, et depuis la mort de son père, malgré les efforts de Dot et Myrtle pour la nettoyer et la rendre plus gaie, elle lui évoquait encore trop de souvenirs douloureux. Aujourd'hui il voulait tourner la page, démarrer une vie nouvelle dans un endroit nouveau aux côtés de sa femme. Il mit la maison en vente et reprit la mer après le premier de l'An. Il annoncerait la nouvelle à Ken quand ils seraient à plusieurs milles de la côte, et il lui demanderait d'être son témoin.

Myrtle attendit qu'il soit parti depuis plusieurs jours pour le dire à Annie : abriter le secret lui avait procuré un plaisir singulier. Jusqu'à présent elle avait eu très peu d'événements excitants à raconter à Annie et maintenant elle tenait à garder ce bonheur pour elle, sans le divulguer, pendant quelque temps. Une fois Annie au courant, elle craignait que toute cette précieuse aventure ne vole en éclats et ne soit balayée comme des débris de verre : Annie avec ses opinions, son enthousiasme et son immense stupéfaction. Lorsqu'elle lui annonça enfin la nouvelle, Annie pâlit tellement que Myrtle crut qu'elle allait s'évanouir. Bien que sidérée et vexée de ne pas avoir été informée plus tôt, Annie réussit à émettre quelques compliments de circonstance. Sa joie, toutefois, se révéla moins débordante — sur le moment — que ne l'avait prévu Myrtle. Mais Annie se ressaisit bientôt pour réagir avec son narcissisme habituel. Même un scoop comme celui de Myrtle ne l'empêcherait pas de ramener tout à elle.

« Oh Myrtle, c'est merveilleux ! Je n'aurais jamais cru que tu te marierais avant moi.

— Tu n'aurais jamais cru que je me marierais tout court. »

Annie éclata de rire, ne relevant pas, ou ne remarquant pas le ton un rien agressif de Myrtle. Là-dessus, elles s'étreignirent, les yeux tout brillants.

« N'importe quoi ! Tu feras la meilleure des épouses. Je ne ferai jamais une aussi bonne épouse que toi.

— Bien sûr que si.

— Jamais de la vie. J'en ai l'intime conviction.

— À vrai dire, je n'aurais jamais imaginé avoir un jour une pareille chance. Je n'arrive toujours pas à y croire. Archie Duns !... *Moi*. »

Annie s'écarta, assez peu émue par l'incrédulité de son amie.

« J'espère que tu ne m'en voudras pas de toutes ces âneries du temps de l'école. Quand j'avais menacé de séduire Archie. Terrible erreur. Ça n'aurait jamais collé entre nous. Mais tu me connais... j'adore les défis. J'ai toujours su que je n'arriverais à rien. Ce n'était absolument pas sérieux. Je suis désolée.

— Aucune importance. C'est oublié pour toujours.

— Tu crois qu'Archie m'a pardonné ?

— Je doute que ça le tracasse. Et puis, il sait que tu es mon amie et que rien ne changera jamais ça.

— Le mariage, si, un peu, fit Annie, la mine attristée.

— Pas vraiment.

— Je vais devoir me trouver un mari moi aussi. Grands dieux, par où commencer ? Dis, comment sera ta robe de mariée ? Une grande robe blanche ? »

Myrtle s'esclaffa.

« La grande robe blanche, ce sera pour toi le moment venu. Moi, avec la taille que je fais, j'aurais l'air d'un frigo !

— Tu seras splendide. Je t'assure. »

Elles rirent et s'étreignirent encore une fois. À vingt ans, maintenant que Myrtle allait se marier, elles se trouvaient à l'aube d'une ère nouvelle dans leur amitié. Appréhender ce changement dans sa réalité n'était pas évident. Mieux valait ne pas y réfléchir à l'avance et se rabattre sur des sujets moins sérieux.

« Alors qu'est-ce que tu as en tête ? Oh, Myrt, je suis tellement excitée pour toi ! Tellement jalouse.

— Maman a ressorti le velours qu'elle garde en réserve depuis des années. Elle l'avait acheté en solde pour faire des rideaux au début de son mariage, et après elle n'a jamais eu le temps de s'y attaquer.

— Avec de vieux rideaux, tu ne seras pas une mariée très glamour ! se récria Annie, épouvantée.

— Ce n'est pas ce que je recherche, tu t'en doutes... D'ailleurs, Archie serait affolé si j'étais trop glamour.

— Je n'en suis pas si sûre, mais bon, je ne le connais pas comme toi, pas vrai ? » Annie soupira, résignée : son amie manquait décidément de romantisme. « Je suppose que ça ira. Du moment que tu m'autorises à rappliquer à la première heure le matin du mariage, bigoudis au poing. Promis ? Quand j'en aurai fini avec toi, tu ne te reconnaîtras pas.

— Je ne voudrais pas trop surprendre Archie, protesta Myrtle. Il semble m'aimer comme je suis, si incroyable que ce soit. »

Annie tendit une main et souleva une poignée des cheveux raides et lourds de son amie.

« Fais-moi confiance. »

Dot passa une semaine à couper et à coudre des métrages de velours framboise aux relents de moisi. Les essayages, à la différence de ceux d'Annie pour sa robe de Sirène, étaient des moments silencieux et graves : Dot épinglait et ajustait avec une lenteur et une minutie pleines d'amour, tandis que Myrtle, énervée et peu captivée, l'exhortait à faire vite. Elle était perturbée par l'absence d'Archie, une inquiétude naissante vouée à s'amplifier et à la tourmenter pendant bien des années, avant-goût de cette angoisse chronique qui est le lot commun des femmes de pêcheurs. Il y avait eu plusieurs orages. Rares étaient les moments de la journée où elle n'imaginait pas l'homme qu'elle aimait aux prises avec une mer déchaînée. Un après-midi, alors que l'impatience de le voir revenir était presque insupportable, une séance d'essayage fastidieuse fut interrompue par des coups à la porte.

Martin entra. Il portait une petite boîte.

Myrtle se retourna si brusquement — croyant, l'espace d'une seconde insensée, qu'Archie rentrait peut-être en avance — que Dot, qui travaillait accroupie à l'ourlet de la robe, se retrouva à quatre pattes au milieu des bouillons de velours. Martin resta interloqué à la vue de la future mariée emmaillotée dans cette étoffe austère : sous la faible lumière violette qui pénétrait par la fenêtre, ses reflets foncés étaient d'autant plus mélancoliques. Ils se dévisagèrent : Myrtle avec gentillesse, Martin encore trop stupéfait pour parler. Il ne s'attendait pas à tomber sur un tableau de ce genre.

« Je suis désolé, dit-il enfin. Je crois que je dérange. Bonté divine, Myrtle : tu es somptueuse.

— Non, tu ne déranges pas, marmonna Dot, des épingles fichées entre les lèvres. Viens t'asseoir et raconte-nous.

— C'est plutôt vous qui avez des choses à raconter... »

Myrtle sentit qu'on tirait sur le bas de sa jupe. Sa mère, se relevant cahin-caha, se dirigea machinalement vers la bouilloire.

« J'ai appris, dit Martin, se tournant vers Myrtle. Pour toi et Archie. C'est bien. » Il tendit la boîte. « Un petit cadeau de mariage.

— Martin ! Ce n'était pas la peine. Merci. Notre premier cadeau de mariage. (Tellement bizarre, tellement excitant de dire *notre*...)

— Je me demandais si je pouvais me désigner... photographe officiel ? » Martin eut un sourire hésitant. Il ne maîtrisait pas vraiment l'art de se vendre. « Je viens de m'acheter un nouvel... » Il sortit un petit Instamatic de sa poche. « Je me suis dit... je me placerai juste devant l'église. Je me ferai très discret.

— Je suis sûre qu'Archie sera d'accord, dit Myrtle. (Oh, le luxe de se voir répondre au nom de l'homme qu'elle aimait !) Même si on n'avait pas prévu de photos. Il n'y aura pas grand-chose à... je veux dire, ce sera une toute petite cérémonie.

— N'empêche, il faut l'immortaliser. » Son ton avait beau être léger, Myrtle remarqua son air un peu triste — un mélange de joie et de regret.

« Évidemment que oui ! » insista Dot, jetant un coup d'œil à une photo un peu fanée de son propre mariage. Dans son cadre en laiton rutilant, le tirage sépia paraissait tout terne.

« Très bien, dans ce cas, pas de problème. » La

proposition de Martin n'avait pas vraiment retenu l'attention de Myrtle. Dot s'acharnait à nouveau sur les plis de sa jupe. Elle n'ouvrit le cadeau de Martin que lorsqu'il fut parti. C'était un morceau de cristal de roche. Ses pointes laiteuses n'avaient pas grand éclat par cet après-midi si sombre, mais Myrtle imaginait très bien de quelle façon il pourrait scintiller par un jour de soleil. Elle se pencha pour le montrer à Dot, qui se plaignit de n'avoir jamais vu future mariée plus remuante.

La « toute petite cérémonie » eut lieu par un glacial après-midi de février à l'église de St Monans. Il faisait tellement froid que Myrtle fut obligée de revêtir la vieille cape de sa grand-mère, épaisse comme un tapis de selle, par-dessus sa robe en velours. Dénuée de vanité, même le jour de son mariage, il ne lui vint pas à l'esprit d'être contrariée par un ajout aussi disgracieux à sa tenue. Elle tenait surtout à ne pas être gênée par le froid.

Dot, Annie et elle se rendirent à l'église dans un taxi qui tanguait sur les routes cahoteuses à la manière d'un vieux rafiot. De l'extérieur, on aurait pu prendre Annie pour la promise, sa robe faisant plus « mariage » que celle de Myrtle. Par ailleurs, elle portait un petit bouquet de perce-neige... Elle repensa à donner les fleurs à Myrtle au moment où elles sortaient du taxi sous une pluie battante. Elles trouvèrent Archie et Ken qui attendaient sous le porche, sautillant, mal à l'aise, dans leurs costumes rarement endossés. Archie arborait une cravate ornée de petites ancres. Sa chemise, à la grande consternation de Dot, avait un bouton en moins.

Le petit groupe entra dans l'église où le prêtre était en train d'allumer les cierges d'autel. Une fois cette tâche accomplie, la pénombre ne se trouva que légèrement dissipée par deux misérables halos lumineux. L'église était imprégnée de cette odeur d'humidité tenace due à des siècles d'embruns venus fouetter la pierre. Promenant ses yeux sur les murs blanchis à la chaux, Myrtle remarqua que les zones où l'humidité avait filtré avaient une couleur de sueur rance.

La future mariée et les invités se tenaient sous la superbe maquette de voilier suspendue au plafond. Chacun regardait alentour, évitant de croiser les yeux des autres. Ils ne savaient trop comment procéder. Le prêtre finit par trouver la page qu'il cherchait dans la Bible puis les invita, étant donné leur petit nombre, à avancer ensemble dans la nef. Le tapis rouge, touche de modernité incongrue dans un lieu aussi ancien, était juste assez large pour que s'y alignent trois personnes. Ken et Archie encadraient la mariée. Dot et Annie les suivaient. Il n'y avait pas de musique, l'organiste souffrant d'une grippe, mais la pluie s'abattait avec fracas sur les vitraux.

Alors qu'ils se rapprochaient de l'autel, Myrtle se surprit à repenser aux histoires que lui racontait son père, quand elle était enfant, à propos de cette église. Elle avait été construite au temps du roi David Ier d'Écosse, à la fin du XIe siècle, période trop lointaine pour que Myrtle puisse se l'imaginer. D'autres jeunes femmes, il y a plus de neuf cents ans, avaient-elles remonté cette même allée centrale avec un mélange d'assurance, de sérénité et d'excitation comparable à celui qui l'assaillait à présent ? Des jeunes femmes au cours des siècles avaient-elles senti leur esprit s'envoler telle une nuée de papillons pour aller se poser sur des pensées saugrenues, alors même qu'elles s'apprêtaient d'un instant à l'autre à prononcer leurs vœux ? Elle s'aperçut que les petites tiges froides des perce-neige s'étaient réchauffées entre ses doigts brûlants : était-ce là un phénomène intemporel, une expérience commune qui se perpétuait au fil des ans ? Son père n'avait jamais eu de mal à jongler avec les époques, se représentant tout aussi aisément des événements qui remontaient à des centaines d'années avant sa naissance que des événements datant de la semaine précédente auxquels il avait assisté. Il parlait souvent des rois écossais comme s'ils étaient des amis, des contemporains.

« C'était un brave homme, le premier roi David, racontait-il. D'après la légende, il aurait été grièvement blessé par une flèche et les moines de St Monans l'auraient sauvé. En guise de remerciement, il leur aurait fait construire cette église. » Myrtle revoyait son père lui attraper la main pour la faire glisser sur les reliefs d'une des douze croix de consécration sculptées dans la pierre. Elle avait détesté le contact rugueux et glacé de la roche, mais n'avait soufflé mot, de peur de l'offenser.

Avec une infinie lenteur, ils parcoururent la nef, passant devant les sculptures. Ses doigts, malaxant les perce-neige, se souvenaient du contact des visages de pierre exactement comme des doigts peuvent se souvenir de gammes apprises une éternité plus tôt sur un piano. David II, comme le lui avait souvent raconté son père, avait été le roi suivant à prêter un grand intérêt à l'église. Le pauvre homme avait été pris dans une terrible tempête alors qu'il naviguait de Leith, le port d'Édimbourg, à Ardross, à un mille à peine de St Monans. Il avait juré que s'il débarquait sans encombre il reconstruirait l'église. Cette promesse avait été mise à exécution entre 1362 et 1369 pour un coût de 750 livres. Pourquoi fallait-il qu'elle repense à cela le jour de son mariage ? Or le charpentier n'avait été payé qu'une livre, treize shillings et quatre pence pour son travail. Chaque fois que le père de Myrtle énonçait ce détail — et il avait tendance à répéter ses anecdotes préférées —, il sifflait entre ses dents devant la modicité, même pour l'époque, d'une telle somme. Myrtle entendait encore son sifflement un peu faux et tout baveux de salive, malgré la pluie qui tambourinait contre les vitraux. Elle aurait aimé qu'il soit là, et qu'il l'escorte jusqu'à l'autel comme le voulait la tradition. Elle aurait aimé qu'il puisse la voir, qu'il puisse constater le bonheur qu'il avait toujours souhaité pour elle tout en doutant qu'elle parvienne à l'atteindre. « Tu es tellement grande », répétait-il toujours avec tristesse, comme si la taille était un obstacle au bonheur. Et en effet, durant de nombreuses années, le problème avait semblé se confirmer, même si, pour le résoudre, Myrtle suivait le conseil de son père : N'espère rien, ma fille, et alors tu auras peut-être une surprise. Une surprise ! Le mot était faible pour décrire ce qu'elle éprouvait, ici devant l'autel en définitive, à tâcher de disperser ces pensées virevoltantes pour rallier le présent, à se persuader que tout cela n'était pas un rêve ridicule, mais une réalité insaisissable qui ne prendrait consistance dans son esprit qu'une fois l'instant révolu. Archie était à ses côtés. Archie l'inaccessible, fleurant la naphtaline et le dentifrice, sur le point de devenir son mari, « sans chichis », devant Dieu.

Quand la cérémonie, sommaire, fut terminée, les jeunes mariés, le prêtre et l'assistance demeurèrent à la porte de l'église à contempler la pluie qui mitraillait la mer. Le ciel était tellement bas et lourd qu'il était difficile de savoir d'où provenait la lumière qui illuminait Bass Rock, lointain monument à l'allure spectrale par ce mauvais temps. Ils se tenaient tous là, à se demander quand se ruer vers les taxis, lorsqu'une silhouette dégoulinante surgit soudain derrière une pierre tombale : Martin. Il s'approcha du groupe, appareil à la main. Tout d'abord il photographia l'assemblée blottie sous le porche, puis il encouragea la noce à sortir sur les pentes détrempées du cimetière et à se placer dos à la mer, afin d'y prendre d'autres photos. Agrandi et encadré, un de ces clichés trône d'ailleurs sur la commode des Duns depuis les débuts de leur vie conjugale. L'agrandissement a affadi les couleurs primitives, mais sinon l'esprit de la scène est bien restitué : les rochers noirs englués par le dépôt visqueux des algues, les vagues déchaînées, les immenses croix de granit au-dessus des pierres tombales, les mines effarouchées et incrédules de la petite troupe — dans laquelle Annie était la seule à arborer un sourire adapté à ce jour de fête. Curieusement, la lumière qui baignait Bass Rock de façon si mystérieuse n'est pas visible sur la photo. Il arrive à Myrtle de se demander si cette auréole, somme toute, n'était pas le produit de son état exalté.

Plus tard, après avoir dîné dans un pub, Myrtle et Archie prirent le car et le train pour se rendre à Mull. Là-bas, ils passèrent une semaine dans une petite pension de famille donnant sur l'île d'Iona. Myrtle fut fascinée par la réserve de gants de toilette dans la salle de bains immaculée : toute une pile, d'un moelleux inimaginable, dans différentes couleurs. Archie fut plus intrigué par l'abondance et la qualité des petits déjeuners.

Leur lune de miel fut une période de mauvais temps ininterrompu, d'épaisses brumes masquant presque totalement le paysage. Ils ne s'aventuraient dehors qu'un petit moment chaque jour. En général ils restaient dans leur chambre. Archie avoua à Myrtle que, malgré sa popularité auprès des filles du pays (une modeste rougeur accompagnait cet aveu), il n'avait jamais fait l'amour. Myrtle rit de la solennité de cette annonce, mais elle se sentait profondément soulagée. Elle aimait bien l'idée que tous deux découvrent ensemble ce territoire inconnu de la passion physique. Cette ignorance partagée lui donnait de l'assurance. Le premier soir, elle traversa la chambre en tenue d'Ève pour rejoindre le lit où Archie l'attendait, ses immenses épaules dépassant du drap. Il ne cessa de lui murmurer qu'elle était merveilleuse.

C'est à Mull qu'il tomba amoureux de sa femme, et elle de lui. Cette euphorie des débuts de l'amour charnel, alimentée peut-être par les absences d'Archie, sembla ne jamais faiblir. Myrtle avait observé chez Dot les effets destructeurs de l'angoisse chronique qui rongeait les épouses lorsque les hommes étaient en mer. Mariée à Archie, capitaine sérieux et avisé qui ne risquerait jamais la vie de ses hommes, c'était maintenant son tour de connaître ces périodes d'anxiété. Mais elle savait bien que cette conscience du danger rendait d'autant plus précieux les jours qu'Archie et elle passaient ensemble. Chaque retour à la maison était une fête, un motif de gratitude. À chaque départ, ils priaient l'un et l'autre en secret pour que le *Skyline II* soit épargné. Le bateau avait beau avoir réchappé à mille tempêtes au fil des années, ils ne se départirent jamais de leur méfiance. Durant l'intégralité de leur vie conjugale, Myrtle et Archie demeurèrent sans cesse conscients de ce danger mortel, qui confère à tout amour et à tout plaisir une acuité unique.

Au XVIIIe, et même au XIXe siècle, explique Myrtle à Janice, la forme des bateaux de pêche était encore remarquablement similaire à celle de leurs ancêtres vikings. Elle lui montre la photo d'un *sixern*, ou bateau à six rames, découvert tout récemment à l'abandon dans les îles Shetland. Elle ne lui parle pas de la sensation de dégoût que suscite en elle cette image. L'aversion de Myrtle pour les bateaux à l'abandon est encore plus grande que son aversion pour les bateaux vides : les épaves, la rouille et le bois pourri, les vieux rafiots qui font eau de toutes parts mais qui restent à flot l'emplissent d'une peur singulière. Elle s'est toujours défiée des carcasses de bateaux, perturbée par leur absence de vie, alors que cette même absence de vie dans des bâtiments désertés ne recèle aucune menace. Un jour, enfant, elle était tombée sur un canot à rames à l'abandon, sa proue éventrée, sa peinture hérissée de dizaines de cloques boursouflées, gisant de travers sur une étendue de galets. De manière inexplicable, elle avait fondu en larmes, et refusé de s'en approcher. Annie avait voulu se glisser à l'ombre de son flanc pour jouer au papa et à la maman, mais Myrtle s'était braquée. Annie l'avait traitée de zinzin. « Espèce de zinzin ! » avait-elle crié par-dessus le cliquetis des galets tandis que Myrtle s'en allait en courant. Eh bien, oui, c'était comme ça : elle était femme de pêcheur, et toujours un peu mal à l'aise quand il s'agissait de bateaux.

Mais aujourd'hui, sans rien trahir de ses propres sentiments, elle plante un doigt ferme sur la photo, le sépia fané du squelette de *sixern* trouvé à Vementry dans les Shetland. Janice, tout près d'elle, est intriguée.

« J'aimerais bien voir ce bateau, dit la fillette.

— Ça m'étonnerait qu'il y soit encore. Il est sûrement disloqué depuis longtemps.

— J'aimerais bien aller dans les Shetland.

— Avec ta mère, nous y sommes allées, autrefois. Bien avant ta naissance.

— J'aimerais bien y aller.

— Les oiseaux ! Il y en avait des millions. Le vacarme qu'ils faisaient !

— Peut-être qu'un jour tu m'emmèneras. »

Elles sont à la table de la cuisine. Janice est assise à la place qu'occupe habituellement Annie quand elle vient jouer aux cartes. Plusieurs livres sont ouverts entre elles. Janice travaille à un exposé sur l'industrie locale de la pêche. Myrtle a accepté de la guider dans plusieurs matières. Ce projet d'exposé est finalement le préféré de Janice.

Au départ, elle avait été rebutée par un sujet aussi barbant. Ça passionnait qui, les bateaux ? avait-elle demandé. Le port en était farci. Son père parlait sans arrêt de poisson. Elle en avait ras le bol de tout ce qui avait trait à ces saletés de poiscailles. Elle n'allait pas se fouler. Elle ne risquait pas de s'intéresser à un thème pareil.

Mais allez comprendre comment, avec Myrtle, la pêche devint bel et bien un sujet intéressant, et même captivant. Myrtle présentait les choses de manière complètement différente de sa vieille prof si ennuyeuse Miss Simmons, dont la voix monotone donnait l'impression qu'elle avait des scones plein la bouche. Myrtle, elle, raconte des histoires ; elle pose à Janice le genre de questions auxquelles il est, en fait, amusant de répondre. Et puis, Myrtle *écoute* : elle écoute Janice comme si elle était réellement subjuguée, ce qui insuffle à Janice l'envie de lui faire part encore et encore de toutes ses idées. Myrtle a persuadé la fillette qu'il était follement distrayant d'aller à la bibliothèque du musée compulser de vieux documents et de vieilles archives, d'y dénicher des images et de les photocopier pour son dossier. Janice ne s'en est pas privée et a triomphalement exhibé le résultat de ses fouilles. Elle a reçu de Myrtle force compliments, ainsi que des biscuits à la cannelle de fabrication maison. Elle commence à se dire qu'elle n'est pas aussi stupide qu'on le prétend à l'école. Ses notes s'améliorent rapidement. Les cours avec Myrtle passent trop vite. Elle les attend avec impatience, elle adore ces moments. En quelques semaines à peine, Annie l'a affirmé à Myrtle, la petite s'est littéralement épanouie. Elle adore la poésie, que Myrtle s'emploie à présent à lui faire découvrir : quand elle rentre chez elle, elle cite des noms comme Sohrab et Rostam… Pas plus tard qu'hier, la fillette a refusé de s'en aller avant qu'elles aient fini de lire *La Complainte du vieux marin*.

« Tu devrais être prof à plein temps, dit Janice. Comme ça, des tas d'enfants pourraient apprendre en s'amusant, pas seulement moi.

— Peut-être. Un jour. J'y ai souvent pensé. Mais je n'ai pas de formation.

— Je suis sûre que ça n'a pas d'importance. Tu serais excellente. »

Myrtle rassemble des photocopies montrant de vieux bateaux de pêche. Pour préparer ses cours, Myrtle a elle aussi passé des heures au musée. Les matinées, ainsi occupées, ont filé à toute allure. De temps en temps elle fait des pauses pour descendre à la cafétéria rendre visite à Annie, qui est maintenant une serveuse accomplie. Annie lui apporte son café en deux temps trois mouvements, « offert par la maison ». « Toi répétitrice, moi serveuse », lance-t-elle en riant. Il y a à la fois de l'admiration et de la jalousie dans sa remarque. Elle aimerait bien tenir lieu de mentor à sa fille, déclencher en elle ce désir d'apprendre que Myrtle est si vite parvenue à éveiller. Mais elle s'en sait incapable. Et elle se félicite que son amie sans enfants puisse au moins jouer un rôle important dans la vie de Janice. Annie se plaît à penser que, pour Myrtle, Janice est sans doute ce qui se rapproche le plus d'une fille de son sang.

« Demain, on passe à l'industrie du hareng, annonce Myrtle. Je t'ai trouvé des photos de canots à clin utilisés pour cette pêche. Je te raconterai la catastrophe de 1848, où une centaine de bateaux ont coulé et une centaine de pêcheurs sont morts.

— Très bien.

— Mais il est temps de partir, maintenant. »

Janice ne bouge pas. Elle s'applique à écrire le mot HARENGS, en majuscules tarabiscotées. Elle a les yeux baissés et ses cils, épais et recourbés comme ceux d'Annie, dessinent sur ses joues des ombres pointues. Sa chevelure châtain est dernièrement devenue plus bouclée, plus fournie, avec des reflets roux. Des mèches lui tombent sur les yeux. Elle n'essaie pas de les dégager. Annie était exactement pareille, à cet âge-là : fière de sa crinière rebelle. « Attache-les, Annie, sinon tu auras droit à un zéro », la menaçaient toujours les professeurs. Annie récoltait des dizaines de zéros et s'en moquait. Le passé et le présent s'entrelacent de manière déroutante. L'espace d'un instant Janice devient Annie enfant. Elle lève les yeux, son sourire est le même sourire. Des fossettes creusent ses joues, plus rebondies que l'ont jamais été celles d'Annie, et la voilà à nouveau elle-même. Onze ans et pleine d'entrain. La lourde mâchoire de son père implique que sa propre beauté n'égalera jamais tout à fait la beauté de sa mère. Mais elle possède comme un charme indocile, une malice dans l'œil, qui se révéleront aussi précieux que dangereux quand elle sera adulte.

« Je ferais mieux d'y aller, alors, dit Janice. Même si je n'ai pas envie de partir. » Elle se lève, rassemble ses affaires. Elle parcourt la cuisine du regard, mémorisant sa géographie afin de l'emporter avec elle. Myrtle remarque que ses ongles sont rongés jusqu'au sang. « Il y a un garçon à l'école qui s'appelle Arthur Dilk. Il m'écrit des mots complètement idiots. » Myrtle sourit. L'histoire, décidément, se répète. « Je ne l'ai pas raconté à maman... Ne lui dis pas.

— Bien sûr que non. » Il y avait des dizaines de garçons qui, de la même manière, écrivaient à Annie des mots idiots, quand elle avait onze ans...

Janice rejoint Myrtle et lui dépose un rapide baiser sur la joue. C'est une chose qu'elle n'a pas faite depuis sa petite enfance.

« J'ai hâte que tu me racontes la catastrophe de 1848. Je voudrais que mon père, Archie et tous les pêcheurs ne soient pas obligés d'aller en mer à longueur de temps. Je n'épouserai jamais un pêcheur. Je déteste que les hommes soient des pêcheurs.

— Ils n'ont pas beaucoup le choix, ici, dit Myrtle.

— Alors j'irai ailleurs. L'idée du sud me plaît bien. Stratford-on-Avon, ou Weston-super-Mare... j'ai lu des trucs dessus. Peut-être que tu me parleras de plein de jolies villes du sud pour ma prochaine leçon de géo ?

— Peut-être. » Myrtle raccompagne Janice à la porte, sa grande main, légère, sur la petite épaule. « À demain cinq heures.

— Vingt-trois heures à attendre !

— *Aye*.

— J'espère qu'elles passeront vite. »

Myrtle regarde Janice descendre lentement les marches, un côté de son corps fluet lesté par son cartable. Elle tremble pour cette enfant. Cette enfant qu'elle aime.

L'époque où Archie et Myrtle essayaient d'avoir un enfant est une époque sur laquelle ils ont tous deux tiré un trait. Ils ne repensent jamais à la lassitude et aux déceptions de cette période : ils ont une foule d'autres motifs de satisfaction dans leur vie. Mais le regret peut être opiniâtre, et prétendre que ce sentiment ne les assaillait pas de temps en temps — Myrtle en particulier — serait mentir. Les naissances chez les amis, le spectacle perpétuel de bébés dans leurs landaus, les propositions bienveillantes pour être parrain ou marraine... tout cela ne pouvait que leur rappeler leur propre « échec », selon Myrtle. Il y a longtemps, elle et Archie s'étaient résignés à cet « échec ». Mais se résigner ne veut pas dire s'accoutumer. Se faire à l'idée qu'ils ne seraient jamais parents, à moins d'un miracle, ça, il n'y avait aucune chance qu'ils y arrivent. Parfois ils se demandaient si cette angoisse les accompagnerait jusqu'à la fin de leurs jours.

Les tentatives de Myrtle pour concevoir durèrent presque cinq ans. D'abord il y eut les espoirs naturels. Myrtle se voyait courir à la rencontre du bateau pour annoncer à Archie la confirmation de sa grossesse, trop excitée pour attendre son retour à la maison. Mais un tel événement tardant à survenir, Myrtle commença à soupçonner que quelque chose n'allait pas. Elle fut la première à se soumettre à des analyses, à des questions de nature ignoblement intime, à des examens. Quand Archie était en mer, elle passait de nombreuses heures à attendre dans des couloirs d'hôpital, l'espérance se tortillant en elle comme un malheureux oiseau à l'agonie. Parfois Annie, qui était enceinte, venait avec elle.

« Enfin, si rien ne se passe, on pourra se partager mon gamin… Seigneur, les coups de pied qu'il donne ! Sens-moi ces coups de pied, Myrtle. » Sans réfléchir à la réaction de Myrtle, elle tapotait son ventre de ses longs ongles argentés. Pour Myrtle, ils constituaient un indice alarmant de l'instinct maternel plus que défaillant de son amie. « En ce qui me concerne, je ne sais pas comment je vais réussir à m'occuper d'un môme… Oh, ce n'est pas juste. Mais tu ne dois surtout pas perdre espoir. Ce sera quand tu t'y attendras le moins que… » Annie faisait de son mieux, dans ces sordides salles d'attente d'hôpital, pour remonter le moral de Myrtle, sans jamais prendre garde aux gaffes qu'elle commettait.

Au bout de plusieurs mois d'examens avilissants, la réponse fut que rien ne semblait clocher chez elle. Ce fut alors au tour d'Archie d'y passer. Peut-être était-ce lui le « coupable », déclara le gynécologue. Archie avait certaines appréhensions à l'idée de subir des tests — il en était malade rien que d'y penser —, mais il les garda pour lui. Pour avoir un enfant, et par amour pour sa femme, il aurait tout enduré. Ainsi, lors d'un séjour à terre, refusant que Myrtle l'accompagne, il prit son courage à deux mains et effectua le voyage en car jusqu'à l'hôpital. Il affronta la terrible indignité, à neuf heures du matin, de se voir introduit dans une cabine stérile armé d'un récipient en plastique et de quelques magazines pour le moins défraîchis. Combien de mains désespérées avaient-elles tremblé, dégoûtées, en feuilletant ces pages froissées où s'étalaient avec obscénité une multitude de fesses et de seins ? « Faites le nécessaire », ordonna une petite infirmière rigide, dont les propres seins étaient enserrés dans un uniforme exempt de tout érotisme. Durant les brefs instants abominables où ils se côtoyèrent, elle trouva le moyen d'afficher une attitude supérieure, moqueuse et pleine de pitié. Archie la détesta. Elle referma la porte derrière elle avec un regard entendu pétri de suffisance. À l'intérieur du cube blanc silencieux, seule la pensée du dernier espoir de Myrtle lui donna la force d'exécuter l'ordre si déplaisant qu'il avait reçu.

Il s'avéra qu'il n'y avait pas de problème quant à la qualité de son sperme : rien ne clochait chez lui non plus. Tout cela était un grand mystère, déclara le spécialiste lors de leur dernière entrevue. Pourquoi ne pas essayer le traitement contre la stérilité ? D'un commun accord, Myrtle et Archie écartèrent cette idée. Dans ce cas, leur sort était entre les mains de Dieu, poursuivit l'homme, tâchant de se montrer obligeant, mais trop débordé pour s'échiner à convaincre un couple aussi inflexible. Remarquez, il y avait parfois des blocages psychologiques qui pouvaient être mis au jour par de longues séances avec un thérapeute... Cette ultime cruauté fut accueillie avec tout autant de répulsion. Non merci, dirent là encore Myrtle et Archie. Dans ces conditions, c'est à la grâce de Dieu, répéta le spécialiste avec lassitude, refermant le dossier Duns devant lui. Il jeta un coup d'œil à sa montre, faisant comprendre que, selon lui, même un couple stérile ne devait pas être autorisé à trop le mettre en retard. Oui, Dieu était sans doute leur meilleur — leur seul — espoir, poursuivit-il, en quittant son fauteuil. En fait, son propre père était pasteur et lui avait enseigné le pouvoir de la foi. Il baissa les yeux sur ses patients avec un petit pli encourageant de la bouche, triste succédané de sourire. Archie et Myrtle se levèrent. À présent ils se sentaient libres de le prendre de haut, et même de le mépriser, cet homme qui ne pouvait plus rien pour eux. L'ultime conseil du spécialiste fut de ne pas perdre espoir : Qui sait, le Seigneur, dans Sa bonté, leur réserverait peut-être une surprise. N'oubliez pas, Ses voies étaient impénétrables, et il ne fallait pas Le bousculer... Sur quoi, lui-même n'hésita plus à les bousculer, et il les raccompagna à la porte.

Pas vraiment ragaillardis par ce petit sermon, Myrtle et Archie n'avaient plus qu'à attendre la surprise que leur réservait peut-être Dieu. Mais Ses voies impénétrables, apparemment, n'incluaient pas le don d'un bébé. Dans l'intervalle, Annie donna naissance à Janice, une petite fille en bonne santé. Myrtle, durant ses deux premières années de vie, contribua énormément à élever la fillette. Elle finit par aimer cette enfant. Pas comme son propre enfant, inutile de se leurrer, mais sans aucune réserve. Archie observait sa femme. Il comprenait ce qu'elle ressentait, et était reconnaissant qu'il y ait au moins un bébé à qui Myrtle puisse prodiguer cette tendresse maternelle qu'elle possédait naturellement. De son côté, il nourrissait pour ce petit être une vague antipathie qu'il ne pouvait se résoudre à creuser. Une sorte de jalousie ? Pourquoi Annie, si peu méritante, s'était-elle vu accorder un enfant alors que sa propre femme, infiniment supérieure, se voyait refuser ce cadeau ? Janice était une enfant jolie et séduisante : c'était indéniable, même si à trois ans elle manifestait déjà la dangereuse précocité et le sale caractère de sa mère. Chaque fois qu'Archie était sollicité par la fillette (souvent, en rentrant, il la trouvait sur les genoux de Myrtle), il se comportait aussi normalement qu'il le pouvait : il la faisait sauter sur ses genoux, la berçait dans ses bras, lui racontait des histoires de sirènes et de poissons, la faisait rire. Mais au fond il n'éprouvait pas une grande affection pour cette enfant. Quand elle eut onze ans, son indifférence se mua en une profonde animosité. Il exigea qu'elle vienne le moins possible chez eux lorsqu'il était à la maison. Cette volonté d'éviter sa fille, Annie ne manqua pas de s'en apercevoir. Myrtle, attristée par l'aversion de son mari à l'égard de Janice, avait du mal à se résigner.

« Je n'arrive pas à comprendre pourquoi tu as une dent pareille contre elle, Archie.

— Un truc chez elle.

— C'est une gamine innocente, pour l'amour du ciel.

— Pas si innocente.

— Qu'est-ce que tu entends par là ? Ne dis pas de bêtises ! Elle n'a pas douze ans.

— Elle est manipulatrice comme sa mère.

— Ça c'est injuste. Préjugé pur et simple.

— Changeons de sujet. Tu verras un jour que j'ai raison.

— N'importe quoi. »

Janice était la seule source de désaccord entre eux, même si le malaise qu'elle suscitait restait larvé la plupart du temps. Lorsque des disputes éclataient malgré tout, elles s'éteignaient rapidement, mais les deux parties demeuraient pleines de rancœur, de rage et d'outrance. L'atmosphère s'obscurcissait pour la journée, « gâchant de précieux moments de bonheur », disait Myrtle. Mais Archie, après une heure de bricolage sur le bateau, avait retrouvé son équanimité habituelle et allait appuyer sa tête sur l'épaule de sa femme, tel un enfant penaud cherchant à se faire pardonner son coup de colère. Tout en le consolant, Myrtle s'apaisait à son tour. Alors qu'elle caressait ses cheveux rêches décolorés par l'eau de mer, la force de son amour pour son mari la submergeait et, debout dans leur cuisine, ils se tenaient serrés dans les bras l'un de l'autre en se reprochant leur stupidité. Comment pouvaient-ils être assez bêtes pour laisser la fille d'Annie se mettre ainsi entre eux ?

Myrtle et Archie rentrèrent de lune de miel et, le lendemain, Archie reprit la mer. À peine était-il parti qu'Annie se précipita chez eux. Son excitation n'avait rien à voir avec le retour de Myrtle. Après avoir demandé à la va-vite si Myrtle s'était bien amusée, elle annonça tout à trac la nouvelle qu'elle n'arrivait plus à contenir.

« Je suis fiancée ! » couina-t-elle, en brandissant sa main gauche. Une minuscule pierre rouge était perchée telle une luciole sur son annulaire.

« Fiancée ? À qui ? »

Annie rejeta la tête en arrière, jugeant sans importance cette partie de la question. Elle faisait tourner sur son doigt la bague presque invisible, histoire de bien se convaincre de ce que signifiait le bijou.

« Un rubis… Ou peut-être un grenat. Je ne sais plus. Je voulais juste quelque chose de rouge. Magnifique, non ? » Elle agita son doigt sous le nez de Myrtle.

« Mais Annie… tu t'es fiancée à qui ? »

Annie battit des cils, rougit, prit sa mine la plus espiègle. Elle aimait bien les effets de surprise.

« Ken, dit-elle enfin.

— Ken ? » Myrtle s'assit, absolument stupéfaite.

« Ken en personne. » Elle baissa les yeux, frotta à nouveau la luciole. L'incrédulité de Myrtle devenait un peu embarrassante.

« Comment diable est-ce arrivé ?

— Enfin quoi, il m'aime depuis une éternité, non ? Je me suis décidée à t'imiter. Je me suis dit : pourquoi ne pas épouser Ken ? C'est un brave homme. Je l'aime plutôt bien. Tout le monde n'est pas obligé d'être éperdument amoureux, tu sais, pour réussir son mariage. » Il y avait dans sa voix une ironie si imperceptible que Myrtle l'avait peut-être rêvée. Elle détourna le regard. Elle n'arrivait pas à croiser les yeux de son amie.

« Tu es si étonnée que ça ? » À présent elle était carrément moqueuse.

« Oui, à vrai dire.

— Je croyais que tu serais contente. » Cette réaction si peu enthousiaste n'était pas du tout ce qu'Annie avait prévu. Elle fit la moue, irritée. « Ce n'est peut-être pas le mariage d'amour du siècle comme Archie Duns et toi, mais il m'aime, c'est sûr, tu le sais pertinemment. Tu es même celle à qui il l'a avoué. Il sera gentil avec moi, et j'essaierai d'être une bonne épouse. » Elle esquissa un sourire. « On s'entendra bien, je t'assure. »

Myrtle soupira. Elle décida alors de ne poser qu'une seule question, puis de tout faire pour soutenir loyalement son amie.

« Mais tu évites Ken depuis tellement longtemps. Tu te moquais de lui, même. La simple idée de l'épouser... tu aurais ri rien que de l'évoquer il y a quelques semaines. Tu ne l'as jamais aimé. Tu ne l'aimes pas. Autant que je sache il ne t'attire même pas. Tu trouves ça juste de l'épouser ? »

Le ton de Myrtle était moins dur que ses paroles. Annie haussa les épaules.

« D'après moi, il faut être un peu pragmatique en matière de mariage. Il n'y a plus grand choix, à l'échelle locale, si ? Je ne veux pas m'exiler. Je veux rester ici. Je n'ai jamais rien eu contre Ken, hormis ma propre gêne de m'être jetée à sa tête de manière ridicule. Mais il a toujours été très gentleman à ce sujet-là... il n'en a plus jamais reparlé. Je crois que je pourrais finir par l'aimer. Si c'était pas un brave homme il ne serait pas l'ami d'Archie, ou le tien. Je le respecte, et c'est important dans le mariage, le respect. Alors si l'un ressent de l'amour, et l'autre du respect... enfin, il y a des tas de mariages dont on ne peut pas en dire autant. Je pense qu'on s'en sortira.

— Je l'espère.

— Nous voulons tous les deux des tas de mômes. Nous voulons tous les deux des tas de choses identiques... on a fait une liste l'autre soir. C'est vrai. N'aie pas l'air si inquiète. Il y a plein de raisons que ça marche, je te promets. » Elle gloussa. « Qu'il m'ait attendue si longtemps... Je vais te dire un truc : c'est un amant formidable, Ken. J'ai du mal à marcher. » Annie décrivit un petit cercle, jambes arquées, boitant comme un oiseau blessé. Elle rit de sa clownerie, encourageant Myrtle à s'esclaffer aussi.

Mais Myrtle détourna le regard, les traits altérés par des sentiments contradictoires. Maîtrisant son trouble, elle se leva pour rejoindre son amie, qu'elle embrassa sur le front. Elles s'étreignirent les mains un instant.

« C'est parfait, dans ce cas, Annie. Je suis contente pour toi. J'espère que vous serez très heureux.

— Nous le serons. » Annie rit à nouveau. « Ça lui a flanqué un sacré choc, crois-moi, quand je lui ai demandé de m'épouser. Tu aurais dû voir sa tête !

— Quand *tu* lui as demandé de t'épouser ? » Le calme de Myrtle, acquis de haute lutte, se transforma une fois encore en stupéfaction.

« Archie et toi n'étiez pas partis depuis une heure ! Ken me raccompagnait. Enfin bon, il n'y avait pas tant d'invités à qui demander de m'escorter, pas vrai ? J'ai dit : Et si toi et moi on se mariait aussi, Ken ? Il a répliqué que j'avais trop bu. J'ai dit : Non, je suis sérieuse. Il a dit : Si tu es sérieuse, et j'en doute, je suis partant. Bien sûr que je t'épouserai, il a dit. Je t'aime depuis des années. Jamais dans mes rêves les plus fous, il a dit. Là-dessus il m'a empoignée. On a couru à la plage, on n'a pas arrêté jusqu'au lendemain matin… On est rentrés complètement trempés par la pluie, et glacés jusqu'aux os, mais fiancés… »

Bien que décidée à masquer son horreur, Myrtle, à ce moment-là, s'en montra incapable. Annie s'empressa tant bien que mal d'apaiser ses craintes.

« Ken a dit quelque chose de sage, et c'est un homme sage, crois-moi. Il a dit que tous les mariages impliquaient des risques, et qu'on avait en main bien plus d'atouts que certains. Il a dit qu'à condition que je m'applique à être une épouse fidèle, il ne devrait pas y avoir de problèmes. » Elle battit des cils, les joues soudain toutes rouges.

« Et vous vous mariez quand ? demanda Myrtle d'un ton pincé, car la fidélité future d'Annie était plus que sujette à caution.

— Ah, ça… Bientôt, je suppose. On n'a pas eu vraiment le temps de discuter de ces détails… Ce qui compte, c'est que nous sommes fiancés, Ken et moi. » Elle recommença à frotter la pierre-luciole à son doigt. Comme les vraies lucioles, à la lumière du jour, son éclat était à peine visible. Myrtle sentait que sa désapprobation était si évidente qu'il valait mieux se soustraire au regard d'Annie. Elle gagna le fourneau, mit la bouilloire sur le feu.

« Bon alors il faut fêter ça, lança-t-elle. Je vais nous préparer un thé. »

Janice est repartie chez elle depuis environ une heure. Myrtle remarque que la pièce s'assombrit. Elle se rend à la fenêtre. Dehors, un *haar* épais comme de la purée de pois engloutit tout dans sa grisaille. Il n'y a pas de cris de mouettes pour fendre le silence. Myrtle se demande si le *haar* s'est propagé à trente kilomètres au nord sur la mer, où Archie doit être en train de jeter ses filets. C'est l'heure du dîner. Elle pourrait sortir la pomme de terre au four de la cuisinière, mais ça ne lui dit rien de la manger. Une sensation d'isolement l'enveloppe telle une membrane fœtale. « Archie », dit-elle tout haut.

Soudain la quiétude pâteuse qui s'est répandue sur le village est déchirée par un hurlement. Le hurlement que chacun redoute le plus : celui des fusées. Le sifflement transperce les murs de la maison, attaquant le silence comme un animal sauvage, fouaillant les entrailles de Myrtle, qui deviennent brûlantes et comme liquéfiées. Elle tremble. Ça ne peut pas être Archie, se dit-elle — espère-t-elle, supplie-t-elle. Il l'aurait appelée par radio si quelque chose n'allait pas. En tout cas, un bateau a des ennuis.

S'emparant de la grosse torche, Myrtle quitte la maison en trombe en oubliant sa cape. Il fait nuit, à présent, en plus du brouillard. Des cris indistincts retentissent dans la rue. Les fusées continuent à lacérer le ciel, terrifiant des mouettes invisibles qui ont déclenché leur propre système d'alarme, fait de cris épouvantés.

Myrtle suit les taches lumineuses. Là-bas au port, les lumières dessinent des guirlandes à des hauteurs variables : on dirait les lanternes d'une chorale de Noël. Leurs rayons forment d'inutiles poignards dans l'air impénétrable. Ils n'éclairent pas du tout. Myrtle, en baissant les yeux, n'arrive pas à voir ses pieds, encore moins les eaux du port.

Il y a un bateau en détresse sur les rochers, dit quelqu'un. Le *Swallow*, dit un autre. Le cœur de Myrtle se contracte de soulagement. La peur l'étreint toujours, mais quand les victimes de la catastrophe ne sont pas les êtres que vous aimez, la peur est différente. Le soulagement engendre une profonde compassion. D'autres visages aux alentours reflètent les mêmes sentiments. Il faut remercier le ciel que la mer ne soit pas mauvaise, dit quelqu'un : c'est déjà ça. Le canot de sauvetage est parti il y a dix minutes. Quelqu'un est allé chercher du brandy. Mary Tunnit fait un malaise ! crie une voix. Mary Tunnit, épouse du capitaine du *Swallow*, exhorte les femmes des marins concernés à ne pas s'affoler. Elle a le visage couvert d'une sueur crémeuse, ses cheveux sont tout humides et noirs. Sa voix est saccadée. À l'école, toujours indécise, quand elle se voyait sommée de donner une réponse, elle n'y parvenait que d'une voix brisée. Elle n'a jamais rien eu d'une meneuse. Mais là, dans cette situation d'urgence, elle se doit de montrer l'exemple, elle se doit de rester calme et raisonnable, sans quoi Duncan Tunnit, son capitaine de mari, lui sonnera les cloches.

« Ils vont s'en tirer, crie-t-elle, alors arrêtez de paniquer, pour l'amour de Dieu. » Sa voix est ferme à présent, toute timidité oubliée. Elle essuie la sueur sur sa figure. Sous le faisceau fugace d'une des lampes, Myrtle remarque que le teint de Mary est aussi pâle et terne que du porridge. Des voix sans visage carillonnent, résonnant de-ci de-là. Myrtle sent une main froide dans la sienne : Annie.

« Je te cherchais, dit-elle.

— Je te cherchais aussi.

— Ces satanées fusées, ça vous fend le cœur. » Annie tremble, elle aussi. Il n'y a pas une femme dans la foule qui ne soit ébranlée. Dans l'obscurité, la frayeur générale se devine aux vibrations des lampes. Puis le hurlement strident des fusées s'arrête.

Le silence a la densité d'un coussin. Les épouses

s'y abandonnent, la mine encore sur le qui-vive mais beaucoup moins crispée. Des pas retentissent sur le sol invisible. Une voix d'homme crie la bonne nouvelle : le bateau a été retrouvé, tout l'équipage revient sain et sauf à bord du canot. Les dégâts ne sont pas trop importants : dès que le *haar* se sera dissipé, il suffira de remorquer le bateau pour le dégager des écueils. Demain matin, sans doute. Par cette nuit noire on ne peut pas faire grand-chose. Les pas se retirent.

Dans le soupir de soulagement unanime les lampes dansent plus vite, presque gaiement. Mary Tunnit laisse échapper un gémissement de joie. Les femmes des marins du *Swallow* errent d'un pas pesant pour se serrer dans les bras mutuellement, étreignant d'autres villageois au passage. Annie, toujours aux côtés de Myrtle, lui attrape le bras. Elle doit rentrer, dit-elle : Janice est toute seule.

Les deux femmes sortent de la foule en jouant des coudes. Le soulagement, presque tangible, court telle une mèche allumée parmi les silhouettes qu'amplifient la brume et les couches de vêtements.

« Dieu soit loué », dit Annie, en se signant. (Bien que pas croyante, elle ne déteste pas les gestes sophistiqués de la liturgie romaine.) « Ça aurait pu être…

— C'est arrivé tellement souvent… commente Myrtle. Le temps est beau, l'inquiétude générale a un peu diminué, et puis un truc comme ça survient pour bien vous ébranler… On sait qu'on ne doit pas faire confiance à cette foutue mer, ne serait-ce qu'une journée, mais parfois on n'en peut plus, on est épuisé à force de se méfier. Je suppose qu'on ne peut connaître que de brèves parenthèses de paix, quand nos hommes reviennent à terre.

— Et encore, je ne dirais pas que ces moments ne sont que bonheur, paix et lumière, réplique Annie avec aigreur. Bon sang, quelle idée de se marier à un pêcheur ! »

Toujours bras dessus bras dessous, elles suivent les rayons de leurs torches, misérables baguettes de lumière dans les ténèbres environnantes.

Un jour, quand elles étaient petites — onze ou douze ans —, Myrtle et Annie s'étaient perdues dans la brume. Dot était allée les chercher à l'école. En rentrant, elle avait fait une halte chez le boulanger, leur ordonnant de l'attendre dehors sans bouger. Mais, comme Annie l'expliqua par la suite à Myrtle, une espèce de démon s'était insinué en elle pour lui tordre les tripes. Elle avait été saisie de l'envie irrépressible de savoir ce que ça faisait de courir dans un brouillard aussi dense. On devait avoir l'impression de galoper à travers des nuages, dit-elle. Ou bien d'être aveugle. Elle pivota et se mit à courir, sans un mot.

Dès que Myrtle s'aperçut qu'Annie était partie, son instinct lui dicta de la suivre. Sans penser à prévenir Dot, elle se précipita dans la brume en criant le nom d'Annie. Aucune réponse. Aucun cri en retour. Myrtle paniqua. Elle avait perdu toute notion d'orientation. Elle continua à courir sans avoir la moindre idée d'où elle allait. Les taches rassurantes formées par les lumières des boutiques avaient disparu. Elle sentait qu'elle ne se trouvait plus dans une rue étroite, mais avait atteint une sorte de clairière. Elle s'arrêta, tendant l'oreille. La brume épaisse l'enveloppait comme un linceul humide. Soudain il y eut des voix : des voix de garçons, criant le nom d'Annie. Il y eut des rires, aussi. Comment pouvaient-ils rire ? Ce n'était pas là une banale partie de cache-cache. C'était effrayant. C'était horrible. Myrtle reconnut la voix de Ross, de Ken, le stupide gloussement de Sandy. Elle ne les voyait pas et les voix se déplaçaient : elles étaient tantôt loin, tantôt un peu plus proches.

Puis elle entendit appeler son propre nom. C'était Annie qui la cherchait. Annie qui ignorait tous les garçons. Annie qui l'appelait, elle. Myrtle sentit un énorme sanglot d'un étrange bonheur la secouer. Elle appela à son tour. D'une façon mystérieuse, leurs voix, à l'aveuglette, les guidèrent l'une vers l'autre. Leurs mains froides se tendirent. À tâtons, les deux filles se touchèrent. Annie pleurait aussi, plus fort que Myrtle. Elle bredouillait qu'elle n'était qu'une idiote, qu'elle avait eu une peur bleue. Qu'est-ce que Dot allait dire ? Qu'allait faire sa mère quand elle l'apprendrait ? Myrtle marmonna des paroles rassurantes. Se tenant la main, elles progressèrent au hasard en trébuchant. Les rires sporadiques des garçons s'évanouirent. Au bout d'un temps infini elles retrouvèrent une Dot aux cent coups chez le boulanger. Dans son soulagement de les voir reparaître, elle leur donna des beignets au lieu de les gronder. Leur frayeur avait été une punition suffisante, jugea-t-elle.

L'incident n'avait pas duré plus de dix minutes, si interminable qu'il eût paru aux deux fillettes. Sur le chemin du retour, alors qu'elles encadraient fermement Dot, Myrtle regarda Annie. Elle vit le mélange de sucre et de larmes autour de sa bouche, et éprouva une bizarre satisfaction. Quoique trop jeune pour bien l'analyser à l'époque, elle avait compris que, dans une situation critique, c'était d'elle, Myrtle, qu'Annie avait besoin. Elle ne pensait qu'aux garçons dans la vie courante, mais quand quelque chose de terrible se produisait, c'était sur Myrtle qu'Annie s'appuyait. Myrtle était celle qui venait la délivrer du brouillard. C'était Myrtle qu'elle appelait au secours, c'était sur Myrtle qu'elle comptait.

Aux yeux de Myrtle, cette lointaine mésaventure — qu'Annie avait sans doute oubliée depuis belle lurette — était la confirmation incontestable de la dépendance de son amie. Dans les moments de négligence, d'inconstance ou de méchanceté dont Annie pouvait faire preuve, Myrtle repensait souvent à cet après-midi terrifiant, et ce souvenir la rassurait. Ce soir, avec l'échouage du *Swallow*, l'épisode lui revient en mémoire, de manière tellement puissante qu'elle se lèche les lèvres, s'attendant presque à sentir le goût du sucre au milieu du sel de ses larmes. Chaque fois, quand il y a de la brume, ce souvenir doux-amer l'envahit. Elle est contente d'être avec Annie.

C'est avec une joie reconnaissante toute particulière que les femmes de pêcheurs retrouvent leurs maris quand a eu lieu un drame en mer. Deux jours après le remorquage du *Swallow*, Myrtle bondit de sa chaise en entendant dehors les pas d'Archie et elle se précipite pour l'accueillir.

Il a l'air étonné. Il la prend dans ses bras, pose un rapide baiser sur sa joue, mais comme négligemment. Il a la tête ailleurs. Tout en le suivant dans l'escalier, elle se rend compte qu'il est distrait.

« Ils ont dégagé le *Swallow*, dit-elle. Il n'est pas trop abîmé.

— J'ai appris ça. » Il semble indifférent. En temps normal, quand un bateau a eu des problèmes, Archie est le premier à descendre au port proposer son aide, offrir du réconfort. Myrtle est perplexe. Son anxiété, qui d'habitude s'efface lorsqu'il franchit la porte, remonte en flèche. Que s'est-il passé ? Elle attend.

Archie s'assoit à la table, avale goulûment son repas, l'air préoccupé. Myrtle garde le silence. Elle sait qu'il n'a pas envie qu'on le questionne. Les pêcheurs estiment préférable d'épargner à leurs épouses le récit des incidents qui surviennent en mer. Le père de Myrtle avait attendu dix ans pour avouer à Dot qu'un jour le *Skyline* avait carrément chaviré, et que c'était un miracle qu'ils ne se soient pas noyés. Archie avait mis encore plus longtemps pour répéter cette histoire à Myrtle. L'univers des marins est un monde coupé de tout, dont les réalités sont inconcevables pour quiconque n'est jamais resté plusieurs jours dans un navire aux relents de poisson tanguant solitaire sur les vagues ; un monde où les heures de loisir se déroulent forcément dans des quartiers aussi exigus que peu ragoûtants, avec en permanence des odeurs de vieille friture et de corps pas lavés. Lorsqu'ils rentrent chez eux, les hommes veulent oublier tout cela. Ils veulent chasser de leur esprit la sauvagerie des tempêtes qui s'acharnent à détruire le bateau, le ballottant sans merci d'une vague colossale à une autre, inondant les ponts et les hommes avec obstination, les laissant transis de froid, épuisés, engourdis, mais tenant toujours bon. Ils n'ont aucun désir de se rappeler ces disputes, ces accès de colère advenus loin de leurs foyers sous un ciel étranger, cette écœurante déception provoquée par des prises trop maigres. Les pêcheurs tiennent à ce que leur vie demeure cloisonnée, quitte à en tenir parfois leurs femmes à l'écart.

Myrtle laisse donc s'étirer ce silence peu commun. Il est tellement pesant qu'un semblant d'explication ne peut manquer d'arriver. Quelles que soient les règles, Archie ne peut pas prolonger ainsi une telle incertitude. Elle astique le fourneau, frottant et frottant encore des zones qui n'ont plus besoin d'être nettoyées. Elle tourne le dos à Archie.

Enfin elle l'entend poser son verre vide, reculer sa chaise.

« C'est Ken, lâche-t-il. Il va pas faire long feu sur le bateau s'il continue comme ça. »

Myrtle fait volte-face. À un moment, pendant qu'elle lui tournait le dos, Archie a dû se passer les mains d'un geste rude dans les cheveux. Ils se dressent en pointes raides vaguement clownesques. Il a l'air bouleversé. Attristé.

« Que veux-tu dire ? Je croyais que tout était réglé. Qu'est-ce que Ken a encore fait ? »

Archie hausse les épaules. Myrtle voit qu'il ne sait pas encore trop s'il veut lui raconter ou non. Finalement il dit :

« Toujours la même rengaine. Il y a eu à peu près une semaine où il s'est ressaisi. Mais, sur ce voyage, bon Dieu, il n'a pas fait sa part du boulot, ah ça non. Il nous a tous rendus dingues à râler sans arrêt. À se plaindre de fatigue chronique. Bien sûr que tu es fatigué, je lui ai dit. Les permissions à terre, c'est fait pour souffler un peu, pas pour prendre cette vieille camionnette et s'éreinter à livrer des trucs dans toute l'Écosse… alors bien sûr que tu es crevé, je lui ai dit. En plus, on était tombés d'accord pour qu'il arrête. On s'était même serré la main, non ? Mais il n'a pas tenu parole. Et j'ai bien peur que ce soit en grande partie à cause d'Annie… à l'asticoter à longueur de temps. Il a dit que c'était fini, qu'elle ne réclamait plus de voiture, mais qu'elle le méprisait de pas en avoir une. Maintenant c'est tout un tas d'autres trucs qu'elle demande… des nouvelles chaussures pour la petite, un sèche-linge, et je ne sais quoi encore. C'est sûr, elle le rend cinglé… mais il va bien falloir qu'il prenne une décision. Est-ce qu'il est pêcheur ou déménageur ? Et qu'est-ce qu'il déménage exactement ? Jusqu'ici je ne lui ai pas posé franco la question. Mais il sait que je ne suis pas dupe. S'il livre du poisson au noir pour Charlie Roberts… je t'assure que ses jours sont comptés. Ma patience est à bout. »

Archie quitte sa chaise et se rend à la fenêtre. Il est tout rouge. Il reste là, à regarder dehors, tournant le dos à Myrtle. Ses larges épaules bouchent la lumière. Dans la pièce, il fait sombre comme si c'était le soir alors que ce n'est que le début de l'après-midi. Troublée par l'étrangeté de l'atmosphère, Myrtle demeure près du fourneau. Elle prend appui dessus.

« Annie a bien fait de légères allusions, dit-elle d'un ton prudent, mais je ne me doutais pas qu'il y avait encore tant de… tant de frictions entre toi et Ken. Il n'y a pas longtemps, elle m'a dit que Ken projetait de vendre la camionnette et qu'ils se serviraient de l'argent pour partir en vacances.

— Bon, c'est évident qu'il a fait des efforts, mais il a changé d'avis. Je l'ai prévenu ce matin avant qu'on débarque. Je lui ai dit : Ken, c'est ta dernière chance. Tu vends cette foutue camionnette ou bien tu dégages. Bon sang, ce que tout ça me désole. Avant que Ken se mette à dérailler, on formait le meilleur équipage de la côte. Je suis le premier à le dire. Maintenant l'ambiance est pourrie. Je veux que les choses s'arrangent. Je veux croire que Ken va retrouver ses esprits, qu'il va arrêter ses conneries. Mais je veux pas t'embêter avec ces histoires. Je t'en ai parlé parce que ça va pas tarder à péter. Je suis étonné qu'Annie ne t'ait pas cassé les pieds avec tout ça. Elle doit bien savoir que le problème n'est pas réglé, elle doit bien sentir les tensions. Elle est loin d'être sotte, ta copine Annie. Seulement, elle est sans pitié quand elle a un truc dans le crâne. »

Myrtle, avant de répondre, s'accorde un moment de réflexion.

« Parfois, même après toutes ces années, j'ai l'impression de ne rien savoir de ce qui se passe dans la tête d'Annie. Elle aime me laisser croire qu'elle me raconte tout, mais je doute que ce soit vrai. » Myrtle sait fort bien que ça ne l'est pas, mais, toujours loyale, elle a opté pour cette formulation.

« Si un jour Annie te trahissait, je ne serais pas étonné.

— Elle ne ferait jamais rien par malveillance. Elle a bon cœur.

— Je n'en suis pas si sûr.

— Évidemment que si ! Tu ne l'as jamais aimée, même avant cette histoire ridicule dans les bois. » Myrtle entend sa voix qui monte. « Tu n'as jamais vraiment essayé de la comprendre.

— Oh que si. Mais en la regardant avec des yeux différents des tiens, j'ai jugé que ça ne valait pas le coup. »

Myrtle change de position contre le fourneau. Elle aimerait qu'Archie se retourne. Mais il demeure comme hypnotisé par cette vue qu'il connaît si bien derrière leur petite fenêtre.

« Enfin, en tout cas, dit-elle, s'efforçant de prendre un ton plus léger, quoi que tu puisses dire ou penser au sujet d'Annie, cela ne changera rien aux sentiments que j'ai pour elle. Tu le sais. Je connais par cœur tous ses défauts, toute sa roublardise, or ça ne change absolument rien. Je l'aime. Elle est mon amie. »

Archie pouffe de façon presque inaudible. Myrtle n'en perçoit pas moins la note de mépris dans son rire.

« *Aye*, acquiesce-t-il. Justement. C'est d'autant plus dommage, parfois. »

Le silence s'abat à nouveau entre eux. Myrtle sent les palpitations affolées de son cœur. Elle veut que cet échange difficile prenne fin rapidement, que les choses reviennent à la normale. Comment diable se sont-ils retrouvés à parler d'Annie ? Elle constitue l'unique sujet qu'ils ont tous deux appris à éviter avec une immense habileté... Une mouette solitaire passe devant la fenêtre avec une longue plainte morne. Myrtle regarde la tête d'Archie remuer légèrement, suivre le vol de l'oiseau.

Le silence est soudain rompu par des bruits de pas sonores à l'extérieur. On frappe avec colère à la porte. Avant que Myrtle ait eu le temps de réagir, la porte s'ouvre avec violence. Annie entre précipitamment, le visage écarlate, de vilaines rougeurs s'étendant sur son cou jusque sur sa poitrine. Sans un regard pour Myrtle, elle se dirige vers la table et la martèle du poing, là où, d'habitude, elle étale ses cartes. Elle hurle.

« Archie Duns ! Tu as des comptes à rendre ! Qu'est-ce que c'est que cette histoire ? Bon sang, qu'est-ce que tu es allé raconter à Ken ? »

Archie se retourne très lentement. Il regarde de haut la créature furieuse qui cogne sur sa table de cuisine. Myrtle s'empresse de faire un pas en avant, pose une main sur l'épaule bondissante d'Annic.

« Tire-toi, Myrtle ! Fiche-moi la paix. Je suis là pour parler à ton mari.

— Peut-on savoir ce qui se passe ? » La voix languissante d'Archie met Annie encore plus en rage.

« Ce qui se passe ? D'après toi ? Tu n'as aucune idée de pourquoi je suis ici, sans doute ? » Un postillon s'envole de sa bouche pour aller atterrir sur son poing, qui continue à s'abattre sur la table. « Je suis ici parce que Ken, mon mari Ken, rentre à la maison complètement effondré. Tu t'en es encore pris à lui, à peine un mois après votre accord, et là il est à bout. Et moi aussi. Je ne veux pas d'un zombie comme mari. Sous tes... sous tes dehors ennuyeux, Archie Duns, tu n'es rien d'autre qu'un foutu tyran, et je te déteste. Qu'est-ce que Ken a bien pu faire pour mériter que tu l'engueules comme ça ?

— Calme-toi, Annie…

— La ferme, Myrtle ! C'est entre Archie et moi. » Annie rejoint soudain la fenêtre. Ses petits poings blanchis toujours serrés, elle lève les bras et frappe la poitrine d'Archie. « Je veux une explication ! hurle-t-elle.

— Arrête, Annie ! » s'écrie Myrtle. En un brusque glissement temporel, les mains coléreuses d'Annie deviennent ses mains d'enfant, ses ongles griffent le visage de Myrtle, ses cris de fureur déchirent le vent qui souffle sur la plage. « Arrête, s'il te plaît. Pour l'amour du ciel… »

Archie toise Annie avec un sourire méprisant : au fil de toutes ces années, Myrtle n'a jamais vu son doux visage arborer une telle expression. Il touche l'endroit sur sa poitrine qu'Annie vient de frapper. Sur ses muscles durs comme de l'os, les petits poings de la jeune femme n'ont pas laissé plus de trace que deux papillons qui se seraient posés là. Le geste pitoyable d'Annie semble amuser Archie.

« Tu ne devrais pas frapper les gens comme ça, dit-il, surtout les gens beaucoup plus grands que toi.

— Tu mériterais que je te tue pour ce que tu as fait à Ken. » Annie ne crie plus. Sa rage commence à retomber.

« Qu'est-ce que tu as fait, Archie ? demande Myrtle. Je ne comprends rien. »

Les yeux d'Archie se portent un instant sur sa femme, avant de revenir vers Annie.

« Si tu veux une explication, une vraie explication, tu vas en avoir une. Ken est un poids mort sur le bateau, depuis des mois maintenant. Toute son énergie de jadis a disparu, tout son enthousiasme. Et tu es bien placée pour savoir pourquoi. On ne peut plus compter sur lui. Ce que je lui ai dit ce matin, c'est qu'il avait droit à une dernière chance : vendre la camionnette et abandonner ses livraisons, comme on l'avait conclu il y a un mois, et redevenir celui qu'il était. L'ancien Ken. Dans l'état actuel des choses, on ne peut pas se permettre de garder un homme comme lui dans l'équipage. Il ne sert à rien.

— C'est ta version, dit Annie. Tu as toujours eu une dent contre Ken. Tu lui as toujours cherché des poux dans la tête. Ça allait très bien jusqu'à ce que tu te mettes à le harceler. » Elle recule, s'éloignant d'Archie, si bien qu'elle est maintenant à égale distance du mari et de la femme.

« Ça fait des mois que je le mets en garde, reprend Archie. Il n'arrête pas de promettre que les choses vont changer. Mais non. On avait conclu ce que je croyais être un accord définitif. Il l'a rompu.

— Ken n'a rien fait de mal. » Annie est boudeuse à présent.

« Je suis désolé de te dire que si, Annie. Je n'aime pas rapporter ce qui se passe en mer, mais il est temps pour toi de reconnaître que Ken perd les pédales. La semaine dernière il n'a même pas été fichu de faire le boulot où il se débrouille le mieux, à savoir s'occuper des filets. Quand Ross est venu l'aider, il n'a récolté que des insultes. Puis un coup de poing au menton. Ross l'a flanqué sur une couchette où il a roupillé pendant trois heures. Il s'est réveillé en disant qu'il n'avait pas l'habitude du brandy, et qu'il en avait sifflé un petit verre ou deux pour se donner un coup de fouet. En attendant, on a dû se débrouiller avec un homme en moins. Ça ne peut plus durer. Tu dois bien t'en rendre compte. Il se permet trop de libertés, il nuit à la bonne marche du bateau. » Archie se tait, désemparé. Annie hausse les épaules.

« Bon, enfin, je ne sais pas. Vous devez arranger ça entre vous.

— On ne peut pas garder à bord un homme qui non seulement ne fait pas sa part du travail, mais qui met en danger le... »

Annie l'interrompt d'un éclat de rire.

« N'en rajoute pas, Archie ! N'en fais pas des tonnes. Ça ne te va pas. Quel danger Ken peut-il bien représenter ? Si tu arrêtais d'être sur son dos, tout irait très bien. C'est toi qui le tarabustes. Je te préviens, si jamais tu vires Ken du bateau, ça va vraiment barder.

— S'il vous plaît, tous les deux... » intervient Myrtle. Se sentant exclue, elle ne cesse de triturer sa jupe.

« Je ne virerai pas Ken du bateau si je peux l'éviter, dit Archie. Je n'en ai aucune envie. Mais tu ferais mieux de l'avertir. Tu ferais mieux d'arrêter de lui réclamer des trucs qu'il n'a pas les moyens d'acheter. C'est toi la grande responsable de tout ça, tu ne peux pas l'ignorer. » Il la fixe d'un regard plein de dureté.

« Moi ? Je le soutiens en permanence.

— Tu l'asticotes. Tu veux sans arrêt ceci ou cela, tout un tas de machins que vous ne pouvez pas vous offrir. Tu fais tout pour qu'il se sente nul de ne pas pouvoir acheter les trucs que tu veux et dont tu t'imagines bêtement qu'ils t'apporteront le bonheur. Alors Ken, qu'est-ce qu'il fait, d'après toi ? Parce qu'il t'aime, l'imbécile, il passe son séjour à terre à cavaler dans sa camionnette histoire de gagner quelques biftons pour te payer les saloperies que tu réclames. Plus tu en as, plus tu en veux. Le pompon, ça a été ton caprice pour la voiture. Comment diable Ken pourrait-il se payer une voiture ? Tu sais pertinemment que les prises se font rares. Nous devons tous réduire nos...

— J'en ai marre d'entendre ces foutaises ! » s'exclame Annie en plaquant ses mains sur ses oreilles. Elle faisait ça quand elle était enfant : elle se bouchait les oreilles quand un professeur la grondait. La colère se rallume dans ses yeux. Elle secoue la tête — tellement jolie dans sa fureur — et croise fermement les mains sous ses seins, comme pour se maintenir droite. « Je demande à Ken un peu de confort moderne, oui, c'est vrai. C'est bien le moins, bon sang, avec un mari absent la plupart du temps... Et puis oui, on tire le diable par la queue. Certains n'ont pas eu la chance d'hériter d'une maison pour la vendre... d'avoir de l'argent à la banque. » Ses yeux haineux passent de Myrtle à Archie. « Mais prétendre que je le harcèle... C'est bien là ton côté pervers, Archie Duns. C'est le côté de toi qu'on a discerné, Ken et moi. » Elle regarde Myrtle.

« Pervers ? se récrie Myrtle, atterrée. Il n'y a pas homme plus gentil au monde. Archie ne dit jamais rien sans avoir de bonnes raisons. »

Annie s'esclaffe.

« L'épouse parfaite qui défend son mari ! Le couple parfait, le couple qui ne peut pas avoir d'enfants, mais tellement courageux dans cette épreuve...

— La ferme ! » lance Archie, le teint blême. Annie redresse la tête, pleine de défi.

« Bon, je t'accorde que tu avais raison pour la voiture. Seulement il se trouve que tu n'es pas à jour... il se trouve qu'on ne vous tient pas au courant de tous nos désaccords à mesure qu'ils surviennent. J'en voulais une, je ne le nie pas. Mais j'ai changé d'avis. J'ai fini par me dire qu'une nouvelle télé serait plus dans les moyens de Ken. » Elle part d'un rire méprisant. « Mais voilà une chose que les je-sais-tout que vous êtes ne savez pas : Ken, ça lui plaît de travailler au noir, ça lui plaît de gagner un peu de sous pour m'acheter des cadeaux... C'est pour ça qu'il a rompu l'accord, qu'il n'a pas encore vendu la camionnette. Et puis, contrairement à certains, les quatre jours de permission à terre, on n'est pas le genre de couple à vouloir les passer près du feu à se tenir la main. On a mieux à faire de notre temps, et, bon Dieu, ce qu'on peut en faire, ça ne te regarde absolument pas, capitaine Duns...

— Ça me regarde si ça affecte le boulot de Ken comme marin sur mon bateau.

— Tu n'es qu'un tyran. Tout le monde le dit. Ken serait mieux loti sans toi. Il y a plein de gens qui rêvent de l'embaucher.

— Alors il n'a qu'à partir. »

Une ombre inquiète obscurcit les traits d'Annie.

« Je n'ai pas dit qu'il voulait partir. » Elle va se poster à côté de Myrtle ; elle tourne le dos à la porte.

« Qu'est-ce qui se passe ici ? » La voix de Ken les fait tous sursauter. Il se tient dans l'encadrement de la porte. Personne ne l'a entendu monter l'escalier. Myrtle, tout près de son amie, perçoit sa stupeur.

« Je t'avais dit de ne pas venir, Annie », dit Ken. Il est pâle, mal rasé… l'allure qu'ont tous les hommes après une tournée en mer. Mais rien qui trahisse l'homme brisé décrit par Annie.

« Je n'en pouvais plus, répond-elle. Si tu ne te rebiffes pas et que tu te laisses persécuter par Archie, alors c'est moi qui dois prendre ta défense.

— Je peux me défendre tout seul, merci. Désolé pour tout ça, Myrtle. Archie et moi pouvons régler ce litige entre nous. C'est un problème d'ordre privé. Les épouses n'ont rien à voir là-dedans. » Il se tourne vers Archie. « Je n'aurais pas dû me laisser aller à lui raconter : désolé. »

Archie hoche brièvement la tête : excuses acceptées. Mais son expression n'en reste pas moins sévère. Myrtle met la bouilloire à chauffer. Elle revoit le jeune visage de Ken, blanchi par le clair de lune : son petit baiser si excitant, quand tout du long il ne pensait qu'à retourner auprès d'Annie la Sirène. La trahison entre amis est aussi douloureuse que la perte, que la mort, se dit-elle. Elle soupire ; le chagrin l'assaille de toutes parts. Elle se demande comment cette scène horrible va se terminer.

« Du thé, tout le monde ? » demande-t-elle, et l'assemblée acquiesce.

Annie s'écroule, épuisée, sur la chaise qu'elle occupe toujours pour leurs parties de cartes. Maintenant que Ken a débarqué, interrompant son affrontement avec Archie, sa pugnacité l'abandonne. Planté comme une borne à côté d'elle, Ken se tâte. Elle lui ordonne de s'asseoir aussi. Mais Ken reste debout, le regard posé avec méfiance sur Archie. Myrtle sert le thé.

Soudain, Archie se dirige vers Ken, main tendue. « Écoute, Ken, tout ça est allé trop loin. Les choses n'auraient pas dû en arriver là. » Ken contemple la main d'Archie d'un air soupçonneux. « Et puis, qu'est-ce qui nous prend, de mêler nos femmes à nos histoires ? Si on tournait la page ? Tu sais ce que j'entends par là. Je ne veux pas te perdre comme marin. Je t'accorde encore une chance.

— Vas-y, Ken », dit Annie, sans entrain.

Les hommes se serrent la main. Ken détourne la tête, si bien qu'il n'a pas à croiser le regard d'Archie. Submergée de fierté face à la grandeur d'âme de son mari, Myrtle pose des mugs sur la table. Ken esquisse un pâle sourire, prend place à côté d'Annie. Elle fait la grimace. Ce deuxième pacte scellé par une poignée de mains ne lui inspire que dédain.

« Je ferai mon possible pour ne pas vous décevoir, tous les deux, dit Ken. Mais je suis tiraillé. » Myrtle comprend qu'il cherche à plaisanter. Il est le seul à sourire. Archie la déleste de son énorme théière puis s'assoit à côté de Ken. Archie, sa femme le voit bien, a la mine littéralement épuisée. Elle voit bien aussi que, sous la façade charitable qu'il s'emploie à afficher, il demeure résolu à exécuter sa menace si par hasard Ken manquait à nouveau à sa parole. Que ce soit effectivement la dernière chance de Ken ne fait aucun doute. Myrtle prie pour que Ken n'ait pas la sottise de trahir sa promesse une deuxième fois. Seulement voilà, si Annie n'a pas menti en affirmant que ça plaisait à son mari de travailler au noir, sa détermination pourrait très bien se laisser ébranler à nouveau. Et dans ce cas-là... Mais Myrtle refuse de réfléchir aux conséquences.

Cela fait longtemps que les deux couples ne se sont pas trouvés assis ensemble autour d'une table, et cette réunion imprévue n'est pas des plus détendues. Toutefois, unis dans un malaise commun — bien que différent pour chacun —, ils s'efforcent de dissimuler leur embarras. La solution la plus naturelle, étant donné qu'ils se connaissent depuis toujours, consiste à évoquer le passé. Archie raconte l'histoire d'une équipée enfantine sur le bateau de son oncle, et ils parviennent à se dérider. Mais un vide persiste sous ce fragile vernis de politesse. Ils sont tous conscients que la plus petite erreur pourrait déclencher une autre explosion. Ils se dépêchent de finir leur thé.

Soudain, Archie se lève et annonce qu'il emmène Ken au pub : ils ont bien mérité un verre. Ce geste lui ressemble si peu que Myrtle est incapable de cacher sa stupeur. Contrairement à la plupart des autres pêcheurs, Archie ne fréquente pas beaucoup les pubs, et quand il y va c'est pour faire plaisir aux autres.

Myrtle se rend compte que, cette fois, c'est pour faire plaisir à Ken. Dernier avatar de l'extraordinaire charité qu'a montrée son mari durant l'heure écoulée. Archie doit se dire qu'une fois seuls tous les deux ils pourront ratifier leur accord final concernant l'avenir de Ken. Et alors, plût à Dieu, leur différend pourra être oublié pour toujours.

Alors que tous quatre repoussent leurs chaises dans la lumière tamisée de la cuisine, Myrtle trouve que son mari rayonne de bienveillance. Même si elle n'est pas au courant dans le détail, elle sait que Ken a causé de graves problèmes à Archie ces derniers mois, et le pardon ne doit pas être facile. Mais Archie a refoulé sa propre colère après les insultes et les accusations d'Annie. Par amour pour sa femme, il a offert le pardon, la paix, une dernière chance. Jamais Myrtle n'a été aussi émue par sa bonté. Des larmes lui montent aux yeux. Sa vision a beau être voilée, elle remarque que Ken, franchissant la porte derrière Archie, arbore un faible sourire un peu coupable.

Les deux femmes se retrouvent seules. Myrtle se détourne pour se tamponner les yeux avec un torchon. C'est maintenant l'occasion pour elle de chapitrer Annie pour toutes les choses détestables et mensongères qu'elle a dites au sujet d'Archie. C'est maintenant l'occasion pour elle de demander à son amie ce qui se passe exactement, depuis des mois, et dont tout le monde est au courant sauf elle.

Elle respire à fond, afin de se dominer. Puis, chose prévisible, elle se sent gagnée par la compassion et le pardon. C'est sûr, Annie, dans sa rage, a dit des choses qu'elle ne pensait pas. Il y a entre Annie et Ken des problèmes profonds que Myrtle ne peut que subodorer, et si les cachotteries d'Annie à propos de ses soucis lui font un peu de peine, Myrtle trouve inutile de se formaliser. Bref, Myrtle juge plus sage de faire comme si la dispute n'avait jamais eu lieu. Annie doit espérer son soutien.

Myrtle se retourne. Annie est à nouveau assise ; elle a dégagé un espace sur la table devant elle, comme pour une partie de cartes.

« Contente que ce soit fini, lâche-t-elle avec désinvolture, comme si l'incident n'avait aucun lien avec elle.

— *Aye*. Ça n'avait rien de réjouissant, acquiesce Myrtle, s'asseyant à son tour.

— Archie a jeté de l'huile sur le feu, ça c'est sûr. Mais Ken n'aurait jamais dû rappliquer. » Elle renifle, cherche quelque chose dans sa poche.

« Ce n'est peut-être pas plus mal qu'on ait crevé l'abcès. Si Dieu le veut, tout va revenir à la normale maintenant. »

Annie lance à Myrtle un regard où subsiste une petite lueur de défi.

« Peut-être. Je l'espère. Il s'est dit des horreurs. » En matière d'excuses, Myrtle comprend qu'elle va devoir se contenter de cela. Annie sort de sa poche un vieux paquet de cartes. « On y va ? »

Myrtle opine du chef. Les cartes sont distribuées ; les deux amies courbent la tête, concentrées. Les voilà à nouveau en pays de connaissance. Cette cuisine et cette activité familière les protègent des désagréments du monde extérieur. Pendant un moment, tandis que le calme s'installe, elles jouent en silence. Puis Myrtle regarde la pendule.

« Ils sont partis depuis deux heures. Ils doivent avoir beaucoup de choses à se dire…

— Ken doit filer à neuf heures. Une livraison très tôt demain matin. Il va devoir rouler toute la nuit. »

Myrtle repose ses cartes. « Mais je croyais… ?

— Juste une ultime mission, le pactole, réplique Annie. Peut-être qu'Archie arrivera à le dissuader, mais j'en doute. Peut-être qu'ils tomberont d'accord pour que ce soit vraiment la toute dernière mission de Ken.

— Pour l'amour du ciel, Annie ! Après tout ça. Je n'en reviens pas. Nous avons eu toute cette discussion ici il n'y a pas deux heures, et Ken se garde bien de préciser qu'il a une autre opération prévue pour ce soir. Archie va… Je n'aime pas penser à ce qu'Archie va faire. »

Annie semble agacée.

« Ce que vous ne comprenez ni l'un ni l'autre, comme je l'ai dit à Archie, c'est que Ken aime bel et bien ce boulot d'appoint. Il prend vraiment son pied quand il me tend une liasse de billets en me disant d'aller dépenser l'argent.

— Je ne sais pas, mais ça me paraît assez idiot, et de toute façon, d'après l'arrangement… » Myrtle s'efforce de ne pas prendre un ton sentencieux. Elle est résolue à ne rien dire qui puisse rallumer la dispute. Mais elle voit à nouveau se profiler les ennuis. Si Ken, encouragé par Annie, est incapable d'honorer la promesse qu'il a faite à Archie, alors Dieu sait comment ça va tourner. Annie hausse les épaules.

« Ne t'inquiète pas, Myrt. Tout rentrera dans l'ordre. »

Myrtle n'y croit pas vraiment. Perturbée, elle tâche de reporter son attention sur les cartes. Les deux femmes jouent en silence jusqu'à ce qu'elles entendent un bruit de pas. Leurs yeux se croisent avec soulagement. Mais l'homme qui entre n'est ni Archie ni Ken, mais Martin.

Il a avec lui, comme souvent quand il passe chez les Duns, un paquet enveloppé dans du papier journal. En général, c'est soit un homard, soit un crabe, que lui ont donné ses parents. En retour, il a droit à une heure en compagnie de Myrtle et Archie, qui comprennent que sous ces dehors joyeux se cache un homme solitaire.

Ce soir, Martin a mal calculé son coup. Il pensait trouver Myrtle et Archie seuls, occupés à savourer une de leurs paisibles soirées ensemble. Il n'est jamais tombé sur Annie chez eux. Sachant qu'elle vient plutôt l'après-midi, pour jouer aux cartes avec Myrtle quand les hommes sont en mer, il prend soin d'éviter ces créneaux-là. En la voyant à la table, il est déconcerté, contrarié.

Ses sentiments sautent aux yeux de Myrtle, qui met un point d'honneur à l'accueillir avec chaleur. Pendant qu'elle va lui chercher une bière dans le frigo, il hésite, ne sachant trop où s'asseoir. En fin de compte il s'installe à côté d'Annie.

Ce choix la met en joie. Aussitôt elle oublie sa mauvaise humeur des heures précédentes, et une douce rougeur s'étend sur son visage et son cou. Elle tapote l'avant-bras de Martin avec une feinte sévérité. L'horreur qu'il ressent à la vue des longs ongles argentés est trop spontanée pour qu'il ait le temps de la dissimuler.

« Alors, comme ça, tu apportes un homard à ma copine ! Te voilà pris en flagrant délit, Martin. À moi, tu n'apportes jamais de homard. » Annie fait la moue, comme une enfant. Martin sourit, hausse les épaules, lève le bras pour attraper la bouteille que lui tend Myrtle, si bien qu'Annie est obligée de retirer sa main.

« Je voulais les conseils d'Archie, dit-il à Myrtle. On m'a proposé un temps partiel pour fileter le poisson. J'ai le temps, et cet argent ne serait pas de trop.

— Tiens donc ! » Annie frappe du poing sur la table, triomphante. Elle pivote vers Myrtle. « Qu'est-ce que tu en penses ? Encore un qui n'a pas peur d'avoir deux boulots ! Je dirais que c'est assez courant, de nos jours, pas toi, Martin ? Si on t'a proposé ce travail, tu serais un foutu crétin de ne pas l'accepter. »

Martin et Myrtle échangent un regard. Un soir, il n'y a pas longtemps, ils avaient évoqué les problèmes de Ken et Annie, et les soucis qu'ils causaient à Archie, même si Myrtle n'avait pu raconter à Martin que le peu qu'elle savait. Il est clair que Martin n'a aucune envie d'être mêlé à une discorde dont les traces subsistent encore dans l'atmosphère.

« Fossoyeur, fileteur, tailleur de pierre... et je serais encore loin d'être occupé à plein temps, dit-il.

— C'est bien possible », soupire Annie, douchée par sa réponse. Elle essaie une autre tactique. « Alors qu'est-ce que tu deviens ? Je ne t'ai pas vu depuis une éternité, comment ça se fait ? » Elle accompagne ces questions de son regard le plus aguicheur : des yeux enjôleurs bien écarquillés. Cette attitude, Myrtle ne la connaît que trop, et elle se détourne. Mais elle a eu le temps de voir la lèvre inférieure d'Annie se mettre à trembler comme celle d'un enfant prêt à pleurer. Peut-être aime-t-elle toujours Martin, ou du moins se l'imagine-t-elle. Peut-être, dans l'aveuglement de cet amour, Annie ne mesure-t-elle pas combien sont lamentables ses tristes efforts pour l'attirer, et peut-être — les autres motifs d'excitation étant rares dans sa vie — continuera-t-elle à se ridiculiser encore des années. Alors même que ces cruelles pensées traversent l'esprit de Myrtle, la pitié vient les supplanter. Malgré son charme hors du commun, Annie n'a essuyé que des revers avec les garçons, avec les hommes. Ken est un pis-aller, comme mari : elle ne l'aime pas, elle ne fait même pas semblant de l'aimer, avec ce type d'énergie qui cimente un mariage. Peut-être son véritable amour — ou le plus puissant dans la foule de ses fantasmes — est-il Martin. Mais Martin a peu de respect pour Annie ; il ne s'intéresse pas à elle. Annie aura beau faire, il y a peu de chance que ses sentiments pour elle finissent par changer. Si par malheur Ken et Annie venaient à se séparer, Martin ne serait pas celui qui volerait à son secours.

Myrtle est tellement absorbée dans ses pensées qu'elle n'a pas écouté les derniers échanges entre Annie et Martin. Elle constate que la méthode d'Annie a évolué. Elle s'exprime d'une façon plus normale, et Martin lui prête une plus grande attention. Elle parle de Janice, et du goût que montre la fillette pour ses leçons particulières. Martin s'intéresse indéniablement à ce qu'elle raconte. Myrtle entreprend de déballer le homard. En revenant du frigo, elle s'aperçoit qu'Annie a remonté sa jupe sur ses genoux croisés. Sa jambe du haut se balance doucement tandis qu'elle fait tournoyer sa cheville délicate, mécanisme bien huilé dont les rouages ne tombent jamais en panne. Martin contemple ce pied qui pivote pendant un moment, puis, conscient du bref regard de Myrtle, s'empresse de regarder ailleurs. Myrtle n'a aucune intention de se joindre à leur conversation, même si une grande partie de ce que raconte Annie est faux : il est clair que Janice n'a pas pris la peine d'expliquer avec précision à sa mère ce que Myrtle lui enseigne. L'intérêt de Martin semble s'accroître. Il sourit à Annie, chose qu'il n'a pas faite depuis longtemps. Elle rougit, et sa cheville tournoie plus rapidement.

Myrtle ressent le besoin de s'occuper les mains. Les événements de la soirée les ont rendues tremblantes. Elle prend place à l'autre bout de la table et se met à plier les feuilles de journal qui enveloppaient le homard. Humides et ramollies au bord, elles dégagent un parfum iodé. Myrtle les plie en petits carrés avec un soin extrême, comme pour les conserver. Les yeux de Martin sont toujours posés sur Annie : désormais plus polis que captivés, estime Myrtle. Elle se demande comment va se terminer cette rencontre. Elle voudrait bien le savoir, même si elle a conscience que sa curiosité est un peu perverse. Un malaise de nature différente, qu'elle n'arrive pas à définir, commence à s'emparer d'elle. Elle redoute un événement pire que la dispute précédente. Aussitôt elle se raisonne : des craintes aussi absurdes résultent forcément du choc émotionnel de cette soirée. De ses doigts brûlants, enflés et maladroits, elle achève son inutile pliage des feuilles de journal, tandis que Martin, avec une soudaineté surprenante, se lève pour prendre congé : il ne veut pas être en retard, prétend-il.

« Eh bien ça, c'était une bonne surprise », commente Annie après son départ. Sa cheville a cessé de tourner. « Tu as de la chance avec tes visiteurs, faut reconnaître. » Le retour d'Archie et Ken évite à Myrtle de répondre. Archie, à l'évidence, est aussi sobre et digne que quand il est parti, alors que Ken se tient tout voûté à ses côtés, affichant un sourire aussi débonnaire que stupide. Archie se tourne vers Annie.

« Comme tu vois, Ken va devoir remettre sa livraison à plus tard. Il n'est pas en état de prendre le volant ce soir. Mais il partira demain matin, et ce sera la dernière fois. » Il prononce ces mots d'un ton jovial, malgré le regard menaçant qu'il adresse à Annie. « C'est notre ultime arrangement, et j'ai tout lieu de penser que Ken le respectera. »

Diverses réactions balaient le visage d'Annie. Un froncement de sourcils contrarié à l'adresse d'Archie, un coup d'œil méprisant à l'intention de Ken. Mais ce que Myrtle remarque surtout chez son amie, c'est le désespoir d'une femme qui a épousé un être faible. Annie s'apprête à répliquer, mais elle se ravise. Ken remue sa tête souriante très lentement, comme un jouet mécanique dont la pile se décharge.

« C'est notre arrangement, dit-il, la voix pâteuse, tendant une main dans la direction approximative d'Annie. Allez, on rentre. »

Il ne tient quasiment pas debout. Mais Annie, sonnée par tant d'émotions fortes, décide de ne pas l'aider. Passant avec assurance à côté des deux hommes, elle franchit la porte sans un mot. Le temps que Ken parvienne à ouvrir des yeux ronds pour la suivre du regard, elle a déjà disparu. Archie, prenant en pitié son désarroi, pose une main sur son bras et le guide vers la porte.

Archie et Myrtle, enfin seuls sous leur toit, ne demandent qu'à en finir avec les tensions de cette soirée.

« Espérons que ce soit définitif, dit Archie, avant d'éclater de rire. Qu'as-tu pensé de ma façon de repousser à demain la livraison de Ken ? Il s'est contenté de descendre ses whiskies, le cœur plutôt léger. Pas d'états d'âme !

— Parfait », dit Myrtle.

Ils rejoignent la fenêtre. Myrtle l'ouvre et l'air glacial s'engouffre dans la pièce, pressé d'en dévorer la douce chaleur. La nuit est claire, remplie d'étoiles. Les yeux d'Archie contemplent machinalement la voûte céleste avec cette humilité si naturelle aux pêcheurs qui ont coutume de faire confiance au ciel. Myrtle a souvent vu ce regard chez lui. Sa connaissance des étoiles ne cesse de l'émerveiller, sa manière de les utiliser pour planifier son circuit en mer, ou pour prévoir les changements de temps. Pour elle, les étoiles ne sont qu'un fouillis de taches clignotantes ; pour lui, elles composent une carte mille fois étudiée.

« Voyons si tu peux me trouver la Petite Ourse », dit-il.

Il la taquine. Depuis des années, Archie essaie d'apprendre à sa femme à se repérer dans le ciel nocturne, mais elle n'y arrive toujours pas. Il ne se moque jamais d'elle ; il lui explique simplement que c'est un don, comme celui qu'elle a d'observer chez les gens des détails curieux qu'il ne verrait jamais sans elle.

« Je ne peux pas. » Les yeux de Myrtle se promènent affolés parmi les millions de points étincelants, à l'affût. Elle voudrait lui faire plaisir. Elle voudrait l'étonner, comme elle y parvient quelquefois, et lui désigner la Petite Ourse d'un doigt triomphant. Mais ce soir les cieux sont trop parsemés de lumières scintillantes, et l'air est glacé sur ses bras nus.

« La Grande Ourse, alors. La Grande Ourse est vraiment nette.

— Je t'assure, Archie. J'essaie, mais je n'y arrive pas. Il fait froid. »

Archie prend sa femme par l'épaule, et s'esclaffe.

« Un jour tu y arriveras. Un soir tu te repéreras tout à coup de manière si évidente parmi les étoiles que tu te demanderas comment diable tu n'y arrivais pas avant. »

Myrtle sent le poids du bras d'Archie sur ses épaules, et penche sa tête vers lui. Elle se demande comment deux personnes peuvent être aussi proches, et en même temps aussi éloignées, dans des types de savoir différents. Archie est un homme qui s'y connaît en vents et en courants marins, qui flaire les tempêtes à peine sont-elles sorties de leurs lointaines tanières. Il sait lire les indices dans les vagues et, sur des centaines de milles, il se rappelle l'emplacement des rochers à fleur d'eau, sans avoir à consulter son écran radar. Mieux que tous les autres capitaines de la côte, il sait où se rassemblent les bancs de poissons. Une sorte d'instinct l'attire vers eux comme un aimant, même si, chaque fois, il avoue sa surprise. Ken l'a raconté à Myrtle il y a des années. La science d'Archie a toujours été un mystère pour elle, un mystère qui la remplit d'excitation, d'effroi, de respect. Elle aime apprendre des choses de lui, mais elle n'aura jamais le temps d'assimiler ne serait-ce qu'une infime partie de ce qu'il sait. Or l'idée qu'il lui reste un si grand nombre de connaissances à glaner chez son mari aiguillonne l'amour de Myrtle aussi vivement que la placidité du bonhomme et sa résistance obstinée aux déclarations romantiques.

Au bout d'un moment, trop gelée pour rester plantée dans l'air froid de la nuit — auquel Archie paraît indifférent —, Myrtle referme la fenêtre. Il lui semble que la cuisine a été purifiée, mais elle garde cette impression pour elle. Au fil de leurs longues années de mariage, elle a appris quelles réflexions frivoles elle devait retenir, et lesquelles elle pouvait répéter à Archie. Elle a toujours considéré qu'un des talents indispensables à la réussite d'un mariage était de savoir épargner au conjoint le tout-venant des pensées qu'on peut nourrir quotidiennement, et de ne lui réserver que les pépites possédant quelque chance de l'intéresser, de l'éclairer ou de le renseigner.

« Mais c'est vrai, tu as froid », remarque Archie. Délicatement, avec ses pouces, il lui frictionne les bras, les épaules, les joues. Il lui demande d'attendre demain matin pour ranger. Les cartes sont étalées sur la table, où Annie les a laissées — unique rappel d'un début de soirée dont Archie a su enrayer le malaise. Soulagée, mais rêvant d'un réconfort plus intense, Myrtle suit son mari en direction de la chambre.

« Ken est plus heureux, d'après toi, depuis que tout est réglé ? » demande Myrtle à Annie. La dispute remonte à trois semaines, et il n'y a plus été fait allusion. Myrtle sait que sa question est risquée.

Annie lève les yeux de ses cartes.

« Je ne suis pas sûre que tout ait été réglé dans sa tête. » Elle glousse. « Tu sais quoi ? Il n'a jamais effectué cette dernière livraison. Archie y a veillé, en le faisant picoler comme ça. Il avait une de ces gueules de bois le lendemain… il ne s'est pas levé avant trois heures de l'après-midi. Je lui ai dit :

Tu viens de t'asseoir sur une centaine de livres, Ken. De dire au revoir à notre dernière chance de mettre un peu d'argent de côté. Ça n'a pas paru le déranger : il fallait vraiment qu'il ait mal au crâne… De l'argent de côté ! il a répondu. Tu aurais tout dépensé l'après-midi même… Mais enfin, il me prend pour qui ? »

Myrtle sourit avec bienveillance, comme toujours quand Annie se leurre à ce point sur son compte.

« Bref, je l'ai persuadé que tout ce dont j'avais réellement envie c'était de ce grand manteau écossais que j'ai vu dans un catalogue. Cent cinquante-neuf livres. Il me fera la vie entière, je lui ai dit. Il a répondu que ça devait être à peu près dans nos moyens si j'arrivais à tenir encore une semaine ou deux… »

Là, Myrtle soupire et, soucieuse de ne pas revenir sur le terrain glissant des désirs matériels d'Annie, elle se surprend à emprunter une déviation périlleuse.

« Archie envisage d'acheter un peu de terre, annonce-t-elle. Il y a un petit champ à vendre : Ricks, le fermier, va se séparer de ses chevaux. Ce n'est pas immense, juste un demi-hectare, mais protégé. »

Annie la lorgne avec un mépris non dissimulé.

« Vous voulez être propriétaires terriens ? À quoi il vous servirait, ce malheureux champ ? »

Myrtle hésite, regrettant son erreur. Elle n'aurait jamais dû évoquer cette affaire. Annie, dans la disposition où elle se trouve, sera forcément peu réceptive au projet qui les réjouit tellement, Archie et elle, depuis quelques semaines. Il est venu à l'esprit d'Archie le lendemain de la dispute : son mode d'exécution a occupé tous ses séjours à terre depuis cette date.

« Archie a dans l'idée de planter ce boqueteau, ce petit bois.

— Mais pour quoi faire, bon sang ? » Dans sa stupéfaction, Annie repose ses cartes.

« Il a toujours aimé les arbres. D'après lui, ce serait un défi, de trouver des arbres qui résistent au climat d'ici... » Consciente qu'elle est en train de perdre l'adhésion d'Annie, et s'étant d'ores et déjà imprudemment embarquée, Myrtle décide de poursuivre sur sa lancée. « Et puis, ajoute-t-elle doucement, Archie et moi n'avons rien à laisser derrière nous. Vous, vous avez Janice. Nous, nous n'avons rien. Personne. Nous avons juste ce sentiment que nous aimerions planter quelque chose.

— Eh bien, soupire Annie, un peu moins médusée. Je ne sais pas quoi en penser. Ça me paraît une drôle de manière de dépenser son argent. »

Myrtle, voulant à tout prix qu'Annie comprenne, s'entête à la convaincre.

« Imagine un peu. Dans une vingtaine d'années il y aura ce bois... pour les oiseaux, la faune, les gens qui se promèneront, les campanules... Tu ne comprends donc pas ?

— Pas vraiment. » Silencieuse, Annie médite un long moment sans que Myrtle puisse deviner ses pensées. « Ça doit être bien d'être riche, déclare-t-elle enfin. De pouvoir acheter un champ si l'envie vous en prend.

— Nous ne sommes pas riches », proteste aussitôt Myrtle. Un autre sujet de conversation qu'elle aimerait mieux éviter...

« Ah non ? Vous avez obtenu un bon prix pour la maison de ton beau-père, il me semble ?

— La quasi-totalité a été engloutie par le nouveau bateau, tu le sais bien.

— Et cette maison-ci, vous l'avez eue pour rien par ta mère. Tu ne sais pas ce que c'est, de payer un loyer. » La bouche d'Annie est tordue, pleine de hargne. Elle médite à nouveau en silence. « Ce qu'il y a de drôle entre toi et moi, reprend-elle, c'est que tu es riche et que tu te moques de l'argent. Nous, nous sommes pauvres et je trouve ça très désagréable.

— Nous ne sommes pas riches, je t'assure : loin de là, même. Quelques milliers de livres à la banque. Si nous achetons ce champ et ces arbres il ne restera pas grand-chose.

— Quelques milliers de livres à la banque ! Nous, on est tout le temps dans le rouge, je te signale. Dans la situation bien pépère où vous êtes, vous ne pouvez pas comprendre l'angoisse que ça crée.

— Bien sûr que si, Annie. Et j'ai idée des frais que ça peut impliquer d'avoir une fille qui grandit…

— Tu n'as pas idée de ce que ça implique, de n'avoir aucune marge de sécurité. N'essaie pas de me faire croire que tu peux comprendre ça.

— Ne parlons pas d'argent…

— *Aye* : c'est toujours la chose qui nous a séparées. À mon sens, il ne peut pas exister de réelle amitié entre les riches et les pauvres.

— N'importe quoi ! Et puis, nous ne sommes pas riches, Annie, même si nous sommes un petit peu plus aisés que vous, je ne le nie pas, et que nous n'avons pas beaucoup de dépenses…

— À mes yeux, vous êtes riches.

— Qu'est-ce que je peux dire ? À part que l'argent n'est pas le plus important.

— L'argent est foutrement important quand il n'y en a pas.

— Et d'ailleurs, poursuit Myrtle, s'énervant, tu sais que vous pouvez faire appel à Archie et moi quand vous...

— Merci. Mais jamais de la vie. Tu sais que nous ne ferions jamais ça. »

Les deux femmes ont le visage en feu. Myrtle se sent agressée ; elle est sur la défensive à propos de ses modestes économies. Annie, rongée par la jalousie que lui inspire la richesse des Duns, est furibonde. Elle aimerait que Myrtle, pour une fois, lui crie après, réagisse avec la même colère. Mais ce n'est pas du tout dans sa nature. La nature de Myrtle l'incline à prodiguer des conseils de patience.

« Peut-être que si tu pouvais résister de temps en temps à ces envies extravagantes que tu as... cela diminuerait la pression.

— Je t'interdis de me faire ce genre de critiques ! explose Annie. Qui es-tu pour condamner mes envies innocentes d'un micro-ondes, d'un manteau, ou de quoi que ce soit ? » Sa voix se brise. « Tu passes ton temps à critiquer, Myrtle. Quand tu ne prononces pas les mots, je peux les lire dans tes yeux. J'en ai ras le bol de tes reproches continuels. »

Voilà soudain qu'elle sanglote et qu'elle baisse la tête sur ses bras croisés. Ses cheveux dégringolent, tout brillants de reflets. Myrtle est à la fois désarçonnée et épouvantée.

« Mais enfin qu'est-ce qui se passe, Annie ? Tu ne peux pas espérer qu'on soit d'accord sur tout. Ce serait assommant. On n'a jamais été comme ça, si ? Et depuis notre enfance nous nous sommes toujours parlé franchement, non ? Ça fait partie de notre amitié, non ? Allons : redresse-toi. Dis-moi ce qui se passe vraiment. » Elle écarte les cheveux auburn de son amie. Annie lève les yeux, ses traits accablés zébrés de mascara.

« Et merde, ça n'a rien à voir avec toi et moi, ni avec l'argent, ni avec tes critiques. » Annie renifle, se tamponne les yeux avec sa manche. « C'est juste une sale période à la maison. Depuis ce fameux soir, ce nouvel accord entre Archie et Ken, il est… eh bien, je ne le reconnais plus. » Se redressant sur sa chaise, elle s'éponge le visage avec un morceau d'essuie-tout, mais ses joues restent tachées de noir. « Il est devenu obsédé par le désir de gagner de l'argent. Obsédé par le désir de m'offrir des choses dont il croit que je pourrais avoir envie, des choses dont il croit qu'elles pourront… arranger la situation entre nous.

— Oh Seigneur, Annie. Je croyais que tout allait bien, maintenant. Archie ne m'a rien dit, à part que tout était rentré dans l'ordre.

— Archie n'en sait rien. Ken a tenu parole. Plus de livraisons. La camionnette est à vendre, même si on se demande qui voudra nous débarrasser d'un vieux tacot pareil. Mais il n'arrête pas de rabâcher… comment il va faire pour réussir à m'acheter tel ou tel truc ? C'était sans doute ma faute au départ, d'avoir réclamé des cadeaux. De l'avoir harcelé comme ça. Mais maintenant il croit qu'il n'arrivera jamais à me garder s'il ne m'offre pas des cadeaux en permanence. Je n'arrête pas de lui répéter qu'il ne s'agit pas de ça. J'ai tout ce dont j'ai besoin... à part peut-être ce manteau. » Elle parvient à esquisser un sourire. « Et le genre de mari que je m'étais imaginé. Mais il fait une telle fixation que c'est devenu une sorte de folie. À peine il a franchi la porte qu'il remet ça et qu'il ne s'arrête plus. Je me surprends à souhaiter qu'il reparte en mer. À rêver de quelques jours de tranquillité. Même Janice est contente quand il s'en va. Le bateau rentre demain, n'est-ce pas ? Tout va recommencer. Jc ne sais pas quoi faire.

— Je suis vraiment désolée. Je ne me doutais absolument pas que les choses allaient mal... Mais bon, je vois Ken si rarement, je ne risquais pas de deviner. » La compassion et l'inquiétude de Myrtle augmentent de manière automatique : elle se sent par ailleurs non seulement impuissante mais fatiguée. Une image de Ken lui revient, dans le car, toutes ces années plus tôt. Un Ken dévoré par une subite obsession. Elle l'avait écouté. Peut-être l'attention qu'elle lui avait accordée l'avait-elle un peu aidé. « Dis-lui de passer me voir, suggère-t-elle. J'arriverai peut-être à...

— N'espère pas qu'il se confie, la coupe Annie. Ce n'est pas son genre, de s'épancher. Il garde les choses pour lui... il l'a toujours fait. Tu te souviens de lui à l'école ? Mais quand même, je lui en toucherai un mot. Merci. » Elle consulte sa montre. « Il faut que j'y aille. Bon Dieu, Janice a encore besoin de chaussures. » Elle se lève, son visage maculé désormais plus calme. « Pardon de m'être emportée, d'avoir dit des bêtises.

— Ce n'est rien. »

Les deux femmes s'enlacent brièvement, version moins exubérante de leurs étreintes d'enfance, mais signe que les malentendus, les désaccords, ont été à nouveau effacés de l'ardoise, pour un temps.

« Tu ne peux pas savoir à quel point Janice aime ses leçons avec toi, lâche tout à coup Annie, avec gaieté. Si elle réussit, ce sera vraiment grâce à toi.

— Janice est une brave petite, dit Myrtle. Je suis fière d'elle. »

Parfois, malgré son amour pour Annie, Myrtle rêve de ne pas l'avoir sur les bras. Elle rêve de ne pas avoir à réfléchir à ses ennuis, à se montrer compatissante, à écouter ses jérémiades, à lui remonter le moral, à la rassurer. Elle rêve d'un mois tranquille sans parties de cartes : elle rêve d'être débarrassée d'Annie durant une longue période. Ces sentiments irrationnels l'emplissent de culpabilité, il n'empêche que de temps en temps, brusquement, sans prévenir, ils l'assaillent avec une force qui la trouble et l'attriste. C'est le cas cette fois-ci. Elle est contente de voir partir Annie.

Les semaines qui ont suivi la dispute ont été particulièrement heureuses pour Myrtle et Archie. À chacun de ses séjours ils ont continué les négociations concernant leur champ. (Myrtle n'a pas dit à Annie que le contrat était prêt pour la signature. Celle-ci aura lieu demain, quand Archie sera rentré.) Myrtle s'est plongée dans l'étude des arbres. Des catalogues arrivent. Elle les épluche lentement, cochant les possibilités à signaler à Archie.

Elle sélectionne des ouvrages de référence à la bibliothèque, prend des notes. Pour la première fois depuis la mort de sa mère, entre les leçons de Janice et l'élaboration du bosquet, ses journées sont entièrement occupées. Elle se délecte de cette sensation d'activité, et du plaisir qu'elle éprouve à la perspective de construire à nouveau quelque chose avec Archie. C'est la première fois depuis la rénovation de la maison, après la mort de Dot, qu'ils partagent un projet de manière aussi intime et avec une telle fébrilité.

La veille du retour d'Archie, Myrtle examine des documents avec le notaire. Elle fait sa promenade nettement plus tard que d'habitude. Les jours rallongent, mais lorsqu'elle arrive enfin au champ le crépuscule est en train de tomber et elle imagine l'aspect de leur bosquet en fin de journée : des ombres plus longues, plus denses, des branches formant une masse indistincte de marron violacé. Durant les quelques heures qui la séparent du retour d'Archie, elle ressent une excitation et une impatience intenses. Il est censé rentrer à sept heures du matin. Dès que la pêche aura été déchargée, ils iront signer le contrat, puis rentreront à la maison étudier les dernières suggestions de plantations éventuelles sur la liste de Myrtle. Alors qu'elle marche en imagination au milieu des arbres, regardant le vrai ciel prendre cette vibrante teinte foncée qui est le présage habituel du printemps, son esprit est si totalement libéré d'Annie et de ses problèmes qu'elle n'éprouve aucune mauvaise conscience. Elle savoure simplement le fait, dans l'existence paisible qu'elle mène avec Archie, que les événements grisants qui jalonnent ce ronron se révèlent d'autant plus précieux qu'ils sont rares. La soirée s'écoule dans une impatience accrue de voir Archie rentrer. Nerveuse, Myrtle arpente la pièce, observe les étoiles, sait qu'elle n'arrivera pas à s'endormir à son heure habituelle.

Il est trois heures du matin quand Myrtle regarde le réveil. Elle somnole ensuite un moment et rêve de branches d'arbres, jonchant le sol en grand nombre et pourrissant sur les sentiers. Elle entend des chants d'oiseaux et, plus fort, le cri discordant d'un faisan. Ce rêve est un peu perturbant. Mais quand elle se réveille, il s'évanouit très vite, supplanté par la pensée de la journée à venir.

À six heures et demie Myrtle est assise à sa table à boire une tasse de thé. Elle n'allume pas la lampe, préférant regarder le jour se déployer lentement sur le petit morceau de ciel qu'encadre la fenêtre. Dans dix minutes elle mettra sa cape, car la matinée est fraîche, et descendra au port. Elle aime le moment où le *Skyline II*, avec son avant tronqué et sa coque désormais un peu cabossée, pénètre dans les eaux du port. Elle aime voir Archie manœuvrer habilement le navire afin de le ranger à côté des autres bateaux amarrés au quai. Elle sait que si elle assistait chaque fois à ces retours de pêche, ils deviendraient banals, sans grande signification ni magie. Mais Myrtle descend si rarement accueillir Archie que sa fierté et son plaisir ne s'amenuisent jamais.

Elle ramasse son mug, le pose dans l'évier. Elle remarque que sa main tremble. Son excitation est empreinte de nervosité. Elle ne voit pas pourquoi, sinon qu'elle n'a pas l'habitude des grands événements. Or l'achat de leur parcelle, et la création de leur bosquet pour la postérité, est bel et bien un événement important. Pas étonnant qu'elle soit tremblante. Archie pouffera sûrement quand elle lui racontera ses sensations puériles de ce matin. Si ça se trouve, il avouera même qu'il avait particulièrement hâte de rentrer. La prochaine fois que je me tiendrai devant ce fourneau, songe Myrtle, l'acte d'achat aura été signé. Nous serons peut-être trop excités pour prendre un petit déjeuner. Malgré tout, afin qu'Archie ne soupçonne pas l'étendue de sa nervosité, clle prend deux assiettes sur l'étagère et les place sur la table.

Alors que Myrtle s'apprête à attraper sa cape sur la patère derrière la porte, le téléphone sonne. Elle peste. Maintenant qu'elle est lancée, elle ne veut plus perdre une minute.

Les parasites, quand elle décroche, lui indiquent tout de suite qu'il s'agit d'un appel radio. Elle ne reconnaît pas immédiatement la voix. Ross, peut-être. Qui crie.

« Envoie une ambulance au port. Sur-le-champ ! Vite.

— Quoi ?

— Il y a eu un accident.

— Qui ? » La ligne est mauvaise. Elle pense aussitôt à Ken. Une de ses erreurs…

« Myrtle… ? »

Mais elle a déjà raccroché, dévalé les marches du perron, laissé la porte ouverte. Tout en courant, elle repense à un accident, peu après leur mariage. Archie s'était gravement coupé le pouce en mer. Il était revenu, la main tel un ballon de pansements entièrement imbibés de sang. Il était allé tout droit à l'hôpital. On n'avait pas eu à appeler d'ambulance. Le blessé, cette fois, devait être touché plus grièvement.

Myrtle a couru si vite qu'en arrivant au port des poignards glacés lui transpercent la poitrine. Plusieurs bateaux sont déjà rentrés et déchargent leur pêche. Pas le *Skyline II*. Aucun signe du navire. Un groupe de pêcheurs, à quelques mètres, discutent. L'un d'eux se tourne vers Myrtle, secoue la tête. Que savent-ils ? Qu'ont-ils appris ? Devrait-elle demander ? Mais... nom de Dieu ! Elle a oublié d'appeler l'ambulance ! Dans son affolement, elle a oublié d'exécuter cet ordre vital. Elle se retourne pour se précipiter vers la cabine téléphonique devant la quincaillerie marine. C'est alors qu'elle aperçoit l'ambulance qui descend la colline cahin-caha, une veille guimbarde couleur crème qui n'a pas l'air de se presser. Ross, si c'était lui, a dû aussi appeler quelqu'un d'autre. Dieu soit loué. Tiens, le gyrophare bleu n'est pas allumé et la sirène ne hurle pas. Le véhicule se gare nonchalamment sur le quai. Les ambulanciers doivent savoir qu'il n'y a pas d'urgence extrême.

D'autres gens se sont rassemblés. Certaines femmes de pêcheurs. La rumeur s'est répandue. C'est toujours comme ça, quand il se passe quelque chose qui sort de l'ordinaire. Mariages, enterrements, accidents, et voilà les villageois qui rappliquent, mélange de soutien loyal et de curiosité. Enfin un événement à commenter, exagérer, relativiser, jusqu'à ce qu'un autre vienne le supplanter.

Une foule assez importante s'est maintenant rassemblée sur le quai. Myrtle s'éloigne. Elle ne veut croiser le regard de personne. Elle regarde vers le large. Il flotte une légère brume au-dessus de l'eau. Elle sait que si Archie doit s'occuper d'un matelot blessé, la signature du contrat va peut-être devoir être reportée. Tant pis. On n'est pas à quelques jours près… Elle constate qu'il n'y a pas d'horizon. Un de ces moments où le ciel — d'un bleu foncé de tempête — dessine un arc qui s'enfonce directement dans l'eau, sans démarcation, transformant les éléments en un seul et immense saladier. C'est un miracle que dans ces cas-là tous les bateaux de pêche, au large, ne soient pas dévorés par ce vide infini. Puis elle se dit qu'elle est franchement ridicule, car il ne s'agit que d'une illusion visuelle, une erreur d'interprétation, pour celui ou celle qui se tient sur le rivage.

Pointant à travers les nappes de brume qui enveloppent sa proue, surgit enfin le *Skyline II*. Sa peinture bleu azur se détache sur l'arrière-fond gris mat de la mer. Il avance tout doucement, comme filmé au ralenti, progressant et en même temps paraissant ne pas bouger. Myrtle retourne ventre à terre à l'endroit où le bateau doit accoster. D'autres sont là-bas avant elle, amassés autour de l'ambulance. Un brancard et sa couverture écarlate bien pliée attendent sur le sol.

Myrtle se pétrit les mains. Leur peau rugueuse est très froide. Quelqu'un lui propose une veste. Elle s'en étonne, mais secoue la tête. Quelqu'un d'autre crie que ça y est, le *Skyline* arrive… Maintenant sa tête baissée, Myrtle ne remue que ses yeux pour voir la silhouette familière du bateau s'approcher enfin du quai.

Deux ambulanciers, en gilet orange vif, gagnent le bord du quai. Myrtle va se poster à côté d'eux.

Elle contemple les eaux d'un brun maussade qui clapotent contre la paroi tapissée de vase. Elle regarde l'échelle en fer encastrée dans la digue — l'échelle qu'Archie et ses marins utilisent d'un pied agile comme si elle n'était pas plus difficile d'emploi qu'un escalier normal.

« Tu descends en premier, Jack, alors ? Ou c'est moi ?

— Vas-y. C'est toi le plus rapide. » Les deux hommes rient. Malgré sa propre terreur, Myrtle comprend que l'angoisse des ambulanciers soit moindre.

Le *Skyline II* se trouve en contrebas à présent, parfaitement garé. De puissantes odeurs s'élèvent soudain : poisson, iode, vents salés. Le moteur toussote, puis cale. La foule est étrangement silencieuse. Ross gravit l'échelle à toute vitesse, un cordage à la main, pour amarrer le navire. Sa peau est d'un blanc verdâtre sous sa barbe de plusieurs jours. Alors que son visage apparaît au-dessus du quai, Myrtle l'interroge des yeux. Mais il ne la voit pas. Il ne voit personne.

« Vite ! » chuchote-t-il aux ambulanciers. L'un d'eux s'élance, cherche d'un pied tâtonnant les barreaux supérieurs de l'échelle. L'autre ramasse la civière. Myrtle se force à regarder en bas.

Au milieu de la pagaille du pont, un corps gît dans des couvertures gorgées de sang. Sa silhouette paraît trop grande pour être celle de Ken ; de toute façon, Annie n'est nulle part. On aperçoit seulement une mèche de cheveux, et une main. Les doigts sont écartés : on croirait une étoile de mer décolorée. Des gribouillis sanglants recouvrent les rares espaces dégagés du pont. Des dizaines de poissons morts sont éparpillés à côté du corps, dégringolés d'une caisse qui aurait dû aller dans la cale. Leurs écailles argentées sont striées de sang. Ils sont entourés d'empreintes de pas sanguinolentes. Les chaînes et les filets sont éclaboussés de sang… L'homme a dû exploser comme un volcan. Il y a du sang partout.

Myrtle sent un gémissement monter en elle, pareil au cri des dauphins dans les profondeurs de la mer. Elle craint de s'évanouir, mais s'étreint plus fort les mains et sa vision s'éclaircit. Quelqu'un lui a passé un bras autour de la taille et prononce des paroles qui n'ont ni queue ni tête. Les deux ambulanciers sont désormais à bord ; ils font de la place pour la civière.

Tout l'équipage semble être là : impuissant, sur le qui-vive. Alors qu'on hisse délicatement le corps sur la civière, la couverture glisse d'un des bras. Myrtle note qu'il s'agit du chandail d'Archie, mais l'espace d'une seconde ce constat ne signifie rien pour elle. Une fois le pêcheur installé, les deux ambulanciers restent perplexes : comment hisser le brancard sur le quai ? Myrtle sent que la foule se pose la même question.

En fin de compte, elle n'assiste pas à la procédure. Les marins ont proposé de prendre le relais pour cette partie de l'évacuation, et là, Myrtle se détourne, incapable de regarder, le lien entre le chandail d'Archie et l'homme blessé lui apparaissant soudain comme une évidence insensée. Lorsqu'elle pose à nouveau les yeux sur le brancard — des secondes, des minutes, des heures plus tard : le temps est si distordu qu'elle n'en a aucune idée —, le paquet ensanglanté que forme son mari est en train de s'élever au-dessus du sol de la digue. Il se balance dangereusement un moment, avant d'être maintenu avec fermeté par Ross, dont le visage ruisselle de sueur, et par un autre matelot. Les ambulanciers ressurgissent et se dépêchent de rejoindre le brancard, leur gratitude envers les marins visible sur leurs traits. Myrtle se retrouve poussée vers les portes ouvertes de l'ambulance. Ross lui saisit le coude, l'aide à gravir le marchepied.

Elle est assise en face de la couchette où est allongé Archie. Il a la main qui pend sous la couverture détrempée : la grande main étoile de mer, unique chose à ne pas être souillée de sang. Elle se penche pour la toucher. La main est glaciale. Myrtle est repoussée avec douceur par l'ambulancier, qui fait quelque chose à Archie qu'elle n'a pas envie de voir.

Les portes claquent, se refermant sur les nombreux visages de tous les pêcheurs et de leurs épouses qui sont venus voir ce qui est arrivé à Archie Duns. Myrtle a conscience de la présence de Ross à ses côtés. Elle se demande vaguement : Où est Ken ? Enfin, tout de même, il devrait être ici avec Archie, non ? Et où est passée Annie ? Pourquoi n'est-elle pas là ?

L'ambulance démarre, sirène hurlante. Myrtle regarde par la vitre embuée. Dans ce panorama vaporeux, où tout paraît liquide, en lambeaux, sans aucune forme ni aucune ligne qui ne soit brisée, Myrtle reconnaît Ken qui est en train de vomir du haut du quai. Annie se tient près de lui. Quelque chose dans sa silhouette accablée donne l'impression qu'elle se trouve sur une planète différente de celle de son mari, malgré sa proximité physique avec lui. Alors que l'ambulance prend de la vitesse, le visage blême et hébété d'Annie évoque un cadre mince autour du gros trou noir de sa bouche ouverte. D'une laideur sans nom, cette image danse dans la vitre noircie durant tout le trajet jusqu'à l'hôpital.

Myrtle est assise sur une chaise en plastique dans une petite salle d'attente de l'hôpital qui devait jadis faire partie d'un couloir. Le mur est couvert jusqu'à mi-hauteur d'un carrelage brillant, couleur de betterave. Dans sa lucidité, elle se demande qui diable a pu choisir une couleur pareille pour une pièce pareille, où les gens redoutent de mauvaises nouvelles. Elle rêve d'un bleu ou d'un vert apaisant sur lequel reposer ses yeux. Elle ferme les paupières. La betterave lui donne la nausée. Une sueur froide lui inonde le dos. Ross, assis à côté d'elle, lui tapote constamment le genou. Elle n'a pas l'énergie de lui dire d'arrêter. Où est Annie ? Toujours pas arrivée.

Il s'est passé un temps infini depuis que la masse ensanglantée du corps d'Archie a franchi en trombe des portes caoutchoutées qui lui ont claqué au visage. Elle a réussi à demander à un médecin en blouse blanche, toute maculée du sang d'Archie, quel espoir il y avait.

« Votre mari a souffert d'une terrible blessure, Mrs Duns », s'est-il borné à répondre, avant de déguerpir.

Une infirmière avait fait entrer Ross et Myrtle dans cette cellule couleur betterave. On leur a proposé du thé. Du thé ! Myrtle a secoué la tête.

Elle avait la gorge tellement serrée qu'elle était incapable de poser à Ross une seule question, ou même de prononcer un mot. Sa demande au médecin a épuisé toutes ses réserves d'énergie. Ils restent donc assis en silence dans la pièce étouffante ; le silence est rompu de temps à autre par le cri d'une mouette derrière la fenêtre fermée. Myrtle examine la pile de vieux magazines sur la table basse, avec leur papier chiffonné d'une mollesse répugnante. La couverture du magazine du dessus présente la photo d'une épouse symboliquement parfaite. Elle a des cheveux blonds ondoyants, comme la peau d'une grenouille. Elle sourit avec des dents de porcelaine. Elle porte un tablier orné de roses orange. *Préparez à votre mari un repas à l'ancienne,* dit le gros titre qui court sur ses petites hanches sveltes. Comment pouvez-vous préparer à votre mari un repas à l'ancienne si votre mari n'est plus là ? La question taraude Myrtle, aussi lancinante que des engelures.

Soudain la porte s'ouvre. L'infirmière — une ombre d'anxiété tout juste visible sur ses traits impassibles — introduit Annie dans la pièce, ainsi que la femme de Ross, Jean. Jean est très pâle, le visage luisant de transpiration. Annie est toute rouge, les yeux meurtris par les larmes. Elle fait beaucoup de bruit, elle sanglote. Elle se précipite sur Myrtle, lui jette les bras autour du cou. Myrtle, pétrifiée dans sa posture bien droite sur la chaise en plastique, ne fléchit pas. Elle semble à peine remarquer la présence d'Annie.

« Arrête ce vacarme, Annie, dit Ross. Ça n'aide personne. » Il a son bras autour de l'épaule de sa femme.

Annie, ébranlée par le ton de sa voix, cesse aussitôt de pleurer. Elle lâche Myrtle puis s'assoit sur la chaise vide à côté d'elle.

« Il y a du nouveau ? » demande-t-elle.

Myrtle se tourne vers son amie. Malgré son désarroi, son visage barbouillé de larmes et ses yeux gonflés, Annie est à nouveau jolie. Myrtle fait non de la tête.

« On attend, dit-elle. On attend, on attend. » Puis elle demande : « Où est Ken ?

— Ken ? » La question est neutre, complètement vide : on croirait qu'Annie n'a jamais entendu parler de l'individu. « Je ne sais pas. »

Il y a un bruit de pas. La porte s'ouvre à nouveau, prudemment. Un médecin que Myrtle n'a encore jamais vu pénètre dans la pièce. Derrière ses épaisses lunettes, ses yeux paraissent enfoncés de plusieurs centimètres dans sa tête. Deux ailes de sueur surmontent sa lèvre supérieure, comme une moustache transparente. Il regarde Myrtle.

Ross et sa femme se lèvent. « Jean et moi allons t'attendre dehors », déclare-t-il, et le couple quitte la pièce.

Annie pose une main tremblante sur celle de Myrtle. Le médecin déglutit. Il attrape un stylobille dans sa poche de poitrine et regarde sa planchette à pince comme s'il espérait y trouver de bonnes nouvelles.

« Je crains de devoir vous annoncer, Mrs Duns, que votre mari est décédé. Nous avons fait tout ce que nous avons pu. »

Décédé ? L'espace d'un instant, le mot se confond dans l'esprit de Myrtle avec *décampé*. « Il vient de décamper », lui avait-on répondu un jour alors qu'elle le cherchait. Il n'a tout de même pas pu décamper ? Mais peut-être que si.

« Vous voulez dire qu'il est mort ? demande-t-elle enfin.

— J'en ai peur. Il n'avait aucune chance de s'en sortir, en fait. »

Les doigts d'Annie sont des araignées froides qui courent sur les mains crispées de Myrtle. Elle essaie de les chasser. Annie pousse des gémissements.

« Je suis vraiment désolé, ajoute le médecin.

— C'est horrible pour vous, d'avoir à annoncer ce genre de nouvelles, s'entend dire Myrtle d'une voix claire et assurée.

— On ne s'y habitue jamais. Il n'y a pas de méthode idéale. Enfin, si nous pouvons vous être d'un quelconque secours... Quand vous vous sentirez prête, nous nous occuperons des formalités.

— Merci. Ça va aller. Mon amie Annie va me raccompagner chez moi. » Myrtle a l'impression d'avoir de l'alcool dans les veines. Elle se maîtrise si parfaitement que c'en est inquiétant. Le médecin tousse.

« Je ne sais pas, vous aimeriez peut-être voir votre mari...

— Non merci...

— Lui rendre un dernier hommage ?

— Non.

— Vas-y, dit Annie. Tu dois dire au revoir à Archie.

— Je veux me souvenir de lui vivant, pas mort », réplique sèchement Myrtle. Elle foudroie Annie du regard, puis le médecin. Ses yeux sont durs et secs comme du verre, sans une larme. Non, aucune larme ne s'apprête à les adoucir.

« Très bien, dit le médecin. Comme vous voudrez, bien sûr. Les gens ont des réactions différentes. Mais si vous changez d'avis, prévenez-nous. Mr Duns sera visible d'ici une heure. »

Le médecin semble avoir conscience de sa propre maladresse. Il sort de la pièce à reculons, inclinant légèrement la tête vers Myrtle, continuant à marmonner des paroles de regret.

Après son départ, Annie propose :

« Je vais aller le voir si tu veux.

— Non.

— Il faut que quelqu'un le voie.

— Pourquoi ? »

Annie hausse les épaules.

« Dernier hommage… Même si ça ne veut pas dire grand-chose, j'imagine.

— Non.

— Oh, Myrtle, comment est-ce arrivé ? Comment est-ce possible ?

— Oui, comment ? C'est bien la question. »

Myrtle se lève brusquement. Ses mains pendent le long de ses flancs, aussi lourdes que des seaux. Annie secoue la tête.

« Je n'arrive pas à y croire, dit-elle.

— C'est pourtant bien réel, réplique Myrtle, et je voudrais rentrer, maintenant. »

Annie va chercher Ross et Jean. Ross visse fortement ses pouces sur ses yeux pour contenir ses larmes. Ils marchent tous trois aux côtés de Myrtle en direction de sa maison. Les rares personnes qu'ils croisent baissent les yeux au passage de leur petit groupe, en murmurant des condoléances. La nouvelle, apparemment, s'est propagée dans tout le village. Myrtle demeure très droite, silencieuse.

Elle se souvient des paroles de Dot au moment de la mort de Jock : il faut réussir à tenir jusqu'à ce que tout le monde soit parti.

Quand elle arrive chez elle, Myrtle monte son escalier en courant. La porte d'entrée est ouverte. L'espace d'une seconde, elle ne sait plus pourquoi. Elle entre et le spectacle douillet qui s'est offert à elle le million de fois où elle a franchi ce seuil l'accueille comme toujours. À une différence près : le contrat pour l'achat du champ est posé sur la table, n'attendant que leur signature. Leur signature à Archie et elle.

Myrtle est entourée de gentillesse, de compassion, d'amitié. On lui propose de l'aide, on lui offre des fleurs. On lui apporte des soupes, des tartes, des sablés, dans la conviction pitoyable qu'à un moment ou un autre elle aura un peu faim. Toute la journée, c'est un défilé ininterrompu : les camarades d'école d'Archie, ses matelots, leurs femmes... Ils essaient de trouver les mots, font tout pour cacher leurs larmes, s'émerveillent du calme apparent de Myrtle. « Quand elle va réaliser, entend-elle l'un d'eux chuchoter dès qu'elle a tourné les talons, elle va s'effondrer. »

Mais Myrtle n'a pas l'intention de s'effondrer. Tout ce qu'elle veut c'est qu'on la laisse tranquille. Annie est une présence assidue, à préparer d'innombrables mugs de thé et à dénicher les boîtes de biscuits avec une efficacité inédite. Elle propose de rester dormir, mais Myrtle affirme qu'elle a envie d'être un peu seule. Se pliant enfin au désir de Myrtle, Annie se remet à pleurer, et serre son amie dans ses bras.

« C'est fou ce que tu peux être forte, s'extasie-t-elle.

— Où est Ken ? demande Myrtle.

— Je ne sais pas. Quand il rentrera, tu veux que je te l'envoie ?

— *Aye*. Dis-lui que je veux apprendre, de sa bouche, ce qui est arrivé.

— Je lui dirai.

— Je ne veux l'apprendre de personne d'autre.

— Compte sur moi. Promets-moi d'appeler si tu as besoin de moi dans la nuit.

— C'est promis.

— Et je passerai demain matin à la première heure. Oh mon Dieu, Myrtle. Qu'est-ce qu'Archie a bien pu faire pour... ? »

Myrtle a du mal à refréner son impatience, bien qu'elle s'efforce de garder un ton doux.

« Les desseins du Seigneur sont impénétrables, je l'ai toujours su. En tout cas, merci d'être là... »

Après le départ d'Annie, Myrtle va et vient avec brusquerie dans le vide de la pièce, essuyant les mugs que les visiteurs ont laissés égoutter sur la paillasse. Elle se regarde agir depuis un lieu lointain situé en dehors d'elle-même. Elle se voit aller vers le vieux pull d'Archie suspendu à la porte. Elle se voit céder à un élan qu'elle juge indigne, et enfouir la tête dans la laine râpeuse encore toute vivante de l'odeur d'Archie. Elle renifle goulûment sa sueur mêlée aux vents salés et aux embruns incrustés dans la fibre. Puis, se dépêchant de rejoindre la table, elle s'empare du stylo d'Archie. Au dos du contrat non signé, elle se met à établir une liste des dispositions à prendre en vue de l'enterrement. Elle ne se couche pas avant minuit, mais toujours pas de Ken.

Cinq jours plus tard, une heure avant l'arrivée prévue du corbillard, Annie apparaît. Elle porte un béret en velours noir — manifestement acheté pour l'occasion — perché en équilibre sur ses boucles. Un brin de bruyère est épinglé à son manteau sombre. Elle tient à la main un bouquet aux couleurs vives enveloppé dans un cône de cellophane.

« Je me suis dit qu'il ne fallait pas un truc trop sinistre, connaissant Archie », dit-elle en posant les fleurs sur la table.

Connaissant Archie. Annie ne connaissait pas du tout Archie. L'affirmation est contrariante, mais Myrtle parvient à esquisser un faible sourire.

« Merci, dit-elle. Ravissant. Tu veux venir dans le corbillard avec moi ? Il y a de la place. »

Annie acquiesce de la tête, ravie de la proposition. Remplir un rôle dans un enterrement de village important n'est pas moins appréciable que d'être distinguée dans tout autre événement d'envergure. Elle s'assoit, défait son manteau.

« Ken a fini par rentrer hier soir, dit-elle.

— Il a dit où il était ?

— Non. Mais bon, je n'ai pas vraiment posé la question. Je m'en fiche un peu, il faut dire.

— Il y avait de quoi s'inquiéter, dit Myrtle.

— *Aye*, c'est vrai, en plus de tout le reste. Je suis désolée pour le souci supplémentaire.

— Ce n'est rien. Je suis simplement contente qu'il soit revenu. Ça a dû lui flanquer un sacré coup, son vieil ami… malgré leurs désaccords. Je suis contente qu'ils se soient rabibochés, après toutes ces disputes. Il vient à l'enterrement ?

— Il n'a pas dit. Mais je suppose. Il ne manquerait pas l'enterrement d'Archie. » Elle jette un coup d'œil à la pendule. « Une demi-heure. On se fait une partie ? »

Annie sort un jeu de la poche de son vieux caban et commence à battre les cartes. Myrtle attire vers elle le bouquet de fleurs de manière à pouvoir lire le message. Annie a la même grosse écriture indisciplinée que du temps de ses dix ans. *Cher cher Archie*, dit le mot, *tu me manques déjà et tu me manqueras toujours. Toute mon affection, Annie.*

Toute son affection ? Annie n'avait pas d'affection pour Archie, ni Archie pour elle. Quant au manque dont Annie prétend souffrir, il ne peut s'agir que d'un léger manque bien inoffensif. À nouveau, Myrtle doit réprimer sa contrariété. Elle sait que ce n'est pas le moment d'être agacée par les petites hypocrisies de la mort.

« C'est pas mal, non ? J'ai mis un temps fou à trouver quoi écrire.

— Très bien, très bien, acquiesce Myrtle.

— Ken apportera sûrement un bouquet lui aussi. »

Elles se concentrent sur leur partie de cartes jusqu'à ce que le corbillard arrive. Le cercueil est recouvert de fleurs printanières. Annie s'assoit d'un côté et Myrtle de l'autre. Des larmes ruissellent sur les joues d'Annie, dégoulinant de sa mâchoire sur son manteau. Les yeux de Myrtle demeurent durs et froids, solidifiés dans leurs orbites : durant le trajet jusqu'à l'église, elle ne voit rien d'autre que la peau rose saumon transparente des oreilles du chauffeur, au garde-à-vous sous le bord de sa casquette noire réglementaire.

Tard ce soir-là, quand la journée est enfin terminée et que la cérémonie, les heures qui ont passé et la réalité ne forment plus qu'un magma incompréhensible dans son esprit, Myrtle se rend machinalement à la fenêtre de la cuisine pour la fermer. Son épuisement, une fatigue différente de toutes celles qu'elle a pu connaître jusqu'ici, donne l'impression de marcher auprès d'elle : elle n'a plus qu'une envie, s'allonger à côté de cet épuisement et en venir à bout par le sommeil. Mais elle prend le temps de lever les yeux vers le ciel nocturne : le firmament est clair et rempli d'étoiles, comme la dernière fois qu'Archie et elle l'ont contemplé et qu'Archie s'est amusé à la taquiner.

D'un coup d'œil, Myrtle repère la Petite Ourse. Elle brille plus intensément que tous les autres groupes d'étoiles, impossible à rater, impossible à confondre. La tristesse de ne pouvoir annoncer sa découverte à Archie déclenche enfin ses pleurs, et elle comprend alors que son veuvage a commencé.

SECONDE PARTIE

Tôt le matin, deux ans après la mort d'Archie, au marché aux poissons. Dans la grande halle, où les néons revêches rivalisent avec la lumière du soleil, le sol est jonché de cageots en plastique contenant du poisson. Sous leur manteau de glace pilée, ils ont tous la tête orientée dans la même direction. Myrtle, son châle sur la tête, arpente le sol mouillé en les observant. Elle constate que, dans la mort, chacun est différent. Certains paraissent résignés. Certains sont encore bouche bée d'indignation. Certains affichent une expression indolente et lasse, comme si avoir été pris dans un filet n'était pas une catastrophe si épouvantable. Tous ont les yeux ouverts. Ils ont en commun d'immenses pupilles noires presque entièrement envahies de reflets. Sur toute leur surface, leurs iris sont de la couleur des pierres de lune. D'ici quelques heures, par l'action de deux, trois coups de couteau meurtriers, ces milliers de créatures auront été réduites à l'état de filets détachés de leur arête. Demain elles seront remplacées par un arrivage identique, voué à un sort identique.

Il y a un monde fou. Des hommes en tabliers

blancs crasseux chaussés de bottes en caoutchouc jaunes circulent entre les caisses en prenant des notes et en hurlant des prix. Il règne une atmosphère d'agitation coutumière, une atmosphère d'urgence. Nombre des pêcheurs, après avoir déposé leur cargaison, tiennent à reprendre la mer sans délai pour encore vingt-quatre heures, avant de s'accorder quelques jours de répit. Les problèmes politiques qui sévissent dans l'industrie de la pêche commencent à exercer leurs ravages. Les marins doivent désormais aller beaucoup plus loin pour trouver du poisson, et revenir avec un butin beaucoup plus restreint. Les temps bénis de l'abondance, et des prises mirifiques, sont révolus. Ceux qui n'ont pas carrément laissé tomber pour aller travailler sur les plates-formes pétrolières doivent lutter pour leur survie plus durement chaque semaine. Comment Archie aurait-il réagi ? Il aurait partagé l'abattement de ses camarades. À l'instar de nombreux homologues le long de la côte, il aurait peut-être même troqué le *Skyline II* contre un bateau plus petit, et serait parti pêcher au diable dans les eaux septentrionales.

Myrtle quitte la halle pour se rendre au port, où elle contemple les vieux bateaux pansus recouverts de leur croûte de rouille. L'un d'eux n'a pas fini de décharger son poisson. Soulevées par des grues primitives et déposées à terre dans un fracas de glace crépitante, les caisses sont ensuite hissées sur un chariot et convoyées dans la halle pour y être vendues. Sur les ponts des navires s'élèvent de grandes piles de filets verts, enroulés avec soin, des flotteurs en plastique formant dessus comme des colliers géants. Ces éminences constituent pour les mouettes un poste d'observation très prisé. Quelques-unes sont d'ailleurs perchées à cet instant même sur les flotteurs : d'énormes volatiles montés sur de longues pattes maigres, des oiseaux à l'œil vorace et au bec féroce. Tandis qu'une charge se balance dans les airs avant d'être déposée sur le quai, un poisson plat tombe soudain d'une des caisses. La mouette, dont la surveillance angoissée s'appliquait par hasard dans la bonne direction, fond alors en piqué pour se saisir du malheureux. Le poisson est engouffré. Trop gros pour le bec, il se trouve bientôt englouti avec force contorsions de la tête. Le cou est à présent gonflé tel un goitre emplumé. Les mouettes qui ont loupé l'occasion continuent de gémir. Pas question de partager quand il faut se battre pour survivre.

« Elles meurent de faim », dit quelqu'un derrière elle. Myrtle se retourne : c'est Alastair Brown, le capitaine du port. Lui aussi observe cette petite scène tragique. « Dieu sait ce qu'elles vont devenir. »

Alastair Brown s'est établi au village il n'y a pas très longtemps, après la mort d'Archie. Cornouaillais de naissance, il se plaît à faire croire qu'il a du sang méditerranéen. Peut-être est-ce pour souligner cette fiction qu'il porte des lunettes de soleil, si couvert que soit le ciel, si faibles que soient les lumières de la halle. Pleines de leur importance, elles demeurent juchées en permanence sur un nez en bec de perroquet. Personne n'a jamais vu ses yeux. Sa crinière d'un noir d'ébène est disciplinée par des tonnes de brillantine, astuce qu'il a apprise en regardant en vidéo des films des années 40, deuxième passion de sa vie juste après les poissons et la mer. Sous son impeccable pull marin, il porte toujours une chemise blanche immaculée, avec une de ces cravates couleur coucher de soleil dont les gens se moquent, derrière son dos, pour leur côté efféminé. En résumé, c'est un personnage singulier : s'il fait un peu tache dans une communauté masculine dépourvue de flamboyance, il est cependant conciliant et efficace dans son travail. Ses petites vanités ont beau susciter un amusement amical, dans l'ensemble, il est plutôt apprécié.

Alastair Brown est célibataire. À son arrivée au village il a eu droit au regard insistant de toutes les femmes non mariées de sa tranche d'âge. Certaines fantasmaient sur sa maison du port, qui avait grand besoin d'une touche féminine ; certaines se voyaient lui arracher ses lunettes noires, scruter intensément ses yeux toujours masqués, et passer aux choses sérieuses. Il avait beau se montrer poli avec toutes ces dames désireuses de gagner ses faveurs, aucune véritable relation avec l'une ou l'autre ne semblait se profiler. Un verre par-ci par-là au pub était tout ce qu'elles réussissaient à obtenir, absolument rien de plus prometteur, même si chacune affirmait le contraire à ses rivales. De temps en temps, le vendredi soir, on le voit quitter sa maison avec une petite valise écossaise. On raconte qu'il se rend à Dundee. On insinue aussi qu'il doit y avoir là-bas une créature qui possède des atouts que n'ont pas les femmes de la région. On ne serait guère surpris si Alastair Brown rentrait un jour avec une fiancée à son bras. Si cela devait se produire, l'épouse serait accueillie sans effusion.

Annie, bien entendu, comptait parmi les nombreuses coquettes à porter leurs yeux ainsi que leurs espoirs sur l'affable capitaine du port. Plus hardie que la majorité de ses concurrentes, elle l'avait d'abord courtisé en lui offrant des tasses de thé à la cafétéria du musée, cadeaux qu'il acceptait de bonne grâce, sans pour autant lui retourner ses largesses. Annie s'impatienta. Elle n'avait jamais rencontré d'homme comme Alastair Brown auparavant. Bien qu'elle eût avoué à Myrtle que son attirance pour lui tenait plus à l'originalité de l'olibrius qu'à sa sensualité, elle voyait en lui un défi qu'elle était obligée de relever. Elle avait tissé sa toile et avait été partiellement récompensée.

Elle avait été autorisée à entrer dans la maison d'Alastair. C'était un privilège dont aucune de ses autres poursuivantes n'avait bénéficié. Annie avait frappé un soir à sa porte, et la courtoisic de l'homme l'avait emporté. Sans lui demander la raison de sa visite, il l'invita à se joindre à lui pour regarder la fin d'*Elles étaient sœurs*, un de ses films préférés des années 40. Il la fit asseoir sur une chaise à dossier droit et lui apporta un verre de whisky au lait avant de regagner son propre fauteuil. Il était tellement captivé par Phyllis Calvert qu'Annie, comme elle le raconta ensuite à Myrtle, prit la liberté de regarder autour d'elle pour étudier son habitat.

Elle vit une pièce de célibataire assez chichement meublée, malgré la présence d'étagères chargées de livres et d'une vitrine remplie d'instruments de marine anciens. Le tissu des rideaux, manifestement garnis d'une triplure, était sans doute un mélange de soie. De ces indices, Annie déduisit qu'Alastair Brown, capitaine du port pas comme les autres, disposait d'une certaine fortune. Tandis qu'apparaissait enfin le générique du film, elle sentit s'accroître son désir de mieux le connaître.

Elle lui tendit une pochette en papier qu'elle avait gardée sur ses genoux. C'était là le motif de sa visite-surprise, et elle espérait qu'il ne la trouverait pas trop... Le mot juste ne lui vint pas tout de suite, mais déjà, Alastair Brown extirpait du sachet une cravate multicolore. Tandis qu'il examinait ce cadeau avec étonnement — elle était incapable de dire si la cravate lui plaisait ou non, ses lunettes noires dissimulant en grande partie son expression —, Annie précisa qu'elle était tombée dessus dans un vide-grenier et avait aussitôt pensé à sa collection. Alastair Brown demeura silencieux. Annie, déstabilisée, enchaîna en expliquant que la cravate n'ayant coûté qu'une dizaine de pence ce cadeau ne tirait nullement à conséquence. Alastair Brown fut obligé d'en convenir, et son sourire indiqua à Annie qu'il se laissait amadouer. Il la remercia, rangea la cravate dans la pochette, et déclara qu'elle constituerait un précieux ajout à sa collection. Puis le silence revint.

Encouragée par les signes de gratitude qu'il avait montrés, Annie, avant de prendre congé, voulut pousser un peu plus loin sa mission. Après tout, elle était arrivée jusque-là ; à la différence de toutes les autres, elle avait pénétré dans sa maison... Elle lui demanda s'il retirait parfois ses lunettes. C'était la question que tout le village se posait, ajouta-t-elle, au cas où il croirait que cette impertinence venait uniquement d'elle. Alastair Brown se borna à ajuster lesdites lunettes sur son nez crochu. En fin de compte, il répliqua que la réponse à cette question était non. À part, bien sûr, au lit.

Côté stratégie, confia Annie à Myrtle lorsqu'elle lui rapporta l'histoire, elle n'avait jamais été aussi audacieuse. Elle avait décidé de marquer une pause, puis de se jeter à l'eau. Elle allait saisir la perche qu'il lui avait tendue, car elle était convaincue que c'en était bien une. Lui ferait-il l'honneur, demanda-t-elle en papillotant des cils de cette manière qui avait prouvé mille fois son efficacité, de la laisser être la première à contempler ses yeux ? Alastair Brown demeura pétrifié et comme abasourdi. Mais il n'avait pas l'air offensé, seulement stupéfait. Pour le rassurer, Annie partit d'un petit rire et s'empressa d'expliquer qu'elle n'avait pas cru un instant que le lit était le seul endroit où on puisse le voir sans ses lunettes. Elle n'aurait jamais eu une pensée aussi effrontée, s'efforça-t-elle de le convaincre. Mais que dirait-il d'un compromis ? Il pourrait enlever ses lunettes une seconde et, en échange, elle lui accorderait un baiser… Annie rit à nouveau, fière de ses trésors d'ingéniosité. Les choses se passaient bien. Mais elle demeura seule à rire.

Soudain Alastair Brown se leva d'un bond. Il porta une main à sa bouche. Dans son élégant chandail bleu marine, il lui faisait penser à un chef de gare sur le point de donner son coup de sifflet, impatient de voir partir le train. Les lunettes noires, dans lesquelles elle discernait en miniature son portrait déconcerté, la fixaient avec dureté. Ce serait des plus inconvenants, lâcha-t-il. Ce genre de chose ne se fait absolument pas. Et maintenant, si vous le voulez bien, Mrs Mcleoud, je vais vous reconduire à la porte. Là-dessus il la raccompagna et lui serra la main en lui disant poliment bonsoir. Annie se sentit mortifiée par cette rebuffade. Alastair Brown était son seul échec depuis l'épisode dans les bois avec Archie.

Myrtle, amusée par l'anecdote, avait fait promettre à Annie de ne la répéter à personne, tant pour elle-même que pour Alastair Brown. Annie avait tenu parole. Elle était la seule à avoir pénétré dans la maison du capitaine du port, mais même ce petit triomphe-là, elle réussit à le garder pour elle. Alastair Brown continua à se faire aborder de multiples manières par les femmes des villages situés le long de la côte : l'existence d'un célibataire disponible et fortuné, capitaine de port qui plus est, ne risquait pas de passer inaperçue… Rien n'indiquait qu'une de ces femmes ait eu plus de succès qu'Annie dans ses tentatives, même si les conjectures s'intensifièrent lorsque Alastair Brown et sa valise écossaise furent moins souvent repérés le week-end en partance pour Dundee.

Alors que se poursuivait la subtile compétition visant à le séduire, il commença à se murmurer qu'en réalité celle qu'il convoitait était la veuve Myrtle Duns. C'était une des rares femmes qui, n'ayant aucune envie de se remettre avec un homme (même si ce fait n'était connu que d'Annie), n'avaient jamais montré le moindre intérêt, ni même la moindre cordialité, envers Alastair Brown. Elle et lui étaient de simples connaissances. Leurs rapports n'allaient pas au-delà de quelques mots polis échangés lors des rares occasions où ils se croisaient. Annie ne fut pas longue à faire part de la rumeur à Myrtle, qui sourit devant l'absurdité d'une telle idée. Myrtle ne voyait pas ce qui pouvait l'alimenter, mais attribua cette fable à la sottise de pauvres esprits désœuvrés.

Elle espère qu'Alastair Brown n'a pas eu vent de ces ragots. La chose serait embarrassante et leurs brèves rencontres d'autant plus gênées.

Le matin du marché aux poissons, lorsque le capitaine du port commente la triste situation de la mouette, ce n'est que la cinquième ou sixième fois qu'il lance une remarque polie à Myrtle depuis un an qu'il occupe son poste.

Myrtle, au mépris de ceux qui voient dans ses plus dérisoires échanges avec Alastair autre chose qu'une simple marque de savoir-vivre à l'égard d'un voisin, n'hésite pas à se montrer aussi cordiale que lui.

« Vous avez raison, dit-elle. Archie se faisait toujours du souci pour les mouettes. »

Alastair Brown se tient à côté d'elle à présent. Il a une main posée sur une pile de cageots de poissons encore pleins. Un de ses doigts ne se trouve qu'à deux ou trois centimètres d'une bouche ouverte hérissée de dents pointues. Ramassant une poignée de glace pilée, il la regarde fondre et couler le long de son pouce. Sa main n'est pas celle d'un pêcheur ; sa peau est brûlée par le vent mais sans cicatrices. Myrtle la contemple avec curiosité. « Encore une belle journée qui s'annonce, dit-il enfin.

— *Aye*, j'en ai bien l'impression.

— Et chaude. Presque comme en Cornouailles. »

Myrtle ne relançant pas, Alastair Brown se détourne et se dirige vers la glacière. Elle le suit sur quelques mètres, puis s'arrête. La machine est en train de cracher de la glace : empruntant le gros tuyau au-dessus de leurs têtes, les blocs rejoignent tout droit la cale d'un des bateaux. L'opération produit un énorme crissement, comme des centaines de pieds qui fouleraient du gravier. Ken doit être là, songe-t-elle. Elle renonce à continuer sa route. Elle ne tient pas à tomber sur lui. Après la mort d'Archie il n'est jamais reparti en mer. Deux mois plus tard, le poste à la fabrique de glace s'est libéré et il l'a accepté. Il ne sait désormais ce qui se passe en mer que par ouï-dire, et sa vie est plus monotone. Mais Annie apprécie la régularité de la paie. Et Ken, paraît-il, est content d'avoir du temps pour lire. Il passe un bon nombre de ses heures de loisir à la bibliothèque. Il ne raconte pas à sa femme ce qu'il lit, mais elle soupçonne que c'est « de la poésie et des trucs comme ça ». Il est devenu très silencieux ces deux dernières années : il a renoué avec le côté taciturne de son adolescence. Mais ces détails-là n'intéressent pas Myrtle. Tout ce qu'elle veut, c'est le voir le moins possible, même de loin.

Alastair Brown est devant la porte de la glacière. Il se retourne et lui fait signe. Elle lui fait signe à son tour. Il entre. Elle se tient exactement à l'endroit où, petite fille, elle se tenait main dans la main avec Dot, à regarder les hommes décharger des sacs de glace d'une camionnette qui arrivait d'Édimbourg. Elle se souvient de l'excitation qui régnait quand la machine à glace avait été installée. Presque tout le village était venu la voir fonctionner, s'émerveillant de la vitesse à laquelle le torrent de glace dégringolait dans la cale du premier bateau dans la file d'attente. Aujourd'hui, bien sûr, cet engin moderne n'épate plus personne. Comme tous les progrès, il est bientôt devenu la norme. Même les vieillards qui transportaient jadis les énormes sacs des camionnettes jusqu'aux bateaux ne sont plus impressionnés. La magie du progrès est un miracle éphémère, songe Myrtle.

Elle porte son regard sur l'embouchure du port, s'attendant à moitié, comme toujours, à voir le *Skyline II*. Mais le navire a été vendu. Il est maintenant basé à Aberdeen. Il ne reviendra pas ici. Ross et deux des matelots d'Archie possèdent aujourd'hui un petit bateau. Ils pêchent sur la côte ouest, près d'Inverness, s'absentant plusieurs semaines d'affilée. Myrtle détourne les yeux du mouillage du *Skyline II*. Elle ne veut pas voir cet intrus de bateau rouge qui lui a succédé. Elle consulte sa montre. Huit heures. Encore un quart d'heure avant l'école. Du temps à combler. Elle a réussi à organiser assez bien son existence. Elle travaille désormais à temps partiel à l'école, s'occupe du nouveau bosquet, passe une journée par semaine à la maison de retraite, et donne des cours particuliers à Janice quelques heures par semaine. Oui, elle est très active. Mais des émotions s'abattent encore sur elle à l'improviste, aussi acérées que du verre brisé, à la fois coupantes et creuses. Au moment précis où elle se dit que son esprit et son corps sont bien occupés, la douleur de la solitude revient la tourmenter, lui rappelant que dès que la modeste besogne qui l'absorbe prendra fin, elle devra retrouver une maison vide, un lit vide, un vide qui s'étend bien au-delà de l'horizon.

Myrtle s'impatiente dans ces cas-là. En l'occurrence, elle s'empresse de quitter le port et de remonter la colline jusqu'à l'atelier où Martin, le matin, découpe ses filets de poissons.

Martin travaille d'arrache-pied sur son premier arrivage : plusieurs caisses doivent être prêtes pour midi. Debout derrière la table de filetage, il concentre son attention sur les poissons qu'il est en train de préparer. Détachant la chair crue, la lame aiguisée de son couteau émet l'infime chuintement de la soie qu'on déchire. Le seul autre bruit est un robinet qui goutte au-dessus de l'évier. Martin passe six heures par jour dans cet austère petit atelier. Myrtle n'en revient pas de sa constante bonne humeur. Choisissant de se poster à un des rares endroits où les dalles soient sèches, elle observe les mains de Martin, tellement adroites, tellement rapides... Exercées à tailler la pierre et non à trancher du poisson.

« Myrtle ! Du thé ?

— Non merci. » Un unique mug trône à côté de l'évier. Au plafond, il y a des lampes spéciales : leurs ampoules contiennent de petits tortillons qui fournissent une lumière bleue tellement intense que Myrtle en a mal aux yeux. Elle ne comprend pas comment il peut travailler dans des conditions aussi hostiles.

« Qu'est-ce que tu fabriques, dis-moi ? Pour être ici de si bon matin ?

— Pas moyen de rester au lit passé cinq heures et demie... Une vraie pile électrique. Je suis allée au port.

— Il se passe quoi là-bas ?

— Pas grand-chose. Je suis tombée sur Alastair Brown. »

Ils se sourient. Martin est au courant de la

rumeur. Il jette la carcasse d'un petit églefin dans une caisse sur le sol : elle est déjà à moitié pleine de peaux visqueuses et d'arêtes laiteuses qui, dépouillées de leur chair, ont la même courbure que des frondes de fougères délicates. Il dispose les filets à côté d'une rangée déjà prête, impeccables bandelettes argentées aux reflets irisés.

« Alors, il progresse auprès de toi ?

— Ne dis pas de bêtises ! C'est à peine si on a échangé deux mots depuis son arrivée ici.

— Il prend peut-être son temps. Mais bon, je ne pense pas qu'il soit l'homme idéal pour toi, au cas où tu voudrais te remarier un jour.

— Je ne l'envisage pas un instant.

— Non ? Remarque, ça se comprend. » Le couteau continue son pscht, pscht. Une tête se décolle : les yeux dorés, morts depuis trop peu de temps pour s'être déjà ternis, dévisagent Myrtle. « Tu as pu réfléchir à la stèle ? Ça fait, quoi, presque deux ans maintenant ? Je garde en réserve ce beau marbre que je t'ai montré. Il ne te reste qu'à me donner le texte.

— J'y ai réfléchi, oui. Je n'ai pas arrêté. J'ai pensé à : "Archie Duns, mari et pêcheur". Qu'est-ce que tu en dis ? Avec les dates, bien sûr. »

Les pouces de Martin vident prestement les poissons tandis que son regard se lève pour croiser celui de Myrtle.

« Ça me paraît bien, dit-il. Très bien. Je suis certain que Dieu aime les litotes. Moi qui me promène dans tellement de cimetières, je t'assure, à lire les épitaphes, on croirait que tous les morts étaient des saints… Tu ne comptes pas ajouter une citation de la Bible ?

— Je continue à chercher. Je suis un peu lente, je sais. Je veux que ça convienne parfaitement. » Martin acquiesce de la tête. « Je dois y aller. L'appel a lieu dans trois minutes.

— Il te plaît, ce boulot de maîtresse ?

— Oh, *aye*, c'est formidable. J'ai toujours rêvé d'enseigner. J'ai des élèves de neuf, dix ans. Merveilleux, cet âge-là.

— Je t'apporte une tranche de cabillaud en rentrant ?

— Tu m'apportes tout le temps du poisson.

— Et pourquoi pas ?

— Dans ce cas, ce n'est pas de refus.

— À tout à l'heure, alors. »

Myrtle franchit les portes souples en épais plastique transparent. Dehors elle respire un air qui ne sent plus le poisson, aperçoit un ruban de soleil pâle sur la mer. Elle est impatiente de rejoindre la chaleur de sa salle de classe, aujourd'hui bien plus joyeuse et colorée que de son temps à elle. Elle est impatiente d'écouter ses élèves réciter, un par un, W*hen fishes flew and forests walked*... Ils apprennent vite, ses élèves. Elle est fière d'eux. La cloche de l'école résonne dans la venelle : elle se dépêche. Elle est levée depuis tellement longtemps qu'elle a l'impression qu'une journée entière s'est déjà écoulée. Ce soir, il y a l'agréable perspective de la tranche de cabillaud de Martin, et cet après-midi Annie doit venir jouer aux cartes. De ces joies diverses qui l'attendent, c'est celle qui la réjouit le plus, car Annie et elle n'ont pas eu l'occasion de se voir depuis un certain temps.

Le soir qui avait suivi la mort d'Archie, Martin avait rendu visite à Myrtle. Il l'avait trouvée seule à la table entourée d'un monceau de papiers. Des listes. Les traces des pleurs de la nuit précédente subsistaient dans ses yeux, mais elle paraissait calme, et contente de le voir.

« C'est moi qui vais creuser la tombe d'Archie, annonça-t-il. Tout est arrangé.

— Merci. Ce serait le mieux.

— Et... pour ce qui est de la pierre tombale, quand le moment viendra d'y réfléchir, tu pourras compter sur moi pour dénicher le plus beau morceau de marbre. »

Myrtle, heureuse d'avoir un visiteur qui n'énonce pas de bienveillantes platitudes, s'efforça de sourire. La douceur de son accent canadien était aussi réconfortante que la chaleur de la laine sur la peau.

« Tu es un brave homme, Martin. » Elle porta son regard vers la fenêtre et partit d'un petit rire cynique. « Dire que je n'ai toujours pas trouvé l'épitaphe idéale pour maman. Des années de retard. Et maintenant Archie. Je ferai mon possible, j'essaierai de me concentrer dès que les choses se seront...

— On a tout le temps. Tu as assez de soucis pour le moment, avec l'organisation des obsèques. Je peux faire quelque chose ?

— Je crois que tout est bouclé. J'ai passé la journée à prendre les dispositions nécessaires.

— S'il y a quelque chose, quoi que ce soit... tu sais qu'il suffit de demander.

— Je sais, dit Myrtle en hochant la tête. Merci. »

Ils restèrent silencieux. Plusieurs fois Myrtle

dressa le menton comme si elle entendait des pas dehors. À un moment donné elle leva la main vers sa propre épaule, comme si elle s'attendait à trouver dessus celle de son mari. Lorsqu'elle n'empoigna que de l'air elle poussa un soupir impatient, contrariée de sa sottise. En fin de compte elle dit :

« Je ne sais pas comment c'est arrivé. Je ne sais pas quelle sorte d'accident c'était. Personne ne m'a raconté. Je ne veux pas demander. Je suppose que l'un d'eux viendra m'expliquer quand ils arriveront à trouver les mots. Ken était censé venir. Annie lui avait demandé de passer. Depuis, je l'attends. Mais toujours aucun signe de lui.

— Je suis sûr qu'il viendra. » Martin s'agita, mal à l'aise, sur sa chaise. Il avait eu vent de sales rumeurs.

« Et puis, je ne sais pas quand il est mort. Était-ce sur le bateau, dans l'ambulance, à l'hôpital ? Je ne sais pas. Personne ne m'a dit. Je n'ai pas demandé. Je n'ai pas pu demander. Je lui tenais la main, mais est-ce qu'il savait que je la lui tenais ? Est-ce qu'il savait que j'étais là ? Je ne le saurai jamais. Comment vais-je faire pour vivre sans savoir ?

— Toutes ces choses... Tu dois essayer de ne pas les laisser te tourmenter dans les jours à venir. Tu dois garder tes forces pour toi et les autres. »

Myrtle regarda Martin avec curiosité. Elle était intriguée, tout à coup.

« C'est bizarre de dire ça à quelqu'un dont le mari vient de mourir : “les autres”. Mais tu as raison, bien sûr. Ma mère m'avait dit qu'à la mort de mon père elle avait eu besoin de toute son énergie pour consoler les gens autour d'elle. J'ai dû moi aussi pas mal calmer mon entourage. Annie a pleuré toutes les larmes de son corps sur Archie, sur moi, sur elle-même. Je ne suis pas une grande pleureuse, en ce qui me concerne. J'ai eu une crise de larmes hier soir, après le départ de tout le monde, quand j'ai repéré la Petite Ourse et qu'Archie n'était pas là pour me féliciter. Mais maintenant je me sens complètement vidée... asséchée, laminée, épuisée, aride. Le mécanisme censé fabriquer mes larmes de veuve est trop affaibli pour les déclencher. Il n'y a plus aucune vigueur. Il n'y a plus rien, plus rien, plus rien. Plus d'Archie. Plus rien.

— Je comprends. » Martin dut détourner la tête pour que Myrtle ne voie pas les larmes dans ses propres yeux.

« Mais comment a-t-il pu se produire, Martin, ce maudit accident ? Archie était l'homme le plus scrupuleux qui soit en matière de sécurité. Si jamais un des marins était imprudent, qu'il mettait les autres en danger, Archie lui tombait dessus à bras raccourcis. Qu'a-t-il pu se passer ? Dieu du ciel, qu'a-t-il pu se passer ? Mon oncle John connaissait un homme qui avait été décapité quand le treuil avait cédé... les câbles avaient volé. Il ne peut pas s'être agi de...

— Ça ne sert à rien de te poser ces questions-là tant que les réponses ne sont pas disponibles. » Martin se leva, conscient de la maladresse de son soutien, partageant le vide qu'elle ressentait. « Je suis sûr que ce sera Ken qui viendra te raconter. C'était le plus vieil ami d'Archie, malgré leurs désaccords de ces derniers temps. Il était là, il a assisté à cette scène horrible, il sait qu'il faut que ce soit lui qui te raconte quand tu seras prête, et que lui-même sera prêt. Imagine ce qu'il doit éprouver. Il a besoin de s'accorder un délai pour avoir la force de venir te voir. Après les obsèques, peut-être.

— *Aye*. Là encore, tu as raison. Je vais attendre. »
Myrtle haussa les épaules, et se leva à son tour. « Au fond, ce que je tiens à savoir, ce n'est pas de quelle manière ça s'est passé… je suis lâche, de ce point de vue-là. Ce n'est pas vraiment non plus à quel moment ça s'est passé. Tout ce que je veux savoir c'est pourquoi ? Pourquoi Archie est-il mort ? Pourquoi ? »

Martin secoua la tête, incapable de parler. Il avait envie de tendre la main vers Myrtle, de caresser ses cheveux, sa joue, ses yeux gonflés, bref, de faire un petit geste physique pour lui montrer qu'il comprenait l'ampleur de son chagrin. Mais il avait le sentiment qu'un tel geste serait déplacé. En amitié, les actes contenus ont souvent plus de valeur que les démonstrations intempestives. Martin se contenta de secouer la tête en regagnant la porte : Myrtle avait besoin de se retrouver seule. Pour elle la solitude était un réconfort, et il ne voulait en aucun cas empiéter sur son besoin d'isolement. Il lui promit de revenir le lendemain, puis s'en alla avec une promptitude que Myrtle apprécia beaucoup : elle se remit à ses listes, de sorte que l'enterrement de son mari soit bien le genre de cérémonie que méritait un homme comme lui.

Assises à leurs places habituelles, Myrtle et Annie jouent aux cartes. C'est un après-midi radieux. La cuisine est inondée de lumière. La vieille pendule murale émet son tic-tac : un son implacable, creux, qui grignote la concentration. Un des vieux pulls d'Archie est encore suspendu au dos de la porte. La laine sur une des manches présente plusieurs accrocs, causant de petits trous que Myrtle a l'intention de raccommoder un jour ou l'autre.

Annie est arrivée un peu en retard pour leur partie de cartes, et dans tous ses états. Peu après la mort d'Archie elle a quitté son emploi à la cafétéria du musée pour être réceptionniste chez un coiffeur. Au bout d'une semaine, lassée d'avoir si peu de rendez-vous à noter, elle a laissé tomber pour enchaîner divers autres boulots tout aussi décevants. En fin de compte elle est retournée à la cafétéria, où on l'a accueillie à bras ouverts en lui offrant une promotion. Aujourd'hui, elle a trois serveuses sous ses ordres et la responsabilité de faire livrer en temps et en heure les gâteaux maison. Elle s'attarde au boulot plus qu'il n'est nécessaire, reste siroter une tasse de café avec la collègue de service bien après le départ du dernier client. Tout pour repousser le moment de rentrer chez elle...

Myrtle a l'habitude de lire les mains d'Annie. Aujourd'hui elles sont légèrement tremblantes en disposant les cartes. Le signe d'un affrontement qui couve : une mince lame d'effroi transperce les entrailles de Myrtle. Il y a eu trop de conflits avec Annie depuis la mort d'Archie. Trop de disputes, de dissensions, de promesses de ne plus se montrer aussi stupide, d'excuses... Puis la sérénité, l'espace d'une petite semaine — une amitié tranquille presque comme autrefois —, avant qu'Annie, toujours Annie, ne provoque entre elles un nouveau malaise.

Aujourd'hui, Myrtle sait qu'elle ne va pas avoir droit à une paisible partie de cartes. Une lueur accusatrice, dont la teneur lui échappe, brille dans les yeux d'Annie. Son regard étincelle dangereusement. Annie repose ses cartes avec violence.

« Myrt, impossible de me taire plus longtemps. Je crois que tu devrais voir quelqu'un. Tout le monde est de cet avis.

— Tout le monde ? » L'idée que les gens puissent discuter de son cas donne la nausée et le frisson à Myrtle. « Voir quelqu'un ? répète-t-elle d'un ton léger. Quel genre de personne ?

— Tu sais bien... un spécialiste, pour t'aider. Un psychothérapeute.

— Pourquoi devrais-je voir un thérapeute ? Pourquoi t'imagines-tu que j'ai besoin d'aide ? Quel genre d'aide, d'après toi, un thérapeute pourrait-il m'apporter ? » Malgré elle, il y a du mépris dans sa voix.

Annie soupire. Son visage trahit la souffrance. La faute à tant d'altruisme effréné, se dit Myrtle.

« Enfin voyons, ça fait presque deux ans qu'Archie est mort et, autant que je sache, tu n'as jamais craqué, jamais cédé à l'hystérie, tu n'as jamais réagi comme une femme normale dont le mari vient de mourir dans un affreux accident. Tu n'as même pas pleuré à l'enterrement. Tu nous as simplement regardés tous pleurnicher, en affichant une mine supérieure.

— C'est comme ça que tu as vu la chose ? » Myrtle s'efforce de garder patience. « Je suis touchée de ton inquiétude, ajoute-t-elle, consciente de sa propre raideur de ton, mais je n'ai aucune intention de voir quelqu'un. Je ne crois pas à ce genre de soutien. Je n'en veux pas, je n'en ai pas besoin. Ce n'est pas parce que je n'ai pas le don des larmes que tu dois te faire du souci en te figurant que je ne réagis pas "normalement", comme tu dis. Je suis comme ça, c'est tout. Nous sommes tous faits de manière différente, et donc, évidemment, nous réagissons tous de manière différente. Il n'y a rien de très bizarre à cela.

— Tu es vraiment impossible, quelquefois. Tellement distante, même avec moi. Tellement sûre de ta force, de ton indépendance. Tellement peu encline à te laisser approcher par quiconque, depuis le décès d'Archie. » Annie, sans croiser le regard de Myrtle, se met à trifouiller une rangée de cartes. « Enfin voyons, tu te conduis de façon étrange. Tu vis en ermite, quasiment comme une recluse. Je sais que l'enseignement te plaît, et que tu aimes tes élèves, et aussi Janice. Et je sais que tu consacres une grande partie de ton temps à planter tes arbres… sans que personne ait jamais été invité à les voir, d'ailleurs. Je ne suis pas en train de dire que tu n'es plus la même avec moi. Je suis là : on joue aux cartes comme d'habitude… On bavarde, on boit des tasses de thé. Mais voilà, tu ne peux pas le nier, tu t'es éloignée de nous. Tu nous as quittés, moi et tes amis, pour un endroit qui t'est propre et où apparemment aucune compagnie humaine ne t'est nécessaire.

— Je suis désolée si c'est l'impression que ça donne.

— Tout ce que je cherche à te dire, c'est qu'il est temps que tu essaies de revenir à une vie moins secrète, moins solitaire. Pour l'amour du ciel, Archie n'aurait jamais voulu que tu deviennes une espèce de bonne sœur sous prétexte qu'il est mort. Il aurait voulu que tu continues à vivre le plus normalement possible.

— C'est ce que je fais. Du moins, j'essaie.

— Et puis, en dehors de ça, tu ne me racontes plus rien sur ce que tu ressens... c'est comme si tu ne me faisais plus confiance, que tu n'avais plus besoin de moi comme amie, que tu ne voulais plus que je sache ce qui se passe dans ta... enfin bon, dans ton âme.

— En effet, admet Myrtle, d'une voix ferme. Je suis désolée si ça te fait de la peine, mais voilà. De toute façon, je ne serais pas capable de décrire ce que je ressens. Et si je l'étais, je ne voudrais pas en parler. Pas même avec toi.

— Je vois. » Le regard blessé d'Annie croise à présent celui de Myrtle. « Ce n'était pas comme ça autrefois.

— Peut-être que tu ne te souviens pas bien. C'était toi qui me racontais toujours tout... enfin, pas tout, mais pas mal de choses. Moi je parlais moins. »

Annie redresse subitement la tête.

« Qu'est-ce que je ne t'ai pas raconté ? Aussi loin que je me souvienne, je t'ai toujours tout raconté. »

Face à ce mensonge, Myrtle ne peut se maîtriser.

« Tu ne m'as jamais rien dit de ton amour pour Martin, réplique-t-elle. D'accord, tu avais reconnu qu'il te plaisait. Mais tu ne m'avais jamais confié à quel point ton amour était sérieux.

— Pour Martin ? » Le sang afflue au visage d'Annie, qui s'empourpre du menton jusqu'au front. Puis, aussi vite qu'elle est venue, la rougeur disparaît, laissant ses traits d'une pâleur livide. « Qui t'a raconté pour Martin ?

— Je ne te le dirai jamais.

— Le salopard. C'est forcément lui. Personne d'autre n'était au courant.

— C'était il y a longtemps. Tu peux me faire confiance. »

Après un long silence, Annie finit par déclarer : « Bon, puisque tu es au courant, ça ne me gêne pas de reconnaître que c'est vrai. J'aimais Martin. Enfin bon, je l'aimais réellement. J'aurais accepté de l'épouser dans la seconde, s'il m'avait demandé. Mais lui ne m'aimait pas. C'est drôle, au fond. J'ai eu tellement d'hommes, en permanence. Je suppose qu'à toi, surtout, je ne voulais pas avouer cet échec. J'avais toujours réussi à avoir tous les hommes que je voulais. Même si eux, ce qu'ils voulaient, c'était toujours la même chose, et ce n'était pas de l'amour… à part Ken. » Elle a un petit rire sarcastique. « Tandis que toi, la grande, la solide, l'ordinaire Myrtle, tu n'as jamais regardé qu'un seul homme, et cet homme s'est retourné, il t'a vue et il t'a aimée totalement. Il est peut-être mort trop tôt, mais tu as eu une chance folle. Tu ne sais pas la chance que tu as eue.

— *Aye*, je le sais, dit Myrtle. Il ne se passe pas une journée sans que j'en prenne la mesure. Mais tu ne devrais pas sous-estimer l'amour de Ken pour toi. Tu as un mari dévoué…

— Ah ! Ken. Le mari aimant. C'est à peine si on s'adresse la parole aujourd'hui.

— Tiens, voilà ! Encore une chose que tu ne m'as pas dite…

— Ce n'est pas une chose dont j'aie envie de parler, et je veux éviter d'y penser. » Annie a un ton las à présent. « Je m'active le plus possible pour éviter d'y penser. J'aurai du mal à pardonner un jour à cet homme.

— N'empêche, tu devrais, réplique Myrtle. Enfin quoi, je l'ai fait. Et pourtant, sans Ken, Archie serait ici aujourd'hui.

— Tu es une foutue sainte, alors. Une foutue idiote de sainte. » Ces mots durs sont empreints de tristesse. « Comment puis-je pardonner à un homme qui a causé la mort de ton mari, Myrt ? Et puis il ne m'a pas touchée une seule fois depuis qu'Archie…

— Je suis désolée. Peut-être, avec le temps…

— Le temps ? Qu'est-ce que le temps a à voir dans tout ça ? Toi, entre toutes, tu le sais bien. Le temps ne change rien, si ?

— Pas pour… non », concède Myrtle. Annie enfile son manteau.

« Je ne sais pas à quoi cette conversation a servi. À rien, sans doute. Je suis venue ici pour essayer de te faire comprendre avec tact que tu avais besoin d'être aidée, et tu m'as rembarrée. Tu en profites pour me dire que tu n'as plus envie de me raconter ce que tu ressens, mais tu ne peux pas résister au besoin de me glisser que tu es au courant de mon pitoyable amour d'autrefois pour Martin. Et puis tu me reproches de ne pas pardonner à Ken d'avoir tué ton mari, chose que toi, sainte Myrtle, es apparemment arrivée à faire. Je ne sais pas où tout cela nous mène. Je me sens complètement… Et voilà que je te raconte que Ken n'a plus de désir pour moi… à moins que ce ne soit juste la culpabilité qui le rende impuissant. Je ne sais pas. Je ne suis pas sûre d'y attacher de l'importance. » Les larmes commencent à couler sur ses joues.

« Peut-être que c'est moi qui ai besoin d'être aidée ; toi tu es forte. De nous deux, tu as toujours été la plus forte, au fond. Je me suis toujours appuyée sur toi. J'ai toujours trouvé qu'il allait de soi que tu me soutiennes. Je déteste ces distances que tu as prises. » Elle tend les bras. « S'il te plaît reviens. »

Myrtle tend les bras, un peu à contrecœur, et laisse Annie poser sa tête pleine de chagrin sur son épaule. Elle murmure des paroles vaguement réconfortantes, assure à Annie qu'elle n'est pas partie, qu'elle sera toujours là, mais que depuis la mort d'Archie il y a de grands pans de vie qu'elle tient à gérer toute seule. Annie opine du chef, essuie ses larmes. Myrtle ignore totalement si son amie comprend ou non, ou si elle est rassérénée, et, d'une manière étrange et cruelle qui la déconcerte, elle s'en moque un peu. Elle est dévorée par un désir égoïste de solitude. Elle desserre son étreinte autour d'Annie et va ouvrir la porte. Mais Annie ne bouge pas. Myrtle devine à son expression qu'une idée soudaine lui est venue pour alléger la tristesse qui règne entre elles.

« Je peux te dire quelque chose, Myrt ? » demande-t-elle. Ses yeux rouges sont désormais malicieux. « Puisque tu es au courant pour Martin, et que tout ça c'est de l'histoire ancienne… il faut que je t'avoue que je lui ai écrit des lettres formidables. Tu sais comment ? J'allais à la bibliothèque — oui, je t'assure —, et là je consultais des correspondances amoureuses entre gens célèbres. Enfin bon, je piquais des passages par-ci par-là, rien de trop prétentiard, puis je les reliais à l'aide d'un mot ou deux de mon cru. J'en étais fière, de ces lettres, tu peux me croire. C'était rigolo, comme exercice. » Elle rit, à présent. Myrtle aussi. « Martin a dû être sacrément étonné. Il ne devait pas se douter que j'avais un si grand talent d'écrivain. » Elle se dirige vers la porte. « Mais je vais te dire un truc... Je ne me serais jamais donné autant de mal pour un autre. Si jamais il te parle de ces lettres, tu me promets de ne pas cafter, d'accord ?

— Bien sûr que non. Jamais de la vie. » Le rire, qui les a égayées, s'éteint. « Mais s'il te plaît, Annie, ne dis plus jamais que Ken a tué Archie. Ce n'est pas vrai. C'était un accident. Tu le sais.

— Par la faute de Ken. Ça aussi, tu le sais.

— Et, s'il te plaît, ne viens plus me parler de thérapeutes, ajoute Myrtle, réussissant à prendre un ton léger. Tu devrais savoir que je suis la dernière personne au monde à avoir envie de répondre aux questions salaces d'un étranger, et à rechercher une pseudo-compréhension. Comment un truc pareil pourrait-il me réconforter ? Ce serait la pire intrusion dans mon intimité... Si j'ai hérité une chose de ma mère, c'est bien l'art d'affronter les malheurs par moi-même. » Elle parvient à sourire tandis qu'Annie descend l'escalier.

« Je m'en souviendrai », dit celle-ci, incapable de lui rendre son sourire.

Après le départ d'Annie, Myrtle repense à l'aveu de Ken, comme elle l'a fait bien des fois depuis la mort d'Archie. Elle combat ce souvenir, mais il refuse de s'en aller, car il n'est jamais d'une limpidité totale. Elle a beau décortiquer avec soin l'explication de Ken, celle-ci reste invariablement floue. Elle ne parvient toujours pas à voir, à comprendre, ce qui s'est passé exactement durant ces terribles instants. Elle accepte l'éventualité de ne peut-être jamais arriver à réaliser pleinement la chose, mais elle sait qu'elle ne pourra jamais renoncer à tenter de le faire.

Ken était venu à l'enterrement, silencieux, pâle, les yeux secs. Il s'était posté loin d'Annie et n'avait pas essayé de parler à Myrtle. Au moment où elle jetait une poignée de terre dans la tombe, elle l'avait senti qui s'éloignait le long du sentier. Sa fuite déroutante n'était qu'une énigme de plus ajoutée aux épouvantables mystères de la journée : comment Archie était-il mort ? Qui, dans l'assemblée, était au courant des circonstances de l'accident ? Ken était-il le seul à connaître toute la vérité ? Les questions de ce type, ce jour-là, ne servaient qu'à parasiter les pensées plus profondes de Myrtle, et elle les mit de côté. Elle finirait bien par avoir les réponses, mais pour l'heure, tandis que le cercueil d'Archie reposait entre les mâchoires implacables d'une terre noire fraîchement entaillée, elles paraissaient sans importance.

Quinze jours plus tard, Ken rendit visite à Myrtle. Il avoua qu'il n'arrivait pas à trouver les mots qui convenaient pour exprimer sa sympathie et son chagrin, une confession que Myrtle accueillit d'un geste plein d'impatience et de dédain. Tout ce qu'il pouvait faire, déclara-t-il, c'était expliquer ce qui s'était passé.

« Cela m'est difficile, Myrtle, commença-t-il, mais si je ne te dis pas la vérité je ne pourrai plus jamais me regarder en face.

— J'imagine qu'il me sera tout aussi difficile d'entendre la vérité qu'à toi de l'expliquer. Mais je te saurais gré de bien vouloir t'y mettre. » Myrtle ne s'était jamais entendue parler de la sorte, si brutalement.

Ken se malaxa les mains et baissa les yeux, encore plus désarçonné.

« Il y a eu cette dispute. Entre Archie et moi.

— Une dispute ?

— On avait recommencé à se bouffer le nez, j'en ai peur. En mer.

— Je croyais que vous aviez réglé tous vos motifs de désaccord.

— C'était le cas. Je m'apprêtais à vendre la camionnette, comme tu sais. Fini, les livraisons. J'ai tenu parole. Mais je n'arrivais pas à me sortir de la tête que nous autres, l'équipage du *Skyline II*, nous étions un peu idiots… les seuls à être honnêtes. Seigneur… ce que je faisais n'était pas si grave. Je me contentais de vendre quelques poissons qui, d'après cette foutue ânerie de loi, auraient dû être rejetés à la mer. Pas ceux du *Skyline*, bien sûr, je n'aurais jamais fait ça. J'aidais simplement un ami, en livrant pour lui une caisse ou deux… Tout ce que j'ai dit à Archie, c'est que si les autres le faisaient, on était bien bêtes de s'en priver. Je ne voulais pas dire par là que j'avais l'intention de continuer… j'avais donné ma parole. Je voulais juste savoir pourquoi on s'obstinait dans la minorité, quand les temps étaient si durs…

— Tu planquais des caisses de poisson au milieu des meubles ? » Ken hocha la tête. « Tu es un imbécile, Ken. » La voix de Myrtle était tranchante comme un couteau. « En plus, tu savais que pour rien au monde Archie n'aurait commis un acte malhonnête.

— Bien sûr que je le savais. Mais ce n'était pas

une malhonnêteté à grande échelle. Juste une caisse ou deux par-ci par-là, si par hasard je livrais dans la région concernée. Ça ne me semblait pas bien méchant.

— Quel ami ?

— Tu ne comptes quand même pas que je te le dise ? Mais, une fois encore, on manquait d'argent. Annie continuait à réclamer. C'était censé être ma dernière tentative pour persuader Archie. Après, j'aurais laissé tomber… Merde, je ne suis pas un escroc, c'est juste que je n'en peux plus de décevoir ma femme. Toujours est-il que ce jour-là j'ai fait ma suggestion… en m'attendant à ce qu'il refuse, en m'attendant à vendre la camionnette une fois qu'on serait rentrés. Mon boulot sur le bateau était plus important pour moi que tout le reste… Et là Archie s'est fichu en rogne. Je n'ai jamais vu un homme aussi furibard, à me traiter de tous les noms. Il n'avait plus à l'esprit que sa rage envers moi. Durant ce bref instant sa concentration s'est relâchée. Est arrivé alors ce qui arrive une fois sur un million : le treuil a cassé. Le câble s'est envolé à la vitesse de l'éclair puis l'a frappé au cou… » La voix de Ken était tellement étranglée par les sanglots qui montaient qu'on avait du mal à distinguer ses mots. Mais Myrtle, qui apprenait enfin ce qui s'était passé, n'éprouvait aucune pitié. Elle tenait à connaître l'intégralité de cette scène de cauchemar. Mieux valait vivre avec la réalité de l'horreur qu'avec de terribles fantasmes.

« Et ensuite ?

— À un moment il faisait des moulinets dans les airs en me hurlant dessus comme un putois, et le moment d'après… il y a eu un craquement quand le câble a lâché. Archie a cessé de beugler et il a été projeté au sol sur le pont. » Ken sanglotait carrément à présent. « Le sang jaillissait. Jamais vu autant de sang. La jugulaire tranchée. Il n'a pas moufté. Pas un cri, rien. En fait, Myrtle, tout est arrivé tellement vite, et c'était tellement abominable, la chose la plus abominable que j'aie jamais vue, que la scène est encore confuse dans ma tête.

— Bien sûr, bien sûr.

— De jour, je veux dire. Quand je dors, dans mes cauchemars, elle est d'une clarté implacable. Et puis, quand je me réveille, tout redevient confus... » S'interrompant pour se moucher, il tenta d'arrêter de pleurer.

Myrtle avait les mains jointes sur ses genoux. Elle était assise très droite, les yeux fixés sur quelque chose de l'autre côté de la fenêtre.

« Une des nombreuses convictions d'Archie était qu'un pêcheur doit toujours garder sa concentration. Il avait coutume de dire qu'un instant de relâchement, et ça peut être la catastrophe. » Elle parlait avec la voix fluette et haut perchée qui était la sienne dans sa jeunesse. Ken leva les yeux, s'attendant presque à voir Myrtle enfant. « Si vous n'aviez pas été en train de vous disputer, et Dieu sait comment tu as dû formuler ton idée insensée pour déclencher chez lui une colère pareille, Archie ne serait pas mort. Il serait ici en ce moment.

— Peut-être, concéda Ken, ses sanglots s'atténuant. Mais il aurait pu aussi bien se trouver dos au treuil, ne pas s'esquiver à temps... »

Cette fois Myrtle éclata, débordante de mépris :

« Tu sais que ce n'est pas vrai, Ken Mcleoud, alors ne va pas essayer d'apaiser ta conscience en te berçant d'illusions comme celle-là. Archie réagissait au danger avec plus de vivacité qu'un animal sauvage. Il sentait venir les catastrophes à des kilomètres. Il ne se serait jamais laissé surprendre par ce câble s'il n'avait pas été concentré sur tes odieuses suggestions plutôt que sur les manœuvres à effectuer... » Elle avait retrouvé sa voix normale à présent, grave et éraillée. Ken se leva, les épaules voûtées comme pour se protéger de la pluie.

« Myrtle, s'il te plaît. Je sais que c'est dur pour toi... c'est dur pour moi aussi. Comment veux-tu que j'arrive à me regarder en face ?

— Je ne sais pas.

— Je suppose qu'il n'y a rien que je puisse dire pour...

— Non, rien. N'essaie pas.

— Tu ne me pardonneras jamais... comment veux-tu que je vive avec ça ?

— Oh, de ce côté-là, ne t'en fais pas. » Myrtle s'esclaffa. « Le pardon... si c'est ce que tu veux. Je te le donne. Ton but n'était pas de tuer Archie, juste de le houspiller. Ta bêtise, essayer de persuader un homme honnête de marcher dans une combine malhonnête, a été incroyable. Mais là n'est pas la question. Le pardon ne le fera pas revenir. Dorénavant, Ken, tu auras intérêt à m'éviter. Tu te doutes que je ne veux plus que nos chemins se croisent. Je ne veux plus rien avoir à faire avec l'homme qui... Je te préviens : il vaudra mieux que tu m'évites. Pas évident dans un village aussi petit, mais possible. Rien n'est changé entre Annie et moi, bien sûr. C'est mon amie, quoi qu'il advienne. Ce n'est pas sa faute, si tu...

— Annie n'est pas blanche comme neige dans cette histoire. C'est elle qui m'a poussé à...

— Je ne veux rien entendre contre Annie et, d'ailleurs, j'aimerais que tu t'en ailles maintenant.

— Très bien. » Ken haussa les épaules, s'essuyant les yeux avec la lassitude d'un homme à court d'arguments. Il quitta la pièce sans rien ajouter.

Après son départ Myrtle demeura sur sa chaise, dans le silence de sa cuisine déserte. Des images de l'accident hantaient son esprit, pires que tout ce qu'elle avait pu imaginer. La tête ensanglantée d'Archie, presque détachée de son corps, surgissait devant ses yeux, où qu'elle pose le regard. Elle s'entendait gémir, roucoulement sourd d'une colombe qu'on étrangle. La voix d'Archie résonnait dans son crâne : elle y discernait, par bribes, des propos qu'il avait pu tenir au fil des années. Sa présence était tellement forte qu'elle était convaincue que son absence n'était qu'une sorte de folie en elle, et que bientôt il serait de retour pour la consoler. Dans son inertie, elle comprit qu'elle l'attendait : elle comprit également la vanité de cette attente. C'était la première fois qu'elle mesurait l'absurdité de sa situation avec un tel sentiment d'impuissance. Ce sentiment de totale impuissance, elle l'éprouverait à maintes reprises dans les mois à venir.

De son côté, Ken fut fidèle à sa parole. Il s'arrangea pour fuir Myrtle : ils ne furent jamais obligés de se parler. Jusqu'à l'éclat d'Annie cet après-midi-là, les deux amies ne mentionnèrent jamais le nom de Ken. Il devint un fantôme entre elles.

Durant les cinq minutes qui précèdent l'arrivée de Martin, Myrtle se demande si elle a été trop dure avec Annie. Annie était bien intentionnée. Les autres gens, inquiets pour elle, sont eux aussi bien intentionnés. Mais leurs conjectures la contrarient. Leur anxiété constitue une intrusion dans cette intimité qui lui tient tant à cœur, et elle fait naître en elle une colère excessive. Elle veut qu'on la laisse se débrouiller comme elle l'entend avec sa solitude. Elle veut être l'unique témoin de sa sottise, de son excentricité, de ses petites poussées irrationnelles. Ces troubles vont passer, elle en a la conviction. L'abîme qui l'entoure ne sera jamais comblé, mais les prises pour s'en extraire vont devenir plus solides. Avec le temps, sa peau et son âme seront moins à vif, et elle se méfiera moins de la proximité d'autrui. La posture de sa mère est claire dans sa mémoire. Veuve, Dot était digne, forte, à l'aise avec la mort de son mari : elle avait choisi de continuer à observer les règles du défunt — leurs règles à tous deux —, et de considérer l'absence de Jock comme un problème temporaire sans plus d'importance qu'une longue excursion dans des eaux étrangères. Dot croyait dur comme fer aux retrouvailles avec son mari, et sa bonne humeur, le jour, rendait le deuil plus facile pour les autres. (Plusieurs fois, la nuit, Myrtle l'avait entendue qui pleurait ; elle savait que, dans ces cas-là, il ne fallait pas tenter de la consoler, et elle la laissait batailler avec son chagrin sans la déranger.) Myrtle se rend compte que, dans son veuvage, Dot était plus accessible qu'elle ne l'est elle-même. Elle se jure d'essayer d'être moins distante, moins sur la défensive. Elle est consciente que son besoin de vivre son deuil en privé en inquiète certains, quand il ne les vexe pas franchement. Elle aimerait pouvoir leur faire comprendre qu'elle ne se sent pas seule, qu'elle n'est seule que physiquement. Et la solitude, si elle est abordée dans le bon état d'esprit, offre autant de richesses qu'un univers peuplé de gens.

Myrtle se lève de son siège et déambule dans la pièce. Sous sa longue jupe, ses pieds dessinent de timides pas de danse. Son corps se balance. Ses grandes mains se déploient sur ses hanches, agrippant le tissu qui lui ceint la taille. Elle se déplace avec autant de précaution qu'un navire qui accoste : de la table au fourneau, puis du fourneau à la chaise. Alors qu'elle passe devant la porte, elle ralentit encore. L'odeur du chandail d'Archie est toujours là. Comme sa voix dans sa tête, elle ne s'est pas estompée d'un iota. Arrête de gigoter, ma petite femme. Assieds-toi, veux-tu ?

C'est peut-être insensé, songe-t-elle. Mais elle a constaté qu'arpenter ainsi la pièce, y onduler de la sorte telle la navette d'un métier à tisser, a quelque chose de réconfortant. Ce mouvement réussit à meubler une infime partie du vide, de la même manière que les filets des pêcheurs viennent rompre les profondeurs de la mer. Personne ne l'a jamais surprise dans son numéro de valse : personne ne détient la preuve de son comportement parfois extravagant. Alors pourquoi les gens s'imaginent-ils qu'elle a besoin d'une aide psychologique ? Je vais aussi bien que peut aller une femme qui a perdu son mari depuis presque deux ans, se dit-elle, même si la discipline que je m'impose est peut-être trop stricte. Peut-être le temps est-il venu de me laisser un peu aller…

Lorsque Martin arrive avec son colis de poisson, il trouve Myrtle encore en train de se dandiner en rythme et de fredonner toute seule, les yeux dans le vague. Elle met un petit moment à s'extirper de sa rêverie. Elle le regarde alors avec plaisir, nullement gênée qu'il l'ait prise comme ça en flagrant délit, et lui propose d'aller voir avec elle comment se portent les arbres.

C'est la première fois que Myrtle invite quelqu'un à visiter le boqueteau. Tandis qu'ils marchent sur la route, elle éprouve une culpabilité absurde. Le bosquet était l'idée d'Archie : il aurait dû être le premier à aller vérifier l'état des plantations. Mais Martin discute d'un tout autre sujet : pas encore très doué pour le filetage du poisson, il s'est hier assez grièvement coupé la main. Il tente d'expliquer à quel point les mains agissent différemment en fonction des matières. Il ne doit guère exister contraste plus marqué qu'entre la chair caoutchouteuse du poisson et la dureté résistante du marbre, et pourtant ses mains ont beaucoup moins de mal à ciseler la pierre qu'à découper le poisson. Bizarre. Quel régal ce doit être de tailler la soie avec des ciseaux bien aiguisés, ajoute-t-il. Ou même un beau tweed. Peut-être aurait-il dû être maître tailleur… tailleur à façon. C'était quoi, d'ailleurs, un tailleur à façon ? Il avait cherché un jour dans le dictionnaire sans trouver l'expression. Myrtle savait-elle ce que l'expression à façon voulait dire ? Celle-ci secoue la tête, le regard ébloui par la flamboyance des coquelicots le long des haies. Martin a une voix apaisante, quoi qu'il puisse raconter. C'est une belle et chaude soirée. Au loin, un tracteur creuse des sillons dans cette bande de terre sombre et riche, près de la mer, que les gens du coin appellent La Frange Dorée. Très vieux, le tracteur, prisonnier d'un filet de mouettes, penche nettement d'un côté. Un instant, Myrtle se fait la réflexion loufoque que, sans les mouettes, l'engin chavirerait complètement. La culpabilité qu'elle éprouvait au début de la promenade a disparu.

Et quand arrive le moment de faire visiter le boqueteau à Martin, elle commence même à prendre du plaisir. Il court dans les veines de ses bras, la chatouillant telle une substance active. Ils empruntent les sentiers que Myrtle a mis des mois à créer entre les arbres — de jeunes arbustes, chacun enveloppé d'une gaine protectrice, avec seulement quelques branches graciles et quelques feuilles minuscules qui dépassent au sommet.

« Imagine tout ça dans dix ans, commente Myrtle. Du lierre rampant, de la mousse, des campanules, des primevères, des oiseaux qui nichent dans les branches… »

Martin est impressionné. Il se frotte le menton, hoche la tête.

« Tu as conçu tout ça toi-même ? Choisi les arbres, prévu où les planter ? Tu as fait un sacré boulot.

— On avait décidé pas mal de choses ensemble : tout ne vient pas de moi. À un moment donné, peu après la mort d'Archie, j'ai failli totalement laisser tomber. Et puis je me suis dit, non : ce projet lui avait procuré trop de plaisir. Il était impatient de le mettre en branle. Je me suis dit qu'à tout le moins je pouvais continuer, faire pour le mieux sans lui.

Et je dois avouer que ça m'a pris beaucoup de temps, ce qui n'a pas été plus mal. »

Ils atteignent le cœur du bosquet, là où aboutissent tous les sentiers.

« Cette zone-ci, je vais la laisser en clairière. J'y ferai peut-être mettre un banc. J'irai y ruminer quand je serai vieille.

— Ce banc, je pourrais te le fabriquer, propose Martin. Je n'ai pas travaillé le bois depuis des années, mais j'aimerais bien faire un peu de menuiserie. »

Myrtle n'a pas dû entendre sa suggestion, car, au lieu de répondre, elle se rend à l'endroit qu'elle estime être le centre de la clairière. Elle se tourne vers lui.

« Ici, dit-elle, je veux un rocher. Tu penses que ce serait faisable ? Je veux un rocher à la mémoire d'Archie.

— Oui, ça doit être faisable.

— Tu pourrais m'en trouver un ? Tu pourrais m'aider à organiser son transport ? Ce ne sera pas évident, je m'en doute bien.

— Je verrai ce que je peux faire.

— Il faudra y graver quelque chose de…

— … une inscription toute simple. Son nom et ses dates. Sur le devant, ou peut-être sur une pierre distincte. Ça me plairait de faire ça pour Archie.

— Si tu pouvais, je serais vraiment aux anges… même si tu t'es déjà chargé de la pierre tombale. Tu as beaucoup fait pour Archie. Cet endroit te plaît ? Tu arrives à te figurer comment ce sera à la fin ? »

Martin hoche à nouveau la tête. Il sait qu'il est le premier à être invité dans ce bois, et il est touché par le plaisir de Myrtle et son excitation. Souriante, elle se dirige vers lui, désignant le seul sentier qu'ils n'aient pas essayé. Mais soudain elle trébuche sur une pierre enfouie. La chute n'a rien de grave, mais Myrtle pousse un gémissement en s'empoignant la cheville. Aussitôt Martin la rejoint. Il s'agenouille, lui examine prestement la cheville à la manière d'un médecin.

« Ce n'est qu'une légère entorse, affirme Myrtle. Aide-moi. »

Saisissant la main qu'elle lui tend, Martin lui attrape le coude de l'autre, puis la hisse sur ses pieds. L'espace d'un instant ils se tiennent assez près pour que Martin puisse soutenir Myrtle pendant qu'elle essaie de faire porter son poids sur sa cheville. Elle éprouve un élancement, mais rien d'insupportable.

« Ça va, dit-elle. Merci. » Libérant son bras et sa main et s'écartant maladroitement de Martin, elle détourne la tête pour qu'il ne voie pas sa rougeur subite. C'est la première fois depuis la mort d'Archie qu'elle a un contact physique avec un homme. Elle s'en veut de l'avoir laissé la toucher, si innocent et secourable qu'ait été son geste. Sa mauvaise conscience ressurgit d'un seul coup. Tout d'abord, elle amène un homme voir le bois de son mari avant qui que ce soit d'autre, et ensuite, sur le lieu même dédié à son souvenir, elle laisse cet homme lui tenir la main. La lui serrer très fort. Et elle trouve ça plutôt agréable. Si ce n'est pas de la trahison…

« Repartons par là, dit-elle, s'élançant en boitillant sur le nouveau sentier.

— Tu es sûre que ça va ?

— Sûre. Ce n'est qu'une toute petite entorse. »

Marcher devant Martin lui procure l'occasion de réviser son jugement sur elle-même tandis que ses joues se rafraîchissent. Elle revient sur son analyse : Archie aurait été enchanté que Martin, leur vieil ami commun, soit le premier à visiter leur bois. Il aurait également trouvé on ne peut plus normal que Martin l'aide à se relever après sa chute. Alors pourquoi diable a-t-elle été tellement gênée ? Pourquoi un épisode aussi innocent lui a-t-il causé tant d'angoisse ? Serait-ce parce qu'elle a puisé dans l'étreinte de Martin un réconfort inattendu ? Ainsi appuyée sur lui, elle s'est sentie forte et remplie d'espoir. Un espoir de quelle nature, elle ne saurait le dire : quelque chose à voir avec le fait que la gentillesse d'un brave homme puisse être encore à même de l'émouvoir.

Tous deux remontent lentement la route en direction du village. Les corolles des coquelicots sont désormais inclinées, et leurs pétales se referment. Le tracteur a disparu, le filet de mouettes s'est désagrégé. Il en reste une ou deux qui flottent dans le ciel, comme désœuvrées sous la mince tente argentée que forment les nuages du soir. Lorsqu'ils atteignent sa maison, Myrtle a recouvré son calme. Elle invite Martin à entrer boire une bière. Mais Martin refuse.

« J'ai promis à Annie que je lui apporterais du poisson pour son dîner. J'ai l'impression qu'elle n'est pas très heureuse. Une mauvaise passe, on dirait.

— En effet », confirme Myrtle. Martin indique son pied :

« Prends soin de cette cheville. Et merci de

m'avoir emmené dans ton bois. Il est magnifique. Archie aurait été fier de ce que tu as fait. »

Myrtle commence à gravir l'escalier.

« Cela ne t'ennuierait pas… ? balbutie-t-elle.

— De ne rien dire à personne ? Tu peux compter sur moi. Je ne dirai pas un mot. »

Alors qu'elle fait revenir les lamelles de cabillaud que lui a apportées Martin, Myrtle se demande si Annie l'a invité à rester dîner avec Janice et elle. Cette pensée l'agace passablement. Pour la chasser, elle sort son vieil exemplaire de *Sohrab et Rostam*, afin de préparer son petit cours de demain. Comme toujours, elle se réjouit de la visite de Janice. La fillette adore les poèmes que Myrtle a choisi d'étudier ; elle a un penchant particulier pour la poésie narrative. Demain elle lui fera découvrir Matthew Arnold. Myrtle lit tout en dînant. C'est une habitude qu'elle a prise depuis peu et, parfois, elle se laisse tellement captiver par son livre que son plat refroidit. Ce soir, presque tout le cabillaud offert par Martin reste en plan sur son assiette, peu ragoûtant, et elle est obligée de le jeter à la poubelle.

Contrairement à nombre de femmes qui ont perdu leur mari, Myrtle ne souffre pas de cauchemars. Elle a retrouvé un sommeil profond et sans rêves peu après l'enterrement d'Archie. Ce sont plutôt les visions diurnes qui la hantent — de petites images éparses qui, souvent, s'assemblent facilement, mais de temps en temps une pièce est manquante dans sa mémoire, et elle se met à paniquer. Récemment elle n'a pas réussi à reconstituer leur arrivée à Mull après leur mariage. Elle revoit la bâtisse austère, la logeuse sympathique, la chambre à coucher façon chalet suisse, les délicieux petits déjeuners… Mais leur arrivée proprement dite dans cette maison, elle ne s'en souvient pas. Déconcertée, Myrtle s'interroge sur l'importance d'un tel oubli. Signifie-t-il que son esprit se rebelle contre un excès de souvenirs ? Devrait-elle cesser de se livrer à ces réminiscences, et fixer plutôt son esprit sur les étendues nébuleuses de l'avenir ? Une tâche difficile. Elle s'y emploie pourtant, quelquefois. Mais elle ne distingue aucun pic dans la brume. Rien de précis à viser en guise d'objectif, aucun chemin évident. Aucun désir conscient.

Et puis dernièrement un phénomène aussi nouveau qu'étrange est venu la troubler : le ciel. Au fond d'elle-même, Myrtle sait que cette phobie pour le moins gênante découle forcément du traumatisme de la mort d'Archie. Mais avant qu'elle ne parvienne à se raisonner et à se moquer de l'absurdité de ses craintes, la peur a le temps de lui donner non seulement des sueurs froides mais aussi des coups au cœur.

La menace du ciel est née un soir où, prise d'une impulsion soudaine, elle est descendue jusqu'au port. C'était une chose qu'elle s'obligeait souvent à faire, dans l'espoir de surmonter sa répugnance face à l'endroit d'où le *Skyline Il* avait disparu, mais où les amis d'Archie mouillaient encore. Sûrement habitués à l'absence, désormais… Ce soir-là, il y avait un beau coucher de soleil : un nuage rougeoyant se reflétait intensément dans les eaux du port, parant de rouille leur teinte brune. Ce ciel ressemblait beaucoup à celui du matin où

Archie, mortellement blessé, était revenu à terre pour la dernière fois. Myrtle se souvenait qu'à ce moment-là, en attendant que le bateau apparaisse, elle avait levé les yeux vers le ciel et s'était dit que quelqu'un y avait tiré une balle. Du sang suintait des nuages, zébrait de traînées rouges de larges estafilades bleu canard. Lors de cette soirée récente où elle s'était forcée à descendre au port — enfin quoi, Archie était mort depuis presque deux ans ! —, le ciel était tout aussi inquiétant, chargé de la même menace : elle avait été saisie d'un effroi glacial qui l'avait laissée chancelante. Se dépêchant de rentrer, elle avait trébuché plusieurs fois, à la manière d'une vieillarde. De retour dans sa cuisine, elle avait aussitôt pris conscience de son ridicule. Elle avait ri tout haut dans le silence et s'était préparé une tasse de thé. Elle n'avait pas le choix : elle devait s'accommoder des mauvaises surprises du veuvage avec le plus de patience et de sagesse possible.

Mais à partir de ce soir-là, manifestement, il n'y avait pas que le coucher de soleil qui lui tournait les sangs. Un ciel brun grisâtre, le lendemain matin, se révéla tout aussi alarmant. Sur le chemin de l'école, elle le sentait arqué au-dessus d'elle, prêt à bondir, à écraser, à détruire. Une fois dans la salle de classe, la clameur des élèves mit en déroute ces sottes terreurs, mais lorsque la cloche sonna à trois heures elle repoussa son trajet de retour, s'inventant diverses petites besognes inutiles pour différer son départ. Elle finit par se ressaisir — *Toujours garder son sang-froid quand les choses se corsent*, disait Dot — et quitta l'école à quatre heures. Si le ciel de l'après-midi était plus clair, plus gai et sans nuages, il n'en était pas moins oppressant et lourd. Il l'emplissait de malaise. Dès lors, il lui fallut se blinder à chacune de ses sorties. Elle n'allait pas céder à cette forme si bizarre d'agoraphobie ; elle allait bien finir par venir à bout de cette peur irrationnelle… Quand elle était dehors, elle gardait les yeux baissés, incapable de lever la tête, redoutant de voir apparaître dans sa vision la blancheur des nuages. Elle n'arrivait pas à comprendre comment elle avait pu jadis aimer contempler les cieux gigantesques qui surplombaient cette partie de la côté écossaise. Elle pouvait seulement prier pour que sa récente phobie, si étrange, ne soit qu'un désagrément passager engendré par son veuvage. Vaincre la distorsion de ses sensations, telle était la tâche qu'elle s'était assignée, convaincue qu'à la longue cette terreur s'évanouirait aussi mystérieusement qu'elle avait surgi.

Janice arrive un peu en avance pour son cours. Ses croquenots résonnent sur le sol dallé tandis qu'elle virevolte dans la pièce, perturbant la paix ambiante. Les joues roses et les yeux brillants, elle vide son cartable de livres sur la table bien récurée. Myrtle perçoit sa fébrilité. Elle connaît par cœur cette agitation-là : Janice est comme Annie à treize ans, toute vibrante d'impatience, projetant des étincelles qu'on arrive presque à voir. Janice est une élève plus sérieuse que l'a jamais été sa mère. Mais Myrtle doute qu'elle soit tout à fait capable aujourd'hui de se concentrer sur le poème.

Elles s'assoient. Myrtle observe Janice avec

insistance. Elle tient à s'assurer que la gamine a conscience de ses priorités. Elle est ici pour étudier Matthew Arnold. Elle doit mettre de côté l'événement, quel qu'il soit, qui a provoqué cet état d'excitation manifeste.

Myrtle s'empare de son livre déjà ouvert. Elle commence à lire.

« Oh, Myrtle, je suis désolée. Je n'arrive pas à me concentrer sur les mots aujourd'hui. C'est un magnifique poème, et tout, mais je suis trop tourneboulée.

— Je vois ça. » Myrtle fixe Janice d'un regard où la curiosité se mêle à l'agacement. « Qu'est-ce qui se passe ? Qu'est-ce qui te tracasse ?

— Qu'est-ce qui me tracasse ? » Janice s'esclaffe. Ses mains vibrionnent, tripotant crayons et gommes. Myrtle tique un peu sur le vernis à ongles vert nacré. Elle remarque également les cils de la jeune fille : longs, quoique moitié moins que ceux de sa mère, ils sont agglomérés par un mascara dont l'application semble remonter à plusieurs jours. Myrtle éprouve une bouffée de malaise qui lui gâche la matinée. Elle laisse s'installer un silence, que Janice rompt en annonçant :

« Je suis amoureuse.

— Amoureuse ? » Myrtle se sent scrutée : Janice guette sa réaction avec avidité. Myrtle passe en revue les camarades de classe de Janice : des adolescents indéterminés, aussi disparates que l'étaient les garçons de sa propre génération. Il doit y avoir des Ross, des Ken, et ainsi de suite. Pas d'Archie, bien sûr. Jamais il ne pourrait y avoir un autre Archie.

« Ne me demande pas qui, dit Janice.

— D'accord. Ça ne me regarde pas. Tu veux une tasse de thé ?

— Je ne pourrais rien avaler, merci. Merde, ça vous prend aux tripes, pas vrai ?

— En voilà un affreux langage, s'écrie Myrtle.

— Pardon. C'est sorti tout seul. » Janice glousse. « On parle toutes comme ça parmi mes amies.

— Dommage. Ce n'est pas indispensable.

— Non, mais tout le monde emploie ce genre de langage. Je me distinguerais trop si je ne faisais pas pareil, tu ne crois pas ?

— Tu devrais avoir le courage de faire et de dire ce qui correspond à tes convictions. Imiter les autres juste pour les imiter n'a rien de bien courageux, d'après moi. Ce n'est pas très admirable. » Le malaise de Myrtle la rend plus virulente que prévu. Elle ignore pourquoi la grossièreté subite de Janice la scandalise à ce point. Annie a toujours dit des gros mots : il n'est guère surprenant que Janice tienne d'elle. Mais jusqu'à ce matin, à cette table, Janice a toujours soigné son langage. Annie avait sûrement prévenu sa fille que Myrtle était bégueule pour ces détails-là. Et peut-être est-ce vrai, songe Myrtle. Sinon, pourquoi le relâchement soudain de cette gamine la heurterait-il autant ?

Les mains de Janice se calment enfin et se posent sur le livre ouvert où attend le poème. Elle est prise de court par la remontrance de Myrtle, qui la sermonne rarement. Mais la fillette demeure néanmoins incapable de s'intéresser à l'histoire de Sohrab et Rostam, une histoire qu'il y a seulement une semaine elle avait trouvée si passionnante.

« Comme je te disais, ça te retourne... ça te chamboule complètement, d'être amoureuse. »

Sa grimace lui fait manger ses mots. Elle plaque une main sur son ventre. « Pas moyen de manger, pas moyen de dormir, pas moyen de penser à que dalle à part ça.

— À quoi que ce soit d'autre.

— Enfin bon, tu vois ce que je veux dire... Je passe tout mon temps à chercher à le croiser. N'importe quoi pour simplement l'entrevoir. »

Le regard de Myrtle, malgré elle, est attendri. Elle décide de risquer une question.

« Est-ce que cet amour est payé de retour ? demande-t-elle.

— Payé de quoi ?

— Est-ce que lui aussi t'aime ? » Myrtle tient à éviter que le cours ne soit entièrement grignoté. Cette heure trop brève ne doit pas céder la place à des discussions sur les fantasmes adolescents, même si elle comprend très bien l'extrême curiosité de Janice.

« Si lui aussi m'aime ? Si je lui plais, tu veux dire ? À mon avis, il ne sait même pas que j'existe.

— Alors tu ferais mieux de t'abstenir de trop penser à lui.

— Comment m'en empêcher ? Comment étouffer ce que je ressens ? Il suffit que je le voie pour que mes jambes se transforment en coton, que mes genoux flageolent et que mon cœur se mette à battre à grands coups comme si j'allais mourir... tu n'as donc jamais éprouvé ça ? »

Myrtle sourit.

« J'imagine que la plupart des gens ont vécu cette expérience-là à un moment ou à un autre.

— Foutrement horrible.

— Janice, s'il te plaît.

— Pardon.

— Est-ce que ta mère est au courant ?

— Bien sûr que non. Pas question pour moi de lui raconter ce genre de choses. S'il te plaît ne lui répète pas. Promets de ne pas lui répéter.

— C'est promis.

— Qu'est-ce que je vais faire ?

— Les sentiments de ce type finissent par s'apaiser. Et les tourments de ce type s'atténuent peu à peu. Ils ne peuvent pas conserver une telle intensité bien longtemps.

— Espérons. Et pourtant…

— En plus, à ton âge, il n'y a pas grand-chose à escompter, si ? Je veux dire, à part l'amitié. Les passades d'adolescence donnent rarement lieu à des sentiments plus durables, plus mûrs.

— Je sais tout ça, réplique Janice avec humeur. N'empêche, j'y peux rien. Je me sens comme envahie. Comme entièrement dévorée. C'est bien plus qu'une simple passade d'adolescence, comme tu dis.

— Janice, tu n'as pas encore treize ans et demi. Tu es une adolescente. C'est simplement que tu es en train de grandir, même si le processus chez toi semble commencer un peu fort, un peu tôt. À ta place j'essaierais de me concentrer sur les autres éléments de ma vie qui m'apportent le plus de plaisir. Nos leçons, par exemple.

— Désolée. J'essaie.

— Tu veux un biscuit ?

— S'il te plaît. Je meurs de faim, même si j'ai mal au cœur dès que je mange. » Elle a l'air d'une toute petite fille.

Myrtle se lève et attrape la boîte en fer-blanc. Le dos tourné, elle demande :

« Tu n'as donc pas touché à ce bon cabillaud hier soir ?

— Quel cabillaud ?

— Je croyais que Martin en avait apporté…

— Ah, si, *aye*. »

Myrtle résiste quelques instants, avant de succomber :

« Et ta mère, est-ce qu'elle l'a invité à rester dîner, pour sa peine ? » demande-t-elle, non sans honte.

Le regard de Janice revient du lieu lointain où il était perdu ; elle rougit, comme si Myrtle avait deviné quel garçon elle aimait. Mais il n'en est rien, et Myrtle n'essaie d'ailleurs aucunement de se représenter le fameux garçon.

« Oui, je crois, confirme Janice, mais il a répondu qu'il devait y aller. » La fillette paraît triste à présent, ses pensées très éloignées de Martin et de son poisson. « Je ne suis pas arrivée à le manger. J'ai toujours eu horreur du poisson, à part en bâtonnets. Papa me traite de calamité ambulante. »

La moindre référence à Ken a beau la faire tressaillir, Myrtle est décidée à ne pas trahir sa rancœur auprès de la fillette.

« Goûte ça », s'exclame-t-elle, tendant à Janice une tranche d'un pain d'épice tout chaud qu'elle vient de sortir du four. Martin n'est pas resté : elle préfère ne pas analyser le soulagement diffus qu'elle éprouve. Consciente de sa propre lâcheté, elle se dit qu'elle s'est montrée trop dure avec la fillette, et s'en fait le reproche. Regagnant son siège, elle regarde Janice avaler goulûment le pain d'épice : troublés, reconnaissants, ses yeux aux cils pitoyablement emplâtrés n'arrivent pas à rester immobiles.

« Oh, Myrtle, merci, dit-elle.

— C'est une chose qui arrive à la plupart des gens, explique Myrtle. Quand ce sera terminé — ce qui surviendra bien plus tôt que tu ne crois —, tu repenseras à ton état actuel et tu rigoleras.

— Sûrement pas, déclare Janice, très sérieuse, en léchant les miettes sur ses doigts. Je ne rigolerai jamais de ça.

— D'accord, admettons. Mais tu ne feras pas de bêtises, dis-moi ?

— Tu me prends pour qui ? » Elle pouffe mais sa mine est méprisante. « Tu te souviens quand ça t'est arrivé ? Quand un mec t'a plu... quand un mec t'a vraiment plu pour la première fois ? »

La chaude attirance que Myrtle a jadis éprouvée pour le père de Janice lui revient en mémoire : la certitude désagréable que son amour n'était pas partagé, et puis, au bout du compte, l'anéantissement de ses espérances, quand Ken l'avait trahie.

« Oui, en effet, je me rappelle, répond-elle, mais je ne te raconterai pas aujourd'hui. Il nous reste peu de temps et nous n'avons quasiment rien lu. » Elle s'empare du recueil, et Janice soupire.

Plus tard, lorsque Janice s'en va, Myrtle a le sentiment de ne pas avoir réussi à distraire l'enfant de son idée fixe. Impossible de rallumer son intérêt, sa concentration, son enthousiasme. Elle se rappelle la passion du jeune Ken pour la poésie, puis comme cette passion s'était éteinte quand il était tombé amoureux d'Annie, et avait dès lors cessé de lire. Elle n'aimerait pas que Janice suive le même chemin que son père, et espère que cette phase adolescente ne sera que provisoire.

Samedi matin. Les cahiers de devoirs qu'elle voulait corriger, Myrtle les a terminés tard hier soir. Ils trônent en une pile bien nette sur la table. Elle regrette de ne pas les avoir gardés pour ce matin, comme prévu.

Elle n'a rien à faire. Sans personne pour qui cuisiner, sans rendez-vous fixé avec Annie, les heures s'étirent, vides, devant elle. Il s'agit d'une des rares occasions depuis la mort d'Archie où elle se trouve désemparée de la sorte. Heureusement, cela n'arrive pas souvent. N'empêche, en attendant, comment va-t-elle mettre à profit ces heures d'oisiveté ? Autrefois les matinées du samedi étaient toujours bien remplies, et tellement heureuses qu'elles filaient à toute allure.

Ce que Myrtle aimerait faire, c'est marcher jusqu'au boqueteau pour voir si les arbres ont poussé ces derniers jours : leur croissance ne manque jamais de la stupéfier. Elle aimerait réfléchir davantage au futur emplacement du banc et du rocher. Mais son ennemi le ciel lui interdit de quitter l'abri de sa maison. Par la fenêtre, elle voit qu'il est d'un bleu dur ininterrompu : un bleu éclatant dans lequel elle n'a pas le courage de s'immerger tout de suite. Peut-être sera-t-il moins terrifiant cet après-midi : peut-être essaiera-t-elle de l'affronter à ce moment-là.

Assise à la table, ses grandes mains posées à plat sur la surface de bois familière, elle médite sur sa faiblesse, elle qu'on prétend si forte. Le long silence est brisé par un coup à la porte. Myrtle s'est désormais faite à l'idée d'une journée solitaire sans besognes précises, et se réjouit déjà des menus plaisirs qui l'attendent. À peine dix minutes avant, elle aurait été enchantée d'avoir un visiteur. À présent elle ne sait plus trop.

C'est Alastair Brown. Le sourire incertain qu'il affiche indique qu'il s'y entraîne tant bien que mal depuis un certain temps. Son blazer bleu marine a l'air étrangement neuf. Il tient un bouquet de roses jaunes protégé par un cône de papier à pois transparent, dont la bordure imprimée imite un volant de dentelle. Quelle sera la prochaine invention des fleuristes ? se demande Myrtle, perplexe.

« Mr Brown ?

— Mrs Duns ?

— Puis-je franchir votre seuil un tout petit instant ? Puis-je entrer ?

— Bien sûr. Je vous en prie. »

Myrtle referme la porte derrière lui. Elle ne voit pas ses yeux, cachés comme toujours derrière des lunettes noires. Mais il a la tête penchée. Il semble captivé par les roses. Puis, avec un petit haussement de ses épaules sous leur blazer impeccable, il les pose d'un geste brusque sur la table, presque avec dégoût. Le papier crissant scintille de minuscules perles de transpiration. Myrtle remarque que ses mains tremblent. Sentant le regard de Myrtle, il les glisse dans ses poches. La rigueur du blazer est désormais gâchée par deux bosses. Myrtle lui propose du café.

« Ce serait fort aimable », répond Alastair Brown.

Pendant que la bouilloire chauffe, le capitaine du port tourne et vire dans la cuisine. Ses innocentes déambulations causent à Myrtle un sentiment de trahison. La présence d'un homme, quel qu'il soit, dans cette cuisine, la pièce d'Archie, lui semble une infidélité. Elle regarde les lunettes noires d'Alastair Brown s'arrêter sur divers objets, avant d'aller embrasser le panorama derrière la fenêtre. À quoi peut-il penser ? Pourquoi est-il là ? De toute évidence, il est mal à l'aise. Cet homme sophistiqué issu d'un sud sophistiqué, à la préciosité si flagrante quand il se pavane sur le port, n'existe plus en ces lieux. Tout son être dénote qu'il a eu tort de venir voir Myrtle. Il n'aurait jamais dû entreprendre cette visite, il est miné par le regret. Il a commis une erreur, mais ne peut plus s'esquiver sans fournir une explication quelconque.

Myrtle lui tend un mug de café. Il la remercie avec trop d'effusion. Assise à sa place habituelle à la table, elle lui indique qu'il n'a qu'à s'installer en face ; elle ne veut pas qu'il prenne la chaise d'Archie. Une fois sur son siège, il contemple son café noir. Il se permet alors de lui demander — Myrtle mesure l'effort requis — si elle pourrait avoir l'obligeance de lui donner un peu plus de lait. En cette époque où les gens se montrent si soucieux de leur santé, il sait qu'il sort de l'ordinaire avec son penchant pour le lait dans le café, précise-t-il avec un petit rire grêle.

On lui ajoute donc un peu de lait. Le silence plane à nouveau entre eux. Myrtle, de plus en plus déconcertée par son apparition, en est heureuse malgré le malaise ambiant. Quelle que soit la mission d'Alastair Brown, celle-ci va pimenter sa matinée, et les plaisirs qu'elle avait commencé à entrevoir se seraient sans doute révélés moins intéressants que cette étrange visite. Le capitaine du port remue son café, et le léger choc de la cuillère contre la porcelaine l'aidera peut-être à amorcer son discours.

« N'ayant pas été ici au moment de la mort de votre mari, se lance-t-il enfin, je n'ai pu vous présenter mes condoléances. Mais je suppose que quand un conjoint meurt, le temps des condoléances ne s'achève jamais.

— En effet, acquiesce Myrtle.

— J'ai tardé à venir ici vous les présenter... mais, vous le comprendrez, je n'étais pas sûr que ce soit opportun.

— C'est très gentil à vous de le faire... merci. »

Alastair Brown laisse passer un nouveau silence tandis qu'il élabore la suite de son allocution.

« J'ai appris — enfin bon, dans un petit village comme celui-ci, tout se sait, n'est-ce pas ? —, j'ai appris que vous étiez une veuve très courageuse et très digne, que vous ne pleuriez sur l'épaule de personne, et que, dans la mesure du possible, vous faisiez contre mauvaise fortune bon cœur. J'espère que c'est la vérité. » Myrtle a l'intuition que, derrière les lunettes noires, les yeux d'Alastair Brown se ferment de soulagement maintenant qu'il en a fini avec la partie la plus délicate de son oraison. Ses épaules contractées se soulèvent, et il poursuit. « Je comprends qu'après de nombreuses années d'un mariage heureux, se voir arracher son compagnon comme qui dirait prématurément puisse faire envisager la solitude d'une manière totalement différente. Elle doit paraître moins attrayante. Étrange. »

Myrtle opine du bonnet. Elle voit que l'assurance de son visiteur s'accroît. Elle voit que le soin qu'il met à composer ses phrases lui procure un certain plaisir, maintenant qu'il est lancé. Elle sourit, sans vouloir pour autant l'encourager à continuer. Mais Mr Brown interprète le léger mouvement de ses lèvres comme un feu vert.

« J'ai également appris, comme vous, sans doute, que mon rejet de toutes les aimables propositions d'aide et d'amitié de dames des alentours — et aussi, il faut bien l'avouer, de beaucoup plus loin — viendrait du fait que la femme que j'attendrais en réalité serait la veuve Duns, l'inaccessible Myrtle. Vous, Mrs Duns. »

Myrtle dresse les sourcils. Elle se sent rougir, ne sait pas quoi répondre.

« Mais ne vous inquiétez pas. Ce n'est pas le cas. Il ne s'agit là que d'une sotte rumeur devenue incontrôlable. Si je suis venu ici ce matin, Mrs Duns, c'est pour vous assurer de manière catégorique qu'il n'y a pas une once de vérité dans cette stupide histoire. Cette pensée ne m'a jamais effleuré l'esprit. Enfin voyons, nous nous connaissons à peine… Mais je ne voulais pas que vous vous sentiez embarrassée. J'ai pensé qu'il valait mieux que je vienne vous voir afin, disons, de jouer cartes sur table. »

Myrtle s'accorde un long moment de réflexion pour réagir au mieux.

« C'est très gentil à vous, dit-elle à nouveau. Très attentionné. Ces sottes rumeurs m'étaient évidemment revenues aux oreilles, mais je n'y ai bien sûr pas prêté attention. Toutefois, cela me rassure d'entendre de votre propre bouche qu'une telle idée vous semble aussi absurde qu'à moi. »

Les muscles qui pinçaient les lèvres d'Alastair Brown se détendent. Myrtle se trouve émue par cet homme maladroit : elle tient à dissiper ses peurs quant à son propre embarras. Elle aimerait le mettre totalement à l'aise, et se demande comment orienter la conversation sur une voie nouvelle. Elle voudrait lui faire oublier l'inquiétude qu'a dû lui causer ce projet de visite, et qui lui a peut-être valu des semaines de tourment. Mais avant qu'elle ait eu le temps de se décider, Alastair Brown en vient au deuxième point qui le préoccupe.

« Voilà, il y a un problème dont j'aimerais vous parler, Mrs Duns, maintenant que nous avons réglé la question des rumeurs, et mis les choses à plat. J'espère que vous ne me trouverez pas trop cavalier. Voilà, j'espère que vous comprendrez, mais il y a une chose que je recherche, une chose très précieuse, très innocente, et qui se révèle pourtant très difficile à se procurer pour un célibataire entre deux âges. » Il tourne la tête vers la fenêtre. Des rideaux miniatures battent au vent dans les disques noirs de ses lunettes. « Ce que je recherche, c'est une compagnie amicale. »

Myrtle, intriguée et amusée par ces paroles cérémonieuses qu'un fort accent de Cornouailles rend plus étranges encore, ne saisit pas vraiment leur signification. Se taisant un instant, Alastair Brown note une vague interrogation dans les yeux de Myrtle, qu'il s'empresse de clarifier.

« Comme vous-même devez le savoir, Mrs Duns, être une personne célibataire dans une société peuplée de couples ne va pas sans inconvénients. Il coule de source qu'on cherche un partenaire et, dans cette optique, toutes sortes de gens bienveillants vous font des quantités de propositions enthousiastes... lesquelles excluent, malheureusement, la compagnie amicale. Vous avez dû connaître cela. Même durant vos deux années de veuvage, vous avez sûrement éconduit un grand nombre de soupirants désireux d'entrer dans votre vie.

— Vous me flattez, dit Myrtle, se sentant rougir à nouveau. Mais en réalité pas du tout.

— Peu importe. De mon côté, et pardon si j'ai l'air de me vanter, pas mal de dames m'ont poursuivi de leurs assiduités. (Se représentant la scène, Myrtle est obligée de réprimer un sourire…) Je me suis vu contraint de les décourager car leurs objectifs ne correspondaient pas aux miens. Ce que recherchent ces femmes, c'est de l'amusement, du romantisme, une relation sexuelle, mais tout cela avec en vue, à l'horizon, le grand engagement, bref, le mariage. Eh bien, moi je ne veux pas de cela, jamais. Je n'ai aucune envie d'être un homme marié, même si j'ai une forte envie d'être un homme de commerce agréable. J'ai à offrir une nourriture simple au coin du feu, des petits verres de double malt, des vieux films à la télé… comme vous l'a peut-être appris votre amie Mrs Mcleoud. (Là, il s'autorise un sourire ironique.) J'ai à offrir des balades en été le long de la côte dans mon petit bateau… mais rien de plus, à vrai dire. Rien d'important. Ma vieille mère vit dans une maison de retraite à Dundee. Je dois lui rendre visite régulièrement. Elle est contente d'être de retour dans la région. Elle n'a jamais aimé la Cornouailles. » Il s'interrompt pour soupirer. « Quelle vie ennuyeuse, vous devez vous dire. Mais c'est tout ce que j'ai à offrir. En retour, je serais ravi de jouir de temps en temps d'une agréable présence féminine, mais celle d'une créature qui ne recherche pas autre chose que ma maigre…

— Je ne trouve pas que ce soit une vie ennuyeuse, le coupe Myrtle.

— Alors vous êtes la perle des femmes.

— Juste un être aux goûts simples, comme vous. Je n'ai pas de plus haute ambition que de savourer au mieux chaque journée qui passe.

— C'est drôle, je suis de cette école, moi aussi. » Alastair Brown sourit désormais plus ouvertement. L'aveu de Myrtle l'incite à se confier davantage.

« C'est drôle, d'ailleurs, vous savez, qu'une femme puisse envisager de me poursuivre. Enfin quoi, non seulement je mène une vie très tranquille, je n'ai pas d'argent, pas de voiture ni d'autres appas, mais j'ai des cicatrices… Évidemment elles l'ignorent. Les lunettes noires sont signes de mystère, n'est-ce pas ? Ridicule, comme notion. » Il tapote un de ses verres de lunettes. « On y voit aussi une affectation. J'ai entendu les railleries, croyez-moi. Mais des lunettes noires qu'on ne retire jamais sont comme un défi, je suppose. Enfin bon, si je ne retire pas les miennes, c'est pour une excellente raison. »

Sans prévenir, le capitaine du port enlève alors brusquement ses lunettes, qui tombent sur la table. Il se retourne pour faire face à Myrtle.

« Voilà, Mrs Duns. Regardez bien et vous verrez pourquoi je ne peux pas espérer offrir jamais à aucune femme… »

Il se tait. Myrtle est trop stupéfaite pour contenir un hoquet de surprise. Un des yeux a une paupière définitivement baissée. La bande de blanc qu'on aperçoit dessous est d'un marron trouble, l'iris invisible. L'iris mouvant de l'autre œil est d'une couleur indéfinissable ; autour du globe oculaire, la peau est marquée d'une multitude de cicatrices et de fronces. Résultat d'une opération ratée, peut-être, se dit Myrtle, mais rien de trop atroce. Sans ciller, elle fixe les yeux qui sont braqués sur elle comme pour la provoquer. Regrettant sa réaction initiale, elle s'efforce d'adopter une expression impassible.

« Accident, explique Alastair Brown.

— Je suis désolée.

— Donc vous comprenez.

— Je ne crois pas que vous devriez être aussi certain que des cicatrices sur le visage rebuteront les gens.

— Moi si. J'en suis sûr. J'en ai fait l'expérience. J'ai vu des gens reculer, horrifiés. Voilà pourquoi je n'ôte jamais mes... Je n'ai pas de problèmes de vue. Par chance, ma vision n'a pas été atteinte. Mais vous devez reconnaître que j'ai un aspect assez monstrueux. »

Myrtle secoue la tête. Elle conçoit que ses yeux abîmés puissent inspirer du dégoût chez certains, mais pour elle ce visage meurtri demeure curieusement beau, avec son grand nez busqué et son sourire engageant. Plongée dans ses réflexions, elle omet de prononcer assez vite des mots de réconfort. Alastair Brown, affichant à nouveau la mine d'un homme qui a commis une erreur mais sait qu'il est trop tard pour se rétracter, remet ses lunettes noires. La métamorphose, Myrtle doit bien se l'avouer, est instantanée. Elle se retrouve soumise une fois encore à son étrange pouvoir d'attraction. Tout au fond de sa tête, embryonnaire, la pensée se fait jour qu'une amitié progressive avec cet homme pourrait être bénéfique aux deux parties. Mais, pour l'heure, elle a l'intention de se montrer prudente. De faire preuve de réserve.

« Vous en avez vu assez, dit-il. Je suis désolé. Je ne voulais pas… Je vous serais reconnaissant de garder cela pour vous.

— Bien sûr. »

Il est temps de proposer à Alastair Brown une autre tasse de café, avec la bonne quantité de lait. Myrtle a recouvré son sang-froid. Elle éprouve de la pitié pour cet homme. Elle est intriguée par son mélange de vanité et de manque d'assurance. Peut-être les deux vont-ils souvent de pair, se dit-elle.

La matinée passe étrangement vite. Quand Alastair Brown va-t-il s'en aller ? Compte-t-il expliciter davantage son vœu d'une compagnie amicale ? Comme devinant ses pensées, le capitaine du port pousse vers elle le cône de roses posé sur la table.

« Je vais y aller dans une minute, dit-il. Ces fleurs sont pour vous.

— Merci.

— Mais pour revenir un instant sur ma requête d'une compagne… Je me suis adressé à vous dans l'espoir que, peut-être, étant veuve, vous recherchiez également une relation de cette nature. Rien de plus.

— Je n'ai pas réfléchi consciemment en ces termes, réplique Myrtle, tâchant à tout prix de rester délicate, mais j'aime voir des amis. Je ne vis pas en ermite.

— Alors, de temps en temps, nous pourrions nous retrouver ? Partager un hareng ?

— Pourquoi pas ? » Myrtle sourit. Alastair Brown lui rend son sourire.

« Vous aimez les vieux films ?

— Je n'en ai pas vu beaucoup. » L'idée d'une soirée-télé de loin en loin avec le capitaine du port n'enchante guère Myrtle, qui doit dissimuler son manque d'enthousiasme. Elle y parvient en prenant une posture très droite, le dos bien vertical, comme pour dénoter un certain formalisme, un abord quelque peu difficile.

« Je pourrais essayer de vous convertir. Stewart Granger, Margaret Lockwood… tout un autre univers. »

Sa cinéphilie attendrit Myrtle, qui craint que sa propre attitude de méfiance ne paraisse trop sévère : pour rien au monde elle ne voudrait offenser un homme aussi doux. Elle s'affaisse légèrement sur sa chaise, histoire de lui laisser apercevoir sa compassion naturelle.

« J'aime bien jouer aux cartes, lance-t-elle.

— Ça alors, moi aussi ! » Sa ferveur est presque pitoyable. « Même si, depuis maintenant pas mal d'années, je ne fais plus que des réussites… »

Myrtle remarque qu'il n'a pas touché à sa deuxième tasse de café. Elle élabore un petit mensonge destiné à abréger la visite, car elle sent que, pour un peu, Alastair Brown sera encore installé à sa table à l'heure du déjeuner.

« J'ai rendez-vous à midi, annonce-t-elle, mais nous pourrions faire une partie maintenant, si vous voulez. »

Cette suggestion produit sur Alastair Brown un effet complètement disproportionné : il se met à rayonner de bonheur, même si, dans sa joie anticipée de s'attarder auprès de Myrtle, il n'abandonne pas pour autant son hésitation distinguée.

« Je ne voudrais pas abuser de votre gentillesse…

— Vous n'abusez de rien du tout. » Myrtle, un peu agacée, pose brutalement les cartes.

« Vous vous gaussez de mon langage.

— Eh bien… il est très singulier, réplique Myrtle d'une voix taquine. On devine que vous devez regarder beaucoup de vieux films.

— Vous vous doutez que je n'emploie pas ce langage sur le port, quand je parle avec les hommes.

— J'imagine. Ils ne comprendraient pas un mot de ce que vous racontez. De toute évidence, vous n'êtes pas un homme de votre époque.

— Et je ne tiens pas à en être un », confirme Alastair Brown, coupant les cartes avec un élégant petit geste du poignet qui reflète son humeur à présent frivole et insouciante. Il a dû décider que sa visite, en fin de compte, n'était pas une erreur, et il commence à bien s'amuser.

Deux heures s'écoulent. Myrtle et le capitaine du port enchaînent les parties en silence. Myrtle semble avoir oublié son rendez-vous et son visiteur s'est gardé de le lui rappeler. Une assiette de scones beurrés repose entre eux sur la table, mais tous deux sont trop concentrés pour penser à grignoter. Alastair Brown est un adversaire coriace. Il joue bien, beaucoup mieux qu'Annie.

La porte s'ouvre — sans qu'on ait frappé — et Annie entre en coup de vent. Elle contemple les deux têtes penchées. Myrtle lève les yeux : son attention quitte ses cartes pour se porter sur le visage incrédule de son amie.

« Ah, Annie ! fait-elle. Mr Brown vient de passer…

— Je suis vraiment désolé. » Alastair Brown, rouge de confusion, se lève d'un bond. Les pieds de sa chaise produisent un affreux grincement sur le sol. Les cartes lui échappent des mains pour s'éparpiller sur la table. « J'ai juste fait un saut…

— Je vois ça, dit Annie. Et pourquoi pas ? » Elle regarde les roses, toujours dans leur cône de papier mais fourrées dans une cruche. « Bon, ne vous dérangez pas pour moi. Moi aussi je faisais juste un saut, pour voir si Myrtle allait bien, et si elle était tentée par une partie de cartes. Mais je vois que j'ai été prise de vitesse.

— Assieds-toi », dit Myrtle, un peu moins nerveuse. Voilà qui est ridicule, songe-t-elle : pourquoi Alastair Brown et elle sont-ils si contrariés par l'arrivée d'Annie ? « Prends donc un scone.

— Jamais de la vie, rétorque Annie d'une voix basse et furieuse.

— En ce qui me concerne, j'allais partir, déclare Alastair Brown, tripotant fébrilement son nez en bec de perroquet. Merci de votre hospitalité, Mrs Duns. J'ai apprécié nos parties de cartes. Peut-être pourrons-nous remettre ça, un de ces jours. » Il prononce ces mots avec un petit mouvement de tête plein de défi en direction d'Annie. « Mrs Mcleoud, heureux de vous avoir revue… »

Il s'en va. Annie observe Myrtle, qui rassemble les cartes avec calme. Elle s'assoit à sa place habituelle.

« Alors ? Qu'est-ce que c'est que cette histoire ?

— Annie ! » s'exclame Myrtle avec un petit rire. Si l'apparition de son amie l'a mise un instant mal à l'aise (bien qu'elle ne voie vraiment pas pourquoi), elle n'a en rien entamé son enjouement. « Mr Brown… commence-t-elle.

— Alastair, pour moi, la coupe Annie.

— Peut-être pour toi. Mr Brown, pour moi, est passé à l'improviste. Il a pris une tasse de café, laissé la deuxième intacte, refusé un scone et joué plusieurs parties de rami. Il est doué pour les cartes. » Elle sourit. Annie renifle.

« Donc les rumeurs sont vraies ? Le capitaine du port en pince pour la veuve Duns.

— Ne sois pas ridicule. Il me fait l'effet d'un homme très seul. Il n'a pas beaucoup d'amis par ici.

— Ce n'est pas faute d'occasions. J'en connais certaines qui feraient volontiers ami-ami… » Annie s'adoucit. Elle porte son regard au bleu intense sur les roses : ce lent mouvement des yeux, Myrtle le connaît par cœur. Il signifie qu'elle a eu une idée. « Enfin bon, je te le laisse. Ce n'est pas mon genre d'homme, de toute façon. Et puis ça en libère d'autres.

— Qu'est-ce que tu veux dire ?

— *Och*, peu importe. » Annie sourit. « Elles te plaisent, ces roses ?

— Il n'y a pas grand choix, au village…

— Dis, tu lui as demandé pourquoi il gardait toujours ses lunettes ?

— Non.

— Prétentieux.

— Il a peut-être quelque chose aux yeux.

— J'en doute. Mais tu préfères toujours l'explication la plus gentille, pas vrai ? » Annie entreprend de battre les cartes. « En réalité, j'étais venue te raconter un truc rigolo. J'étais venue t'annoncer que Janice est amoureuse. »

Myrtle n'aime pas le ton triomphant que prend Annie pour claironner cette nouvelle qui, pour elle, n'en est pas une. Elle dresse à peine les sourcils.

« Treize ans, poursuit Annie, tu te rends compte ! Enfin, je suppose que j'étais bien plus jeune que ça, pas vrai ? À son âge, j'avais déjà tous les garçons de la classe à mes pieds, non ?

— Si, acquiesce Myrtle. Et qui est l'heureux élu ? »

Annie hausse les épaules.

« Janice est tellement secrète. Pas moyen qu'elle me le dise. Elle daigne seulement lâcher que je serais étonnée. Il y a des tas de garçons qui la raccompagnent après l'école. Certains s'arrêtent pour le goûter, ou bien l'emmènent faire un tour. Va savoir ce qu'ils fabriquent. Elle revient les joues toutes roses, quelquefois.

— Les filles commencent tellement jeunes aujourd'hui… c'est dommage. Tu devrais peut-être t'inquiéter de ce qu'elle trafique.

— Pas plus jeunes que certaines, je te rappelle ! » Annie s'esclaffe. « M'inquiéter de ce qu'elle trafique ? Jamais elle ne nous le dirait. J'ai mes doutes quant à un dénommé Gus Gowering… je reste vigilante.

— Tu lui as conseillé quoi ?

— Conseillé ? » Là encore Annie s'esclaffe. « Quels conseils une mère peut-elle donner à sa fille de nos jours pour qu'elle les écoute ? Bien sûr je lui ai dit de ne pas faire de bêtises, mais je lui ai dit aussi : Allez fonce. Amuse-toi.

— J'espère que tout ça ne la distraira pas de ses études, dit Myrtle, soulevant les épaules d'un air guindé. Elle réussit tellement bien.

— Nom d'un chien, Myrtle, il faut vivre avec son temps. Tu te fais trop de mouron, tu es trop méfiante. Évidemment qu'un béguin pour un petit boutonneux ne va pas détourner Janice de ses études.

— Ça t'avait bien distraite, toi, je te rappelle »,

réplique Myrtle, lançant à son amie un regard pénétrant. Mais elle n'est pas d'humeur à se disputer avec Annie aujourd'hui.

« On se fait une petite partie vite fait ? » Annie distribue. « Et moi je te rappelle que je n'avais pas l'intelligence de Janice. » Elle médite ce détail en silence, puis reprend : « J'imagine que tu vas me trouver bien ennuyeuse comme compagne de jeu, après M. le Héros Romantique le Capitaine du Port. Mais au moins tu as l'habitude de ma façon de jouer.

— Ne dis pas de bêtises, Annie.

— Tu sais bien que, sauf hasard extraordinaire, tu me bats presque toujours… » Elle coupe.

Une demi-heure plus tard quelqu'un glisse une enveloppe blanche par la fente de la porte. Myrtle, le dos tourné, ne l'entend pas tomber sur le paillasson. Annie, impatiente pour elle, pose ses cartes et se dépêche d'aller la ramasser.

« De la part de Martin, annonce-t-elle.

— Comment tu le sais ?

— Il m'a laissé un mot une fois. Le genre d'écriture qu'on reconnaît forcément. » Elle regarde Myrtle avec une si vive curiosité que Myrtle, malgré elle, déchire l'enveloppe dont elle sort une feuille de papier solitaire. Elle lit en vitesse pour elle-même.

Banc installé. Tout en place. Espère que tu ne m'en voudras pas de la liberté que j'ai prise. Je serai au boqueteau à 5 h 30 pour avoir ton verdict, si cela te convient. Sinon appelle-moi et je l'enlèverai tout de suite en m'excusant d'avoir agi si précipitamment. J'ai pris l'initiative, parce que ça me paraissait une bonne idée. Bien à toi, Martin.

« Un truc urgent ? » s'enquiert Annie d'une voix tendue.

Myrtle se sent devenir aussi écarlate qu'il y a quelques heures devant le capitaine du port, et cette réaction irrationnelle l'agace.

« Rien d'urgent du tout. Martin doit créer une sorte de monument à la mémoire d'Archie. Il m'annonce qu'il a trouvé ce qu'il fallait.

— Ah bon ? Et où sera-t-il placé, ce monument ? »

Plus tard, Myrtle s'aperçut qu'elle aurait pu éviter de dire la vérité tout en ne mentant pas. Elle aurait pu évoquer la pierre tombale en attente d'inscription. Mais non, dans sa sotte confusion, elle lâche le secret que jusqu'alors elle avait caché à Annie.

« Dans le bois, répond-elle.

— Dans le *bois* ? » Les yeux d'Annie flamboient d'indignation. « Le bois où aucun de tes amis n'a le droit de venir ? Où seul Martin a eu l'honneur d'être invité ? Martin a ce privilège ?

— Qu'est-ce qui te prend ? » Myrtle n'en revient pas de la rancœur qu'elle semble avoir provoquée. « Tu sais pertinemment pourquoi. Je te l'ai expliqué un millier de fois. Je veux que tu voies ce bois quand ce sera vraiment un bois, quand les arbres auront grandi. Pour l'instant il n'y a pas grand-chose à voir…

— Je suis ta plus vieille amie, et ça ne m'aurait pas gênée que tu me montres ce pas grand-chose, que tu me montres le sol nu, avant que ces foutus arbres soient même plantés. Ça ne m'aurait pas gênée d'être admise au commencement du truc. Mais non, surtout pas… seul Martin…

— Je suis désolée. » Leurs regards s'affrontent. Celui d'Annie est hostile, blessé. Sa bouche, amère, a un pli furieux. « Je n'aurais pas cru que c'était le genre de chose à beaucoup te passionner, un bois…

— Alors tu ne me connais pas très bien, on dirait, réplique Annie, vexée comme une enfant. Comment se fait-il que Martin ait eu cette chance-là ?

— Je voulais qu'il me trouve un banc à installer là-bas. Un siège où je puisse m'asseoir pour penser à Archie. » Myrtle soupire patiemment : elle sait que, pour Annie, une telle notion est inconcevable.

« C'est plutôt morbide, comme projet.

— Je ne trouve pas.

— Archie aurait voulu que tu ailles de l'avant, non ? Que tu te remaries, même. Que tu laisses une chance au capitaine du port. » Annie ne peut réprimer un sourire. Comme toujours, sa bonne humeur revient aussi vite qu'elle a disparu.

« Ne dis pas de sottise », répond Myrtle, en souriant aussi. C'est trop souvent comme ça, entre Annie et elle. À un moment elles sont à couteaux tirés, et puis il y en a une qui craque : elle taquine l'autre, cédant à une gaieté soudaine que la deuxième partage aussitôt. « Allez, raconte.

— C'est un brave homme, Martin, commence Annie. Tout le monde le sait. Je veux dire, il ne m'a pas tenu rigueur du comportement stupide que j'ai eu avec lui. Il n'en reparle jamais. Un vrai gentleman ! » Elle se tait un instant. « Il doit m'apporter un crabe tout préparé ce soir… Si je suis suffisamment patiente, va savoir ? Un jour il aura peut-être autre chose à me proposer que des crustacés.

— C'est possible, oui », acquiesce Myrtle, en gardant les yeux rivés sur les cartes.

Lorsqu'elle arrive au boqueteau, à cinq heures et demie précises, Martin est déjà là. Assis à un bout du banc, il observe une hirondelle qui tournoie.

Le banc est une solide pièce très ancienne en bois foncé : pas du tout ce que Myrtle imaginait. Mais elle a tôt fait de constater qu'il est plus beau que ce qu'elle avait en tête. Elle apprécie son air de permanence, comme si, sous ses pieds massifs, des racines s'enfonçaient profondément dans la terre pour aller rejoindre les jeunes racines des arbres. D'ores et déjà, il donne l'impression d'être là depuis des années. Martin se lève d'un bond. Il semble nerveux.

« Ça ne t'ennuie pas que j'aie fait ça, alors ?

— Bien sûr que non. » Le sourire heureux de Myrtle tient en partie au fait que, dans son souci d'arriver à l'heure, elle n'a pas du tout pensé au ciel, et que celui-ci ne l'a pas effrayée.

« Qu'est-ce que tu en penses ?

— Il me plaît. Il est beau, solide.

— Ce qu'il y a de drôle, c'est que je l'ai toujours connu devant mon atelier. Il y était quand mes parents ont acheté la maison, mais je ne m'y étais jamais assis avant. Je me suis dit tout à coup, en rentrant hier soir : mais enfin, c'est exactement ce qu'il faut ! Un banc qui a vécu… Tu ne voudrais pas de quelque chose qui ait l'air trop neuf dans un endroit comme ici, pas vrai ? Tiens, essaie-le. »

Myrtle prend place à l'autre bout. Elle pose un bras sur le large accoudoir en bois. Elle gigote, contrôlant la résistance des grosses planches sous ses jupes.

« Oh, Martin, il est merveilleux ! s'écrie-t-elle, de plus en plus emballée. Merci beaucoup.

— Il faut le poncer un peu. Mettre un vernis protecteur. » Il paraît content, soulagé. « Je m'en occuperai ce week-end. Ce banc est bien plus beau que tout ce que je pourrais fabriquer. Je ne suis pas très bon menuisier, en fait.

— Il faut que je te dédommage.

— Il n'en est pas question. Je suis vraiment heureux qu'il ait trouvé un asile comme celui-là. Il nous enterrera tous, à mon avis. »

Myrtle sourit.

« Merci », dit-elle à nouveau. Puis : « Ça ne te ferait rien de me laisser seule un moment ?

— Bien sûr que non. » Martin tourne aussitôt les talons et s'éloigne sur le sentier bordé de jeunes arbres qui lui arrivent à la taille. Myrtle le suit du regard jusqu'à ce qu'il disparaisse. Elle lui est reconnaissante d'avoir compris tout de suite. Annie lui aurait reproché de vouloir se livrer à des pensées morbides.

Pourtant, une fois seule, Myrtle ne pense pas à Archie. Levant les yeux vers le vaste ciel du soir, d'un bleu lavande que n'interrompt aucun nuage, elle se rend compte que la peur s'est envolée. Oui : la peur étrange qu'elle éprouvait ces derniers temps ne l'étreint plus. L'immensité au-dessus d'elle n'est plus effrayante, ni menaçante. L'angoisse irrationnelle qui la tourmentait semble vaincue, sa disparition aussi mystérieuse que son apparition, exactement comme elle l'avait prédit. Il s'agit là, sans aucun doute, d'un petit pas dans une voie nouvelle.

Les yeux de Myrtle suivent la minuscule flèche que forme la queue de l'hirondelle. Les étranges rites qu'observent les gens quand ils n'ont pas de témoins, songe-t-elle. Les ponts subtils qu'ils établissent entre une période de leur vie et une autre… Elle se lève, s'étire, bâille, regarde autour d'elle ses jeunes arbres en bonne santé, puis prend le chemin du retour en sachant qu'un changement est survenu en elle, et qu'Archie s'en féliciterait.

Sur la route aux abords du village, Myrtle aperçoit Janice qui court à sa rencontre. La fillette porte une robe de couleur claire dont le volant se soulève et retombe en formant comme de petites vagues au gré de ses mouvements. Elle rejoint Myrtle : les joues roses, l'humeur euphorique.

« Qu'est-ce qui t'arrive, Janice ?

— Je suis vraiment heureuse, c'est tout.

— Tu m'en vois ravie. Tu as fait tes devoirs ?

— Oh, Myrtle… Bientôt. J'y allais.

— Ce n'est pas exactement le chemin vers chez toi. » Myrtle a conscience de son ton sévère. Janice hausse les épaules, fait un petit bond.

« Tu sais quoi ? Je l'ai dit à maman. Je lui ai dit que j'étais amoureuse, qu'il y avait quelqu'un pour qui j'avais un vrai penchant.

— Ah bon ?

— Elle a rigolé. Elle a dit : Amuse-toi. Elle a dit : Ne fais rien que je ne ferais pas. Ça me laisse plutôt carte blanche, non ?

— Tu ne devrais pas parler de ta mère de cette façon, la rabroue Myrtle.

— Mais c'est la vérité. Je sais que c'est la vérité :

ma mère a fait les quatre cents coups. J'ai entendu des choses. Enfin bon, je suis fière d'elle. Elle est tellement jolie. Quand elle était jeune elle était sûrement… archi-canon, pas vrai ? » Janice scrute le visage de Myrtle. N'y lisant aucune réaction, elle change de tactique. « Je viens de croiser Martin. Il a dit qu'il revenait de faire un truc dans ton bois.

— Il y a installé un banc magnifique, explique Myrtle. On l'a essayé.

— Tu veux dire que Martin et toi vous étiez juste assis sur un banc à discuter ? lâche Janice, incrédule. C'est comme ça qu'on essaie un banc ? Seigneur, les adultes font décidément des choses assommantes. Être juste assis sur un banc… tu parles que c'est marrant ! Je n'arrive pas à y croire. »

Là, Myrtle pouffe enfin de rire et elles atteignent le village.

« Allez, file, la récré est terminée ! lance-t-elle en ébouriffant les cheveux de la fillette. Tu dois me réciter par cœur toute la deuxième strophe, tu n'as pas oublié ?

— Pas de problème », réplique Janice en s'esquivant. Alors qu'elle détale, Myrtle revoit Annie, un soir de début d'été : elle avait douze ans et portait une robe du même style, avec un volant tout léger. Myrtle et elle regagnaient le village quand Annie avait soudain fondu en larmes. Elle avait avoué à Myrtle qu'elle n'y survivrait pas si tel garçon ne prêtait pas attention à elle. Il y en avait tant, Myrtle n'arrive pas à se rappeler lequel c'était… Hamish, peut-être. Mais elle se souvient du désespoir d'Annie, de ses protestations comme quoi jamais de sa vie un garçon ne lui avait plu à ce point. Elle avait ensuite admis qu'elle était allée le trouver la veille au soir, sachant son père en mer et sa mère au pub, où elle travaillait tard. Elle s'était pointée à sa porte et avait frappé au panneau, le cœur battant à tout rompre. Hamish lui avait ouvert, pas vraiment enchanté d'être interrompu au milieu du puzzle qu'il était en train de faire. Elle l'avait suivi dans le salon où il avait continué son puzzle : un vieux train à vapeur, précisa Annie. Lorsque le garçon lui avait demandé ce qu'elle voulait, Annie n'avait rien trouvé à répondre. Prenant alors la pose à côté de la cheminée, elle avait commencé à déboutonner son chemisier, exactement comme elle avait vu une actrice le faire à la télévision. Quand Hamish lui avait lancé un coup d'œil, elle avait relevé sa jupe au-dessus du genou. Il était devenu tout pâle, dit-elle. D'une pâleur terrible. Puis il s'était mis à lui crier après. Annie ne se souvenait pas des mots précis, mais ce n'étaient que des insultes : elle était une salope, une pouffiasse, elle finirait comme la roulure du village, elle s'attirerait de gros ennuis si elle ne faisait pas gaffe. Juste au moment où Annie s'apprêtait à décamper, les joues ruisselantes de larmes, Hamish, furibond, l'avait rattrapée et avait écrasé son visage contre le sien. Il l'avait embrassée, mordue, avec brutalité. Il lui avait pressé le sein jusqu'à la faire crier de douleur, et avait pincé le haut de son bras nu. Puis il l'avait traînée jusqu'à la porte d'entrée et jetée dehors dans la nuit, en hurlant que peut-être cette fois elle allait retenir la leçon. La bouche d'Annie saignait : elle avait dû essuyer le sang avec l'ourlet de sa jupe, puis monter dans sa chambre sans que sa mère l'entende… enfin, ça, ce n'était pas difficile, sa mère étant plongée comme d'habitude dans un roman à l'eau de rose. Elle s'était endormie en pleurant, et le lendemain à l'école elle avait expliqué sa lèvre gonflée de manière convaincante : elle s'était fait mordre par le chien d'un voisin, prétendit-elle.

Myrtle revoit Annie tremblant dans ses bras en lui racontant cette histoire. Elle revoit les passagers des voitures leur glisser de drôles de regards. Elles étaient allées se réfugier dans un champ, assises derrière une haie à l'abri des curieux. Là, Annie lui avait montré les bleus sur ses bras et ses seins, et Myrtle, absolument horrifiée, était restée sans voix. Elles s'étaient cramponnées l'une à l'autre pendant une éternité. En fin de compte, Myrtle avait supplié Annie de ne plus jamais refaire une chose aussi stupide. Annie avait promis : ça lui avait servi de leçon, affirma-t-elle. Mais quelques semaines plus tard elle recommençait à battre des cils à l'adresse d'un autre garçon, et balayait avec impatience les mises en garde de son amie. Aujourd'hui, en regardant la fille d'Annie sautiller dans le crépuscule, bien résolue à commettre une bêtise, elle ressent une profonde inquiétude. Atrocement familier, ce sentiment remonte à son enfance, lorsqu'elle observait, impuissante, la conduite compulsive d'Annie.

« Janice ! » s'écrie-t-elle. Elle veut dire quelque chose… avertir la fillette, l'arrêter, même si elle n'a aucune idée de comment s'y prendre. Mais Janice a disparu. Elle n'a pas entendu. Myrtle soupire. Elle sait qu'elle doit faire quelque chose avant qu'il ne soit trop tard. Mais quoi ? Peut-être Martin aura-t-il une suggestion. Martin, si plein de bon sens, saura quoi faire, et il n'ira pas colporter l'histoire, on peut en être sûr. Réconfortée par cette pensée, Myrtle retourne chez elle, renversant la tête avec bravoure pour défier le ciel qui est désormais pommelé de nuages sombres. Pour la première fois depuis la mort d'Archie elle ressent la faim, et elle pense avec appétit à la soupe de légumes qui mijote sur la cuisinière.

La vie, de toute évidence, s'accélère. Myrtle éprouve une sensation de vitesse, de mouvement, qu'elle a du mal à analyser. Mais sa porte semble s'ouvrir plus souvent. Les gens semblent passer la voir plus fréquemment, comme ils le faisaient du vivant d'Archie. Annie recommence à venir jouer aux cartes plusieurs après-midi par semaine, et d'autres femmes de pêcheurs l'invitent à leur rendre visite. Martin débarque régulièrement avec du poisson, et le capitaine du port, dans sa quête de compagnie amicale, requiert avec cérémonie la permission de passer chez elle une fois par semaine pour jouer aux cartes et manger un morceau. Il l'a invitée plusieurs fois à partager son dîner de harengs panés aux flocons d'avoine et à regarder de vieux films, mais Myrtle a toujours réussi à inverser l'invitation. Elle éprouve à présent une certaine affection pour Alastair Brown, mais n'a toujours aucune envie de découvrir son territoire. Elle lui promet qu'elle viendra, un jour, mais pas tout de suite. Le capitaine du port attend patiemment, craignant, s'il insiste trop, de porter atteinte à leur délicate amitié.

Un mardi soir l'impression de bouillonnement est particulièrement perceptible. Myrtle est occupée à corriger des cahiers à la table de la cuisine lorsque Martin fait son apparition. Désormais, bien qu'il frappe à la porte, il prend la liberté de la pousser en même temps. D'après Myrtle, ce geste assuré indique un renforcement de leur amitié, mais Martin, de son côté, n'en a sûrement pas conscience. En l'occurrence, Myrtle est surprise. Elle ne s'attendait pas à voir Martin ce soir. Il ne vient jamais le mardi : c'est le jour où il va chercher son marbre dans un dépôt près d'Édimbourg. Elle constate que, pour une fois, il n'apporte pas de poisson dans du papier journal.

« Le banc est fini, annonce-t-il. Poncé, scellé... il est superbe. J'ai passé presque tout l'après-midi là-bas.

— C'est merveilleux. J'irai le voir demain. Je ne sais pas comment te remercier.

— Nom d'un chien, je ne veux pas que tu me remercies. J'ai adoré faire ça. Maintenant, il ne nous reste plus que l'épitaphe pour la pierre d'Archie au cimetière.

— Je sais. » Ils sourient tous les deux. Depuis la mort de son mari, Myrtle n'a cessé de chercher dans la Bible une phrase qui convienne, sans parvenir à trouver la formule idéale. « Je vais bien finir par me décider », dit-elle.

Martin fait les cent pas, agité. Il a l'air de quelqu'un qui vient d'accomplir quelque chose mais qui n'arrive pas à contenir le plaisir qu'il en a retiré.

« Écoute, dit-il, il faut que j'aille dans le nord la semaine prochaine, chercher une livraison de marbre. Aux environs de Perth. Je me demandais... si tu voudrais peut-être m'accompagner. Enfin bon, ce n'est qu'une toute petite excursion, mais je me disais qu'il était temps que tu t'aères un peu. Que tu sortes d'ici. Tu n'as pratiquement pas quitté le village depuis qu'Archie est mort, je me trompe ? »

Myrtle pose sa main sur la grosse anse noire de la bouilloire, dont l'émail usé a pris la forme de sa paume. Elle s'appuie contre la cuisinière : elle a besoin de se soutenir. Cette innocente invitation comporte certaines implications qui la déstabilisent. Martin l'observe attentivement ; il mesure la puissance de son hésitation.

« Cela n'aura rien de très ronflant, précise-t-il. Pas vraiment la sortie du siècle. Mais la camionnette est assez confortable, et la campagne est belle, là-haut dans les collines. Je dois passer prendre le marbre avant cinq heures. On pourrait se trouver un petit restau où dîner pas trop tard… histoire d'être rentrés ici vers les neuf heures. » Myrtle est toute pâle. Son débat intérieur, les sentiments contradictoires qui l'animent se lisent sur son visage. « Plus tôt, si tu préfères, reprend Martin, avec douceur. On pourrait même carrément sauter le dîner. »

Pendant un moment, le grondement ancestral de la bouilloire est le seul bruit qu'on entende dans la pièce.

« C'est une pensée très délicate, Martin, répond enfin Myrtle. Une invitation adorable, et je suis tentée. » Elle marque une pause. « Mais je ne pense pas être encore tout à fait prête…

— Prête pour quoi ?

— Prête pour… être assise à côté d'un homme, être accompagnée par quelqu'un qui n'est pas Archie… » Elle émet un petit rire. « Ça paraît ridicule, je le sais.

— Je suis désolé, dit Martin, réprimant un soupir. J'essayais de trouver le bon moment. J'ai mal jugé.

— J'ai du mal à juger moi-même. Pour l'instant, tout ce qui ne serait pas cette maison, l'enceinte de ce village, ce bois — où tu es le seul à aller —, tout me ferait l'effet d'une infidélité. »

Martin sourit. Un sourire ironique, déçu.

« Ça fait deux ans, Myrtle.

— Je sais. Et les choses commencent à changer. Je commence à sortir un peu de ma torpeur… À me sentir moins fragile. Mais j'ai encore du chemin à faire. »

Martin se rapproche d'elle. Elle voit bien qu'il a envie de la prendre par l'épaule, mais qu'il résiste, et elle lui en sait gré.

« Je comprends. J'essaierai d'être patient. Et puis un beau jour je te proposerai de partir boire un verre quelque part, loin, à au moins cinq kilomètres, et tu diras oui. Si ça se trouve, même, tu t'amuseras et tu te diras que c'est justement ça qu'aurait voulu Archie. Alors j'espère que j'arriverai à te persuader à la longue. »

Ils sourient tous deux de la légèreté avec laquelle il énonce ses espérances. Puis, peu après, ayant refusé une tasse de thé, il s'en va.

Malgré sa contenance joyeuse, Myrtle sait bien que Martin est déçu. Elle repasse la courte scène dans sa tête, se demandant pourquoi, non contente de l'avoir blessé, elle l'a également déçu. Refuser sa plaisante invitation, elle le sait, était irrationnel, ridicule. La journée aurait été agréable et, en effet, elle avait besoin de sortir du village, de contempler un paysage plus vaste. Elle lui faisait totalement confiance : il était devenu son meilleur ami homme. Il n'avait jamais montré ce que Janice aurait appelé un « penchant » pour elle : en réalité, le seul contact physique qu'ils aient eu, c'était lorsqu'elle s'était tordu la cheville dans le bois. Elle ne craignait en rien de le voir changer soudain d'attitude, et se permettre un geste déplacé. Alors pourquoi avait-elle répugné ainsi à accepter son offre ? Myrtle aurait été bien en peine de répondre. Tout ce dont elle était sûre, c'est qu'elle avait été arrêtée par une sorte d'appréhension. Elle était maintenant confrontée à une question préoccupante : sa décision avait-elle mis en péril la profondeur de leur amitié ? Martin, une fois rejeté, tiendrait-il parole et attendrait-il patiemment un moment plus opportun ? Ou bien estimerait-il que le jeu n'en valait pas la chandelle ? Cette pensée était douloureuse. Myrtle fut tentée de lui courir après, de lui dire qu'elle avait été idiote, qu'elle adorerait l'accompagner à Perth, en fin de compte. Mais une volte-face aussi rapide n'était pas dans la nature de Myrtle. Un tel revirement manquerait de dignité ; c'était la réaction d'une jeune fille tiraillée et non d'une femme d'un certain âge censée savoir ce qu'elle voulait et s'y tenir fermement. Après avoir ôté sa veste de la patère, Myrtle se résigne à l'y raccrocher.

À nouveau, quelqu'un frappe à la porte. Déchirée par son dilemme, Myrtle va ouvrir, le cœur battant d'émotion. Peut-être est-ce Martin qui revient : cette fois elle ne sera pas aussi bête. Oui, dira-t-elle. Oui, j'adorerais venir. Et ce projet de virée à Perth sera pour elle un motif de réjouissance, comme une étoile du Berger dans sa tête.

C'est Ken. Immobiles, ils se regardent. Les pensées de Myrtle rechignent à abandonner la douce idée de Perth pour se fixer sur la désagréable réalité que constitue la présence de Ken. Ce dernier se tord les mains.

« Qu'est-ce que tu fais là ? demande enfin Myrtle. Tu sais que je ne tiens pas à te voir. Je t'ai demandé de ne plus venir ici. Ce n'est pas comme si nous avions encore des choses à nous dire…

— Je t'en prie : laisse-moi entrer un instant. C'est important. »

Myrtle s'écarte pour le laisser passer. Elle ignore pourquoi. Toujours préoccupée par la suggestion de Martin, peut-être. Ou touchée par la mine désespérée de Ken. Celui-ci se dépêche de gagner la fenêtre.

« Merci, dit-il. Je ne vais pas t'embêter longtemps… J'ai fait en sorte de ne pas croiser ta route, reconnais-le.

— C'est vrai », acquiesce Myrtle. Depuis sa visite peu après l'enterrement d'Archie, c'est à peine s'ils ont échangé un mot. « Tout se passe bien à la glacière ?

— Pas très excitant, mais ça va, répond Ken. Ce n'est pas de ça que je suis venu te parler. J'ai besoin de ton aide. Annie ! Ton amie Annie débloque complètement. Elle dit qu'elle va s'en aller. Qu'elle va me quitter. »

Myrtle, pour dissimuler sa surprise, prend des mugs dans le buffet. Elle sait qu'Annie ronge son frein depuis plusieurs années, et que sa frustration a redoublé après la mort tragique d'Archie. Mais il n'y a pas eu d'allusion récente à de graves difficultés dans son mariage.

« Elle t'a dit quelque chose ?

— Absolument rien.

— C'est curieux. Je veux dire, vous êtes tellement amies...

— Il y a des sujets que même les meilleures amies évitent d'aborder. Quel est le problème ? »

Ken pousse un long soupir sonore qui agace Myrtle.

« Difficile à dire. Je fais de mon mieux. Je ramène l'argent, j'essaie de la laisser tranquille. Elle n'arrête pas de parler d'Archie. Elle ne veut pas m'écouter. Apparemment le pardon n'est pas dans sa nature. Elle ne connaît pas le sens du mot “rachat”. Je ne vois pas comment la persuader que je ne peux rien faire de plus pour changer le passé : il m'est impossible de ramener Archie, malheureusement. Le regret ne mène nulle part, nom d'un chien, et la confession des péchés non plus, il me semble... Et maintenant même Janice a l'air remontée contre moi. Je la trouve très froide, d'un seul coup. Dieu sait ce qu'Annie est allée lui raconter.

— Je suis désolée. » Malgré elle, Myrtle a pitié de cet homme. « Je ne suis pas au courant de tout ça. Explique-moi : pourquoi Annie veut-elle partir, d'un seul coup ?

— Elle prétend qu'elle ne peut plus supporter de vivre sous le même toit que moi. Si tu veux mon avis, il y a sûrement quelqu'un d'autre. On ne se refait pas, hein ? Et puis je ne suis plus autorisé à la toucher depuis le jour où Archie est mort. Elle se satisfait forcément ailleurs...

— Ken...

— Voyons, tu connais Annie. En tout cas, s'il y a quelqu'un, je ne vois vraiment pas qui c'est.

Martin est le seul qui passe à la maison, à apporter du poisson, en bon samaritain qu'il est... j'ai cru comprendre qu'il en distribuait à la moitié du village. Il tient à se faire bien voir. Ce n'est pas de saint Martin qu'elle a pu s'enticher, rasoir comme il est. Non : d'après moi, il y a quelqu'un qui vient la voir à la cafétéria, quelqu'un de St Andrews. Je l'ai vue discuter dans la rue avec un type en kilt, une espèce de lèche-bottes à grosse voiture. Je me trompe peut-être, mais une chose dont je suis sûr, c'est qu'Annie ne partirait jamais si elle n'avait pas quelqu'un. Aucune chance. Elle ne tiendrait pas une minute sans un homme. De mon côté, je ne tiendrais pas longtemps sans elle, tu peux me croire. Annie est peut-être une fichue garce, mais je l'aime. Tu permets que je m'assoie ? »

Sans attendre la réponse, Ken prend une chaise ; il se frotte les yeux si farouchement que Myrtle n'en revient pas qu'ils ne soient pas en bouillie lorsqu'il la regarde à nouveau.

« Qu'est-ce que tu veux que je fasse ? demande-t-elle.

— Je ne sais pas. Essaie de savoir ce qui se passe. Fais-lui comprendre qu'elle a intérêt à rester avec moi... enfin, si c'est ton sentiment.

— Bien sûr que oui, du moment que vous arrivez à régler vos problèmes.

— Abstiens-toi de lui dire que je suis passé et que je t'ai parlé. Elle m'a formellement interdit de venir ici. Elle serait furieuse.

— C'est un risque à prendre, dit Myrtle. Pas question que j'entre dans une de vos magouilles. Je ferai mon possible, mais il faudra qu'elle sache que tu es venu. Sinon quelle raison aurais-je pour l'interroger subitement sur sa vie privée ? Nous n'avons plus très souvent ce genre de conversations. Annie fuit ma réprobation, et elle sait qu'il y a beaucoup de choses dans sa vie avec lesquelles je ne serais pas d'accord.

— Très bien. Fais pour le mieux. Je te laisse juge. » Ken se lève, l'air légèrement soulagé. Il a les omoplates qui ressortent sous la laine mince et usée de son pull. Il a mauvaise mine : il ne se rase plus et il a la peau sèche. Elle pèle entre les poils qui hérissent son menton. « Merci Myrtle. Tu n'imagines pas à quel point je te suis reconnaissant... de m'avoir laissé entrer comme ça. Ça fait des semaines que je me demande si je dois venir ou non. Mais son coup de gueule d'hier soir m'a décidé. Tu es une bonne... enfin, amie n'est plus le terme, je suppose. » Il se gratte la tête. Ses cheveux desséchés se dressent en pointes bouffonnes.

« J'aurais du mal à oublier le rôle que tu as joué, c'est sûr. Mais tu sais que dans mon cœur je suis incapable de te haïr. La colère s'épuise. J'avais seulement besoin d'un peu de temps. Et pour ce qui est de m'éviter... je dirais que ça n'a plus de sens, aujourd'hui. Annie s'adoucira peut-être, si elle constate mon pardon de visu en plus de savoir qu'il existe. Repasse quand tu veux. »

Ken se frotte à nouveau les yeux, incrédule. Il rejoint la porte.

« Tu es une femme exceptionnelle, Myrtle. Pas étonnant qu'Archie... Et si tu me permets de te poser la question, comment vas-tu après tout ce temps ?

— Je vais bien.

— Archie me manque chaque jour de ma vie. La

vie sur le bateau me manque, la mer me manque. Je rêve de sentir le vent huit jours d'affilée sur ma figure. Mais ce n'est rien par rapport… tu sais, on a été amis, jusqu'à la fin, pendant toutes ces années. En fait, malgré nos disputes, on était toujours amis. » Ken s'exprime avec le doux empressement d'un homme qui n'a pas été écouté depuis longtemps. Myrtle hoche la tête avec compassion. « Dans cette pièce, tout me revient. Ah Seigneur, c'est fou. » Ken ouvre la porte. « Je n'aurais jamais cru que quelqu'un puisse vous manquer autant.

— Mais si, confirme Myrtle. *Aye*, ça oui. »

Après le départ de Ken, Archie — dont la présence était parfois moins vive ces derniers temps — revient avec fracas. Une présence tellement charnelle que seule sa raison retient Myrtle de tendre la main pour le toucher. Elle imagine que c'est normal. Elle a tant de souvenirs d'Archie et Ken ensemble — jouant tous deux enfants, puis travaillant sur le *Skyline* — qu'il n'est pas étonnant que revoir Ken réveille des images aussi terribles de précision.

Le pull d'Archie, remarque-t-elle, est toujours accroché derrière la porte. Sa laine bleue est ternie de poussière. Ce n'était pas son préféré. Son préféré était le vert, celui que Dot lui avait tricoté il y a des années, et qu'il portait au moment de sa mort. Myrtle attrape le pull, tape dessus d'une main. Des nuages de poussière s'en échappent, leurs infimes particules enflammées par un rayon de soleil qui entre par la fenêtre. Une fraction de seconde, la poussière est ainsi transformée en étincelles, comme jaillissant d'un incendie de vie qui continuerait à brûler au cœur du chandail.

Myrtle sourit : c'est fou, les idées fantasques qu'elle peut avoir… Troublée, elle roule le pull en boule — son odeur de sel, de mer et de sueur imprègne faiblement l'atmosphère —, avant de le fourrer dans la poubelle. Elle aurait dû le faire depuis longtemps, se dit-elle, contente de sa prouesse. Mais ses yeux sont remplis de larmes insolites. La voix d'Archie résonne dans sa tête : aucune sentence profonde, un simple mélange de saluts et d'adieux ordinaires. *C'est bon d'être rentré, ma petite femme…* C'était toujours bon d'être rentré, et dur de partir. Myrtle s'aperçoit que tous les retours et tous les départs d'Archie au fil des années se réduisent désormais à deux malheureux actes si familiers qu'ils lui causent une sensation de brûlure sur la peau : Archie, bien rasé, habillé de propre, son paquetage à la main, un bref baiser, des pas qui s'éloignent, la semaine vide devant elle dont le son creux ne s'atténuait jamais… Puis Archie qui revenait : fatigué, barbu, sale, mouillé, sentant fort le poisson, les lèvres salées. Archie de retour, sa présence provoquant un changement magique dans la pièce, qui se met à basculer et à tanguer, si bien que Myrtle elle-même, le temps de s'y accoutumer, partage cette sensation d'être sur un bateau ballotté par la mer.

« Mais Archie, tu es parti pour toujours, maintenant », dit-elle à voix haute, d'un ton brusque. (Dernièrement, elle s'est surprise plusieurs fois à parler tout haut, attribuant cette manie à sa vie solitaire.) « Alors je dois… » Eh oui, elle doit recourir à son éternel expédient, la quête d'un dérivatif. Ce soir elle a la chance d'avoir quelque chose de concret à faire. Elle doit parler à Annie au plus vite. *Och*, quelle journée, se dit-elle, enfilant son manteau et détournant les yeux de la porte, tellement nue maintenant que le chandail d'Archie n'y est plus accroché.

Myrtle n'est pas allée chez Annie depuis un certain temps. Alors qu'elle se dépêche le long du sentier, elle voit par la fenêtre qu'Annie est allongée sur le canapé à regarder la télévision. De la fenêtre ouverte de Janice, à l'étage, lui parviennent les battements répétés d'un morceau de rock. Myrtle pousse la porte. Son cœur est empli de crainte. Elle a horreur des conflits, mais elle bout de colère.

Annie se tourne languissamment sur les coussins en Dralon telle une chatte paresseuse, et son mouvement crée sur le tissu comme des vagues plus sombres. Se frottant l'un contre l'autre, ses pieds nus se tortillent avec une sensualité qui dégoûte Myrtle. Leurs ongles minuscules sont habilement vernis de touches écarlates, et leur vue, de manière irraisonnée, ne fait qu'accroître la fureur de Myrtle. Annie sourit, savourant la mine réprobatrice de son amie.

« En voilà une surprise ! dit-elle. J'étais en train de regarder une émission de jeux. Quand je suis devant une émission, Ken n'ose pas mettre sa saleté de football. » Elle coupe le poste avec la télécommande puis se redresse sur le canapé, rabattant ses jambes sous sa jupe. « Alors, dis-moi, qu'est-ce qui t'amène ?

— Ken est passé me voir », répond Myrtle. Elle s'assoit, dos à la fenêtre.

« Manifestement, il t'a dit quelque chose qui t'a

mise dans une sacrée rogne. Je lui avais formellement interdit d'aller chez toi.

— Je suis contente qu'il l'ait fait. »

Annie renifle, sans délicatesse. Puis se caresse la gorge, d'un geste langoureux.

« Qu'est-ce qu'il est allé te raconter, alors ?

— Il paraît que tu menaces de partir. Si c'est le cas, il me semble qu'on devrait en discuter. »

Annie éclate de rire. Son rire charmeur habituel, mais derrière le roucoulement Myrtle détecte une note de mépris.

« Tu ne te mêlerais pas de ce qui ne te regarde pas, Myrtle, par hasard ? Tu ne mettrais pas ton nez dans des affaires qui ne concernent que Ken et moi et qui n'ont rien à voir avec toi ? » Elle est pliée de rire, à présent. Ses mains se promènent dans ses cheveux. Lorsqu'elle lève la tête ses jolies dents brillent avec la même blancheur que quand elle était petite fille. Myrtle la dévisage, sans trop savoir quel parti prendre.

« Tu as sans doute raison, concède-t-elle, quand le rire d'Annie s'éteint enfin. Mais pour quelque chose d'aussi important, tout de même...

— Tu me connais, rétorque Annie, toujours à menacer de le quitter. Il devrait être habitué à l'heure qu'il est. On a eu une engueulade particulièrement violente l'autre soir. Je lui ai balancé ses quatre vérités, je suppose que ça lui a fait peur.

— Tu veux dire que tu n'as pas l'intention de partir ?

— Bien sûr que non. Ça finira peut-être comme ça. Mais pas tout de suite. Où est-ce que j'irais ? Qu'est-ce que je ferais ? Et Janice ? Je dois penser à elle. »

Myrtle s'enfonce davantage dans son fauteuil. Le soulagement lui donne une sensation de pesanteur, de sérénité.

« Je suis contente de l'entendre, dit-elle.

— Il n'aurait pas dû venir te voir. Nos problèmes ne sont pas tes oignons.

— Ne sois pas ridicule, Annie. Ken ne va pas bien. Il avait besoin de mon aide... Non que je puisse faire grand-chose. On ne peut pas espérer arranger les mariages des autres. J'ai juste dit que j'essaierais de te parler, de te raisonner.

— Je n'ai pas besoin de tes conseils, merci beaucoup. On a toujours eu des visions différentes du bien et du mal, pas vrai ? De tout temps, tes conseils ont consisté à me condamner. Eh bien j'en ai assez de ta désapprobation, si tu veux savoir. Je suis tout à fait capable de me forger mes propres opinions, merci. Si ça peut te faire plaisir, je veux bien t'informer que je resterai avec Ken jusqu'à ce que je n'en puisse vraiment plus, et ce n'est sans doute pas encore pour demain. Mais je vais te dire, c'est très cher payé pour un toit sur ma tête. Je ne peux plus le voir en peinture. Ces yeux de chien battu qui réclament un pardon que je ne lui accorderai jamais... Il est exclu que je lui donne un jour cette satisfaction, alors ne t'égosille pas à essayer de me convaincre. »

Un long silence s'installe.

« Je lui ai dit qu'il pouvait passer quand il voulait, se risque enfin Myrtle. Cela ne rime à rien de continuer à nous éviter bêtement. Tu sais bien que je lui ai pardonné dès le départ. Il est temps que je le lui prouve dans les faits. Deux ans à se fuir, ça suffit. C'est contre-nature. Ken était l'ami d'Archie.

J'aurai plaisir à le voir de temps en temps : c'est ce qu'aurait voulu Archie.

— Si tu y tiens... » Leurs regards se croisent.

« Pour l'amour du ciel, Annie, n'oublie pas que c'était un accident. Ken a été suffisamment puni.

— Écoutez sainte Myrtle ! Bon, au moins, ton pardon à toi, il l'a obtenu.

— Cela ne suffit pas.

— C'est tout ce qu'il obtiendra.

— Tu ne devrais pas être aussi inflexible.

— Tu as toujours voulu que je sois des choses que je ne suis pas... » Elle déplie soudain une jambe et, posant le pied par terre, recourbe ses orteils dans les boucles du tapis. « Et je suppose que Ken s'est chargé d'évoquer un certain monsieur détenteur d'une grosse voiture ?

— Il y a fait allusion. »

Annie rit, joyeusement cette fois.

« Le pauvre crétin ! Son problème, c'est la jalousie, ça l'a toujours été. Il ne supporte pas qu'on pose les yeux sur moi, alors que lui-même n'est pas fichu de me regarder en face. Le type en question m'a ramenée un soir... il pleuvait comme vache qui pisse. Ken se trouvait descendre l'allée pile au moment où on arrivait. Il a piqué une crise de nerfs. Il s'est mis à cogner sur le pare-brise en gueulant comme un putois, puis il m'a traînée dans l'allée par la peau du cou. Mais qu'est-ce qui te prend, Ken ? je lui ai demandé, une fois dans la maison. C'est un vieil homme d'affaires de St Andrews archi-ennuyeux qui possède une chaîne de papeterie. Il s'arrête à la cafétéria quand il passe par ici et il m'allonge des pourboires généreux. Mais il n'a jamais rien fait de déplacé, il ne m'a jamais touchée, et est-ce que tu m'imagines tomber assez bas pour céder à un type pareil ? Mais évidemment Ken ne m'a pas crue. Et puis, là, je lui ai montré les marques que lui m'avait faites sur le bras. Il a fondu en sanglots en voyant mes bleus. C'est une espèce de mauviette dévorée de jalousie, si tu veux savoir. Le problème, vois-tu, c'est que je ne l'aimais pas comme il fallait déjà au départ. Je n'aurais jamais dû l'épouser.

— Quoi qu'il en soit, je suis heureuse d'apprendre qu'il n'y a personne d'autre, dit Myrtle.

— Non : l'homme à la Jaguar n'est pas revenu, tu t'en doutes. N'empêche, c'était mon meilleur client. Ses pourboires me manquent. » Elle sourit, lance un regard morne par la fenêtre. « Je n'ai rencontré personne récemment qui me plaise un minimum, alors tu n'as pas à t'inquiéter. Je commence à me dire qu'il n'y aura peut-être jamais personne d'autre. Le néant jusqu'au tombeau… »

C'est à Myrtle d'esquisser un sourire. Lorsque Annie se met à pleurer sur son sort, il est temps de changer de tactique.

« Tu te souviens, au début de notre mariage, comme on détestait que les hommes s'en aillent ? Le vide de nos journées ? Comme on se rongeait les sangs ?

— Tu prenais ça plus mal que moi, dit Annie. Je donnerais tout, aujourd'hui, pour que Ken parte en mer une semaine. Avoir une soirée pour moi. Le mari qui rentre tous les soirs et qui veut que son dîner soit prêt, qui se plaint de sa journée au boulot… Les femmes de pêcheurs ignorent la chance qu'elles ont d'avoir du temps pour elles. »

Jetant un coup d'œil vers Myrtle, elle remarque la bouche pincée et les grandes mains crispées sur les accoudoirs. Le remords vient trop tard. « Oh, mon Dieu, Myrtle, qu'est-ce que je raconte ? s'écrie-t-elle. Je ne voulais pas dire ça ! Je t'assure. Comment est-ce que j'ose dire ça à toi, entre toutes, qui ne pourras que rester seule jusqu'à la fin de tes... » Elle se lève d'un bond, va enlacer Myrtle. « Je t'en prie, pardonne-moi...

— Une gaffe de plus, c'est tout, dit Myrtle, quittant son siège et repoussant Annie. Toujours à bavasser sans aucun égard pour les autres.

— Je suis désolée.

— Plutôt facile, après coup.

— Mais c'est la vérité, je suis désolée. Je n'ai aucune excuse. Et j'aurais dû te parler de mes problèmes. J'y ai souvent pensé, et puis je me suis dit non, c'est trop compliqué. Je ne voulais pas te mêler à ça. D'ailleurs, tu ne me racontes plus grand-chose aujourd'hui. Ce n'est plus comme avant. Vu ta réprobation, j'ai du mal à décider par où commencer... Non, ne t'en va pas. Reste un peu. Prends une tasse de thé. »

Mais Myrtle a déjà franchi la porte.

« Je file. Une autre fois. »

Sur le chemin du retour, avançant d'un bon pas, Myrtle se demande ce qu'il adviendrait si Annie et elle n'étaient plus amies. Une telle situation est inimaginable. Mais, dans le cocon de sa propre cuisine, la voix de son amie résonne. *Toi qui ne pourras que rester seule...* C'est bizarre qu'Annie, dans ses cruels moments de franchise, puisse frapper aussi juste. Il vient à l'esprit de Myrtle qu'elle aurait dû s'indigner, même si, en son for intérieur, elle reconnaît la pertinence de la remarque. Au fond elle s'en fiche. Annie peut penser ce qu'elle veut. La journée a été longue et Myrtle n'a plus envie de se disputer. Tout de même, elle aurait bien aimé lui donner tort... Inutile de rêver. Épuisée par sa journée, Myrtle s'assoit à la table et guette la voix d'Archie. Mais c'est quand elle en a le plus besoin que celle-ci lui fait faux bond. Les morts peuvent s'avérer aussi insaisissables que les vivants. Ils s'éloignent de vous, avant de revenir quand ça leur chante. Myrtle tend ses mains sur la table, s'efforçant de comprendre quelque chose à tout ça. Elle voit se profiler devant elle une interminable soirée solitaire, quand, s'insinuant dans le cadre de la fenêtre, une lune bien pleine vient interrompre le cours des heures.

Cinq jours se sont écoulés depuis que Myrtle a décliné l'invitation de Martin. Elle ne l'a pas revu depuis. Elle a été très occupée — l'effervescence continue —, et elle n'a pas beaucoup pensé à son absence. Celle-ci a simplement recouvert son esprit telle une délicate gelée blanche. Mais aujourd'hui, sixième journée sans aucun signe de lui, l'angoisse commence à pointer. Elle craint de l'avoir vexé, même si elle en doute fort : Martin a trop de sensibilité et de discernement. Elle se demande ce qu'elle devrait faire et hésite à prendre les devants.

L'après-midi du sixième jour, un puissant vent de mer assaille le littoral. En rentrant de l'école, Myrtle s'agrippe à son col et à son écharpe, retient les manuels qui claquent dans son panier. Elle se dit qu'elle a tout lieu de contacter Martin : elle a enfin trouvé une épitaphe pour la tombe d'Archie. Martin attendait qu'elle se décide depuis des lustres. Il va être content.

Le vent lui rabote les yeux, faisant naître des ruisselets de larmes. Elle n'a pas de main libre pour les essuyer, et les sent qui lui chatouillent et lui irritent les joues avant de sécher enfin. Sa vision est troublée, mais au loin, de l'autre côté de la rue, elle aperçoit Martin. Du moins, elle croit le reconnaître… Elle cligne des paupières plusieurs fois. Durant les quelques secondes où sa vue est claire, elle constate qu'il s'agit bien de Martin. Une femme marche à ses côtés. Ils sont bras dessus bras dessous.

Sans prendre le temps de réfléchir, Myrtle se réfugie sous le porche d'un marchand de journaux : elle pourra ainsi observer leur progression sans qu'ils la voient. L'espace d'un instant, elle envisage d'entrer dans le magasin afin de se cacher. Mais elle ne résiste pas à la curiosité. Elle décide de rester là un moment, de reprendre contenance, puis de repartir. Ils la remarqueront forcément. Ce qui se produira alors dépendra de Martin.

Myrtle regarde Martin et sa compagne remonter la rue avec lenteur. Comme tous les gens qui sont dehors aujourd'hui, ils s'emploient à lutter contre le vent. Ni l'un ni l'autre ne parlent, même si Martin sourit. Les cheveux de la femme, qui tirent sur le roux, se dressent droits sur sa tête : elle a l'air d'une mégère dans un livre pour enfants. Beaucoup plus petite que Martin, elle paraît maigre sous le tissu gonflé de son coupe-vent. Elle porte un sac en plastique d'une boutique à touristes : elle n'est donc pas de la région. Martin et elle ne se trouvent plus qu'à une dizaine de mètres. Myrtle juge que le temps est venu de sortir de sa cachette.

Son cœur bat à tout rompre et elle ne comprend pas. Pourquoi est-elle si choquée, si stupéfaite, de voir Martin avec une femme ? Elle ne s'est jamais dit qu'il avait peut-être une petite amie, mais elle ne s'est jamais dit non plus qu'il n'y avait personne dans sa vie... Simplement, elle n'a jamais pensé à Martin de cette façon-là. Martin était son meilleur ami, et le plus souvent, d'un commun quoique tacite accord, ils se gardaient tous deux d'aborder ces questions si intimes. Il lui avait confié un jour qu'il y avait quelqu'un qu'il aimait : mais c'était il y a longtemps. Myrtle supposait qu'il s'était résigné à son célibat, et qu'il s'en accommodait parfaitement. Elle se dit parfois que son manque de curiosité à l'égard de la vie sentimentale de Martin est dû à sa crainte de découvrir une vérité désagréable. D'autres fois elle se dit que les secrets de Martin ne la regardent pas, et puis voilà. Elle apprécie le caractère facile de leur amitié et elle ne va pas se mettre martel en tête.

Tandis qu'elle regagne le trottoir le vent renouvelle ses assauts, extrayant une fois encore des filets de larmes de ses yeux. C'est donc comme à travers une soie moirée qu'elle voit Martin lui faire signe, lui sourire et se mettre à traverser la rue. Aussitôt, en retour, elle s'oblige à lui offrir un sourire généreux, et sent les larmes salées qui s'accumulent aux coins de ses lèvres. Elle est décidée à faire bon accueil à cette femme inconnue : c'est bien, c'est vraiment bien que Martin ait trouvé quelqu'un avec qui, peut-être, partager sa vie.

Ils se font face, à un mètre d'écart. Martin salue Myrtle ; il doit hurler dans la bourrasque. Il a son bras autour des épaules de la femme. Celle-ci s'efforce d'aplatir son chignon, mais sans résultat : il demeure dressé, ridicule. Mais la femme sourit. Elle a un visage sympathique, c'est indéniable. Les taches de rousseur s'y bousculent.

« Ma sœur… Myrtle… beugle Martin. Gwen. Qui vient de débarquer du Canada. À l'improviste. Désolé de ne pas avoir donné de nouvelles. On a fait un petit voyage jusqu'à Perth… Je voulais lui montrer les paysages. » Gwen hoche la tête, esquisse une révérence et plaque sa main sur ses cheveux. Les deux femmes se sourient, essayant de faire fi de l'hostilité des éléments. Le cœur de Myrtle bat encore la chamade, mais il commence à s'apaiser.

« Pourquoi ne pas venir prendre une tasse de thé, tous les deux ? » crie Myrtle. Martin se rapproche. « Nous allons au cimetière. Je veux montrer quelques-unes de mes œuvres à ma sœur. Est-ce qu'on pourrait passer plus tard ?

— Pour dîner ? » propose Myrtle, criant toujours. Puis elle se rappelle un détail qui risque à coup sûr de modifier l'ambiance de la soirée. « Alastair Brown doit faire un saut, mais…

— Avec plaisir. Nous serons là. » Reprise des hochements de tête et des sourires, des poignées de main et des petits gestes de salut. Puis ils se séparent.

Myrtle repart dans la tourmente. Elle rejoint sa maison comme portée par des courants marins, tanguant et roulant telle une barque, les rues familières défilant comme des aquarelles détrempées derrière les larmes qui lui brouillent les yeux.

Une fois chez elle, le côté pratique de sa nature prend le relais. Dans sa tête, elle procède à l'inventaire de son frigo presque vide. Elle va devoir rajouter des légumes au salmis de gibier qui était censé lui durer plusieurs jours. Elle va devoir préparer en vitesse une tarte à la mélasse (la préférée du capitaine du port), repasser des serviettes en gros coton inutilisées depuis la mort d'Archie, et déverrouiller le placard spécial où il rangeait son whisky sans oublier quelques bouteilles de vin.

Cela fait tellement longtemps que Myrtle n'a pas reçu plusieurs convives qu'elle, d'habitude si calme, est dans tous ses états. Ses mains tremblent tandis qu'elle roule la pâte à tarte. Elle doit courir à l'épicerie acheter un pot de crème fraîche, puis y repartir pour y prendre les bougies qu'elle a oubliées. Le vent rugissant s'insinue par le châssis fissuré de la petite fenêtre, agitant les rideaux. Le temps passe si vite que Myrtle n'a pas l'occasion de retirer sa vieille jupe ni de brosser ses cheveux tout raidis par le sel. Elle sait, en ouvrant sa porte, qu'elle est rouge comme une tomate et complètement débraillée, loin de l'image flegmatique de la parfaite maîtresse de maison.

Pourtant, elle le sent dès le début, la soirée prend bien. Alastair Brown, une nouvelle cravate en satin jaune placée telle une tulipe sous son menton, est de toute évidence surpris mais enchanté d'être convié à une réception, comme il qualifie la soirée. Martin et lui se connaissent vaguement et semblent ravis de se retrouver. Il y a un moment amusant où chacun prend l'initiative d'ouvrir la bouteille de vin : c'est à qui s'emparera du tire-bouchon en premier. Martin remporte la course : il sait que l'instrument est rangé dans le tiroir, alors que le capitaine du port perd de précieuses secondes à le chercher sur une étagère près du fourneau. Toutefois, après ce petit triomphe, Martin se montre inflexible en exigeant que ce soit le capitaine du port qui débouche la bouteille. Il ne faut pas beaucoup insister. Alastair Brown avoue même que, dans sa jeunesse, il a travaillé comme sommelier à Paris, et qu'il saurait venir à bout des flacons les plus récalcitrants. Tout cela est expliqué avec légèreté, au milieu des rires. Mais Myrtle sent qu'une concurrence larvée s'est instaurée entre les deux hommes — lesquels n'en ont peut-être même pas conscience — quant à celui qui détient dans cette cuisine les droits de propriété les plus forts. Or Myrtle n'est pas dupe, ils ne se bagarrent pas pour ses faveurs, ils veulent simplement avoir confirmation que l'autre sait où sont rangés la vaisselle et les verres, à quelles patères on accroche les manteaux, et où est cachée la boîte d'allumettes. (Une autre mini-compétition a lieu pour allumer les bougies.) Tout cela réjouit secrètement Myrtle.

Tandis que les hommes se mettent à parler pêche, Myrtle a l'occasion d'observer la sœur de Martin. Gwen, selon son estimation, doit avoir quelques années de moins qu'elle. Une femme assez belle, maintenant que ses cheveux ont retrouvé leur place. La mâchoire anguleuse, comme son frère, et tous deux partagent le même sourire, prudent et séduisant. Gwen répond aux questions de Myrtle sur sa vie au Canada : divorcée, sans enfants, elle enseigne l'éducation physique à l'école du village, et s'occupe de la petite exploitation léguée par ses parents il y a tant d'années. Martin et ses parents lui manquent. Mais l'école et ses élèves sont devenus sa vie, et aujourd'hui elle ne pourrait plus envisager de changer d'existence. Gwen décrit le système éducatif canadien et Myrtle l'écoute avec avidité ; le ragoût mijote sur le fourneau jusqu'à presque neuf heures...

La cuisine de Myrtle fait l'unanimité. La conversation redevient générale à la faveur du dîner, et Myrtle constate qu'elle n'a jamais vu le capitaine du port de meilleure humeur. Il est souvent très silencieux, mélancolique, pendant leurs parties de cartes, et elle est heureuse de voir qu'il s'amuse avec abandon. Il dispose d'une quantité vertigineuse d'anecdotes, et n'hésite pas à faire rire l'assistance à ses dépens. Myrtle s'aperçoit que Martin, qui montrait quelques préjugés contre le blazer et la cravate tapageuse, se prend de sympathie pour cet homme singulier, et elle en éprouve une certaine satisfaction. Si ces deux hommes solitaires pouvaient devenir amis, la chose leur serait mutuellement bénéfique. Pour la troisième ou quatrième fois de la soirée, elle s'étonne d'avoir été capable d'organiser ce dîner impromptu, tout en se félicitant qu'il se déroule aussi bien.

Il est plus de minuit lorsque Gwen et Martin s'en vont. Gwen doit retourner au Canada en fin de semaine. Martin annonce qu'il passera voir Myrtle quand sa sœur sera partie. Il est évident, à en croire ses effusions inaccoutumées, que cette soirée l'a enchanté.

Le capitaine du port, toujours attablé, ne semble pas très pressé de partir. Il s'est resservi un de ses étranges breuvages : du whisky agrémenté d'un nuage de lait… Myrtle ne sait plus combien il en a ingurgité depuis son arrivée. Il lève le regard vers elle. En de telles circonstances, elle trouve déconcertant de ne pas voir ses yeux : dans ses verres de lunettes, elle ne distingue que le double reflet microscopique de sa propre tête. Alastair Brown quitte sa chaise, commence à déboutonner son blazer.

« Je vais vous aider pour la vaisselle, dit-il.

— Non, je vous en prie. Je pourrai la faire en un clin d'œil demain matin. » Elle parle d'une voix pressante. Il est soudain capital que le blazer demeure bien boutonné : Myrtle n'a pas envie de voir le capitaine du port en manches de chemise, et encore moins de le voir prendre la place d'Archie, torchon à la main, à côté de l'évier.

« Très bien. Comme vous voudrez. » Sa docilité emplit Myrtle de soulagement. « Mais il est encore tôt… Si on faisait une petite partie, le temps que je finisse mon verre ?

— Pas si tôt que ça, réplique Myrtle, d'un ton enjoué. Il est bientôt une heure. » Elle ne veut pas le vexer, seulement l'inciter à partir. Au fond de sa tête, elle commence à redouter ce qui se trame peut-être dans le crâne de son visiteur. « Je crois qu'il est trop tard pour moi. Je serais incapable de me concentrer. »

Alastair Brown bondit comme si une bombe avait éclaté sous ses pieds : une main reboutonne son blazer tandis que l'autre resserre le nœud jaune vif de sa cravate. Il est mortifié par sa propre inconvenance, navré de son effronterie. Il aurait dû voir qu'il était tard, que Myrtle était forcément fatiguée. Ce débat intérieur est évident aux yeux de son hôtesse qui, sidérée par son bond incroyable, s'efforce de réprimer un sourire. Malgré leur petite taille, les nombreux verres de whisky qu'il a absorbés ont eu raison de sa placidité habituelle. Debout, le capitaine du port la regarde, un rien flageolant, oscillant doucement tel un jeune arbre sous sa première brise.

« Qu'est-ce qui m'a pris, pour l'amour du ciel ? Pardonnez cette balourdise. Évidemment qu'il est trop tard pour autre chose que le lit... » S'apercevant de cette nouvelle bourde, il fonce comme un lièvre jusqu'à la porte. « Je file, vous voyez... Je file, je file... »

Myrtle s'empresse de le rejoindre. Il n'arrive pas à tourner la poignée.

« Calmez-vous, Alastair. » Elle n'utilise pas souvent son prénom et cette prévenance émeut le capitaine du port. Il trouve le courage de tenter un ultime geste. Saisissant les deux mains de Myrtle dans les siennes — et reculant pour signifier que ses intentions s'arrêtent là —, il se met à les frotter délicatement, comme une femme qui tâterait entre ses doigts la texture d'une étoffe.

« C'était une soirée merveilleuse », dit-il. Les mains de Myrtle sont toujours dans les siennes. « Je ne m'étais pas amusé à ce point depuis longtemps.

— Tant mieux.

— Les autres se sont régalés aussi, je crois. Gwen et votre ami Martin. »

Alastair incline la tête et presse plus ardemment les mains de Myrtle.

« Vous êtes une femme superbe, Myrtle », dit-il, ses lunettes noires braquées sur ses jupes.

Mieux vaut ne pas le contredire, réfléchit Myrtle.

Si elle essaie de dégager ses mains, il va s'y cramponner. Elle n'a pas envie de se battre. Peut-être sera-t-il refroidi si elle parle d'Archie.

« Archie disait toujours qu'il aimait mon sourire, ma taille et mon poids, badine-t-elle. Pourtant, en dépit de tout son amour pour moi, il n'a jamais prétendu qu'il voyait en moi une beauté. Cela aurait été idiot. Par chance pour moi, le charme physique n'était pas primordial pour Archie. » Elle part d'un rire léger. Son plan a fonctionné. Alastair lui lâche les mains. Mais il persévère.

« Dieu sait, Myrtle, que vous vous sous-estimez. Vous faites de l'effet aux hommes. Je sais que je n'ai réclamé que votre compagnie amicale, mais je me surprends à rechercher autre chose : votre calme, votre force. » Il hésite. « Votre amour, même. »

Myrtle, décontenancée par le sérieux de sa déclaration, est aussi, malgré elle, intriguée.

Alastair poursuit :

« Vous êtes comme une montagne lointaine dans ma vie, que, plus que tout au monde, je rêve de...

— D'escalader ? » suggère Myrtle, s'efforçant toujours de tourner la chose à la plaisanterie. Alastair sourit à contrecœur. Soudain la bouche du capitaine du port s'écrase sur la sienne et elle sent ses lunettes froides contre ses joues. Il l'embrasse. Ses lèvres gourmandes n'ont pas le goût de sel. Rien qui évoque la mer, ou le poisson. Rien qui ressemble à Archie. Au lieu de cela, un vague goût de thé, de whisky, de lait. Alors que la langue du capitaine du port se faufile dans sa bouche et se promène doucement sur ses dents, Myrtle est à la fois scandalisée par sa propre conduite, et excitée. Elle se décale un peu. Alastair recule aussitôt, même si à nouveau il lui tient les mains.

« Je vous ai offensée ?

— Non. » Non, il ne l'avait pas vraiment offensée. Même si l'étrange désir qu'elle ressentait était mâtiné de honte.

« Je n'avais pas l'intention… Pour rien au monde je ne ferais quoi que ce soit qui vous effraie, qui me fasse perdre votre amitié. J'avais seulement un désir fou de vous toucher. » Il lui lâche les mains, s'essuie la bouche avec un mouchoir bien plié. Il se lisse les cheveux. Se rajuste comme après un acte sexuel effréné, et non un simple baiser.

« Pas de problème. » Curieusement, en effet, il n'y a pas de problème. Le cœur de Myrtle bat encore à toute allure.

« Vous ne m'en tiendrez pas rigueur ?

— Bien sûr que non.

— Alors je vous dis adieu, chère Myrtle. Je file. »

Il s'en va. Myrtle s'empresse de fermer la porte derrière lui. Elle ne veut pas le regarder descendre le perron. Elle veut regagner la table, contempler les reliefs du repas, se repasser les épisodes du dîner dans sa tête. La réussite de la soirée et son dénouement inattendu lui ont insufflé une formidable énergie. Quant à Alastair Brown… l'admiration que lui inspirent la dignité et la délicatesse de son comportement, lorsque ses sentiments l'ont submergé, ajoute encore à l'affection qu'elle lui porte. C'est un brave homme, à qui on peut faire confiance. Elle est contente qu'il se soit installé au village : Archie aurait voulu qu'elle se fasse de nouveaux amis. Un jour, peut-être… il n'est pas inimaginable que la sympathie qu'elle éprouve pour lui se transforme en une sorte d'amour. Pourrait même s'établir une sorte d'arrangement permanent — même si elle ne se voit en aucun cas quitter cette maison ou la partager avec un autre qu'Archie. Néanmoins, ils sont bien assortis, elle et le capitaine du port. Comme un tableau observé de loin, Myrtle se représente assez bien leur couple : une veuve entre deux âges au tempérament paisible mais résolu, douée d'un physique quelconque, bien peu susceptible de séduire les rares étrangers de passage dans le village. Et puis un homme gentil, timide, marqué de cicatrices, et à certains égards pitoyable. Oui, ils pourraient faire un couple harmonieux. Il lui reste une ultime vérité à affronter : le baiser, à présent, ne lui apparaît plus comme une trahison, mais comme un soulagement. Le soulagement de constater que le plaisir physique pouvait encore jaillir. Alastair Brown, cet homme sensible, a réveillé en elle des émotions qu'elle croyait disparues à jamais. Aucun doute, sa vie, de manière curieuse, est en train de s'accélérer, et elle s'en réjouit.

À deux heures du matin Myrtle a terminé la vaisselle. Les choses ont repris leur cours normal. Elle se rend à la fenêtre, lève les yeux vers la Grande Ourse. Le vent est tombé, mais souffle encore juste assez fort pour apporter avec lui le parfum de la mer. Elle ferme la fenêtre : décidément, que de merveilles…

Le lendemain après-midi Alastair Brown l'attend au pied de chez elle quand elle rentre de l'école. Il propose de lui prendre ses sacs et son panier, mais elle refuse. S'il occupait un coin de ses pensées ce matin, alors qu'elle faisait cuire son pain, il en a été banni cet après-midi pendant la classe. Sa visite inattendue ne tombe pas très bien. Myrtle est pressée. Elle a des tonnes de cahiers à corriger, après quoi elle veut s'attaquer à l'épitaphe pour Archie — qu'elle sera sans doute mieux à même de juger une fois couchée sur le papier —, puis la faire parvenir à Martin accompagnée d'un mot. Myrtle remarque que le capitaine du port est assez agité. Son attendrissement précédent soudain teinté de contrariété, elle invite néanmoins Alastair Brown à la suivre à l'intérieur ; elle sait bien que son sens de l'hospitalité finira par triompher de son agacement, et qu'une fois de plus ils boiront le thé ensemble.

Les joues d'Alastair Brown sont pâles au-dessous de ses lunettes noires. Sa conduite enflammée de la veille au soir a manifestement provoqué chez lui de profonds remords ainsi, sans doute, qu'une nuit d'insomnie. Il arpente la pièce en se tordant les mains : peut-être un échauffement avant de présenter ses excuses. Il ne retire pas son blouson imperméable, signe qu'il ne compte pas s'éterniser. Myrtle trouve ce blouson plus seyant que son blazer. Il le fait paraître plus costaud, plus robuste. Plus émouvant, plus attachant… plus séduisant. Ce mot, Myrtle l'utilise avec parcimonie, mais là il lui vient naturellement. Lorsqu'ils prennent place à la table avec leurs mugs de thé, Myrtle constate que son irritation s'est déjà évanouie. Elle est supplantée par de la compassion.

« Chère Myrtle, j'espère de tout cœur que mon comportement déplacé d'hier soir ne vous a pas causé l'angoisse qu'il m'a causée à moi, commence le capitaine du port. Je connais les limites de la camaraderie, et je sais qu'il ne faut pas les dépasser. Ma seule excuse est de m'être laissé emporter par la bonne ambiance de la soirée. Je vous présente toutes mes excuses.

— Vous n'avez pas besoin, répond Myrtle en souriant. Arrêtez donc de vous tourmenter. » Elle se tait un instant, puis reprend : « Si vous voulez mon avis, je dirais que tous les petits verres de whisky que vous avez bus ont peut-être amplifié dans votre esprit la gravité de votre comportement. De mon point de vue, vous avez été un parfait gentleman.

— Oh, Mrs Duns, Myrtle… » Alastair Brown interrompt l'envol de sa tasse vers sa bouche et repose le mug sur la table, entourant de ses mains la porcelaine brûlante. Il penche la tête. Une fois encore, dans son soulagement, il est tenté de franchir les limites qu'il vient d'évoquer, et une fois encore il applique toute son énergie à résister à ladite tentation. « Vous n'avez pas idée du plaisir que j'éprouve à entendre ces paroles, murmure-t-il. Votre compréhension est plus importante pour moi que je ne saurais…

— Oui, eh bien, oublions cet incident, voulez-vous ? » Myrtle s'exprime avec brusquerie pour l'empêcher de continuer. « Et pour l'amour du ciel cessez de ruminer un épisode aussi insignifiant. Cela ne rime à rien. »

Redressant la tête, Alastair Brown oblige sa bouche à dessiner un tiède sourire. C'est cette lutte victorieuse contre lui-même qui fait l'admiration de Myrtle.

« Aussi insignifiant ? » répète-t-il, d'un ton triste.

Il enchaîne aussitôt : « Je sais qu'il est inutile de vous proposer de venir dîner chez moi : je sais que vous n'y êtes pas prête, même si je me plais à penser que je vous recevrai un jour sous mon toit. Mais maintenant que le temps s'améliore… je me demandais si je pourrais vous persuader de venir faire un petit tour en bateau le long de la côte ? Nous pourrions emporter un pique-nique… partir juste pour l'après-midi. » Ses lunettes sont braquées sur Myrtle. « Le *Swift* n'a rien de grandiose, évidemment, mais c'est un brave petit navire. Ma mère, qui a horreur de la mer, m'accordait sa confiance. Je crois qu'elle appréciait assez nos petites excursions. »

Myrle repense à sa récente sottise lorsqu'elle a refusé l'invitation tout aussi innocente de Martin et qu'elle n'est pas allée à Perth.

« Bien sûr, dit-elle. J'aimerais beaucoup venir un de ces après-midi. Quand il fera plus chaud. Dans quelques semaines… »

Le capitaine du port, tel un homme qui a réussi à avoir ce qu'il voulait et qui craint qu'on ne lui retire son trophée, effectue un de ses bonds soudains en direction de la porte. Myrtle commence à connaître son agilité physique en la matière. Il n'a même pas terminé son thé.

« Voilà bien un projet dont je me réjouis ! » s'exclame-t-il, quittant la maison tout excité sans refermer derrière lui.

En allant repousser la porte, Myrtle trouve Annie sur le seuil.

« Je viens encore de me cogner à ton soupirant !

— *Och*, Annie, j'allais me mettre à mes corrections…

— Alors tu as du temps pour lui, mais pas pour moi.

— Ne dis donc pas de bêtises. Allez, entre. Je vais refaire du thé. »

Depuis leur affrontement à propos de Ken, Annie passe plus souvent que d'habitude. Elles évitent l'une et l'autre de parler de lui — Myrtle pense que les amitiés les plus solides ne peuvent subsister qu'en évitant les sujets porteurs de conflits —, mais ce tabou assombrit à peine leurs rapports. Toujours d'excellente humeur, Annie regorge d'anecdotes sur les clients bizarres de la cafétéria — ses imitations ont le don de faire rire Myrtle —, ainsi que sur la vieille sorcière acariâtre qu'est sa nouvelle patronne.

Aujourd'hui elle s'avère tout aussi guillerette, bien que sa mine soit sérieuse.

« Allez, qu'est-ce qui se passe ? demande-t-elle, prenant son siège habituel. Toi et le capitaine du port… Il y a forcément quelque chose. Il est tout le temps ici. »

Durant le bref intervalle dont elle dispose pour former sa réponse, Myrtle envisage une dizaine de solutions. Elle se refuse à mentir : elle a beau cacher beaucoup de choses à Annie, celle-ci mérite qu'on lui confie certains secrets. Or le sujet du capitaine du port, bien que réellement fascinant, n'est pas encore d'une immense importance.

« Rien, répond-elle. Franchement. Ce n'est qu'un ami. Il sait que je ne cherche pas autre chose. Il n'oserait jamais dépasser les bornes. »

Annie s'esclaffe.

« Il me semble plutôt mordu. Toutes ces visites… Tu ne serais pas un peu naïve ? J'essaie d'imaginer le tableau : mon amie mariée au capitaine du port. Je dois avouer que j'ai du mal. Toi, cette pensée ne t'a jamais effleurée ?

— Jamais.

— Je suppose qu'il faut que je te croie.

— Archie n'est mort que depuis deux ans.

— Une veuve est censée attendre combien de temps ?

— Tout dépend de ce qu'elle recherche.

— Je veux dire, combien de temps doit-il s'écouler pour qu'elle éprouve quelque chose pour un autre quand l'homme qu'elle a toujours aimé est mort ?

— Va savoir. Ce n'est pas un souci qui me tracasse. » Myrtle s'interroge en silence. Est-ce bien la vérité ?

Annie soupire.

« Tu sais quoi ? Depuis un moment, j'essaie de m'imaginer ce que ça doit faire d'être toi. »

Myrtle rit. Elle décide de livrer à Annie la remarque qui lui vient aussitôt à l'esprit.

« Alors tu as dû surmener ton imagination... D'habitude, tu n'es pas du genre à te mettre à la place des autres.

— Tu as raison, comme toujours, concède Annie avec un joli sourire. Mais je me surprends tout à coup à être curieuse. Enfin quoi, j'imagine que le veuvage doit être affreusement vide : tu dois te sentir affreusement vide. »

Myrtle n'aime pas le cours que prend la conversation : l'impossibilité de traduire avec exactitude le sentiment de perte rend tout effort inutile. Comment Annie comprendrait-elle, par exemple, l'étrangeté persistante de cette pièce depuis qu'Archie n'y vit plus ? Les changements physiques dans les objets inanimés qu'elle est seule à noter ? Mais Annie, phénomène rare, paraît en veine de compassion et de sollicitude. Myrtle essaie de se montrer patiente.

« Je ne me sens pas vide, dit-elle. Je n'ai jamais ressenti cela. Supposer qu'une personne qui se retrouve seule après un deuil se sent vide, c'est la première chose qui vient à l'esprit. C'est peut-être vrai pour d'autres, mais pas pour moi. » Myrtle se tait. Devant le regard incrédule d'Annie, elle éprouve soudain un regain d'amour pour elle, le genre d'amour qu'elle éprouvait enfant quand Annie écoutait les histoires qu'elle lui racontait avec émerveillement et effroi.

« Ça ressemble à de la vantardise », commente Annie.

Myrtle place sa grande main sur son cœur. « Alors je me suis mal exprimée. Il ne s'agit pas de complaisance. Ce que j'essaie d'expliquer — et j'ai horreur de ce genre de tentatives absurdes —, c'est que je me sens déborder d'émotions nouvelles. Il faut que je digère la dévastation intérieure. Un long processus, sans doute. Mais je pense qu'il y a énormément de choses à sauver. Alors j'attends, avec patience. » Elle est gênée par la maladresse de son exposé.

« Pas du tout ce que j'imaginais, alors, déclare Annie après un moment de réflexion. Apparemment, il y a de l'espoir pour toi, on n'a aucune raison de te plaindre. J'en suis heureuse : je ne suis pas très douée pour la pitié. » Elle remue sur sa chaise, boit une gorgée de thé. Myrtle ne lui a jamais vu un air aussi adulte. « Tu sais quoi ? J'ai réfléchi à ce que tu as dit… au fait qu'on détestait voir les hommes partir en mer et tout ça, et à la chance que j'ai que ce mode de vie soit maintenant terminé, que mon homme soit là en permanence alors que toi…

— Tu as beaucoup réfléchi, dis donc ! » s'exclame Myrtle en souriant. Elle est soulagée qu'Annie ait cessé de s'intéresser à son statut de veuve.

« Oui, enfin bon, avec vingt ans de retard je commence peut-être à grandir ! Toujours est-il… » Elle regarde son amie dans les yeux. « J'ai laissé Ken se satisfaire hier soir. La première fois depuis des lustres. »

Myrtle se borne à hausser un sourcil. Bien qu'elle s'en veuille de cette inhibition, elle n'a jamais été capable de répondre à Annie avec la même crudité de langage.

« C'était bien, poursuit Annie, amusée de voir rougir Myrtle. Je ne vais pas pour autant tomber subitement amoureuse de lui ou quoi que ce soit, mais peut-être que ça facilitera les choses. Ce matin, en partant pour l'école, Janice m'a dit : “Maman, tu te rends compte que c'est le premier matin depuis des mois que tu n'as pas crié après papa au petit déjeuner ? Qu'est-ce qui t'arrive ?” Alors va savoir… »

Elles sourient l'une comme l'autre. Mais Myrtle est épuisée par cet échange insolite avec son amie, par les excuses du capitaine du port, par sa nuit trop courte. Elle veut mettre tout cela de côté pour l'instant et s'attaquer à ses corrections. Elle constate qu'Annie est encore nerveuse, excitée.

« Le problème, poursuit-elle, c'est que quand on ne peut pas s'empêcher de penser à un autre, il n'est pas évident de se concentrer sur un mari qu'on n'a jamais vraiment aimé. »

Myrtle n'en peut plus. Elle prend un jeu de cartes dans le tiroir.

« Et si on se faisait une petite partie ? Rien qu'une, avant que je me mette au boulot. »

Annie acquiesce de la tête. Elle a la mine égarée d'une personne déchirée par des pensées contradictoires : la douceur amère d'un amour secret quoique non partagé, la douceur amère d'un bien-être physique apporté par un mari mal aimé. Myrtle observe son amie avec froideur, cherchant à échapper à d'autres confidences. Elle ne tient pas à en savoir davantage sur les deux hommes qui peuplent la vie déréglée d'Annie. Cette dernière ne bronche pas face à la sévérité familière qui contracte les traits de Myrtle. Avec des doigts distraits elle s'empare du paquet et entreprend de mélanger les cartes.

Une fois Annie partie, la tranquillité de Myrtle est de courte durée. Au bout de plusieurs essais, l'épitaphe lui semble convenir. Elle écrit un bref message à Martin. Elle le lui postera : elle n'aura pas le courage d'aller le lui déposer à domicile ce soir. Puis elle s'attelle à la correction des cahiers, s'émerveillant comme toujours de la singularité de chacun de ses élèves. Certains ont traité le thème imposé, « L'orage », avec un grand enthousiasme — surtout, avait-elle dit, concentrez-vous sur les sons, les odeurs, les couleurs, les bruits —, tandis que d'autres ont tout juste réussi à pondre une phrase. Elle est interrompue dans son travail par le téléphone. C'est la directrice de la maison de retraite. Elle a à tout prix besoin d'aide : deux employées sont malades. Myrtle n'y est pas allée depuis un moment ; elle accepte de s'y rendre dès qu'elle aura fini ses corrections.

Il fait presque nuit lorsqu'elle arrive à Evergreen. Elle a à peine franchi le seuil que les odeurs d'encaustique et de ragoût réchauffé, les relents d'urine mal effacés par le désinfectant et le parfum écœurant des vêtements en train de sécher lui reviennent aux narines de manière entêtante. Elle est accueillie par la directrice affolée et reconnaissante, puis entraînée vers le salon, ainsi qu'on appelle encore cette pièce. Là, chaque fauteuil du demi-cercle autour de la télévision est occupé. Les têtes sont tellement affaissées sur les poitrines qu'on croirait qu'un tueur invisible vient de passer et de tordre le cou de toutes les pensionnaires. Des mains pendent des accoudoirs à fleurs, aussi inertes que des gants. Des rotules et des tibias dessinent des angles aigus sous des plaids informes. Des pieds bandés, tout rebondis dans des pantoufles qui bâillent, reposent totalement immobiles sur la moquette à volutes. Le regard de Myrtle navigue méthodiquement des unes aux autres : elle renoue avec ses dons d'observation. Elle se concentre de toutes ses forces, bien décidée à ne pas scruter par la fenêtre l'endroit où l'horizon doit être encore discernable. Cet horizon usé jusqu'à la trame par le regard obstiné de Dot occupée à guetter inlassablement le *Skyline*, convaincue de le voir reparaître.

« Tout ce groupe... au lit, explique la directrice. On est très en retard. Si vous pouviez commencer à les déménager, moi je m'occupe de l'ovomaltine. Attention à Mrs Jackson, elle tombe en morceaux. »

Durant les heures suivantes, Myrtle s'active de son mieux. À la petite cuillère, elle transvase des boissons maltées, qui mettent un temps fou à refroidir, dans des bouches tremblotantes et dépourvues de dents. Elle s'efforce de déchiffrer les murmures confus qui ne sont le plus souvent que des grommellements : elle parvient à trouver les mots qui se dérobent à ces pauvres esprits étiolés. Sur des jambes décharnées, elle retire des bas plissés imprégnés de chaleur, et des flocons de peau desséchée se déposent sur ses mains. Elle borde des lits étroits dans des chambres étroites, où seuls une unique photo ou un unique objet décoratif témoignent d'une existence antérieure. Elle tapote des omoplates tendineuses sous des châles au crochet et souhaite une bonne nuit à chaque petite vieille, se demandant pour laquelle ce sera la dernière. Puis, refusant toute rétribution, elle se dépêche de filer.

Sur le chemin du retour, Myrtle décide de ne plus jamais aller là-bas. Elle reconnaît que sous la pression de sa conscience elle pourrait être amenée à changer d'avis. Mais pour le moment elle est furieuse et déprimée : non pas tant à cause de la tristesse de la maison de retraite mais parce qu'elle est une veuve sur qui on peut toujours compter pour donner un coup de main. Elle meurt d'envie de se révolter contre ce rôle et elle a la ferme intention de ne plus céder. Son manque de charité a beau ajouter à sa rage, rien, pour l'heure, ne la fera revenir sur sa décision.

À présent exténuée, elle rêve de se coucher. Mais

elle a oublié sa lampe électrique et, dans l'obscurité de la nuit, elle ne peut pas aller très vite. Elle lève la tête. Il n'y a pas de lune, mais une multitude de petits nuages durs et denses d'un noir très foncé, comme si le contenu d'un seau à charbon avait été éparpillé dans le ciel. Myrtle est contente lorsqu'elle atteint les premières habitations au pied de la petite route qui descend de la maison de retraite. Elle se sent ridicule d'avoir eu peur, mais n'en est pas moins soulagée de voir les lumières.

À un coin de rue, elle aperçoit la silhouette d'un homme juste devant elle : il vient manifestement de sortir du pub. C'est Ken. Elle l'appelle. Il se retourne, et la rejoint aussitôt. Il sent le whisky et la fumée.

« Ça alors, Myrtle ! Je vais te raccompagner. » Il lui prend le bras, bien plus fermement que toutes ces années plus tôt. À l'évidence, il est de très bonne humeur.

« Tu es sortie t'amuser ? demande-t-il.

— Je suis allée donner un coup de main à Evergreen.

— Tu es une brave femme, Myrtle. Une brave femme. Une femme sur qui on peut compter. » Il est trop jovial pour s'intéresser davantage à la soirée de Myrtle.

« Non, ce n'est pas vrai. J'ai toutes sortes de pensées fort peu charitables.

— En tout cas, reprend Ken, ne sachant comment réagir à cette déclaration étonnante, je vais te dire une chose : je suis plus heureux qu'avant, Myrtle. Oui, je suis plus heureux qu'avant.

— Parfait. Je suis contente. » Ils ont atteint la

maison de Myrtle. Elle dégage son bras. « Merci de m'avoir raccompagnée.

— Je ne le jurerais pas, dit Ken, mais j'ai l'impression qu'il y a du changement dans l'air. Dieu sait pourquoi, mais j'ai l'impression qu'Annie se radoucit…

— Je l'espère, répond Myrtle, qui a déjà gravi la moitié des marches. Bonne nuit. »

Ken rebrousse chemin. Il s'éloigne, le pas élastique et le cœur léger en pensant à ce qui l'attend chez lui. Myrtle, à l'idée de leur nuit, est surprise par un élancement atroce sur lequel elle aurait honte de mettre un nom. Physiquement, la douleur la poignarde avec une telle violence qu'elle doit se plier en deux et s'agripper à la rampe en fer pour se soutenir. Cette jalousie — car c'est indéniablement ce dont il s'agit — se heurte à sa colère précédente, que n'ont fait qu'amplifier les compliments de Ken. Seule par cette nuit hostile devant sa propre porte d'entrée, Myrtle se demande comment vingt-quatre petites heures peuvent opérer un tel changement. La joie de la veille au soir est désormais aussi lointaine que les étoiles cachées. Elle a froid, et se dégoûte d'éprouver des sentiments aussi vils. Comment, à peine deux ans après la mort d'Archie, peut-elle être jalouse d'une chose comme le plaisir charnel retrouvé entre Ken et Annie ?

L'image du capitaine du port s'impose à son esprit. Ce serait tellement facile.

Puis : l'image de Martin, riant avec sa sœur hier soir. Voilà qui serait moins facile… Myrtle met longtemps à se redresser, à trouver ses clés et à s'engouffrer dans le vide obscur de la maison.

Une fois sa sœur repartie pour le Canada, Martin reprend ses anciennes habitudes et passe voir Myrtle tous les deux ou trois jours. Parfois ils se rendent au petit bois, s'extasient sur les arbres qui poussent, et « testent », comme dit Martin, chacun des sentiers, à présent hérissés d'herbe drue. Lorsqu'il reçoit le mot de Myrtle concernant sa décision définitive pour l'épitaphe d'Archie, il se précipite chez elle après sa matinée à l'atelier de filetage : il sait que c'est le jour où elle ne va à l'école qu'à deux heures.

« Il faut fêter ça, dit-il. Je m'y mets dès que possible. »

Derrière son sourire, Myrtle discerne une lassitude inhabituelle. Un muscle tressaille sous un de ses yeux. Le sourire une fois éteint, sa bouche, au repos, présente un pli sévère. Il est assis à sa place coutumière à la table. Dans la chaleur ambiante il émane de lui une puissante odeur de poisson. Myrtle va chercher une bouteille de bière dans le frigo et s'assoit à son tour. Elle décide d'ignorer ce qui ne va pas. Elle considère que quand une personne a envie de parler de ce qui la préoccupe, elle le fait. On n'a pas à l'interroger. Myrtle préfère demander à Martin si sa sœur a apprécié son séjour.

« Je crois que oui. Elle n'avait jamais quitté le Canada avant. Elle avait besoin de vacances. Diriger une exploitation sans aide, ça fait beaucoup pour une femme seule. » Martin s'interrompt. « En réalité, si elle est venue me voir, c'était pour m'annoncer qu'elle n'arrivait plus à concilier ses deux boulots et à entretenir la grande maison où nous avons grandi. » Il avale une lampée de bière, renverse la tête, ferme les yeux un moment. « J'ai décidé de laisser tomber le filetage à la fin du mois. Ce n'est pas une façon de passer ses matinées. En plus, la paie... » Il rouvre les yeux. « J'ai fait un saut chez Annie hier soir. Ken était là, pour une fois. Une sacrée surprise. » Il esquisse un autre sourire, qui n'exprime aucun sentiment. « La petite Janice était d'une humeur de dogue. Va savoir pourquoi. Quand je suis arrivé, elle est montée droit dans sa chambre et n'en est pas ressortie.

— Les adolescents, explique Myrtle. Elle m'a confié qu'elle était amoureuse d'un garçon. Ça vient peut-être de là.

— Annie aussi a dit que c'était ça l'explication.

— *Aye*, sûrement, confirme Myrtle, consciente de sa traîtrise.

— Mais tu lui donnes des cours, pas vrai ? Des leçons particulières : elle a de la chance.

— Ça me plaît. La petite est intelligente, elle adore la poésie. Ken était exactement pareil à son âge. Il aurait aimé entrer à la fac d'Édimbourg. Mais son père s'est moqué de lui. Il venait d'une longue lignée de pêcheurs, il n'arrivait pas à imaginer que son fils ne veuille pas observer la tradition familiale. Ken a bien un peu protesté, mais son père avait un fort tempérament, et Ken a fini par céder, il est allé en mer. D'abord sur le bateau de mon père, puis il a rejoint Archie. Je ne crois pas que la pêche ait jamais vraiment été son truc. Il est plus heureux à la fabrique de glace. Quant aux études, il semble que ses ambitions se soient évanouies. Il disait n'avoir plus le temps de lire, mais je crois que dernièrement, depuis qu'Archie... Je l'ai aperçu plusieurs fois qui sortait de la bibliothèque. En tout cas, il est fier que Janice soit brillante comme ça. D'après moi, il aimerait la voir accomplir ce que lui-même n'a jamais réussi.

— C'est un drôle de bonhomme. Distant. Mais je l'aime bien. Je doute qu'ils fassent des parents idéaux.

— Tu as raison, acquiesce Myrtle. Janice est pourrie gâtée un jour, et totalement négligée le lendemain. Et on dirait qu'Annie cherche à revivre sa propre jeunesse à travers sa fille : elle l'encourage à "foncer", quel que soit le sens d'une telle formule. Si Janice réussit à ne pas s'attirer de graves ennuis, ce ne sera pas grâce à sa mère. Pourtant, elle n'aura jamais le même charme qu'elle. Il n'y avait pas plus jolie qu'Annie sur toute la côte quand elle était jeune fille. Janice ne possède pas tout à fait les mêmes atouts... Une chance, peut-être. Elle est assez mignonne, mais elle tient plus de son père.

— Elle est assez mignonne pour causer des ravages, affirme Martin. J'ai vu la lueur dans son œil. Elle a besoin d'être mise en garde.

— J'essaie, dit Myrtle, mais je ne pense pas avoir beaucoup de poids. »

Martin se lève pour prendre congé. Durant ces dix minutes en compagnie de Myrtle son expression s'est adoucie. Il doit se tourmenter : il se demande sans doute s'il doit rester à l'atelier de filetage. Lors de sa prochaine visite, elle est bien décidée à ce qu'ils discutent davantage de son travail de tailleur de pierre : elle l'encouragera à élargir son champ de prospection, et à mieux faire valoir ses talents d'artisan.

« Tu es sidérante, Myrtle, dit-il, en s'en allant.

On est une ribambelle à se demander ce qu'on ferait sans toi... »

Une fois seule, plutôt que d'analyser cette remarque, Myrtle la range dans sa mémoire pour y réfléchir plus tard. Elle traverse la pièce de sa démarche chaloupée, dansant à moitié, se livrant avec bonheur à son imitation d'une barque dans la houle — sa manie secrète un peu sotte. Dehors il y a du ciel bleu. Il fait très chaud. Elle est impatiente de se rendre à l'école, de sentir le soleil sur ses bras nus. Soudain elle y repense : maintenant que le beau temps s'est installé, elle n'a plus d'excuses pour continuer à différer l'excursion en bateau avec le capitaine du port. C'est une perspective dont elle se réjouit autant qu'elle l'appréhende. Elle ne comprend pas pourquoi elle se sent tiraillée à ce point : il est temps qu'elle soit fixée. Elle est convaincue que ce pique-nique constituera une sorte de tournant et qu'il lui permettra de savoir où elle en est. Même si, là encore, la nature précise de ses pensées n'est pas facile à définir. Je flotte sur une mer aux profondeurs inconnues, se dit Myrtle : j'ignore totalement où les flots vont me porter, je n'ai aucune idée de ce que je vais faire. Mais au moins je ne suis plus en train de me noyer : je suis plus forte, même si la sensation de manque demeure inchangée, et ne changera jamais. Myrtle ramasse ses affaires et se dépêche de sortir. L'accélération imprimée à sa vie est timide et pourtant excitante. Elle trouve la chose étrange, car jusqu'à très récemment elle croyait que rien ne serait plus jamais excitant, ou joyeux.

Avec la délicatesse et le tact qu'il considère comme sa spécialité, Alastair Brown propose une date pour leur sortie en bateau et se charge de tout organiser. Myrtle insiste simplement pour qu'il garde le secret. Elle s'étonne d'ailleurs de son insistance sur ce point, mais son instinct lui dit qu'il doit en être ainsi. Elle n'a pas envie qu'il circule des ragots sur son compte, des ragots qui seraient inexacts, par-dessus le marché.

Le matin du jour convenu, elle se prépare : un foulard, en guise de vague camouflage, et une veste, au cas où le temps changerait. Tandis qu'elle attache son foulard par un nœud qui ne vise nullement à l'élégance, elle pense avec amusement à la manière si différente dont Annie se préparerait — dont Annie se prépare — avant un rendez-vous. Des heures de maquillage minutieux, une demi-douzaine de robes enfilées puis rejetées jusqu'à dénicher la bonne, des peignes étincelants plantés puis retirés de sa crinière maintes fois secouée… Myrtle, le visage sans fard, revêt sa plus vieille jupe d'été et attache ses cheveux en arrière.

C'est avec un plaisir un peu coquin qu'elle quitte furtivement la maison et se dirige vers l'arrêt d'autobus. Elle se délecte du trajet d'une dizaine de kilomètres le long de la côte pour rallier un autre village de pêcheurs, qui, lui, n'héberge plus aujourd'hui que des langoustiers. Elle a rendez-vous avec Alastair Brown sur le port. Le soleil est brûlant, la mer une nappe bleue bien tendue d'une nuance plus profonde que le ciel sans nuages. Étincelante, la dent de Bass Rock se profile avec une netteté inhabituelle dans le lointain. De chaque côté de la route, de grandes marguerites se détachent au milieu des blés mûrs, alors que plus loin à l'intérieur des terres un champ de colza d'un jaune criard flamboie entre des champs d'un vert habituel. Myrtle s'aperçoit qu'elle n'est pas sortie du village, hormis pour aller faire un tour au bois, depuis une éternité. Ce bref voyage a tout d'une aventure.

Sur le port — le lieu même où Annie a reçu son écharpe de Sirène —, Alastair Brown est assis à une table en bois mise à la disposition des clients près de l'étal de homards et de crabes. Myrtle, descendant la colline, le voit avant qu'il ne la voie. Elle est perplexe. Il ne mange quand même pas des fruits de mer au petit déjeuner ? Non : en s'approchant, elle se rend compte qu'il tient un mug de thé, breuvage que ne propose pas ordinairement le stand minuscule du mareyeur.

« Traité comme un VIP, à ce que je vois ! » lance-t-elle en lui tapant sur l'épaule. Elle a conscience que cette remarque désinvolte n'est pas du tout son genre, seulement voilà, avec la brise qui souffle de la mer et le soleil qui chauffe, elle se sent d'humeur guillerette, insouciante. Alastair Brown se lève d'un bond, comme pris au dépourvu : peut-être veut-il cacher qu'il attend là, consumé d'impatience, depuis des lustres.

« Courtoisie entre capitaines, explique-t-il. Mon ami le capitaine Travers habite dans ce cottage ; il m'a vu assis là et m'a apporté une petite tasse de thé. Ne vous inquiétez pas : il ne parlera à personne de ma visite inexpliquée. Si nous nous dépêchons d'aller au bateau, il ne vous verra même pas. » Redressant les épaules, Alastair Brown se tient droit comme un I et son maintien altier dénote une légère suffisance. Myrtle lit dans ses pensées. Il ne lui déplaît pas d'avoir été traité avec déférence par un capitaine de marine à la retraite. Myrtle sourit, voulant lui indiquer qu'elle mesure bien ce privilège. Le geste du capitaine a beau l'avoir galvanisé, Alastair Brown demeure nerveux. Il porte une casquette imperméable, dont il rabaisse davantage la visière sur ses lunettes : le soleil dessine de petits diamants sur les verres noirs. Ses mains entrent et sortent de ses grandes poches à plusieurs reprises avant que l'une d'elles ose se poser sur le bras de Myrtle, et qu'ils se dirigent tous deux vers l'escalier du quai.

Le *Swift*, chose peu étonnante, est un petit bateau impeccable. Il a été repeint récemment et Myrtle ne peut s'empêcher de se demander quand : ses flancs écarlates sont éblouissants. La réfection a dû être calculée pour coïncider avec cette sortie, mais Myrtle s'empresse de bannir cette notion prétentieuse. Il ne fait aucun doute que le capitaine du port s'est donné beaucoup de mal : tout est balayé et astiqué, parfaitement à sa place. Il y a un coussin sur un des sièges en bois. Sous un autre est logé un panier de pique-nique en osier. Myrtle est touchée, et ravie, qu'on puisse se donner autant de peine pour elle.

Elle s'installe sur le coussin. Alastair Brown se faufile dans la toute petite cabine qui n'abrite qu'un siège et la barre à roue. Pépère, le *Swift* sort lentement du port avant d'accélérer un peu en pleine mer. Myrtle se rend compte que le calme des flots, depuis le bus, était une illusion. Quand vous êtes dessus, la houle vous ballotte avec pétulance. Parfois une petite vague finit par casser : sa crête s'agite un moment tel un oiseau blanc, avant que ses plumes ne soient à nouveau aspirées par l'eau sombre.

Sa peur ancestrale de la mer ne l'a pas totalement quittée. Il subsiste en elle une trace d'appréhension, bien que moins perturbante que le jour de l'élection de la Sirène. Pourtant, bringuebalée de la sorte dans un si petit bateau, elle n'arrive pas à se sentir complètement à l'aise, et elle se félicite qu'Alastair Brown se borne à longer la côte plutôt que de mettre le cap sur les Lammemuirs. À son grand étonnement, elle ne tarde pas à s'apercevoir que le capitaine du port partage son malaise. Elle a toujours cru qu'il s'y entendait en bateaux. Peut-être se sentait-il plus sûr de lui sur un plus grand navire. Comme capitaine du *Swift*, il montre beaucoup moins de maîtrise qu'en arpentant le port en toute sécurité. Et puis il ne semble pas très bien connaître le fonctionnement de son bateau. De temps en temps, il y a une embardée suivie d'un brusque ralentissement. À en juger par ses mains sur la barre, et ses mouvements de tête, il est surpris par les réactions du navire. Il n'a pas l'allure d'un homme qui aime réellement la mer. D'après Myrtle, il aurait sans doute largement préféré un pique-nique à flanc de coteau, mais il a dû se dire que, de la part d'un capitaine de port, une sortie en mer constituait une invitation plus appropriée.

Le soleil est brûlant à présent, malgré la brise. Trois ou quatre mouettes volent en convoi derrière le bateau, poussant de doux piaulements. Myrtle est bercée par le tangage, et par la chaleur. Elle repense à cette traversée bien plus longue, le jour où Annie était la Sirène du *Skyline*, et où la mer était bien plus mauvaise : elle repense à ce moment où elle avait été projetée contre Ken, à ce moment où il lui avait pris le bras et l'avait aidée à se remettre debout, avant de disparaître soudain. Elle n'avait pu s'agripper à lui. Elle avait été déçue, mais pas trop, car au fond ses sentiments pour Ken n'avaient été que légèrement titillés… à moins que son souvenir ne la trompe ? Avec le recul, il semble évident qu'elle cherchait juste quelqu'un à aimer, quelqu'un qui lui plaise, et Ken, que les filles draguaient aussi peu qu'il les draguait lui-même, paraissait le meilleur candidat. Elle se souvient d'autre part de son haut-le-cœur quand Archie lui avait souri ce jour-là. Un simple sourire amical, confirmant qu'elle ne pouvait espérer une relation plus profonde avec lui… N'empêche, la pensée d'Annie bien décidée à le séduire, et arrivant à ses fins, avait aggravé sa nausée. Jamais dans ses rêves les plus fous, ce jour-là, elle n'aurait pu prévoir la manière dont les choses allaient tourner, quels bouleversements et quelles surprises peut parfois réserver le tourbillon de la vie.

Et voilà qu'aujourd'hui, assagie, parvenue à la moitié de son existence, elle contemple les vagues, s'efforçant de comprendre ce qu'elle ressent au fond d'elle-même, et trouvant cette tâche presque aussi difficile que quand elle était jeune. Elle croit reconnaître une excitation assourdie, comme un sentiment d'attente, proche de ce qu'elle éprouvait envers Ken… rien de bien précis, rien de très flagrant ou de très troublant. Juste la sensation agréable que procure la bonne camaraderie. À peine en est-elle arrivée à ces conclusions qu'Archie lui apparaît… Archie ! Il rit à gorge déployée : Non mais quelle idée, de s'embarquer pour un pique-nique en mer avec le capitaine du port ! Elle tourne brusquement la tête, s'attendant à le trouver à ses côtés. Mais le bateau comme la mer, remplis de son absence, renforcent le vide qu'il y a en elle. Elle ferme les yeux, sent la caresse du soleil sur ses paupières, acquiert la certitude que, pour elle, l'avenir, quel qu'il soit, équivaudra à une double vie : d'un côté il y aura le réel et, de l'autre, hantant constamment cette réalité, il y aura le fantôme d'Archie.

Myrtle est tirée de ses cogitations par un ralentissement très net du bateau. Le capitaine du port annonce que, selon lui, il est temps de déjeuner. Myrtle acquiesce. Le soleil et le vent lui ont ouvert l'appétit.

Ils se rapprochent à quelques mètres du rivage. Il n'y a personne sur la petite plage grise, juste des rochers enturbannés d'algues flottant au vent.

« Voulez-vous que nous allions à terre ? Nous y serons à l'abri. Nous pourrons nous installer confortablement. »

Myrtle s'imagine en train de relever sa longue jupe, refusant qu'Alastair Brown la porte jusqu'à la grève. Elle se représente leur pique-nique dans un recoin rocheux comme peut-être lui le conçoit : une occasion à saisir… Elle se représente un deuxième baiser. Elle se représente la suite. Ici sous le soleil, bercée par le ressac, elle suppose que sa pitié et son affection pour le capitaine du port, alliées à son désir réveillé de sentir des bras autour d'elle, pourraient dépasser les limites autorisées. Est-ce ce qu'elle désire ? Elle n'a pas le temps de réfléchir.

« J'aimerais mieux rester ici, dit-elle.

— Très bien. Comme vous voudrez. » Si le capitaine du port est déçu, il le cache avec noblesse. Il jette l'ancre, vient s'asseoir en face de Myrtle — grâce à quoi le bateau est bien équilibré. Il tire entre eux le panier en osier et, avec des mains qui tremblent, en sort des assiettes et des paquets soigneusement enveloppés. Il y a des sandwichs au crabe et au cresson, des biscuits au citron de chez le boulanger, des pêches et du raisin. Myrtle est touchée par le mal qu'il s'est donné. C'est une étrange sensation d'être ainsi servie, choyée, dorlotée à nouveau. C'est agréable. Elle accepte un verre de cidre brut, gardé au frais dans un emballage spécial. Pour lui, le capitaine du port a apporté une brique de lait. Quel drôle de bonhomme. Ils restent là, dans un silence placide, à se balancer doucement.

Lorsqu'il vient jouer aux cartes chez Myrtle, Alastair Brown n'est pas un grand bavard. Il prononce de temps à autre de courtes phrases renfermant des bribes d'information : Myrtle les a assemblées, sans parvenir à dresser de sa vie un tableau cohérent. Mais aujourd'hui il profite de ce pique-nique en mer — un moment qu'il attendait peut-être avec impatience et une certaine appréhension — pour faire à Myrtle le récit de sa vie.

« J'ai visité pour ainsi dire le monde entier, lâche-t-il avec la brusquerie de celui qui n'a personne à qui parler, mais selon moi aucun pays n'est plus beau que cette région de l'Écosse, ou la Cornouailles. »

Il lui raconte qu'il est né dans le petit village de St Germans, près de Plymouth, mais que sa famille est allée s'installer à Truro quand il avait six ans, dans un cottage près de la mer. À dix-huit ans, il a été embauché dans une société qui transportait des animaux dans des pays lointains, d'où son expérience des voyages. « Même si c'était le plus souvent avec une mule ou un éléphant au bout d'une longe, explique-t-il. À les guider sur des rampes par des chaleurs atroces pour entrer ou sortir des avions... pas vraiment comme cela que je m'étais imaginé ma vie, en fait. »

Le soleil et le cidre font somnoler Myrtle. Elle ferme les yeux mais conserve un petit sourire pour montrer qu'elle écoute. En réalité, son récit devient un peu confus : ses boulots successifs, la mort de son père dans un accident de voiture, son incapacité à trouver dans aucune de ses prétendantes les qualités indispensables à une épouse, son amour du lait, résultat d'une semaine passée dans une ferme où on élevait des jersiaises... Comment en était-il venu à quitter la Cornouailles pour s'établir ici ? Myrtle n'en sait trop rien. Dans les brumes de sa somnolence, tout cela est certes attendrissant mais pas bien clair. Soporifique. Alors qu'elle est presque endormie, elle sent soudain une main sur une des siennes. Elle rouvre aussitôt les yeux.

« J'avais hâte que ce jour arrive », dit le capitaine du port.

Myrtle élargit son sourire, remue sur son coussin. Elle espère qu'il comprendra ainsi que l'impatience était réciproque. Elle laisse sa main sous la sienne, de peur que la retirer trop vite ne paraisse impoli. Elle remarque que la peau de son propre avant-bras est d'un rose soutenu. Un léger coup de soleil. Annie n'aurait jamais entrepris une expédition comme celle-là sans s'armer de lotions et de crèmes protectrices.

« J'espère que je ne vous ai pas trop ennuyée avec mon babillage.

— Pas du tout. Vous avez eu une vie extraordinaire. Je n'ai pratiquement été nulle part. Les îles Shetland, Newcastle... mon maximum vers le nord et le sud. Je ne suis même jamais allée à Perth, alors que j'en ai toujours rêvé. Avec Archie, nous projetions d'aller passer des vacances en Italie un jour. Mais aujourd'hui... je ne me verrais pas bouger. J'adore vivre ici.

— Ah ! *La bella Italia !* » Le capitaine du port est tout à coup plein de vivacité. « J'ai dû un jour acheminer en avion une caisse de colverts jusqu'à Rome. Un prince florentin très riche avait eu ce désir soudain de voir des canards anglais barboter dans sa mare... dans son lac. Il avait accepté de payer une fortune à la société qui m'employait pour qu'on lui envoie quelqu'un sur-le-champ... Très impatients, ces princes italiens. Quatre heures de route à travers la campagne italienne dans une voiture de location, avec des canards qui faisaient coin-coin à côté de moi, telle est mon unique expérience de l'Italie, assez restreinte, j'en ai peur... Je dois avouer que j'ai toujours eu envie d'y retourner dans d'autres conditions. » Myrtle rit. Sa réaction déclenche une pression sur sa main, qu'elle soustrait maintenant avec délicatesse. Le capitaine du port entreprend de rassembler les affaires du pique-nique. « Vous pourriez enlever votre foulard, ici », suggère-t-il, son entrain évanoui.

Myrtle avait oublié qu'elle le portait. Elle le dénoue. Ses cheveux se mettent à voleter. Le vent sur son cou est d'une fraîcheur merveilleuse. Une rafale emporte le foulard, avant de le lâcher dans les flots. Aussitôt Alastair Brown bondit du côté de Myrtle et, se penchant périlleusement par-dessus bord, mains tendues, il appelle à lui le carré de coton flottant à la surface comme s'il s'agissait d'un canard. Le bateau s'incline de manière alarmante. Myrtle, convaincue qu'ils vont chavirer, tire sur la veste du capitaine du port, qui bascule en arrière dans ses bras. Le bateau se redresse. Alastair Brown se hâte de regagner son siège, contrarié par son échec.

« Désolé, désolé, désolé, vraiment désolé », dit-il. L'incident l'a déstabilisé. « Je vais chercher une rame. Je l'atteindrai facilement avec une rame.

— Je vous en prie, ce n'est rien. » Myrtle ne supporte pas l'idée d'une autre tentative de sauvetage. « Ce n'est pas grave du tout. J'ai des tas d'autres foulards.

— Ah, ma chère Myrtle, je ne suis pas très doué. Comme vous pouvez voir, je ne suis pas le plus agile des hommes. » Cet aveu d'inaptitude, si mélancolique, émeut Myrtle autant que, tout à l'heure, ses sandwichs au crabe. C'est maintenant elle qui fait un geste. Elle pose une main sur son bras.

« C'est une journée délicieuse. Je m'amuse énormément. Nous avons eu une chance folle avec le temps. » Derrière les lunettes noires, elle en a la certitude, les yeux d'Alastair Brown sont incrédules. Il ouvre la bouche. Ses lèvres frémissent tandis qu'il cherche ses mots.

« Chère, chère Myrtle, j'étais tellement inquiet à l'idée que ça se passe mal… eh bien, nous aurions pu chavirer. » Il part d'un petit rire. « Je tenais tant à ce que ce soit pour vous une journée de bonheur. » Là, Myrtle retire à nouveau sa main. Il marque une pause, le temps que son petit discours lui revienne en mémoire. « Je suis obligé d'avouer — et veuillez pardonner l'audace d'un tel aveu —, mais je suis obligé d'avouer que, durant mes journées, je consacre une quantité d'heures non négligeable à me demander… comment parvenir à vous faire plaisir. » Il se tait à nouveau, ses lunettes tels deux scanners noirs braqués sur le visage de Myrtle. Ils écoutent le clapotis des vaguelettes contre la proue. « Je me rends compte que mon désir de n'être qu'un compagnon, depuis l'autre soir, s'est infiniment modifié. Je sais que tout espoir de remplacer votre mari, de remplacer Archie, est inenvisageable, du moins pendant quelques années. Mais si jamais l'envie vous prenait de réclamer autre chose que notre joyeuse camaraderie, de ne plus vous en tenir à nos parties de cartes ou, je l'espère, à de futures sorties en mer, alors sachez que je serais loin d'être hostile… à l'idée de renoncer à la nature solitaire de mon existence. »

Il arrive parfois, dans des situations très graves pour certains, que d'autres réagissent avec un humour incongru. Alors même que le capitaine du port se débat avec sa déclaration alambiquée, Myrtle se surprend à traduire son oraison dans le langage simple qu'elle s'applique à encourager chez ses élèves. Absorbée par cet exercice mental, elle tarde un peu à répondre.

« Vos paroles sont d'un grand réconfort, commence-t-elle enfin. *Och* : j'ai de la chance de vous avoir pour ami, et espère seulement que vos... visions d'un changement éventuel dans nos relations ne nuiront pas à notre amitié actuelle. » En prononçant ces mots, qui, eux non plus, ne vaudraient pas une très bonne note à ses élèves, elle a conscience de la faiblesse de son discours. Elle voit bien que sa réaction déçoit le capitaine, et qu'elle douche ses espoirs. C'est qu'elle ne s'attendait pas à des sentiments aussi sérieux. Elle n'a pas eu le temps de préparer une réponse plus délicate. Tout ce qu'elle peut faire, c'est assurer à son compagnon devenu soupirant qu'elle ne prend pas son aveu à la légère, et qu'elle lui en est reconnaissante. « Je vais réfléchir à ce que vous avez dit. Je ne l'oublierai pas.

— Je vous en saurais gré. Bon, enfin bref, j'ai dit ce que j'avais à dire, et je ne vous embêterai plus à ce sujet. Nous continuerons comme avant. » Le capitaine du port se lève et consulte sa montre. « Je suis d'avis que nous rentrions. »

Le bateau danse un peu tandis qu'Alastair Brown, avec une grande dignité, retourne allumer le moteur. Myrtle se dit que jamais elle n'a ressenti autant d'admiration pour cet homme maladroit. Ladite admiration se mue en une tendresse accrue, une tendresse tellement vive que Myrtle, sous ce soleil haut, dans ce doux cocon bleu que forment le ciel et la mer, se demande une fois encore si l'affection qu'elle éprouve à son égard pourrait se transformer en un sentiment plus profond ; si, tout compte fait, les visions d'un avenir commun caressées par le capitaine du port pourraient se réaliser un jour.

Habitée par ces interrogations imprévues, Myrtle étend ses bras nus sur le plat-bord. Ils ont fait demi-tour, mais en longeant encore plus le rivage. Myrtle étudie le profil de perroquet d'Alastair Brown. Elle le voit qui porte le carton de lait à ses lèvres, qui boit. Soudain, aussi vite qu'elle lui est apparue, l'hypothèse d'un avenir partagé s'évapore. C'est irraisonné, elle l'admet, mais le cœur peut être un organe capricieux. Elle a subitement la certitude, sans aucun doute possible, que vivre avec ce buveur de lait n'est pas, et ne sera jamais, un avenir auquel elle aspire. Le soleil et l'air marin lui ont fait perdre la tête, et elle s'est laissée aller un instant à des rêveries insensées. Mais maintenant celles-ci sont bien mortes, mortes pour toujours, comme très vite les idées grotesques lorsqu'on ouvre les yeux. Qu'elle ait envisagé ne serait-ce qu'une seconde... même dans ses délires les plus outranciers, elle n'a jamais nourri de pensées aussi absurdes. Voilà ce qui arrive lorsqu'on se laisse abuser par un désir diffus de retomber amoureuse. Lorsqu'on est bouleversée par les sensations procurées par un pauvre baiser, sous prétexte qu'on n'a pas eu le moindre contact physique avec un homme depuis deux ans. Elle a recouvré la raison et elle s'en félicite.

Myrtle réfléchit avec une telle intensité qu'il n'est pas exclu que le capitaine du port ait deviné ses pensées : il se tient tout voûté sur son siège et, une fois au port — le retour a été beaucoup plus rapide que l'aller —, il se montre réservé. Il se force à sourire, tend une main obligeante à Myrtle lorsqu'elle descend du bateau, la remercie avec courtoisie de lui avoir accordé cette journée. Les remerciements de Myrtle, et le plaisir évident qu'elle a pris à cette escapade, semblent ne pas le toucher. Il lui dit qu'il passera jouer aux cartes un de ces jours, sur quoi Myrtle le quitte pour rentrer chez elle. Dans le bus, il lui paraît évident que le capitaine du port a très bien senti son revirement lors du voyage de retour. Elle espère que le moment ne viendra jamais où il lui faudra être plus précise, lui expliquer avec clarté la raison pour laquelle elle doit refuser sa proposition… Lassée par tant de sérieux, elle a soudain une pensée saugrenue : après toutes ces années sans poste de télévision, elle se dit qu'il serait peut-être temps d'en acheter un…

Archie avait toujours été très « radio », soucieux de ne louper aucun bulletin de la météo marine. Il écoutait trois fois par jour les informations, et aimait bien les émissions de jardinage. L'idée de posséder une télévision ne l'aurait jamais effleuré. Ses moments chez lui, il voulait les passer à discuter avec sa femme, ou à bricoler dans la maison. Rester soir après soir affalé devant un écran était pour lui du gâchis. Mieux valait étudier les étoiles. Myrtle était d'accord avec lui, même si elle éprouvait parfois l'envie de regarder une bonne pièce de théâtre ou un bon documentaire. Plusieurs fois, quand Archie était en mer, elle avait rejoint Annie pour regarder un programme qui l'intéressait, et s'était ensuite confessée auprès de son mari. Archie avait ri, sans la moindre rancune. Mais il n'avait pas proposé pour autant qu'ils fassent l'acquisition d'un poste. Excitée par son idée, Myrtle se persuade qu'Archie comprendrait que, dans son existence solitaire, un téléviseur, utilisé avec parcimonie, pourrait lui servir de compagnie les soirs où ni Martin, ni Annie, ni le capitaine du port ne lui rendent visite.

Elle a l'esprit tellement occupé — le pique-nique en mer et ses implications ont quitté ses pensées — qu'il lui faut quelques secondes, alors qu'elle atteint sa maison, pour se rendre compte qu'un enfant est assis au pied de son perron. Janice. Une Janice aussi furieuse que boudeuse, à en juger par son expression. La gamine se lève à l'approche de Myrtle.

« Où tu étais ? Ça fait une demi-heure que j'attends.

— J'étais sortie. » Myrtle est déroutée et contrariée par l'hostilité de la fillette.

« Et ma leçon du samedi ?

— Mais je croyais... ? Enfin voyons, ça fait trois semaines que tu ne viens pas. Tu avais dit que tu ne voulais plus de leçons le samedi ce trimestre, seulement le mardi.

— Changé d'avis.

— Eh bien, je suis désolée, mais tu ne m'as pas prévenue.

— J'avais dit à maman de t'avertir quand elle est passée hier.

— Elle a dû oublier.

— Elle ne se souvient jamais de rien à part de ses rendez-vous chez le coiffeur.

— Je suis désolée que tu aies dû attendre : allez, entre. »

Dans la cuisine, envahie par les ombres de l'après-midi finissant, il fait bon : les gros murs de pierre y maintiennent la fraîcheur par les journées les plus chaudes. Myrtle sent la peau de son visage et de ses bras qui la brûle. Elle ouvre les fenêtres, prépare du thé. Elle est contente d'être chez elle.

Janice lance brutalement ses livres sur la table.

Elle s'assoit en adoptant son habituelle posture un peu godiche : genoux serrés, mollets très écartés, ses croquenots d'un vert hideux se regardant en chiens de faïence... Son humeur ronchon emplit la pièce. La journée en bateau avec le capitaine du port s'estompe dans les pensées de Myrtle. S'y impose plus fortement l'idée de la télévision : Myrtle a hâte que Janice soit partie pour y réfléchir à nouveau.

« J'ai écrit un commentaire sur *Michael*, dit Janice. Mais je dois te prévenir, je trouve Wordsworth vachement sinistre. » Elle pousse un cahier vers Myrtle.

« Janice, pas de gros mots », la reprend Myrtle, malgré elle. Elle parcourt l'essai en question, une attaque grossière contre le poète qui ne ressemble à rien de ce que Janice a pu écrire auparavant. Janice la dévisage.

« Tu sais quoi ? L'autre jour à l'école j'ai cité Wordsworth par inadvertance, et évidemment aucun des autres n'avait jamais entendu parler de lui. En fait, ils n'avaient jamais entendu parler d'un seul des poètes que j'étudie avec toi : Arnold, Coleridge, Keats, Shelley... aucun ne leur disait rien. Enfin bon, c'est normal : on ne nous apprend pas ces trucs-là à l'école. Le seul poète qu'on étudie, c'est John Hegley. Je l'aime bien, remarque. Ils m'ont prise pour une dingue, de vouloir connaître autre chose comme poésie... j'ai dû raconter que j'avais vu une émission sur Keats et toute la clique. S'ils savaient que je prends des cours particuliers, je passerais pour une saleté de bûcheuse et ils m'en feraient voir de toutes les couleurs. Tu ne le répéteras jamais, jamais, à personne, d'accord ? » Ses yeux sont durs, mais on croirait qu'elle va pleurer.

« Janice, que s'est-il passé ? Bien sûr que je ne le répéterai à personne.

— Ce qui s'est passé c'est que ça ne m'intéresse plus. Je ne veux plus de cours particuliers, merci bien. La poésie m'agace, maintenant. J'ai d'autres choses en tête. C'est ce que je suis venue te dire. »

Myrtle soupire et réfléchit à cent à l'heure. Janice n'est pas d'humeur à se laisser amadouer.

« Eh bien, je suis navrée de ce que tu m'annonces. J'aimais bien nos cours. Je pensais que toi aussi.

— Oh, je les aimais bien. » Janice hausse les épaules. « C'est juste que j'en ai plus envie.

— Je regretterais terriblement qu'il t'arrive la même chose qu'à ton père, dit Myrtle avec lenteur. C'était un garçon intelligent, passionné de littérature. Il voulait aller à l'université. Mais il est devenu marin et sa passion s'est éteinte. C'est vraiment dommage.

— Jamais entendu cette histoire. De toute façon, je veux pas aller à l'université. Je veux être hôtesse de l'air. Voyager. Sortir de ce trou.

— Je comprends. Mais n'oublie pas, il se peut que tu changes d'avis. Des tas de choses qui paraissent certaines, absolument définitives, à quatorze ans, se trouvent rectifiées par les événements, quand on grandit. Ça peut te sembler incroyable aujourd'hui, mais…

— Je t'assure, j'en ai fini avec ces foutus poètes. » Miroitante, une larme solitaire coule sur la joue de Janice. Elle l'essuie du dos de la main, très enfantine tout à coup. « Je t'assure, ils ne me lâcheraient pas si jamais ils l'apprenaient à l'école.

— Je sais que c'est dur d'avoir le courage de

ne pas faire comme les autres, bredouille Myrtle. Mais ça vaut toujours la peine de s'accrocher à ce qu'on veut vraiment, à ce qu'on croit vraiment, malgré toutes les railleries qu'on peut récolter… »

D'autres larmes jaillissent des yeux de la fillette. Elle les tamponne avec des poings méprisants, et part d'un rire étranglé.

« Tu as déjà été ridiculisée par toute une classe ? Carrément huée ? Ils ont failli s'étouffer de rire quand j'ai cité ce foutu Wordsworth… »

Myrtle tend à Janice un mouchoir propre bien plié qu'elle a sorti de sa poche. Elle se souvient de situations analogues. Ses camarades de classe se moquaient tout le temps d'elle. Jusqu'à ses deux dernières années de lycée, elle avait toujours dû essayer de cacher son amour des études.

« Parfois, dit-elle, si tu restes fidèle à tes convictions, si tu ne suis pas le troupeau, tu finis par être reconnue… une autre personne va estimer que ça vaut le coup de te suivre, et à partir de là ils vont tous faire pareil, comme des moutons… et c'est toi qui te retrouves la meneuse. » Elle se rappelle y avoir cru pour elle-même, mais le miracle n'avait jamais eu lieu.

Myrtle sait qu'elle patauge. Janice rit plus fort, méchamment. Elle se lève.

« Très drôle ! Je vois tout à fait ma classe — une bande de super-balourds, au cas où tu ne le saurais pas — se dire d'un seul coup que cette intello de Janice Mcleoud, avec son amour des vieux poètes, est le truc le plus branché… Et puis, de toute façon, ajoute-t-elle, je ne veux pas que tu me fasses de sermons. Ce que j'aimais bien ici, c'était que je n'avais jamais droit à des sermons »

Myrtle se lève à son tour. Elle se force à sourire, tâche de prendre un ton léger.

« Je vois que je n'arrive à rien. J'abandonne. Comment va ton petit ami ? »

L'espace d'une seconde, les traits de Janice s'affaissent. Puis, relevant le menton, elle se ressaisit.

« Je sais pas si tu as déjà été folle de quelqu'un au point de penser qu'à ça non-stop, mais je peux te dire que c'est un foutu cauchemar. »

Enfantine, à nouveau, elle s'élance vers Myrtle, lui jette les bras autour des épaules et appuie sa tête contre sa poitrine. Myrtle sent la maigreur anguleuse de son corps. Elle récupère le mouchoir, essuie les larmes de Janice, caresse sa petite tête désespérée. Mais elle ne serre pas trop fort la fillette, ne lui montre pas qu'elle veut qu'elle reste, de peur de se l'aliéner davantage.

« En tout cas, merci, Myrtle, dit Janice, en se dégageant.

— Tu passes quand tu veux. Je suis toujours contente de te voir. »

Janice sort au pas de course en traînant son cartable, claquant résolument la porte derrière elle. Elle a laissé son cahier ouvert sur la table. Myrtle le ramasse, pose les yeux sur la dernière phrase. *Wordsworth c'est rien que du pipeau*. Elle sent l'euphorie de la journée l'abandonner.

Quelques jours plus tard, Alastair Brown reparaît à son heure habituelle. Ils s'installent pour jouer aux cartes.

Il fait très chaud dans la cuisine, malgré le filet d'air qui flotte entre la fenêtre et la porte ouvertes. Après de si longs jours de soleil, les murs de pierre ont perdu leur pouvoir rafraîchissant. Une guêpe se promène au plafond : le bruit qu'elle fait ressemble au faible grésillement de la graisse dans la poêle. Le capitaine du port demande la permission d'enlever sa veste. Dessous, il porte une chemise qu'aucun autre homme du village n'oserait mettre : un vêtement raffiné à rayures bleues, jaunes et vertes, taillé dans un somptueux coton et doté d'un col pointu. Il porte également des boutons de manchette en or sertis de turquoises.

Myrtle sourit.

« Ces boutons de manchette sont très élégants. Vous les avez trouvés à l'étranger ?

— À l'aéroport de Hong Kong. J'étais allé livrer un panda. » Il répond de manière impassible. Myrtle voit qu'il est toujours sur la réserve. S'il se montre aussi aimable qu'à l'accoutumée et s'abstient d'évoquer leur sortie en mer, il n'a plus le moindre allant. Myrtle leur sert des verres de citronnade maison. Ils jouent en silence un moment. Un petit froncement de sourcils ayant délogé ses lunettes, le capitaine du port se voit obligé de les remettre en place.

« Je suppose, dit-il, fixant son jeu en éventail, que pour la femme d'un pêcheur le veuvage est à certains égards plus facile. Je veux dire, vous devez être tellement habituée à l'absence, tellement habituée à être seule. » Le mal qu'il a à prononcer ces mots indique que la question le préoccupe depuis un certain temps et qu'il espère confirmation, peut-être dans le but de résoudre un problème concernant ses sentiments pour Myrtle.

Sa remarque la laisse sans voix. Elle n'arrive pas à croire qu'un homme à la sensibilité aussi développée par certains côtés puisse à ce point manquer d'imagination. Mais elle s'applique à ne pas avoir l'air de le traiter de haut.

« C'est ce qu'on pourrait penser, répond-elle, gentiment. Je comprends tout à fait. Mais tel n'est pas le cas. En l'occurrence, c'est une absence qui ne cessera jamais, une absence qu'on porte en soi jusqu'à la fin de ses jours, sans jamais s'y habituer. On ne peut pas éviter ce manque, il est normal... il est tout le temps là, quoi qu'il puisse advenir d'autre. Et le plus dur, c'est qu'on sait que ce manque ne se contente pas toujours de rester passif : il surgit d'un bond, vous prend dans un étau, il bouleverse à nouveau toutes les choses que vous croyiez avoir à peu près réussi à mettre en ordre... » Elle parle d'un ton doux, comme pour elle-même. « Mais enfin voyons, qu'est-ce que je raconte ? Je n'aime pas trop expliquer ces choses-là : j'essayais juste de répondre à votre question. Les femmes de pêcheurs — je crois que nous éprouvons toutes la même chose — ne s'habituent jamais totalement aux absences continuelles, à l'angoisse qui est là en permanence. Mais au moins il y a l'espoir, il y a de très fortes chances que les hommes reviennent. Les catastrophes qui se produisent de loin en loin interdisent tout sentiment de sérénité, mais les hommes connaissent la mer, ils ne sont pas fous, ils ne prennent pas de risques. L'angoisse qu'on éprouve après leur départ est uniquement causée par un manque de confiance instinctif à l'égard de l'eau, par la peur d'une tempête soudaine. Mais en réalité chaque fois qu'ils sortent en mer il y a de très grands espoirs qu'ils reviennent. La mort d'Archie constitue la fin de cet espoir pour moi, mais je dois continuer à espérer pour les autres. »

Alastair Brown pose son jeu sur la table, incline la tête.

« Je suis désolé, Myrtle, c'était semble-t-il une présomption très sotte, très indélicate de ma part, alors que je n'ai pas cessé d'y réfléchir. J'ai encore dit ce qu'il ne fallait pas.

— Oh non, pas du tout », s'empresse de le rassurer Myrtle. Elle déteste le voir souffrir. « Beaucoup de gens se demandent ce que cela fait d'être veuf ou veuve, exactement comme ils s'interrogent sur les différents statuts qui peuvent exister dans la vie. Ils posent la question. On ne peut pas leur répondre. On ne peut jamais expliquer ces sensations-là, pas plus qu'on ne peut expliquer précisément à un médecin la sensation que cause une douleur physique. Les autres ne peuvent que supputer. »

Le capitaine du port bat les cartes avec tristesse.

« C'était une supputation maladroite de ma part, dit-il. Mais je suis honoré... croyez-moi, je suis honoré que vous m'ayez aussi bien expliqué des choses que vous n'avez aucune raison d'expliquer à quiconque...

— Vous êtes un bon ami pour moi, proteste Myrtle. Vous avez posé la question. Il aurait été lâche de ne pas m'efforcer de répondre. » Une fois de plus elle se sent attirée par cet homme empoté, et en même temps indifférente. Aujourd'hui, contrairement à la fois sur le bateau, rien ne saurait l'inciter à avoir le moindre geste physique pour le rassurer, de crainte qu'il ne l'interprète de travers et ne voie ses espoirs ravivés. Pourtant la tristesse de l'homme l'émeut profondément, et elle s'en veut d'être incapable de l'aider. Elle peut simplement espérer qu'il comprenne.

Alors qu'ils reprennent leur partie, silencieux à nouveau, Myrtle discerne chez le capitaine du port une mélancolie familière. C'est l'impression avec laquelle elle-même a vécu des années durant avant de rencontrer Archie : l'aridité de la résignation. Alastair Brown ressemble à un homme qui a osé espérer, a été rejeté, et doit maintenant retourner au désert qu'était sa vie avant que l'espoir ne vienne le bercer d'illusions. Myrtle se sent coupable. Elle sait que quelques mots de sa bouche pourraient changer son existence. Mais ces mots, elle est incapable de les prononcer. Lui et elle sont unis dans leur tristesse.

Cette atmosphère d'anxiété se dissipe quand Annie fait irruption dans la pièce, rieuse et agitée. Elle porte une robe d'été en mousseline qui enveloppe de brume ses bras et ses jambes, et souligne ses genoux et ses seins. Elle joue avec un long foulard soyeux de couleur rose qu'elle a autour du cou, secoue sa chevelure. Dans les ombres rasantes de la cuisine elle pourrait avoir dix-huit ans à nouveau, comme lorsqu'elle déboulait pour convaincre Myrtle de sortir : c'est fou comme Myrtle était heureuse quand Annie semblait réellement décidée à la faire participer à quelque chose, c'est fou comme elle l'aimait. Or, là, cet amour revient : cette chaleur si vive, presque étouffante, cette joie que lui procure la présence, l'existence même de son amie… Elle a éprouvé de la colère contre Annie à de multiples reprises ces derniers temps, et elle est soulagée de constater que ce sentiment viscéral, cet amour qui les liait enfants, n'a pas disparu. En plus, l'arrivée d'Annie tombe à pic. Sa visite permettra à Myrtle de couper à des explications supplémentaires quand Alastair Brown décidera de partir.

Ce qu'il fait sur-le-champ. La présence d'Annie le met toujours mal à l'aise : il ne parvient pas à s'ôter de l'esprit diverses scènes passées où des femmes se sont montrées plus désireuses de se rapprocher de lui que lui de se rapprocher d'elles. Il a la certitude qu'Annie a colporté dans le village des histoires malicieuses sur son manque d'enthousiasme et son incapacité à saisir sa chance.

« Tenez, récupérez mon jeu, propose-t-il, en se levant.

— Volontiers, Alastair. Myrtle et moi n'avons pas joué depuis une éternité. Je crois que c'est mon tour. » Elle le regarde avec un sourire charmeur qui lui fait enfiler sa veste à toute allure. Il se dépêche tellement de glisser ses bras dans les manches qu'il se retrouve empêtré, et que son état de trouble ne fait que s'aggraver. Annie s'écroule de façon théâtrale sur la chaise qu'il occupait, comme épuisée mais aussi enchantée par quelque événement secret. Elle relève sa robe froissée au-dessus de ses genoux bronzés et tourne ses pieds en dedans — une manie d'enfance jamais surmontée. Après un coup d'œil sur les ongles écarlates qui dépassent du bout ouvert de ses escarpins roses à talons aiguilles, le capitaine du port, d'un de ses bonds coutumiers, s'élance vers la porte. Myrtle le suit dehors.

« Merci d'être venu, dit-elle. Revenez vite. » Puis, sans réfléchir, sans le vouloir, elle se penche en avant et l'embrasse sur la joue. Ce geste les stupéfait l'un comme l'autre. Alastair Brown ne peut le deviner, mais, de sa vie, Myrtle n'a jamais embrassé un homme sur la joue : ces conventions sociales vides de sens ne sont pas son truc. Elle n'en revient pas de sa propre témérité ; cet acte involontaire est plus surprenant, d'une certaine manière, que sa soumission au baiser qu'il lui a donné l'autre soir. Elle regarde le capitaine du port dévaler l'escalier en ajustant ses lunettes et en tirant sur sa cravate. En bas des marches il se retourne pour lui adresser un petit signe anémique de la main — le salut d'un homme reconnaissant de la gentillesse qu'on lui a montrée, mais pleinement conscient des limites que comportera toujours la relation.

Myrtle retourne dans la cuisine. Annie continue à gigoter sur son siège sous les ombres biscornues. Un éclat de soleil barre un morceau de son bras, dessine de minuscules fourchettes de lumière dans le bleu de ses yeux. C'est en été qu'Annie est le plus heureuse. Le soleil est son aiguillon. Sa peau, réchauffée, se frotte contre les surfaces dures, se pelotonne dans les matières moelleuses. Myrtle repère les indices : Annie, aujourd'hui, ressemble à la Annie de tous ces étés de leur jeunesse, où elle se déclarait éperdue d'amour pour tel ou tel garçon. Myrtle ne peut s'empêcher de rire.

« Non mais ! s'exclame Annie, en riant elle aussi. Je vous y reprends, toi et le capitaine du port. Bon sang, je trouve ça merveilleux. À quand le mariage ?

— Ne dis pas de sottises, Annie. C'est un brave homme, un bon ami, mais ça s'arrête là.

— Celle-là, je l'ai déjà entendue… Tu ferais mieux de me dire la vérité, tu sais. Toutes ces années.

— Je te dis la vérité.

— Dans ce cas, c'est dommage.

— Tu es de bonne humeur, on dirait. » Myrtle va chercher des verres propres et des glaçons pour resservir de la citronnade. Annie lui adresse un grand sourire triomphant.

« Ken a pris son après-midi. Il faut en profiter quand Janice est à l'école.

— Tu es plus heureuse, alors ? Les choses vont mieux ?

— Je dirais que c'est loin d'être parfait, mais c'est un tout petit peu mieux. On se dispute moins, mais Janice nous donne du fil à retordre. Elle est intenable en ce moment. Je ne sais pas ce qui lui prend. Un vrai cauchemar, je t'assure.

— Elle va se calmer. Elle m'a dit qu'elle en avait assez des leçons particulières, mais je suis sûre qu'elle changera d'avis.

— Elle me l'a dit. Je suis désolée. Elle aimait tellement tes cours. Tu étais une source d'inspiration dans sa vie... tout le monde a besoin d'un mentor. J'espère qu'elle reviendra à la raison. Tout ça, évidemment, c'est les hormones, je suppose. Mais moi, dis, je n'ai jamais été comme ça, Myrt ? Au trente-sixième dessous pendant des semaines sous prétexte qu'un lourdaud de garçon me snobait ?

— Je ne me souviens pas qu'un seul garçon t'ait jamais snobée », réplique Myrtle, et Annie, aux anges, s'esclaffe à nouveau, sans mettre en cause la véracité de la remarque. Puis ses pensées se reportent sur Janice.

« N'empêche, dans un sens, la petite nous a rapprochés. Ça et... » Annie détourne le regard. « Je ne sais pas. Je suppose que ma colère s'est tarie. On ne peut pas en vouloir éternellement à quelqu'un. J'ai fini par me rendre compte que la mort d'Archie était une punition suffisante pour Ken. J'ai sans doute été trop dure avec lui, par égard pour toi, même si je sais que tu lui as pardonné il y a longtemps. Et puis, il a été vraiment patient, il faut lui accorder ça. Je respecte la patience. Et il a essayé de ne pas nous infliger son désespoir, à Janice et à moi. Ça aussi, je le respecte. Cette attitude a beaucoup renforcé mon affection pour lui. Pas le genre d'amour que je ressentais, que je ressens encore, pour Martin, mais une bonne vieille affection assez douillette. On est habitués l'un à l'autre. Et maintenant qu'on recouche ensemble… c'est fabuleux. Génial.

— Oh ! Annie, tu ne peux pas savoir comme je suis soulagée, comme je suis contente, s'empresse de dire Myrtle. C'est ce que je n'ai pas arrêté d'espérer. » Elle ne fait pas mention du détail qui la perturbe : l'aveu d'Annie de son amour persistant pour Martin. Mais peut-être aujourd'hui cet amour n'est-il qu'une vieille habitude, plus un souvenir qu'un véritable sentiment… Toujours est-il qu'un signal se déclenche dans la tête de Myrtle : elle ne doit jamais confier à Annie que sa propre amitié avec Martin apporte de plus en plus de chaleur dans sa vie. Annie coupe court à ses réflexions.

« Je trouve que tu devrais réfléchir sérieusement à Alastair Brown. Imagine un peu : évidemment, tu ne pourrais pas l'aimer comme tu aimais Archie, mais il pourrait t'ouvrir des horizons. Il pourrait t'aider à entrer dans le monde moderne… Je disais à Ken pas plus tard que l'autre soir : Myrtle doit être la seule personne de la côte à ne toujours pas avoir de télé, à ne même pas en vouloir une.

— Tout ça va peut-être changer, vois-tu.

— Espèce de cachottière ! En voilà une bonne nouvelle… C'est merveilleux. Mais bon, aussi, tu n'as jamais été nulle part, tu ne sembles pas avoir envie de découvrir d'autres endroits, de passer des vacances à l'étranger. J'ai dit à Ken : Allons en Espagne l'année prochaine, Benidorm ou ailleurs, histoire de voir le monde. L'idée lui a plu. Mais toi ! Rien ne pourrait te faire descendre au sud d'Édimbourg… Réfléchis-y : tu as encore quarante ans de vie devant toi et si tu ne mets jamais les pieds en dehors de ce village tu ne rencontreras jamais personne. J'ai l'impression que le capitaine du port est une occasion en or. C'est peut-être ta dernière chance. »

Myrtle sourit. Elle n'est pas plus vexée par les critiques guillerettes de son amie qu'elle n'est alarmée par ses inquiétudes.

« Je ne désire pas particulièrement rencontrer quelqu'un d'autre, dit-elle. Je me plais ici. Je ne me vois pas déménager.

— Tu sais quoi ? Tu es décidément très très vieux jeu… comme ces gens de l'ancien temps qui n'allaient jamais nulle part. Tu en as la possibilité, tu en as les moyens, et qu'est-ce que tu fais ? Tu ne décolles pas d'ici, tu restes là bien tranquille. Je suis sûre qu'Archie aurait voulu que tu voies un peu le monde… Tu m'en veux, de te dire tout ça ?

— Absolument pas. Il faut que tu comprennes, je suis enracinée ici, je suis heureuse ici. Je me sens en sécurité dans ce village où j'ai vécu avec Archie. Bien sûr, un jour, je m'aventurerai peut-être plus loin, je verrai un peu autre chose. Mais je ne suis pas pressée. Je fais partie des gens qui trouvent leur bonheur dans un petit univers.

— J'aimerais être fichue pareil. Je rêve tout le temps de partir, pour où, je n'en sais rien. Et pour faire quoi ? On est coincée, au fond, quand on n'a pas un mec riche sur qui s'appuyer. Ken fait de son mieux, il faut reconnaître. Il touche un salaire régulier, mais on ne sera jamais riches. Il dit qu'un jour on pourrait aller en Australie. Je ne sais pas si j'en aurai vraiment envie, ni même si on restera ensemble assez longtemps pour mettre ce projet sur pied. Il y a en tout cas une chose qui me bloquerait : la perspective de ne plus te voir.

— Tu t'y ferais. Je viendrais vous rendre visite.

— Je suis sûre que non.

— Euh, non, pour être honnête, sans doute que non.

— Ne va pas t'imaginer qu'on va partir. C'est juste une idée comme ça. » Son exubérance précédente s'est adoucie. Annie ramasse les cartes. Myrtle jette un coup d'œil par la fenêtre. Annie rit. « Tu continues à vérifier le temps qu'il fait alors qu'il n'y a plus de raison. C'est marrant. Une belle journée calme. Pas d'inquiétude à avoir.

— La force de l'habitude, explique Myrtle. Je jette toujours un œil sur le ciel en me levant le matin. Il m'arrive de remercier Dieu qu'Archie ne soit pas en mer par ce... Et puis je pense aux autres.

— Tu es un drôle d'oiseau, Myrtle. En complet décalage avec le monde d'aujourd'hui. Je ne sais pas ce qui se passe dans ta tête, quelquefois. Tiens, vas-y, coupe... »

Myrtle attrape la moitié du paquet. Elles jouent pendant longtemps. Le crépuscule baigne la pièce. La carafe en verre, remplie à nouveau de citronnade, luit telle une ampoule de faible puissance entre elles deux. Le bois soyeux de la table soutient leurs avant-bras et leurs coudes, un contact tellement familier que cette soirée pourrait être le concentré des centaines de parties qu'elles ont jouées attablées de la sorte au fil des années. Annie explique que Ken doit acheter des plats à emporter pour le dîner de Janice, et qu'elle est donc libre ce soir. Myrtle répond qu'il y a de la viande froide et des tomates dans le frigo. Elles se sourient, ravies à la pensée d'un dîner tardif quand elles auront fini. Les variations d'humeur sont le moteur de l'amitié, songe Myrtle. Ce soir, dans la pièce enténébrée, se combinent tout l'amour, tout le respect et toute l'admiration qu'elle a jamais éprouvés pour son amie. Dans le vide laissé par Archie, cette paix avec Annie, parfois si fugace, elle ne doit pas la laisser s'échapper. Leur importance mutuelle doit subsister jusqu'à la fin de leurs jours.

La soirée s'écoule dans la joie. Elles parlent du bon vieux temps, rient à de vieilles plaisanteries, s'en tiennent aux sujets sans risque. Elles ne font pas allusion au fait qu'Annie a pardonné à Ken, mais Myrtle est certaine que c'est le cas, même si Annie n'en a peut-être pas conscience. Elle ne cessera jamais de se méfier des coups de gueule d'Annie, de son manque de prévenance, de sa morale douteuse. Mais depuis qu'Archie est mort, et que Janice est devenue difficile, Annie semble avoir acquis une sorte de maturité. Et puis, maintenant que l'ambiance polaire qui régnait depuis deux ans dans son couple semble se réchauffer, la bonne humeur naturelle et l'énergie de son amie reviennent peu à peu. Toutefois Myrtle se leurre peut-être : il est arrivé très souvent dans le passé qu'Annie démolisse ses sentiments d'amour et de confiance par un seul acte aussi stupide que cruel. Il est arrivé très souvent qu'elle soit obligée de tout recommencer à zéro, et de reconstruire entièrement son affection pour son amie. Une entreprise certes épuisante et déprimante, mais jamais aussi contrariante que l'idée de renoncer. Maintenant que ses parents et Archie sont morts, Annie est la personne la plus importante au monde pour Myrtle, et par une soirée comme celle-ci il est impossible d'imaginer se brouiller à nouveau avec elle un jour.

Quand enfin Annie s'en va, il est presque minuit. Myrtle l'accompagne à la porte, s'arrête sur le perron, exactement comme avec le capitaine du port. Les deux femmes s'étreignent plus longtemps que d'habitude. Les blocs chauds de la nuit les enveloppent. Lorsqu'elles s'écartent chacune voit l'autre de manière un peu floue. La lune est indistincte : les rares étoiles jouent *pianissimo* dans un ciel qui n'est pas vraiment noir.

« Et merde à l'Australie ! » lance Annie, en dévalant les marches.

Une semaine plus tard, par une autre fin de journée d'été, Myrtle se prépare à se rendre au cimetière. Martin l'a prévenue qu'il avait terminé la pierre tombale et voudrait avoir son avis sur quelques ultimes détails concernant l'inscription.

Myrtle marche d'un pas léger en direction du cimetière. Les soirées agréables semblent s'accumuler : celle-ci s'annonce délicieuse. La question de la pierre tombale une fois réglée, Martin est censé revenir avec elle déguster le sébaste qu'il lui a apporté ce matin, et qu'elle fera griller avec un peu de beurre. Ils discuteront avec leur naturel coutumier. Myrtle lui demandera peut-être ce qu'il pense de son idée d'acheter un poste de télévision pour l'automne. Elle voit la tranquille routine de son existence s'étirer des années devant elle : l'étrange « agitation » qui l'a frappée récemment semble être retombée. Désormais ce seront des parties de cartes avec Annie, des dîners de temps en temps avec Martin, des moments partagés — mais plus d'excursions clandestines — avec le capitaine du port. Le plaisir d'enseigner à l'école et le temps de lire tous les livres qu'elle a toujours voulu lire. Que demander de plus, quand on est une veuve liée à tout jamais au souvenir de son mari ?

Myrtle franchit le portail, le referme derrière elle. Elle décide de faire une halte, avant d'aller retrouver Martin sur la tombe d'Archie. Elle file sur le sentier de pierraille dont, à travers ses sandales, elle peut sentir la chaleur. À l'intérieur de l'église il fait froid presque comme en hiver, et humide. Le plâtre des murs s'effrite : un petit tas neigeux s'est amoncelé par terre près du banc où Myrtle se glisse pour s'asseoir. Elle observe le dépouillement alentour. Il y a un unique vase de fleurs sur l'autel, des glaïeuls et des marguerites, toutes en train de faner. Les deux cierges, dont la cire ivoire a coulé puis durci, lui évoquent la raideur des cadavres : ils touchent au terme de leur vie. Myrtle pense aux dizaines de cierges que l'église fait généreusement brûler pour les mariages, mais surtout pour les enterrements de pêcheurs. Myrtle ne saurait compter le nombre de funérailles auxquelles elle a assisté ici : tous les bancs bondés, toutes les voix implorant Dieu de les entendre lorsqu'elles entonnent le cantique marin. Son père, Archie... on avait chanté cet hymne pour Dot, elle aussi. C'était son préféré.

Myrtle se plaît dans cette église, elle savoure ces quelques instants de « paix et de sainte quiétude », comme dirait Rupert Brooke. Elle se couvre le visage de ses grandes mains et tente d'imaginer la sobre immensité dorée qui est son idée du ciel. Elle essaie de prier pour que les morts de sa famille soient réunis, mais elle ignore comment s'y prendre, et n'arrive pas à se les représenter. Y a-t-il des chaises au paradis ? Incapable de se figurer la scène, elle préfère remercier le ciel de toutes les choses qui lui restent dans la vie. Après quoi elle regagne le porche.

La chaleur de la fin de journée la submerge à nouveau. Elle lève une main, touche la pierre chaude. Elle se tourne vers la mer : le tombeau familial se trouve près du mur qui sépare le cimetière du rivage. Elle discerne, de dos, la silhouette agenouillée de Martin en chemise bleu vif ; il travaille armé de son burin. Avec le soleil derrière lui, il a l'air entouré d'un halo. Le halo auréole également une deuxième silhouette, une jeune fille menue, semble-t-il, appuyée à la pierre tombale.

S'engageant sur l'herbe rase entre les tombes, Myrtle s'approche avec méfiance. Elle veut en voir davantage avant de se montrer. À une dizaine de mètres de la tombe d'Archie elle s'arrête, se cache derrière un mausolée de pierre moussue tout décrépi, un édifice à peu près de la taille d'une cabine de plage. Bien que les deux silhouettes soient encore nimbées de soleil, elle les voit désormais très distinctement. La jeune fille est Janice.

Janice est appuyée à la stèle, un bras maigrichon posé sur son sommet. Elle porte une robe très courte, de la même mousseline que celle d'Annie la semaine dernière. La robe moule ses hanches et ses petits seins : dessous, la jeune fille arbore une simple culotte. Sa main libre s'élève vers les boutons de son col : avec langueur, telle une caricature de star de cinéma, elle en dégrafe deux. Ce geste ainsi que sa posture possèdent toute la maturité de la provocation. Elle bat des cils, comme elle a dû voir sa mère le faire des centaines de fois ; fronçant les lèvres, elle imprime à sa bouche une moue ridicule.

« Mais enfin regarde-moi, Martin ! hurle-t-elle soudain. Enfin merde regarde-moi. Par pitié ! »

Vu la vitesse avec laquelle Martin se redresse, Myrtle devine sa colère. L'espace d'une seconde, le tableau s'impose à elle : l'homme une main sur l'épaule de la jeune fille, la secouant, lui criant après, et la jeune fille bouche ouverte en train de hurler, tous deux l'air en feu sous les rayons du soleil. Elle se précipite vers eux. Janice hurle plus fort. Martin se retourne.

« Janice ! Non mais, qu'est-ce qui te prend ? Espèce de petite traînée, tu... »

Myrtle est trop horrifiée, trop furieuse pour trouver les mots qu'il faudrait. Elle bouscule Martin, arrache Janice de la pierre tombale — l'idée que cette gamine touche la stèle lui donne des haut-le-cœur —, et gifle le minois plein de défi qui la nargue.

Les hurlements se taisent. Le silence s'installe. Une mouette proteste au-dessus de leurs têtes.

Myrtle sent le bras de Martin sur le sien, qui l'entraîne.

« Comment oses-tu ? » Le visage de Janice continue à la narguer, toujours plein de défi, sarcastique. « Tu vas te faire virer pour ça. »

Myrtle n'a pas conscience de grand-chose hormis des battements retentissants de son cœur. Martin l'entraîne plus loin encore.

« Laisse-la, dit-il.

— Tu portes encore la main sur moi et je te fais arrêter pour coups et blessures », dit Janice. Elle a des marques rouges sur les joues, l'empreinte de la main de Myrtle.

« Reboutonne-toi ! » ordonne Myrtle. Sa voix est lointaine, sans aucun lien avec sa personne. Impossible de dire les milliers de choses qui lui brûlent les lèvres. « Mais cnfin, tu voulais faire quoi ? »

Janice sourit, du sourire le plus ignoble que Myrtle ait jamais vu chez un enfant. Un sourire qui ne vient ni d'Annie ni de Ken.

« Qu'est-ce que tu y connais ? Qu'est-ce que tu connais du désespoir quand il te ronge tellement que tu ne peux plus rien faire de jour comme de nuit ? Qu'est-ce que tu connais de la passion, du désir, des mois et des mois à voir Martin être sympa avec ma mère, gentil avec toi, et ne même pas me remarquer ?

— Je crois, Janice, que maintenant tu devrais te dépêcher de rentrer, intervient Martin.

— Tu as quatorze ans, Janice… » Myrtle, tremblante, regrettant sa violence, s'efforce d'imiter la douceur de Martin.

« Et alors ? Quel rapport ? Je ne faisais rien de mal. J'essayais seulement d'obliger Martin à me remarquer. À me dire quelque chose. À se rendre compte que j'existe.

— Va-t'en, maintenant, répète Martin. Rentre chez toi. Je crois qu'on ferait mieux d'oublier tout ça le plus vite possible.

— Oublier ? » Janice s'esclaffe. Elle tripote les boutons de sa robe, sans les rattacher. Elle ramasse un chandail sur le sol, qu'elle jette sur ses épaules. « D'accord. Je m'en vais. Je vous laisse tranquilles. Peut-être… Hé ! Peut-être que c'est ça qui t'a fichue en rogne, Myrtle. Peut-être que tu as toi-même un penchant pour Martin ! Ce serait la meilleure ! Enfin bon, je ne miserais pas sur tes chances de ce côté-là. Tu es vieille et moche et aucun homme sensé ne voudrait de…

— Fiche le camp ! » Martin crie désormais, toute douceur envolée. « Allez, va-t'en. »

Janice, pieds nus, court entre les tombes en direction du portail.

Myrtle s'assoit sur la tombe d'Archie. Martin se baisse pour s'asseoir à côté d'elle. Il cache sa tête dans ses mains. Myrtle aimerait pleurer, mais elle n'y arrive pas.

« Ça alors, qu'est-ce que j'ai fait ? demande-t-elle enfin. Frapper l'enfant de quelqu'un d'autre… Frapper Janice, que j'aime depuis qu'elle est bébé. Janice : trois ans de leçons particulières qu'on a toutes les deux adorées… Quelle mouche m'a piquée ? Et elle ? »

Martin relève la tête. Il passe un bras autour de Myrtle.

« Elle l'a bien cherché. Elle a le diable au corps, cette môme. Vraiment perturbée. J'aurais sans doute dû te raconter ce qui se passait. À vrai dire, je m'étais décidé à t'en parler... » Il soupire. « Ça fait des mois maintenant qu'elle me court après... rien de physique, pas comme aujourd'hui. Mais des remarques suggestives, à chercher par tous les moyens à me provoquer. Et aussi les lettres... des pages et des pages où elle parle de son amour, de ses pensées, de ses rêves, du fait qu'elle m'attendra toute sa vie... des trucs pitoyables, puérils. J'ai cessé de les ouvrir. Je l'ai prévenue que je ne lirais plus une ligne. C'est là qu'elle a commencé à téléphoner... des trucs pornographiques cette fois. Les choses qu'elle aimerait faire... Là, je lui ai raccroché au nez. Je m'apprêtais à aller voir Annie et Ken : je ne voulais pas attirer d'ennuis à cette gamine. Mais elle a besoin d'aide. Elle file un mauvais coton... Et maintenant ça.

— Oh Seigneur, soupire Myrtle.

— Je l'ai trouvée qui attendait ici. J'ai essayé de l'amadouer, je l'ai suppliée d'arrêter ses bêtises, de s'en aller. En pure perte. Je n'ai pas osé me mettre en colère... elle m'aurait illico accusé de maltraitance. Je pouvais seulement prier pour que tu ne sois pas en retard.

— Et moi qui étais dans l'église... Qu'est-ce qu'on fait maintenant ? J'ai frappé un enfant. J'ai frappé Janice. D'accord, elle l'a cherché, mais ce n'est pas une excuse. Je peux dire au revoir à mon boulot, elle a raison. Et encore, ce ne serait rien.

— Non, dit Martin. Ça n'ira pas jusque-là. Nous réglerons le problème, en toute raison, avec Annie et Ken. Ils savent que Janice a un comportement bizarre ces derniers temps. Ils comprendront.

— Je l'espère de tout cœur, dit Myrtle, sinon ça va faire du vilain. Juste quand je croyais... qu'Annie et moi, on se rabibochait... » Sa voix se brise, mais elle ne pleure toujours pas.

Ils demeurent assis sur la tombe un long moment, à écouter par-ci par-là le cri d'une mouette, et le carillon de l'église. Le soleil flotte à l'horizon, sur le point de disparaître : la mer est caressée d'une lumière dorée. Des coquelicots que Myrtle a disposés dans un vase hier sur la tombe forment un bouquet de soleils miniatures : leurs pétales ont l'air de flocons lumineux s'agrippant les uns aux autres contre l'arrivée de la nuit. Myrtle distingue l'odeur de poisson sur les mains de Martin. Elle fixe des yeux le marbre finement veiné de la stèle d'Archie, contemplant l'épitaphe que Martin y a gravée avec un si grand soin. Mais elle n'a pas le cœur d'en discuter pour l'instant.

« Ça ne te dérange pas qu'on en parle un autre soir ? demande-t-elle en cherchant à se relever. Là, je n'arrive pas à bien me concentrer. Mais c'est magnifique.

— Aucun problème. » Martin l'aide à se redresser.

« Et ça ne te dérange pas si... je ne prépare le poisson que demain ? Ce soir je préférerais... Enfin bon, je suis convaincue qu'Annie va faire un saut. J'aimerais mieux l'affronter seule à seule.

— Très bien. Je te raccompagne ?

— Ça va aller, merci.

— Tu as l'air en état de choc...

— Tu as l'air assez ébranlé toi aussi. » C'est seulement maintenant que Martin est debout que Myrtle remarque les rides de fatigue sous ses yeux, ainsi que leur expression de tristesse et de gravité. Ils se tiennent les mains un moment, puis Myrtle se détourne pour partir.

« La pauvre gamine, dit-elle. Bon sang, qu'est-ce qui lui a pris ? Et bon sang, qu'est-ce qui m'a pris ? Qu'est-ce que j'ai fait ? »

Elle chemine entre les tombes et leurs ombres tout en longueur. Elle s'aperçoit qu'en l'espace d'une petite heure elle est passée de la plus grande exaltation (la plus grande suffisance, peut-être) au plus profond abattement. Et il n'y a aucune voix d'Archie pour lui indiquer ce qu'elle doit faire.

Chez elle, Myrtle s'est à peine installée pour tenter de réfléchir qu'Annie débarque en trombe, les joues écarlates, le regard furibond.

« Tu as frappé mon enfant », dit-elle, d'une voix sourde. Puis elle hurle : « Tu as frappé Janice. Comment oses-tu ?

— Elle l'avait mérité.

— Ce n'est pas à toi de décider ce que mérite une enfant qui n'est pas la tienne. Tu ne sais rien de Janice en dehors de tes bouquins prétentieux. Tu ne sais rien, tu ne sais pas ce qui se passe. La dernière chose dont cette enfant ait besoin c'est que tu t'en prennes à elle. Je pourrais te faire arrêter pour agression. Martin est témoin. Mais ne t'inquiète pas. Je ne le ferai pas. Je vais plutôt te dire tes quatre vérités d'une manière qui me procurera bien plus de plaisir... »

Se jetant sur Myrtle, elle lui administre une claque magistrale, la main grande ouverte. Elle la gifle avec toute la force que contient son corps vibrant de rage. Le coup, d'une puissance surprenante, envoie Myrtle valdinguer en arrière vers le fourneau. Sa joue la pique, la brûle. Un des doigts d'Annie a dû lui toucher le coin de l'œil, car sa vue, de ce côté-là, est trouble à travers ses larmes. Son cœur bat à tout rompre, mais elle n'a pas envie de réagir elle aussi par des cris. Un calme lourd, presque narcotique, semble l'avoir droguée. Elle observe Annie, elle s'observe elle-même, comme d'un lieu lointain. Comme si elle regardait un combat entre deux inconnues.

À peine Annie a-t-elle frappé Myrtle qu'elle recule, choquée. Elle attrape la main gifleuse dans son autre main, comme pour l'empêcher de poursuivre ses ravages. Mais sa fureur n'est pas épuisée. Elle est toujours pleine de défi ; elle continue à dresser le menton, et ses yeux lancent encore des éclairs.

« Ça, tu l'as bien mérité, Myrtle Duns, et bon Dieu, je ne regrette pas. Peut-être que ça aura enfin entamé ta foutue supériorité, ton insupportable noblesse d'âme, ton incroyable arrogance, ton épouvantable… suffisance. » À court d'insultes, Annie se tait, puis reprend : « Souvent, tu sais ce que je me dis, sainte Myrtle ? Souvent je me dis que tu n'es qu'une peau de vache. Une *peau de vache*, répète-t-elle, rejoignant sa chaise habituelle à la table, et s'y asseyant. Et ne t'imagine pas qu'au bout de quelques jours on va se réconcilier comme d'habitude. N'y compte pas. Tu es allée trop loin cette fois-ci. Terminé, tout ça… » Elle s'empare du paquet de cartes sur la table et, levant la main au-dessus de sa tête, le balance dans les airs d'un geste incontrôlé. Myrtle en suit quelques-unes du regard alors qu'elles dégringolent partout dans la pièce telles des feuilles alourdies. Elle écoute le petit claquement, les notes tristes que produisent les cartes en atterrissant sur le sol, le bois, la fonte de la cuisinière. Une fois qu'elles sont toutes retombées, règne à nouveau un silence absolu. Soudain Annie enfouit sa tête dans ses mains et se met à sangloter. Myrtle se touche la joue. Au bout de quelque temps, elle déclare :

« C'est évident, je n'aurais pas dû frapper Janice. Je suis désolée.

— Ah ça non, t'aurais pas dû. » Les épaules d'Annie se soulèvent. S'essuyant les yeux du revers de ses poings fermés, elle se met du mascara partout.

« Colère spontanée, poursuit Myrtle. Je n'arrivais pas à croire ce que je voyais. C'était un acte irraisonné, je sais. Je n'ai aucune explication, à part le choc. Pour ce que ça vaut, tu peux imaginer ce que je ressens, d'être sortie de mes gonds comme ça. Tu sais que j'aime Janice comme si c'...

— Je me contrefous de ce que tu ressens. Bien fait pour toi si le remords te bouffe jusqu'à la fin des temps. » La voix d'Annie est haut perchée, enfantine. Elle lève soudain la tête, regarde Myrtle dans les yeux. « Tu es bien certaine que ta fureur n'avait pas de rapport avec le fait que l'homme concerné était Martin ? »

Myrtle demeure bouche bée. Sa grande main quitte sa joue, descend pesamment le long de son flanc.

« Bien sûr que non. Je ne comprends pas ce que tu veux dire.

— Alors tu n'es pas aussi maligne que tu le prétends. Ne me dis pas que Martin ne compte pas pour toi... tu demandes sans arrêt à Janice s'il nous a apporté du poisson pour dîner. Martin est le seul à avoir le droit de venir dans ton idiotie de bois. J'ai des yeux. »

Myrtle soupire.

« Martin est un bon ami, il a été merveilleux depuis la mort d'Archie. Tout comme Alastair Brown, d'une certaine façon. » Ici Annie part d'un petit rire sarcastique. « Je ne sais pas ce que j'aurais fait sans eux, précise Myrtle, bafouillante. Sans toi.

— Tu te serais débrouillée. Bon sang, tu as l'art de te débrouiller, pas vrai ?

— Martin et Alastair Brown ne sont que des amis, quoi que tu puisses penser. L'heure n'est pas aux changements dans ma vie. » Elle soupèse la bouilloire, évaluant machinalement la quantité d'eau qu'elle contient. Elle la place sur la cuisinière.

« Je ne veux pas de ton thé. » Annie se lève. Elle ne pleure plus. « Je m'en vais.

— Avant que tu partes, on devrait parler de Janice, non ? Je me fais du souci pour elle.

— Janice n'est pas ton affaire. Tu peux t'épargner ce souci-là.

— Pour l'amour du ciel, je l'ai vue naître ! Je lui ai donné des cours, je me suis occupée d'elle, bref, j'aime cette enfant. Je ne sais pas ce qui lui prend, mais elle est vraiment perturbée.

— C'est le moins qu'on puisse dire. » L'hostilité d'Annie diminue. Myrtle remplit deux mugs de thé. Annie secoue la tête, mais accepte quand même. Myrtle n'a pas le temps de couper les cheveux en quatre. Elle doit choisir son camp. Pour la première fois de sa vie elle va mentir à Annie.

« Janice a bien fait mention de ce garçon dont elle est tombée amoureuse, mais elle n'a pas voulu me dire son nom.

— Ce garçon ! répète Annie, avant de s'esclaffer.

Je n'en reviens pas que tu n'aies pas deviné que c'était Martin. Tu parles d'un garçon ! »

Debout au fourneau, Myrtle pivote sur ses talons pour regarder Annie. Elle a toujours un œil brouillé de larmes.

« Martin ! Je n'en savais rien. Il vient de me le raconter. Tu étais au courant ? »

Annie hausse les épaules. Il y a un long silence.

« Non, je dois avouer. Pas jusqu'à il y a une heure, quand Janice est rentrée en criant. Et ce n'est pas tout. » Annie se rend à la fenêtre. « Comme je te l'ai dit, à une époque, j'aimais réellement Martin. De mon point de vue, il n'y en avait pas un qui lui arrivait à la cheville. Je ne suis arrivée à rien, mais je n'ai jamais cessé de l'aimer. »

Myrtle éprouve une forte envie de dire à son amie qu'elle est désolée, mais elle s'abstient.

« Alors tu imagines l'effet que ça m'a fait quand Janice est rentrée en pleurs pour me raconter que tu l'avais frappée sous prétexte qu'elle essayait de s'amuser un peu avec… avec l'homme à cause de qui elle déraille complètement depuis quelques mois, cet homme qui se trouve être celui que j'aime le plus au monde. »

Dans cette froide révélation, Myrtle perçoit un fond de dureté. Annie, elle n'en doute pas, saura régler le problème à sa façon. Il est fort probable qu'elle arrivera à séduire Martin, quelles que soient les conséquences sur sa fille.

« C'est bien malheureux. » Voilà tout ce qu'elle réussit à dire.

Annie quitte la mer du regard, pousse un profond soupir. Elle n'a pas l'air totalement accablée par le drame. Maintenant qu'elle a réglé ses comptes — ses yeux parcourent en souriant la joue écarlate de Myrtle —, elle ne semble pas pressée de s'en aller.

« C'est sûr, Janice ne tourne pas rond ces derniers temps. Je ne sais plus quoi faire. Ken s'en rend compte mais il ne réagit pas ; il refuse de s'en mêler. Quand il a entendu Janice piquer sa crise, à l'instant, il a dit qu'il valait mieux qu'il aille voir sa mère. Il me laisse me dépatouiller.

— Pourquoi ne m'as-tu rien dit de tout cela ? »

Annie hausse les épaules.

« Je t'ai imitée : j'ai caché à ma meilleure amie les choses qui comptent le plus. Tu as toujours été comme ça. Ta fameuse force de caractère... Je me suis dit que j'allais tenter le coup.

— Annie...

— Enfin quoi, ce n'était pas méchant. Elle ne faisait que s'amuser un peu... un truc qui t'échappe. Elle flirtait sans malice : elle essayait juste de l'obliger à la regarder, à lui dire quelque chose de gentil.

— C'était peut-être son intention, mais ce n'était pas l'impression que cela donnait. Janice avait une attitude provocante. On aurait dit une petite putain...

— Espèce de vieille coincée ! s'emporte à nouveau Annie. Ça a toujours été ton problème ! Comment oses-tu traiter Janice de...

— Arrêtons de nous crier après, dit Myrtle. Quelle que soit la vérité sur ce qu'elle mijotait ce soir, ce qu'il y a, c'est qu'il faut sévir.

— Oui, bon, merci de le souligner. Mais je te serais reconnaissante de ne pas t'en mêler. Je vais m'en occuper. Je suis sûre que cette obsession grotesque ne durera pas. Martin, quand il passe avec son poisson, ne lui accorde jamais un regard. Elle va vite comprendre qu'il n'y a aucun espoir, que c'est une perte de temps. Enfin, bon Dieu, pas question que je barre ma porte à Martin. Elle ne tardera pas à se dégoter un garçon de son âge, et à oublier ce béguin ridicule. »

Myrtle voit d'ici la confusion, la colère, la douleur qui vont découler de tout cela. Elle examine le refuge paisible de sa cuisine, et constate que ses points de repère quotidiens ont volé en éclats. Les tensions entre Annie et elle sont comme toujours dévastatrices : elles ont ébranlé les murs, anéanti le confort, fait exploser tout ce qui lui est familier. Elle est stupéfaite et troublée par l'impact que peuvent avoir non seulement l'euphorie mais aussi l'abattement sur les objets inanimés.

Annie, qui a fini son thé, repose brutalement le mug sur la table. Elle a la figure barbouillée de mascara, et ses cheveux hirsutes sont un fouillis de boucles. Myrtle s'efforce de remplacer cette vision de son amie par le souvenir de leur dernière rencontre, si joyeuse. Annie hilare, souriante, affectueuse… Mais elle n'y arrive pas. L'image d'Annie pleine de colère et de perplexité — et peut-être de regret — est trop puissante pour être supplantée par celle de l'Annie qu'elle aime.

« J'espère que nous pourrons surmonter tout cela, s'entend-elle dire.

— C'est impossible. Je ne suis pas aussi douée que toi pour le pardon, n'oublie pas. En ce qui me concerne, la fin d'une amitié peut être tout aussi féroce que la fin d'une liaison. Dommage, mais c'est comme ça. Il y a trop d'obstacles entre nous désormais pour continuer. Alors mieux vaut ne plus avoir affaire l'une à l'autre, d'accord ? C'est plus sûr. Et je ne veux plus que tu t'approches de Janice, ah ça non. Je m'occuperai d'elle, je m'occuperai de Ken, je m'occuperai de tout le monde... Ne me regarde pas comme ça. Je n'ai pas besoin de tes regards de pitié, merci beaucoup. Si tu n'aimes pas ce qui est en train de se passer... eh bien, tant pis. Tu n'as qu'à t'en prendre qu'à toi-même. Janice est une enfant innocente, éperdument amoureuse d'un homme. Elle s'est conduite de façon stupide un jour, mais il ne savait absolument pas de quoi il retournait, elle ne lui avait jamais donné avant le plus petit indice de ce qu'elle ressentait... » Annie se tient près de Myrtle à présent, scrutant son visage encore rouge. « C'est ce qu'elle m'a raconté, et c'est ce que je crois. Si elle l'avait embêté un tant soit peu, Martin me l'aurait répété, pas vrai ?

— Sans doute. » Myrtle détourne la tête pour se soustraire au regard furieux de son amie. Elle jette un coup d'œil vers l'horizon : même lui n'est pas stable. Elle a la conviction qu'elle ne doit pas divulguer ce qu'elle sait. Le révéler ne servirait à rien, désormais.

« Bon alors, je m'en vais, dit Annie. Je pars. Nos parties de cartes ne te manqueront pas. Le capitaine du port joue bien mieux que moi. »

Annie gagne la porte. Tout en Myrtle lui crie de retenir son amie, de lui dire arrête, c'est ridicule, mettons un terme à ce malentendu. Mais aucune voix ne surgit de son chaos intérieur. Elle ne regarde pas son amie s'en aller, et demeure appuyée au fourneau, bras croisés. Après de longues minutes de silence le téléphone sonne. Martin. Il veut savoir comment elle va, si elle a envie qu'il fasse un saut. Myrtle explique qu'Annie est partie, et qu'elle préférerait rester seule. Martin ne pose pas d'autres questions. Myrtle lui en est reconnaissante, et lui assure qu'elle le verra demain.

Au bout d'un moment Myrtle allume la lampe, et les papillons de nuit, qui patientaient sur le rebord de la fenêtre, se mettent à voltiger, cherchant à s'approcher toujours plus des lumières. Myrtle ne prête pas attention à eux : elle se penche et entreprend de ramasser les cartes.

Cette semaine a été la plus sinistre depuis qu'Archie est mort. Myrtle a passé de nombreuses heures à cogiter et à maudire la réaction malencontreuse qu'elle a eue dans le cimetière, laquelle a déclenché cette crise : elle se reproche de ne pas s'être interrogée davantage sur l'obsession de Janice, pourtant flagrante, et de n'avoir rien fait pour aider la fillette. Elle en veut aussi à Annie, mère égocentrique et irresponsable, à toujours quêter l'approbation de son enfant en cédant à tous ses caprices, si incongrus soient-ils. Mais Myrtle sait pertinemment qu'il n'a jamais servi à rien de critiquer les aptitudes maternelles d'Annie. Annie est toujours restée sourde à la moindre suggestion constructive concernant sa fille. Elles ont eu dans le passé maintes querelles inutiles, Annie arguant toujours que Myrtle ne pouvait pas savoir ce que c'était d'être une mère, et était donc mal placée pour donner des conseils. Dans ses plus grands accès de rage, elle soutenait que les critiques de Myrtle étaient suscitées par la jalousie, et l'amertume que lui causait sa stérilité. Depuis longtemps, Myrtle avait donc baissé les bras et elle ne bronchait plus, alors que Janice, à l'évidence, aspirait aux contraintes de la discipline nécessaires à tout enfant, et paniquait devant l'excès de liberté que lui accordaient son père et sa mère.

Myrtle ressasse aussi leur dernière dispute, les paroles assassines qui ont été prononcées. Malgré les blessures qu'elles ont laissées, Annie lui manque. Janice lui manque. Elle a peur pour elles deux. Elle joue la patience, espérant que l'une ou l'autre surgisse sur son seuil. Mais Martin lui annonce que Ken a loué une caravane et que la famille est partie en voyage. C'est un événement tellement inhabituel — leur trio n'est jamais parti ensemble — que Myrtle s'inquiète encore plus. Les journées s'étirent, interminables. Elle a remarqué, quand elle sort faire les courses, qu'elle provoque un émoi désagréable. Des gens qui sont des amis ou des connaissances lui lancent des regards qu'elle n'arrive pas tout à fait à déchiffrer, mais elle sent bien la tension, la réprobation. La tête haute, elle les ignore avec le plus de dignité possible, impatiente de rejoindre le havre de sa cuisine. Là, s'écroulant à sa table déserte, elle fait tristement joujou avec un paquet de cartes, stupéfaite de la longueur et de la mélancolie des chaudes journées d'été. Jamais Archie ne lui a autant manqué. La douleur, dont elle croyait si récemment qu'elle commençait à s'émousser, est revenue, plus aiguë que jamais. Quant à l'excitation due au branle-bas dans sa vie, elle s'est évanouie aussi vite qu'elle était apparue. Peut-être n'était-ce qu'une illusion, un vœu pieux. C'en est fini de l'exaltation : son seul prétexte de réjouissance est désormais de voir ses arbres grandir.

Le capitaine du port demeure fidèle. Le lendemain du départ précipité d'Annie, il s'est présenté avec un bouquet de coquelicots et de marguerites assortis d'herbes folles. Myrtle avait été touchée de l'imaginer en blazer flânant le long des haies, à choisir ces différentes fleurs. Il avait eu vent de ces sottes rumeurs — elles s'étaient donc déjà répandues ? —, mais Myrtle pouvait avoir l'assurance qu'il l'épaulerait toujours, qu'il serait toujours là si elle avait besoin de lui. Une fois encore Myrtle avait failli flancher, s'en remettre à lui et accepter la compagnie amicale qu'il lui offrait pour la vie. Une fois encore elle s'était retenue. Alastair Brown n'était pas l'homme qu'il lui fallait. En repensant à cet instant de faiblesse, elle s'esclaffe, moqueuse, avant de se mettre à mélanger les cartes. Elle est reconnaissante à cet homme triste et gentil, mais sait que la gratitude ne constitue pas un motif d'engagement suffisant. S'il semble avoir compris la situation, il n'abandonne pas pour autant ses espoirs.

En fait, durant la semaine étouffante qui a suivi le départ d'Annie, le capitaine du port est venu trois fois : bienveillant, tout vibrant de compassion dans son silence même. Il ne pose pas de questions et Myrtle ne se donne pas la peine d'expliquer. Ils se contentent de jouer aux cartes et de boire de la citronnade glacée, savourant leur compagnie réciproque. Règne maintenant entre eux cette aisance naturelle des gens qui ont compris que leur amitié ne donnera jamais rien, mais ne s'éteindra jamais.

Fruit de leurs désirs différents, la légère tension qui marque leurs rapports n'entrave aucunement le plaisir qu'ils prennent à être ensemble.

Martin lui aussi passe presque tous les jours — de brèves visites, avec de petites lamelles de poisson, car Myrtle précise qu'elle n'a pas d'appétit. À ce qu'il raconte, il n'a aperçu Annie qu'un instant avant son départ en voyage. Elle lui a crié après et lui a claqué la porte à la figure. Il entendait Janice qui pleurait à l'étage, et Ken qui beuglait quelque part. La maisonnée semblait dans un état de profond désarroi. Il s'était dépêché de filer, et n'avait pas l'intention de retourner là-bas.

« Ils n'auront qu'à régler ça tout seuls. »

Dès lors, Myrtle et lui ne parlèrent plus d'Annie. Au lieu de cela, Martin — sans beaucoup d'entrain, selon Myrtle — lui faisait part des retouches qu'il apportait à l'épitaphe d'Archie, retouches qui avaient été interrompues en ce soir mémorable. Les choses avançaient bien, disait-il. Il espérait avoir fini d'ici quelques jours.

Durant les longues heures qui s'écoulent entre les visites de ses deux fidèles amis, Myrtle se dit que si on regarde autour de soi, on voit partout des gens qui ont peur des choses qui commencent, et des choses qui finissent. Elle n'a rien d'original sur ce point, et la période actuelle est non seulement une sorte de fin, mais aussi une sorte de commencement qu'elle n'arrive pas à appréhender. Elle a un peu peur, mais la voix d'Archie lui parvient, forte, ferme, sage, l'encourageant d'une manière qu'elle ne saisit pas vraiment, mais pleine de réconfort.

Cela fait exactement une semaine qu'Annie l'a quittée avec ses horribles menaces, et Martin passe lui annoncer qu'il a terminé l'épitaphe. Il aimerait qu'elle vienne voir le résultat.

Ils cheminent ensemble dans la chaude et douillette atmosphère d'un soir de fin d'été. Ils s'arrêtent près de la pierre tombale : l'inscription est délicatement sculptée. Martin a fait un travail merveilleux. Mais Myrtle ne veut pas s'éterniser. Le souvenir de Janice, appuyée contre cette même stèle, dans sa pose aguicheuse, est encore trop présent, trop à vif. Myrtle remercie donc Martin et, quelques instants après, tous deux décident de rejoindre le bosquet. Ils n'y sont pas allés depuis un certain temps.

Les jeunes arbres sont forts, et couverts de petites feuilles d'un vert éclatant. Ils ont nettement grandi depuis la dernière fois. Leur vue offre à Myrtle sa première bouffée de plaisir véritable depuis qu'Annie est partie. Elle pousse des exclamations ravies en arpentant les sentiers désormais envahis par les herbes ; elle avance d'un pas tellement vif que Martin est obligé de presser l'allure pour arriver à la suivre. Ils atteignent la clairière au cœur du bosquet. Ils prennent place sur le magnifique banc ancien dédié à la mémoire d'Archie, et sur lequel, Myrtle le sait, elle reviendra s'asseoir durant bien des années encore, tant qu'elle ne sera pas trop vieille ou trop handicapée pour marcher. Sans rien dire, Martin et elle regardent autour d'eux : ils contemplent les arbres, le verdoiement de l'herbe. Ils contemplent l'azur sans nuages, où des hirondelles décrivent des arabesques semblables à des coups de fouet paresseux. Une brise languissante apporte sur son dos le parfum de la mer.

« Et le rocher ? dit Myrtle. J'aimerais toujours mettre un rocher ici. Tu as réussi à en trouver un ?

— J'ai cherché, répond Martin. Et je suis content de t'annoncer que je crois avoir trouvé le modèle idéal… j'allais t'en parler. Je l'ai trouvé sur une petite plage, dans une crique, à quelques kilomètres au nord sur la côte. Je cherchais du bois flotté pour un ami artiste. Tout à coup j'ai vu ce superbe rocher, tout seul, tourné vers le large. Je me suis dit : il est parfait pour Myrtle. Le seul problème, c'est le transport. Il n'y a pas d'accès à la plage en camionnette. Mais je vais me débrouiller. Je te l'installerai bientôt. Il faudra que ce soit bientôt.

— Voilà une merveilleuse nouvelle, déclare Myrtle. Il rendra vraiment bien, ici. Je suis impatiente de voir. » Elle marque une pause. « C'est la perspective qui me met le plus en joie, à l'heure qu'il est. »

Dans le silence qui s'ensuit, elle entend Martin soupirer. « Je crains que le moment ne s'y prête pas, mais le temps presse. Je comptais t'en parler la semaine dernière, mais voilà, il y a eu tout ce… chambard. Enfin bref, je retourne au Canada. »

Myrtle le dévisage.

« Je pars à la fin du mois si tout est bouclé d'ici là. C'est ma sœur qui m'a décidé. En fait elle était venue pour me dire qu'elle ne s'en sortait plus avec ses deux boulots, au lycée et à la ferme… C'était devenu trop lourd pour elle. En plus, elle a rencontré cet homme. Il veut qu'elle emménage avec lui, quelque part près de Vancouver. Ce sera bien pour elle. Je suis content. Le seul truc qui la gênait, c'était de vendre l'exploitation. L'idée ne lui plaisait pas, et elle se demandait si, peut-être, je pourrais envisager… »

Tandis qu'il monologue, Myrtle se représente les jours, les semaines, les mois, les années devant elle. Plus de Martin avec son poisson et son amitié dévouée. Peut-être plus d'Annie pendant des lustres… même si, à coup sûr, les choses finiraient par s'arranger entre elles. Elle se représente les piles de cahiers à corriger, la possibilité d'un poste de télévision. Elle se représente le capitaine du port, ses cheveux noirs virant au gris, la battant aux cartes année après année. Elle se représente son propre enterrement : la veuve Duns inhumée aux côtés du brave pêcheur Archie, décédé des décennies avant elle.

« Alors j'ai réfléchi, poursuit Martin, sa voix frappant à nouveau l'oreille de Myrtle. J'ai beaucoup cogité. La décision a été très difficile. Mais je crois que c'est la bonne. Après tout, la vie que je mène ici n'est pas si satisfaisante. Je galère professionnellement, je gagne très peu d'argent, j'ai l'impression de ne pas bosser assez. Je suis hanté par un sentiment de frustration. Et puis, j'ai beau habiter ici depuis longtemps, j'ai toujours la sensation de ne pas m'être réellement intégré… ce n'est pas nouveau et ça ne changera pas. Je suis ami avec la plupart des pêcheurs, mais je ne fais pas partie de leur bande. Je n'ai pas leur compréhension de la mer, et d'ailleurs, la mer, je ne l'aime même pas. J'ai horreur de devoir découper leurs poissons pour gagner un peu mieux ma vie. Je n'aime pas l'ambiance lugubre qui règne dans le village pendant des jours d'affilée quand les hommes sont absents. Mes parents vont me manquer, même s'ils ont dit qu'ils me rejoindraient peut-être au pays d'ici quelques années. Cet endroit va me manquer, les gens, les amis… Mais j'en ai assez du sentiment de ma propre inutilité ici. Au Canada, au moins, je servirai à quelque chose. »

Myrtle s'imagine dans sa cuisine, au fil des saisons, écoutant la voix d'Archie, vivant avec l'esprit de son mari mais privée de sa chair, et se demande s'il doit vraiment en être ainsi, si c'est là l'ordre normal des choses. Elle pense au retour d'Annie : bien sûr, elles se pardonneront mutuellement. Mais elle se représente aussi la dégradation progressive de l'amitié à mesure que des disputes toujours plus épuisantes prendront le pas sur l'affection. Peut-être les amitiés, comme les passions amoureuses, ont-elles une durée impartie, et peut-être, quand elles ont été trop malmenées, est-il préférable qu'elles se terminent… Si inconcevable que soit une telle issue.

« Et puis, ajoute Martin, il y a encore une chose. » Il marque un temps d'arrêt. Il reprend alors si doucement que Myrtle doit faire un effort pour entendre. « Je t'ai confié un jour qu'il n'y avait qu'une seule femme que j'aimais… que j'aime depuis des années. Je ne lui ai jamais avoué mon amour car vivre ensemble était exclu. Elle avait épousé un autre homme. Elle a perdu son mari. Elle est devenue ma plus grande amie, et je n'ai jamais cessé de l'aimer. J'ai attendu très longtemps, en me demandant quel délai serait nécessaire pour que son chagrin s'atténue, pour qu'elle accepte l'éventualité de refaire sa vie. J'ai tâté le terrain, sans forcer. Je lui ai demandé de m'accompagner pour une petite excursion jusqu'à Perth. » Là, il s'autorise un maigre sourire sans joie. « Mais elle a dit non : elle n'était pas prête à m'accompagner, même jusqu'à Perth. J'ai pris ce non pour un refus définitif, car elle avait sûrement compris où je voulais en venir, et cherché à m'arrêter avant que je ne prenne le risque de compromettre notre amitié.

— Oh, Martin, s'écrie Myrtle, se retournant pour lui faire face, les joues en feu. Je t'assure. Je ne m'étais pas imaginé une seconde… » Elle remarque que les yeux de Martin sont ternes, résignés.

« Alors j'ai abandonné, je suppose, poursuit-il. Mais je n'ai jamais cessé de l'aimer, je ne cesserai jamais. Et quand ma sœur m'a fait cette proposition… eh bien, je me suis dit, il n'y a rien qui me retienne ici. À la longue, l'espoir finit par s'user. Le plus raisonnable, c'est de retourner au Canada, travailler dur pour que la ferme redevienne l'exploitation prospère qu'elle était jadis. C'est un lieu reculé et solitaire, mais la solitude ne m'a jamais dérangé. Elle me plaît plutôt. Et puis, qui sait, je rencontrerai peut-être quelqu'un qui voudra bien me rejoindre là-bas, et devenir ma femme, pourquoi pas… »

Myrtle imagine une épouse canadienne, sans visage, accueillant Martin alors qu'il franchit la porte pour entrer dans la maison de son enfance. Dehors il y a des montagnes, des sapins, un ciel d'un bleu inconnu en Écosse. Aucune mer au loin.

« Et donc je pars pour le Canada. Ça me brise le cœur, mais ce serait idiot de ne pas y aller. »

Myrtle repense aux fois où elle a été jalouse, oui, jalouse, du fait que Martin apporte du poisson à Annie. C'était vraiment bizarre. Et ce regret qu'elle avait éprouvé quand elle avait refusé de l'accompagner à Perth, ça aussi, c'était bizarre. Elle repense à l'étincelle entre eux le jour où il l'avait aidée à se relever à quelques mètres d'ici… une illumination reconnue mais ignorée par l'un comme par l'autre. Elle repense à la constance avec laquelle elle s'est reposée sur lui depuis la mort d'Archie. Mais avec son souci de fidélité à l'égard d'un défunt, elle n'a pas voulu admettre l'évolution de ses sentiments envers un homme bien vivant.

Myrtle détourne la tête, lève à nouveau les yeux vers le ciel du soir. Nous pourrions nous écrire, songe-t-elle. J'écrirais plus qu'Annie, bien sûr, mais n'empêche. Peut-être que celle-ci viendrait lui rendre visite un jour… elle avait toujours rêvé de voir le monde. Myrtle repère une hirondelle solitaire, qui tournoie tellement vite qu'on a du mal à croire que l'oiseau arrive à se redresser avant de s'écraser au sol. Mais il se redresse : l'instant d'après, il s'élève à nouveau haut dans le ciel avec un plaisir totalement instinctif. Elle garde les yeux braqués sur son vol.

« Je pourrais toujours t'accompagner », dit-elle.

Alors, durant de longues minutes, Martin et elle demeurent assis sur le banc à la mémoire d'Archie, à se regarder avec stupeur et émerveillement.

DU MÊME AUTEUR

Aux Éditions de la Table Ronde

LES FILLES DE HALLOWS FARM, Quai Voltaire, 1997 (Folio n° 3338)

L'INVITATION À LA VIE CONJUGALE, Quai Voltaire, 1998 (Folio n° 3337)

TENDRES SILENCES, Quai Voltaire, 1999 (Folio n° 3559)

FOLLE PASSION, Quai Voltaire, 2001 (Folio n° 3815)

AMOUR ET DÉSOLATION, Quai Voltaire, 2003 (Folio n° 4213)

DE TOUTES LES COULEURS, Quai Voltaire, 2005 (Folio n° 4433)

UN FILS EXEMPLAIRE, Quai Voltaire, 2006 (Folio n° 4658)

SOUVIENS-TOI DE HALLOWS FARM, Quai Voltaire, 2011 (Folio n° 5479)

QUAND RENTRENT LES MARINS, Quai Voltaire, 2013 (Folio n° 5787)

Composition Nord Compo
Impression Maury Imprimeur
45330 Malesherbes
le 5 mai 2014.
Dépôt légal : mai 2014.
Numéro d'imprimeur : 189830.

ISBN 978-2-07-045813-4. / Imprimé en France.